光文社文庫

文庫書下ろし

乗物綺談

異形コレクションLVI

井上雅彦 監修

この作品は光文社文庫のために書下ろされました。

乗物綺談

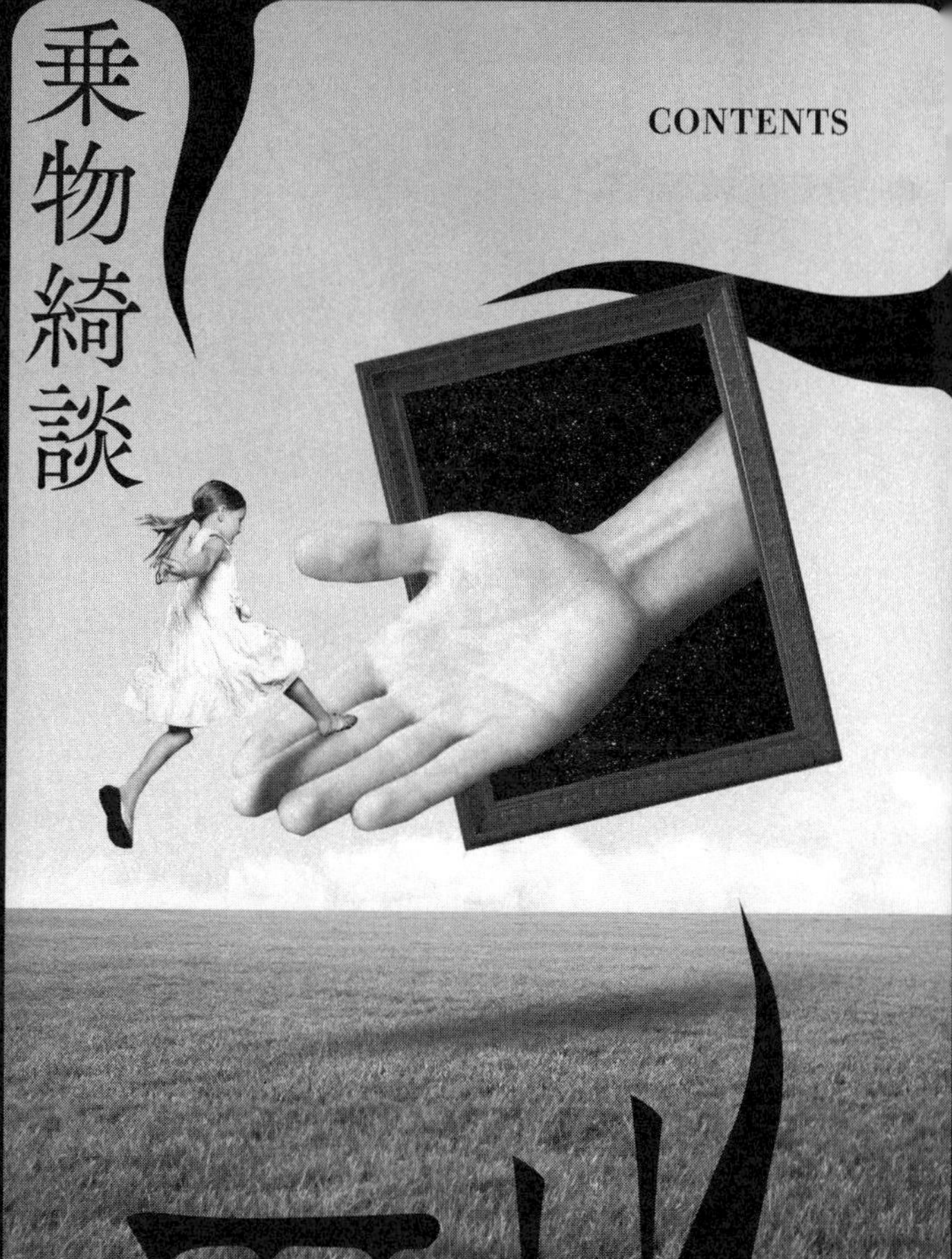

CONTENTS

目次

CONTENTS

LVI
FREAK OUT COLLECTION

編集序文

井上雅彦

闇を愛する皆様。

今回は、素敵な乗り心地の一冊です。

頁《ページ》をめくるのは深まる秋のような涼風。身体を駆け抜けるのは心地よい振動。

彩《いろど》りあふれる景観の中、徐々にスピードは加速して、勢いよく目の前を流れていくのは、
めくるめくようなイメージの奔流《ほんりゆう》。

そうです。物語とともに、私たちは魅惑の世界を巡っているのです。

幻想、恐怖、驚異、怪奇……。

のみならず、胸に染みいる郷愁の感慨までもが去来する宵闇色《よいやみいろ》の世界の中を……。

五十六冊目の《異形コレクション》。

タイトルは、『乗物綺談』。そうなのです。今回のテーマは〈乗り物〉。

あらゆる〈乗り物〉にまつわる異形の物語。

実は、四半世紀前の創刊当時から、とりあげてみたかったテーマだったのです。

自動車。鉄道。船舶。飛行機……。

さまざまな種類の魅力的なヴィジュアルが脳裏に思い浮かびます。

もちろん、私たちの周囲に〈乗り物〉は満ちあふれています。

いつもの電車。いつものバス。自転車。オートバイ。乗用車。トラック。

たまに見かける真っ赤な消防車も。

ゆっくりと味わいたくなるローカル線への郷愁。

あるいは……ヴァケーションで乗ることになった豪華船や旅客機。

子どもの頃、「乗り物図鑑」で目にした個性的な形の「特殊車輌」や「貨物列車」に夢中になった方もいらっしゃるかもしれません。そして、その実物に出会った時の驚き。

〈乗り物〉は、私たちがはじめて出会う異形だったのかもしれないのです。

だからこそ……。

私たちを魅了する宵闇色の物語の中には、実にさまざまな〈乗り物〉が登場――あるいは搭乗――し、重要な役割を演じています。

さて、興味の赴《おもむ》くまま〈乗り物〉という視点から、ファンタスティックな小説や異形な物語を鑑賞していくのは、なかなかに心の躍るドライヴです。

たとえば――陸路。まずは――自動車。
日本で、真っ先に思い浮かんでしまうのが筒井《つつい》康隆《やすたか》の短篇「お紺昇天」。人工的な知性を持った愛車と、未来社会の廃車の法令により決別しなくてはならなくなった主人公との悲恋にも似た感情。一九六四年初出の作品で、初めてこの作品で「ＳＦで泣く」体験をした読者も多かったのではないでしょうか。

時が流れて、二〇一八年の第五回日経「星新一《ほししんいち》賞」一般部門グランプリ受賞作・八島《やしま》游舷《ゆうげん》「Final Anchors」。ＡＩと「トロッコ問題」を扱った理系作品の極地のような作品でも、自動車（車載ＡＩ）と人間との「絆」が、どこか恋愛めいて見えるのが興味深いのです。

一方、ホラーでは、この自動車との関係を中心に据えたのが、スティーヴン・キングの『クリスティーン』。邪霊の宿った58年型プリムス・フューリーに魅入られていく青年を描いた八〇年代の長篇ホラーですが、やはり車社会のホラー作家。キングの作品には、車をきっかけに闇に迷い込む物語が多いのです。ほんの一例を示しても、短篇では、メルセデス・ベンツで異界を通過する「トッド夫人の近道」、車の道行きと絵画怪談を組み合わせた「道路ウイルスは北にむかう」、意思を持ったトラックたちが人間を襲う「トラック」（のちに本人が『地獄のデビル・トラック』として映画化）など、ドライヴ感のある奇想が光っています。「車椅子」の少年が狼男と闘う『人狼の四季』という連作短篇集もありました。

そのキングの息子であるジョー・ヒルは、長篇『NOS4A2 ノスフェラトゥ』を発表。タイトルはノスフェラトゥと読めるナンバープレイト。このロールスロイスに乗った幼児誘拐犯に襲われて、撃退した自転車乗りの少女。トラウマを抱えて成長し、今度は息子を誘拐され、バイク・トライアンフで救出に向かうという、これも〈乗り物〉対決でしょう。

ジョー・ヒルがキングと共作した短篇「スロットル」（短篇集『怪奇疾走』収録）は、狂気の大型車との対決という意味で、S・スピルバーグ監督初期の傑作映画『激突！』の原作となったリチャード・マシスンの「決闘」とも比較されますが、この「決闘」や前述の「トラック」を収録したアンソロジー『死のドライブ』（ピーター・ヘイニング編　文春文庫）は、自動車綺譚の傑作集。収録されているのは、ウエイクフィールドの怪談「中古車」や、J・G・バラードの「クラッシュ」など。――この分野は、まだまだ愉《たの》しめそうです。

おっと、ギアを入れすぎたでしょうか。

乗り物酔いにはご注意下さい。

もっとも、小説読者の場合には、本の禁断症状のほうが深刻かもしれません。

そもそも、私たち人類にとっても、黎明期《れいめいき》から、〈乗り物〉は、特別な存在でした。

約二十万年前、ホモ・サピエンスとしてアフリカで生まれ、世界に散らばっていった人類は、さまざまな移動手段をとってきました。最初は自分の足。やがては、飼い慣らした動物

――馬や牛、駱駝《らくだ》や象――を〈乗り物〉にしてきたことでしょう。

道具を使いこなし、新石器時代あたりから丸太の上に板を載せての物の移動や、橇《そり》を使っていた人類が、ついに木製の車輪《ホイール》を発明したのが、紀元前三五〇〇年の古代メソポタミアといわれています。こうして、陸路の〈乗り物〉は、進化していったのでした。

馬車の時代を経て、やがては、産業革命。

ここで、登場するのが蒸気機関車。そう。〈鉄道〉のはじまりです。

機関車、汽車、列車、電車、地下鉄、特急、超特急……。

いや、なんといっても、鉄道自体の魅力には、マニアックと呼ばれるほどの熱心なファンも数多く、今日《こんにち》では「乗り鉄」「撮り鉄」「音鉄」などとそれぞれ細分化された「鉄分」を求めて、日々探究に勤《いそ》しんでいる状況。自分の好きなものをとことん愛するマインドは、ファンタスティックな読書家とも親和性があるように思われます。

ミステリのフィールドでは、〈鉄道ミステリ〉は、大きなサブジャンルを形成しています。

時刻表を使ったアリバイ・トリックや、密室となった車輛。さまざまな不可能犯罪がレールの上で起き、謎が解き明かされていきます。

さらには……鉄道の旅ならではの叙情性。ローカル線の旅情。ノスタルジア。

夜汽車は、それじたいがミステリアスですが、幻想怪奇のムードも盛り上げます。

江戸川乱歩《えどがわらんぽ》の幻想怪奇小説（彼自身の言葉でいう「怪談」）の名作「押絵と旅する男」では、謎の男と語り手との出会いは、魚津《うおづ》から上野へ向かう二等車の窓が夕闇に染まる時間でした。「押絵と旅する男」を乱歩自身は〈鏡と影の怪談〉として分類していますが、一方でこれは怪談ではないものの〈鏡と影の幻想〉を鉄道車輌で表現したシーンのある小説のことも、どさくさ紛《まぎ》れに紹介したくなってしまいました。川端康成《かわばたやすなり》『雪国』の最初の章です。

ホラーや怪談、幻想怪奇の分野でも、〈鉄道〉に関するものには独自のムードが漂います。実話怪談でもよく語られる廃線、廃駅にまつわる話。

二〇〇四年、実在の路線からあるはずのない駅に到着してしまった人物のカキコミによる「きさらぎ駅」は、携帯《ガラケー》電話と電子掲示板時代を象徴する怪談として有名ですが、八〇年代に書かれた「雨美濃《あみの》」（作者はK・ヒロシ。星新一ショートショートコンテスト一九八一年の優秀作）という作品も、実在の路線から不在の駅に消えた人物を巡る物語。こちらは、トンネルの中の駅ですが、常に雨の降っている理想郷のような土地として語られるので、「きさらぎ駅」とはあらゆる意味で正反対のベクトルの幻想譚でした。

怪談といえば、かつて、《異形コレクション》第10巻『時間怪談』でも書いたことですが、〈時間をモチーフにした怪奇小説〉——予言・予告の恐怖や、タイムスリップなど、SFというよりもホラーとして書かれた時間怪談には、〈鉄道〉周辺を舞台にした傑作が多いようです。ディケンズ「信号手」、レイ・ブラッドベリ「火龍」、浅田次郎《あさだじろう》「鉄道員《ぽっぽや》」なども優れた時間怪談です。時間、過去と現在、自我と記憶、生と死──そういえば、〈鬼滅《きめつ》の刃《やいば》〉『無限列車』のみならず、『千と千尋《ちひろ》の神隠し』も『エヴァンゲリオン』も作中に登場する列車、電車は心象風景を往来します。〈鉄道幻想〉には、そんな側面もあるのです。

〈鉄道〉の幻想といえば、あらゆる路線に同一の幽霊列車が現れる山野浩一《やまのこういち》「X電車で行こう」は、日本のニューウェーブSFの代表作。私は、なんとも粋《いき》でモダンな幻想怪奇と感じたものですが、〈鉄道〉を巡る幻想は、怪奇とSFとを自由に行き来しているのかもしれません。考えてみれば、あの幻想列車もそうでした。宮沢賢治《みやざわけんじ》の『銀河鉄道の夜』……。

では──水路は。

河や海の〈乗り物〉──舟、船、ヨット、クルーザー、潜水艦……。

ノアの方舟《はこぶね》。漂流船。ホジスンの海洋綺譚。クロフォードの「上段寝台」。舟幽霊。《異形コレクション》では第18巻『幽霊船』で、まるごと一冊、水上の乗物綺談を特集したのでしたが、二〇二三年、ホラー界で静かな話題を呼んでいるのが映画『ドラキュラ／デメテル号最期の航海』。これはブラム・ストーカー『吸血鬼ドラキュラ』の中の航海日誌の部分のみを映画化したものですが、この視点は、実に素晴らしい。

（私見ですが、あの恐竜映画『ロスト・ワールド／ジュラシック・パーク』で最も怖かったのは、NYに到着する船のシーン。吸血鬼とT-REXとの違いこそあれ、あれはスピルバ

ーグ監督が、デメテル号の航海日誌にインスパイアされたのでは……と思われるのです）

二〇二三年の〈船〉と言えば、前年に急逝《きゅうせい》した津原泰水《つはらやすみ》——なんといっても「五色《ごしき》の舟」が忘れられない——彼の最後の長篇小説『夢分けの船』が世に送り出された年となりました。

そもそも、船（舟）とは、人類を最初に運んだ〈乗り物〉とも言われています。

宇宙船にも引き継がれたその名前は、さらなる未知の世界をも目指すことでしょう。

ならば——空路は。

ブラッドベリが「イカロス・モンゴルフィエ・ライト」で示したような、ギリシャの「蠟《ろう》の翼」も、熱気球も、動力飛行機の末裔《まつえい》たちも、もうすぐ〈空飛ぶ自動車〉と擦《す》れ違う時代なのかもしれません。マシスンの「二万フィートの戦慄」に描かれた空の怪物《グレムリン》は、飛行機の翼に出るとは限らないのです。私たちは空を飛ぶ身近な〈乗り物〉で、箒《ほうき》に乗った魔女や、「ナイトフライヤー」の吸血鬼や、ウルトラQ「あけてくれ！」の空飛ぶ異次元列車とも、空の彼方《かなた》で出会うかもしれません。そう、もうひとつの銀河鉄道とも……。


四半世紀前からの、さまざまな想いも去来《きょらい》します。

まるで、サーカス列車の夜間飛行。

今宵《こよい》も、ぎっしりと詰まった物語のオムニバス。

それでは、短篇小説への魅惑の旅へ。宵闇色の気流に乗って参りましょう。

久永実木彦

可愛いミミ

●『可愛いミミ』久永実木彦《ひさながみきひこ》

今回、《異形コレクション》に初登場となる新たなる血。

久永実木彦は2017年に第8回創元SF短編賞を受賞、それを表題とした短篇集『七十四秒の旋律と孤独』が、第42回日本SF大賞候補作となる。翌年には文芸誌「紙魚《しみ》の手帖」vol.06に掲載されたばかりの短篇「わたしたちの怪獣」が、第43回日本SF大賞候補作となり、日本SF大賞において「二年連続大賞候補」「書籍収録前の短篇で大賞候補」という、ふたつの〈史上初〉が大きな話題となった。

「わたしたちの怪獣」は、妹が殺してしまった父親の死体を、姉が乗用車のトランクに入れ、巨大怪獣の暴れる東京に捨てに行く、という衝撃的な設定だが、幻想小説的な仕掛けも施《ほどこ》されている。この作品を表題として、ダークな時間移動綺談「ぴぴぴ・ぴっぴ」、吸血鬼小説「夜の安らぎ」、伝説のカルトホラー映画をモチーフにした「『アタック・オブ・ザ・キラートマト』を観ながら」の全4作を収録し、2023年に刊行された短篇集『わたしたちの怪獣』は、スティーヴン・キングへの敬愛を表明する久永実木彦ならではの、モダンホラー作品集というべき逸品となった。

さて本作、久永実木彦読者ならニヤリとする冒頭で始まるが、驚くべきは登場する闇の存在。海外生まれの始祖・原種は別として、80年代の日本で特異な進化を遂げてきたこの存在を題材にしたホラー小説は、私の知る限り本作が〈史上初〉と思われる。

1

「はぁ？」

思わず声が漏れた。なんという間抜けな響き。

わたしは深く息を吸い、少しばかり肺にとどめてから、ゆっくりと吐きだした。そして、あらためて一九五七年式シボレー・ベルエアの広々としたトランクのなかを、隅から隅まで注意深く見まわす。しかし、五〇年代アメリカン・クラシックカーの象徴ともいえる二枚のテールフィンにはさまれた薄暗いスペースには、なにもはいっていなかった。わたしはここに、たしかに死体を入れたはずなのに。

もしかして、生きていたのだろうか。いや、心臓は止まっていたはずだ。万一、息を吹き返したのだとしても、八〇歳を超え、そのうえあれだけの怪我《けが》を負った大伯母が、自力で内側からトランクをひらき、わたしに気づかれずこの場を去るなんて考えられない。わたしが車から目を離したのは、ほんの一分か二分なのだから。

しゃがみこんで車の下をのぞいてみても、大伯母の姿はなかった。ふりかえってあたりを見わたす。すじ雲を浮かべた青い空、蒲鉾《かまぼこ》のようになだらかな山々、穏《おだ》やかな風にそよぐ草原。古典的なおとぎ話の舞台であってもおかしくない牧歌的な風景には、大伯母どころかひとっこひとりいない。土や草花のほかにあるのは三角屋根の大伯母の家と、トロピカル・ターコイズの塗装も鮮やかなシボレー・ベルエアだけだ。念のため家の裏手にまわってみたが、そちら側の景色も同様だった。

となると、家のなかに逃げこんだという可能性しか残らない。しかし、そんなことがありえるだろうか。車を離れたとき、わたしは玄関の前にいたのに。

時間をかけて肺のなかの空気を吐きだす。今度は深呼吸ではない。ただのため息だ。どんなにありえないことのように思えても、現実にトランクは空っぽなのだ。わたしには大伯母を見つけるしかない。そして、今度こそ息の根を止める。

わたしは小脇にかかえていた、とんがり帽子にべったりと血をつけたドワーフの置物をトランクの隅に置き、もう一度深いため息をついてから大伯母の家にあがった。

どうしてこんなことになってしまったのか。大伯母を探して居間、キッチン、寝室、洗濯室……と各部屋をまわりながら、わたしは頭のなかの時計の針をもどす。

大伯父が亡くなったという報《しら》せを受けたのは、先週のなかごろのことだった。すでに葬式はすませてある――大伯母は淡泊な口調でそう告げた。どんなに巧妙に隠そうとも、わたしには受話器の向こうで彼女がどれほど苦々しい表情をしているか、手にとるようにわかった。

大伯父がわたしを特別に可愛がっていたことを、大伯母はこころよく思っていなかった。より正確にいうならば、憎んでさえいた。姪孫《てっそん》にそこまでの嫉妬をいだくものかと、感心してしまうほどに。

「遺産は法定相続人で分配するから、四親等離れているあなたには一円も支払われないわ」

「あらそう。わざわざ教えてくれてありがとう。もう寝る時間だし、切ってもいいかしら」

わたしはそういって、わざとらしく大きなあくびをした。本当は大伯父が亡くなってショックだったのだが、それをこの老女に悟られるのは癪《しゃく》だった。なるべくなにも感じていないような態度をとって、神経を逆撫でしてやろうと思った。

「あなたに分けるようなものはなにひとつない——本来であれば、ね。でも、今回は例外がある」

「例外？」

「あの人は遺書を残していた。そこには基本的に法定相続分で遺産を分割するようにという言葉とともに、たったひとつの例外として愛車をあなたに遺贈すると書かれていたのよ」

大伯父の愛車——一九五七年式、シボレー・ベルエア。青緑色《ターコイズ》の尾を引く彗星《すいせい》のようなフォルムをもつ美しいクラシックカーだ。六〇年以上も昔の車だが、大伯父がいつも丁寧《ていねい》にメンテナンスしていたから、いまも乗り心地は損《そこ》なわれていないはずだ。

大伯父は大病をわずらうまで、よくわたしをドライブに誘ってくれた。きっかけは幼稚園のころ、初めてシボレー・ベルエアに対面したわたしが「きれい、お姫さまみたい」と発言したことらしい。どうしてそんなことをいったのか忘れてしまったが、たしかにその色合いには有名な外国の童話に登場する雪の女王のドレスを思わせるところがある。大伯父はそのことをずっと気にかけていて、わたしが成人すると定期的に連絡をよこすようになった。

『助手席にすわらせてやるのはおまえだけだ。あいつ（大伯母のことだ）は、この車の価値がわかっとらんからな』

大伯父は折に触れてそんなことをいった。本当のところはわからないが、少なくともドライブはいつもふたりきりで、大伯母をともなったことは一度もなかった。車がわたしに贈られることになって、彼女はさぞかし面白くなかっただろう。

「涅々《ネネ》さん、わたしとしてはあなたに遺贈を放棄してほしいと思ってる」

そらきた。

「どうして？　大伯母さま、免許証もってないじゃない」

「売ればそれなりの額になるわ。それにね、わたしはあなたに――」

「ありがたくいただくことにするわ」わたしは大伯母をさえぎっていった。「で、いつそちらにうかがえばいいのかしら？」

そうして決まった日取りが今日だった。早朝に東京のマンションを出発し、電車とバスを乗り継ぎ、麓《ふもと》の町でタクシーを借りて、ここ群馬県南西部の山間《やまあい》にひっそりと建つ大伯母の家にたどりついたのは、正午を少しまわったころだった。

わたしはダイニングテーブルに大伯母とむかいあってすわり、事務的な必要最低限の言葉だけを交わして、車のキーと遺贈に必要ないくつかの書類を受けとった。お悔やみのひとつもいうべきだったのだろうが、彼女を気づかう必要もないだろうと思ってやめておいた。それがいけなかったのか、いずれにしてもおなじ運命だったのか。

家の前に駐《と》めてあったシボレー・ベルエアのドアをひらき、いままさに運転席に腰をおろそうとしたわたしに投げかけられたのは、大伯母の憎しみもあらわな声だった。

「本当にもっていくつもり？　わたしがいま、どんな気持ちでいるか……あなたには人の心ってものがないの？」

「わたしは故人の遺志を尊重してるだけよ」

この言葉が彼女を怒らせることはわかっていた。でも、いわずにはいられなかった。十代のころにお世話になったカウンセラーによると、わたしにはときどき混沌《こんとん》を求めてしまう性質があるらしい。効果はてきめんだった。

「よくも……よくも……」

そうつぶやいたかと思うと、大伯母は身をかがめて猪《いのしし》のように——いや、小柄な彼女の体格からすればうり坊のようにというべきかもしれない——突進してきた。ドアを閉めるより早く大伯母の肩がわたしの胸に食いこみ、呼吸が一瞬止まった。大伯母はフロントシートに倒れこんだわたしに覆《おお》いかぶさり、こちらの襟元《えりもと》を荒々しく引っぱって奇声をあげた。

「若いからって、ちょっとばかり美人だからって、色目をつかってあの人をたぶらかして……！　返しなさいよ！　あの人の車を、返しなさいよ！」

「この車は、わたしのものよ！」

わたしは負けじと大伯母の両腕をつかみ、車外に押しだした。不意討ちを食らったが、やりかえしてみれば小柄な老女の腕力なんてどうってことなかった。わたしは社交ダンスでも踊るように大伯母を玄関のあたりまで押しもどし、そのまま勢いにまかせて投げ倒した。

殺すつもりはなかった。向こうから襲ってきたのだし、わたしは自分の身を守ろうとしただけだ。そりゃあ、痛い目にあわせてやろうという気持ちがまったくなかったとはいえないけれど。とにかく、大伯母の後頭部は運悪くそこに置かれていたとんがり帽子のドワーフの置物に、絶妙な速度と角度をもって衝突した。頭蓋骨の砕ける、あの破滅的な音ときたら……。

視界の範囲内に隣家がないのは幸運だった。わたしは大伯母が呼吸していないことを確認して、シボレー・ベルエアのトランクに入れた。殺人罪でつかまるなんてまっぴらごめんだった。警察を呼んで正当防衛を主張することも考えたが、老人を地面に叩きつけているのだから分《ぶ》がわるい。

死体はどこかに運んで埋めてしまおう。大伯母は山の一軒家に住む孤独な老女だ。彼女がいなくなったことにだれかが気づくまで、一か月かかったとしてもおかしくはない。そうなれば大伯母の不在は、わたしの訪問とは無関係の失踪ということにできるはずだ——そう決意して凶器となったドワーフの置物を回収し、トランクのところへもどってきたら大伯母が消えてしまっていたのだった。

頭のなかの時計の針が現実の時間に追いつく。わたしはすでに大伯母の家のすべての部屋を三回ずつ捜索しおえていた。屋根裏やクローゼットはもちろん、食器用の収納棚のなかまで徹底的に探した。どこにも彼女はいなかった。どの部屋もわたしが出てきたときのまま、血の痕《あと》ひとつなかった。

やはり外を這って逃げたのだろうか？　いや、そんなはずはない。見わたすかぎりだれひとりいなかったし、身を隠すことのできるような樹木や大岩だってなかった。そもそも大伯母はたしかに死んでいたはずなのだ。では、だれかが死体を盗んだのか？　なんのために？それこそありえない。

わたしは外に出て、あらためて家の周囲をぐるりとまわってから、シボレー・ベルエアのもとへもどった。ひらきっぱなしのトランクのなかでドワーフの置物がぽつんとひとり、ごきげんな笑顔を浮かべていた。

「はぁ?」

わたしはもう一度声を漏らす。なんという間抜けな響き。

2

「ねえ、大丈夫?」

多可史《たかし》の声でわれに返ると、昼時のカフェテリアの騒々《そうぞう》しい音が一気に耳にはいってきた。どうやらわたしはオニオンスープのカップをもったまま、口もつけずにしばらくぼんやりしていたらしい。

「ああ、ごめんなさい。なんでもないの。ちょっと疲れてるだけ。で、なんの話だっけ?」

「涅々ちゃんがもらった大伯父さんの車、乗り心地はどうなのかなって。昨日、何回かメッセージを送ったのに、ぜんぜん返信してくれないんだもの」

「受けとりで大変だったのよ。シボレー・ベルエアは、そうね、すごく素敵よ」

「今日、乗ってきたんだろう? 涅々ちゃんがすごい車で裏のコインパーキングに乗りつけてたって、うちの部内で話題になってるよ。仕事がおわったら軽くドライブしたいなあ」

そういってパニーニを頬ばる多可史に「車内を掃除しないといけないから、また今度ね」と答えて、わたしはオニオンスープを飲んだ。

多可史はおなじ会社で働く同僚であり、ボーイフレンドだ。所属部署はちがうが、ランチはいつもこの社内カフェテリアでいっしょにとっている。わたしに釣り合うくらい背も高いし顔もいいのだけれど、善良すぎるのが難点だ。もし多可史に昨日のことを相談したら、目に涙を浮かべて、いっしょに警察に行こうなどといいだすにちがいない。それどころか、できるかぎり面会に行くよ。きみが罪をつぐなうまで、ぼくはいつまでも待っている、なんてつけくわえてもおかしくない。そういうところが、どうしようもなくずれている男なのだ。わたしのために刑務所にはいらないですむ方法を考えるなんて発想は、逆立ちしたって多可史からは出てこない。

「掃除？　だったらぼくも手伝うよ。ふたりで車をピカピカにしよう」

わたしは苛々《いらいら》して「ひとりでやるから、いい」と答えた。そう、掃除をしなければならない。トランクのなかには、大伯母の血がついたドワーフの置物がはいったままになっている。

昨日、結局大伯母を見つけられなかったわたしは、そのままシボレー・ベルエアに乗って東京に帰るしかなかった。ドワーフの置物はどこか適当なところに捨てていくつもりだったが、なるべく大伯母の家から離れたところに……と考えているうちに都市部にはいってしまって無理だった。だれにも気づかれずなにかを捨てるなんて、都会では到底《とうてい》不可能なことだ。

ひとり暮らしのマンションに帰ったわたしは、まず熱いシャワーを浴びて、それから泥のように眠った。多可史から複数のメッセージがスマートフォンに届いていたけれど、返信できるような気力も体力もなかった。人を殺すのも、死体を運ぶのも、その死体をなくしてしまうのも、すべて初めての経験だったのだから仕方ない。

疲れはまったくとれていなかったが、それでもいつもの時間になんとか起きあがった。殺人の翌日に欠勤してしまっては、あとあと疑いをかけられかねないと思ったからだ。しかし失敗だったのは、いつもの電車ではなくシボレー・ベルエアで会社に来てしまったことだ。就業規則でマイカー通勤が禁止されているのは知っていたが、ドワーフの置物をトランクに入れたままマンションの駐車場に置いておくのはどうしても不安だった。しかしまさか、他部署で話題になるほど目立ってしまうとは。大いなる美には、大いなる注目がともなうということか。

「涅々ちゃん、ねえ、涅々ちゃんってば」

「え？」どうやら、またぼんやりしてしまっていたらしい。

「本当に大丈夫？　ちょっとどころか、すごく疲れているように見えるよ。早退してゆっくり休んだほうがいいんじゃないかな。それとも、もしかしてなにかあったの？　悩みなら、なんでもぼくに――」

「なんでもないっていってるでしょう？　考えごとがあるのよ。静かにしててもらえる？」

多可史はうなずいて素直に黙った。その顔は動物病院の待合室にいる大型犬のようにしょんぼりしている。少しきつくいいすぎたかもしれない。やれやれ。頭でも撫でて慰《なぐさ》めてやるか——そう思ったときだった。

「隣、失礼しますね」

突然、グレーのパンツスーツに身を包んだ黒髪ボブの女があらわれて、多可史の隣にすわった。彼女はたしか多可史とおなじ企画部の後輩だ。名前は三谷沢《みやざわ》とかいったっけ。

「多可史先輩、午後イチの会議の資料なんですけど——」

そういうと、三谷沢はわたしに目もくれず、もってきた紙の束をぺらぺらとめくって多可史にあれこれ質問をはじめた。恋人同士のランチタイムにずけずけと。この女に常識はないのだろうか？　多可史は多可史で、最初は気まずそうな顔をしてわたしのほうをちらちら見ていたのに、そのうちすっかり得意になって三谷沢に企画の意義なんかを語りはじめている。

さっきまで、わたしの心配をしていたはずなのに。

どうしてみんなそんなに自己中心的なんだ？　呆《あき》れる。


仕事がおわったのは定時を二時間も過ぎたあとだった。残業したくないから総務部を選んだというのに、うちの会社はこういうことがときどき起こる……といっても、今日の残業はわたしのミスが原因だが。それにしたって明日なんとかすればいい話であって、急ぎでもない業務のためにわざわざ残らせるというのは、わたしにたいする当てつけであるとしか思えない。すべては総務部を実質的に支配しているお局《つぼね》さまの指示によるものだ。部長もどうしてあんなやつのいいなりになっているのか。

わたしは苛々しながら会社ビルの裏手にある、収容台数たった六台の小さなコインパーキングへむかった。シボレー・ベルエアは、たしかに敷地の外からでも大いに目についた。流行のコンパクトな車とはあきらかに異なるゴージャスでグラマラスな車体が、街灯のスポットライトに照らされて、まぶしいくらいきらめいて見える。ふふふふ。たしかにこれは目立ってしまうな。しかし、その点を差し引いてもこの美しさは気分をあげてくれる。大伯母を殺してまで手に入れた甲斐《かい》があったというものだ。

「長い残業でしたね、涅々さん」

直りかけていた機嫌は、車体の陰からあらわれた女によってふたたび下降した。わたしと多可史のランチを邪魔しにきた後輩──三谷沢だ。ショルダーバッグのストラップを片手で握りしめ、こちらをじっと見つめている。

「なんであんたがここにいるのよ」

「多可史先輩から、この車が涅々さんのだってきいたんです」

多可史のやつ、わたしの車のことをいいふらしているのか？　まったく、個人情報をなんだと思っているんだ。言葉を失いつつ乗車しようとすると、三谷沢がわたしをさえぎるようにフロントドアの前に立ちはだかった。

「わたし、涅々さんにいいたいことがあって、ずっと待ってたんです。立ち話もなんですし、

「いやよ。話ならここでして」

殺人の証拠品を積んだ車に、こんな女を乗せられるわけがない。

「……涅々さん、昨日この車を受けとりにいくといって、多可史先輩からのメッセージをまったく無視していたそうですね。涅々さんの性格からいって、こんなすごい車を手に入れたら自慢したくてたまらなくなるんじゃないですか？　どうして多可史先輩に返信してあげなかったんですか？」

「あのね、この車を贈ってくれた人は亡くなったの。そんなときにちゃらちゃら自慢なんかするわけないでしょう？　わたしをどういう人間だと思ってるのよ」

「本当にご遺族から贈られたんですか？　多可史先輩のほかに男がいて、そいつからもらったんじゃないですか？　メッセージを返さなかったのは、浮気相手とデート中だったからじゃないんですか？」

「はぁ？　この車は正当な遺言にもとづいてわたしのものになったの。意味不明なことといってないで、さっさとどいてもらえる？」

「いいえ。話はおわっていませんので」三谷沢の語気は荒い。「もしかして涅々さん、もっとなにか人にいえないような、犯罪的な方法で車を手に入れたんじゃないんですか？」

苛々は頂点に達した。人にいえないことをしたのは、厳密には手に入れたあとなのだ。それだって先に襲ってきたのは大伯母のほうだ。この世界には性格の悪いやつが多すぎる。

しかし、わたしはぶん殴ってやりたい気持ちを必死でおさえた。殺人の翌日に目立ちたくなどないというのに、すでにかなり目立ってしまっている。ほかの社員が通りがかって、変な噂でも広がったらどうしてくれるんだ。これ以上、この場でこの女にあることないこといわせるのは得策ではなかった。

「わかったわよ。送っていくわよ。話は車のなかできいてあげる」

「お願いします」

そういって三谷沢は素直に横にどいた。わたしはシボレー・ベルエアに乗りこみ、つづいて助手席のドアをひらく。洞窟の奥から吹き出てくる風のような、暗いため息が出た。


三谷沢の家は東京でも西の端のほうにあり、道をきいたかぎりほとんど埼玉であるといっても過言ではないようだった。このベルエアにはカーナビがついていないので正確なところはわからないが、ちゃんと送りとどけたら往復二時間以上かかるのではないだろうか。いまのいままで忘れていたが、今日は週二回通っているジムの日だ。このままでは休んでしまうしかなくなる。なるべく普段とおなじように過ごすつもりだったのに、どうしてこうなるのだろうか。ワークアウト中のわたしをじろじろ見てくるスキンヘッドの男性ジムスタッフに会わなくてすむと思うと、そこは気が楽だが……いやいや、冗談じゃない。早めに話を切りあげて、適当なところで三谷沢を降ろそう。

そう決めたのにもかかわらず、三谷沢の話はいつまでもおわらなかった。いまではわたしへの疑いの件から離れて、多可史が会社でどれだけ自分を優しくフォローしてくれているかについてうっとりと語っている。とどのつまり、この女は多可史のことが好きなのだ。ランチを邪魔してきたのもそのためだ。そういう女がわたしにいいたいことといえば、相場は決まっている。

「涅々さん、多可史先輩と別れてください」

そらそら、きたきた。

「だいたい涅々さんは多可史先輩に冷たいじゃないですか。本当に多可史先輩のことが好きなんですか？　多可史先輩がかっこいいから手元に置いておきたいだけなんじゃないんですか？　そんな人、多可史先輩にふさわしいと思えません。多可史先輩がかわいそうです。わたしなら、多可史先輩を幸せにしてあげられます」

多可史先輩、多可史先輩、多可史先輩……わたしだって先輩なんだが？

「いやよ。どんな理由でつきあおうと、あんたに関係ないから」

わたしが答えると、三谷沢はうつむいてしばらく黙った。そして、なにかを決意したような声で「その先の道にはいって、とめてください」といった。都心を離れてあたりはすっかり寂しくなっていたが、三谷沢の家はまだ先のはずだ。なんだかよくわからないが、とまっていいなら好都合だ。ここでこの女を降ろして、さっさと帰ることにする。わたしは三谷沢の言葉にしたがって、閉館した図書館と廃墟《はいきょ》のような町工場に挟まれた人気のない暗がりで車をとめた。

「ほら、あんたのいうとおりにしたわよ。降りて」

三谷沢は降りなかった。代わりになにごとかぶつぶつとつぶやいている。

「……す……ろす」

「はぁ？　ほら、早く降りてよ」

「……ろす……ころす……殺す！！」

三谷沢の両手にすばやく首をつかまれ、わたしは勢いで側頭部をドアガラスにぶつけた。横目で見た彼女は鬼のような形相《ぎょうそう》をしている。なんだなんだ？　二日連続でこんな目に遭うなんて、そんなことあるのか？

叫んで助けを呼ぼうと思ったが、気道を締めつけられてろくに声が出なかった。しかし、それでよかったのかもしれない、わたしの声に気づいただれかが警察でも呼ぼうものなら、トランクのなかをあらためられる可能性だってある。ここはひとりでなんとかするしかない。

意識が遠のいてしまわないよう、わたしは痛いくらい歯を食いしばり、両手で三谷沢の首をつかんだ。ぎょっとしているところを見ると、首を絞めていた相手から首を絞め返されるのは彼女にとって初めての経験だったにちがいない。もちろん、わたしだって初めてやったことだ。しかし、これはなかなかいいアイデアだった。上背のない三谷沢にくらべて、わたしの両腕は圧倒的に長い。向こうの首を絞めつつ腕を伸ばしていけば、同時にこちらをつかんでいる彼女の手をはがすことができる。

肘《ひじ》をまっすぐにして三谷沢の頭を反対側のドアガラスに押しつけると、ついに彼女の両手はわたしの首から離れて、グローブボックスやシートをでたらめに叩きはじめた。降参の意思表示だろうか？　人を殺そうとしておいて、虫がよすぎるというものだ。わたしは大きく息をすって、久しぶりの新鮮な空気を肺に送りこんだ。酸素が全身に行きわたり、力がみなぎってくる。そう簡単に許してやるものかよ！

どのくらいの時間が経過しただろうか。気がつくと三谷沢は両腕をだらりと垂らしたまま動かなくなっていた。わたしは彼女から手を離して、呼吸をととのえながらいま起きたことについて考える。またやってしまった。車に乗せたときは、殺すつもりなんてなかったのに。どうしてこうなる？

3

「はぁ？」

思わず声が漏れた。なんという間抜けな響き。

しかし、ありえないことが二度も起きれば、だれだってこうなる。つまり、三谷沢の死体も消えてしまったのだ。昨日の大伯母とおなじように、シボレー・ベルエアのトランクのなかから綺麗さっぱりと。

三谷沢を絞め殺したのち、わたしは車をとめたまましばらく休憩して、それからトランクをひらいた。どこかへ埋めにいくには時間が遅すぎるし、助手席にすわらせたままマンションの駐車場に行くわけにはいかないから、ひとまず人通りのないこの暗がりでトランクに入れておくしか選択肢がなかった。

連日のことで筋肉が悲鳴をあげたがなんとか力をふりしぼり、血のべったりついたドワーフの置物を枕がわりにして、三谷沢の死体をトランクのなかに横たえた。

トランクを閉めて運転席にもどり、さあ帰るぞと思ったところでシートの下に三谷沢のショルダーバッグが落ちているのを見つけた。わたしはため息をついてバッグを拾いあげ、ふたたび車を降りてトランクをあけた。そして、なかが空っぽになっていることに気づいたというわけだ。消えたのは三谷沢の死体だけでなく、ドワーフの置物もいっしょだった。

念のため周囲や車の下を確認したが、三谷沢どころか猫一匹いなかった。であれば、こう考えるしかない。これは《そういう仕組みのトランク》なのだ。そんな馬鹿な。でも、そんな馬鹿なことが現実に起きているのだ。

二日目ともなると、混乱にたいする耐性もついてくるようだった。わたしはさっさと車を出してジムへむかい、気合いでワークアウトを乗り切り、それからマンションに帰って熱いシャワーを浴びて、泥のように眠った。そして、翌日もきちんと出社した。

「今日はなんだか機嫌がいいね」

ランチのときに多可史がいった。思わず表情がゆるんでしまっていたらしい。どんなに体がくたくたでも、いまはそんなことより不思議なトランクにたいする好奇心で頭がいっぱいだった。三谷沢が無断欠勤していて連絡がつかないと多可史が心配そうに話していたが、わたしは適当な相づちを打っておくにとどめた。

つぎの休日、わたしは早朝からシボレー・ベルエアを飛ばして郊外の自然公園を訪れた。わたしの仮説を証明するためには、手ごろな生き物が必要だったからだ。まだ利用者のあまりいない駐車場に車を駐め、目立たないようBBQ場やジョギングコースから離れた草むらにはいる。虫は嫌いだが、犬や猫をつかって実験する気にはなれないのだから仕方ない。わたしは小一時間ほどで三匹の飛蝗《バッタ》をつかまえて、持参したタッパーに入れた。

おわったらこのタッパーは捨てよう……などと思いながら車までもどり、トランクをひらく。なかには三谷沢の死体が消えたあとに入れておいた彼女のショルダーバッグがあった。

一匹目の実験。わたしはショルダーバッグを出して駐車場の地面に置き、タッパーから飛蝗を一匹つまみあげてトランクに放りこんだ。殺してからなかに入れたほうが大伯母のときの状況を忠実に再現できるのだが、それは気乗りがしないし、まずはこの条件で試してみる。すかさずトランクを閉めて、一〜二分待ってからトランクをひらくと飛蝗は消えていた。実験成功。やはり、このトランクは生き物を消し去る仕組みをもっている。それも、どうやら生死を問わずということらしい。

二匹目の実験。まずはショルダーバッグだけを入れてトランクを閉め、そしてひらく。もちろんショルダーバッグは消えない。この公園に来るまでおなじ状況だったのだから当然のことだ。では、ここに飛蝗を投入したらどうなる？ わたしは期待をこめて二匹目の飛蝗を放りこみ、トランクを閉じた。時間をおいてトランクをひらくと、飛蝗とともにショルダーバッグもなくなっていた。イエス！ わたしは小さくガッツポーズした。このトランクは無生物だけを入れてもなにも起こらない。しかし、生き物といっしょに入れた場合は、ついでに無生物も消してくれるのだ。三谷沢の死体が消えたときに、ドワーフの置物もなくなっていたのはそういうことだ。

三匹目の実験。これは完全に好奇心を満たすためだが、結果によってはこのトランクの本質が見えてくる可能性がある。わたしはタッパーから最後の飛蝗を取りだした。深呼吸をしてからトランクに放りこみ、閉じたつぎの瞬間にすぐさまひらく。単に生き物を消滅させるだけなら飛蝗は消えているはずだ。だが、もしトランクが生き物の肉を食らっているのだとしたら？ その場合、咀嚼《そしやく》には多少の時間を要するのではないか？

果たして、トランクのなかには小刻みに震える飛蝗の上半身——といっていいのかわからないけれど、とにかくうしろ半分が引きちぎられたもの——があった。

げろげろ……わたしは眉間《みけん》にしわを寄せて、そっとトランクを閉じた。やっぱり食べてるんじゃん。大伯母や三谷沢を殺したときには感じなかった罪悪感が、ひしひしと湧きあがった。ごめんね、飛蝗三きょうだい。だけど、あなたたちのおかげで仕組みを理解することができた。トランクはまちがいなく肉を食らっている。どこに歯があるのか知らないが、あきらかに噛みちぎり、飲みこんでいる。

食われたものがどこへ行くのかなんてわからない。シボレー・ベルエアの栄養になるのか、あるいは地獄へ行くのか。しかし、そんなことはどうだっていい。いまのわたしにとって、これほど素晴らしい車があるだろうか。死体も凶器も遺留品もなければ、警察もわたしの罪を立証することはできないはずだ。

大伯父はこのことを知っていたのだろうか？　生前にトランクの仕組みにかかわるような発言をしていた覚えはないが、わたしの知らないところで人間を食わせていたのかもしれない。もしかして、だから大伯母を乗せなかったのか？　……まあいい。いずれにしても、これは天からの贈り物だ。

帰りの車内で、わたしは運転しながら声を出して笑った。これまでに感じたことのない、最高の気分だった。なんだこれ。この車さえあれば、わたしは無敵じゃないか？

＊

助手席にすわる多可史は、黙って窓の外を流れる景色を見ていた。最近お疲れらしく、会社でランチをとるときもあまり元気がない。三谷沢がいなくなって二か月。人員不足で忙しいのだろうか？　あんな女がひとり減ったところで、たいして変わらないような気もするが。

「せっかくミミに乗せてやってるんだから、もっと嬉しそうになさいよ」

「ミミ？」多可史が怪訝《けげん》そうな顔をする。「この車のこと？」

わたしはうなずいてカーオーディオの音量をあげた。『Wouldn't It Be Nice』の楽しげで繊細なメロディが車内に響きわたる。ビーチボーイズが好きなのは大伯父の影響だ。グローブボックスに残されていたカセットテープはどれも伸びてしまっていたから、スマートフォンを接続して配信サービスの楽曲を再生できるタイプのカーオーディオを導入したのだ。ほかにも、わたしはミミのためにさまざまなアクセサリーを購入して設置した。最新モデルのカーナビ、ボタニカルな花柄のハンドルカバー、ワンタッチでひらく小さなダストボックス、アロマ機能つきの空気清浄機、などなど。わたしはミミが可愛くてたまらなかった。

トランクの仕組みを理解したわたしは、ほかに同様の事例がないかインターネットをつかって調べた。まあ、そんなものが普通に報告されていれば世のなか大騒ぎになるだろうから、噂話や逸話のようなものでもよかったのだが、出てくるのはホラーやミステリーなどのフィクションばかりだった。

そんななか興味深い類似点を感じたのは、検索ワードをあれこれ変えて試したときに見つけた〝ミミック〟という名前の怪物だった。ファンタジーの世界を舞台にしたゲームに登場するモンスターで、宝箱に擬態《ぎたい》するという特徴をもつ。

暗い地下迷宮を進む冒険者が、その深部でまさに車のトランクほどもある大きな宝箱を見つける。はいっているのは金銀財宝か、あるいは強力な装備品か。期待が胸を膨《ふく》らませるが、実際にはそのどちらでもない。宝箱の正体はミミックだからだ。彼らはそうやって冒険者を誘い、油断してなかをのぞいたところを内側に隠していた鋭い牙で襲う。蘭の花に似せた姿で獲物を待ち伏せするハナカマキリのような擬態型捕食者なのだ。

あくまで架空の設定ではあるが、その生態は理にかなっているように思える。あるいは、古代からこうした怪物が歴史の影に実在し、ゲームのインスピレーション元になったということもあるのかもしれない。

あのトランクがその怪物に該当するのかどうかわからないが、わたしはミミックの最初の二文字をとって、シボレー・ベルエアを〝ミミ〟と名づけた。涅々とミミ。わたしたちは出会うべくして出会ったと確信する。殺人鬼《シリアルキラー》と死体を食らう車。これ以上完璧な組み合わせがあるだろうか？

ふふふ。殺人鬼——自分でいって、少し笑ってしまう。そう、わたしはいまや殺人鬼なのだ。殺人の証拠となるものをなんでも飲みこんでくれる相棒《パートナー》を得たのだから、そうなるのはきわめて自然なことだ。

総務部を支配するお局さまは帰り道に「送っていきますよ」と声をかけ、車中に誘いこんで殺した。わたしのことをじろじろ見ていたスキンヘッドの男性ジムスタッフもおなじ要領で殺した。ほかにも夜中に部屋で音楽をきいていたら音量を下げろと文句をいってきた隣人や、やたらと馴れ馴れしかった近所のコンビニの店員を殺した。殺せば殺すほど、わたしの生活は自由で快適になった。

一度だけ、刑事がわたしのマンションに来たことがある。行方不明ということになっている大伯母や三谷沢についてきかれたが、なにも知らないと答えるともう来なくなった。死体がない以上真相はわからないし、真相がわからない以上彼らにはどうすることもできない。

人生はシンプルだ。邪魔なやつ、迷惑なやつは殺してミミに食わせればいい。遠慮する必要なんてない。結局のところ、弱者は強者の餌になるしかないのだから。ふふふふ。ふふふ。

「ねえ、涅々ちゃん。涅々ちゃんってば」

「え？　ああ、ごめんなさい。少しぼんやりしていたみたい」

多可史の声にわれに返る。今日は久しぶりに日常をやろうと思ったのだった。このところ、わたしの人生は非日常に傾きすぎている。社会生活を営む以上、日常と非日常のバランスはある程度とらざるをえない。あくまで殺人鬼は裏の顔なのだ。

「今日は海に連れていってくれるんだよね？」

「ええ、そうよ。最近ずっと多可史のことほったらかしにしちゃったから、そのお詫《わ》びも兼ねて海沿いの美味しいレストランを予約したの。期待してて」

多可史のことは、本当にほったらかしていた。いつも社内カフェテリアでいっしょにランチをとっていた。メッセージはろくに読まなかったし、この二か月間デートひとつしていない。いるとはいえ、そろそろ恋人らしいことをしてあげないと、かわいそうというものだろう。

「どうしてずっとぼくのことを放っておいたの？」

「いろいろやることがあったのよ。そのぶんいい店でおごってあげるっていってるんだから、もういいでしょう？」

「……レストランに行く前に、少し話したいことがあるんだ。一度車をとめてくれないか？」

多可史の声には決意めいた響きが感じられた。もしかして、プロポーズでもするつもりだろうか？　わたしのことを殺人鬼とも知らないで――そう思うと興奮して胸が高まった。

南西へむかう道路はちょうど街と街の中間地点で、車通りは少なく、歩行者は皆無だった。ときおり通りすぎる民家はいずれも荒廃しており、人が住んでいるようすはない。しばらく進んだ道沿いに、黄色い葉を茂らせた背の高い広葉樹のある空き地を見つけて、わたしはそこに車をとめた。

多可史はなにもいわず車を降り、午後の日差しに長い影を伸ばす広葉樹のもとへ歩いた。緊張しているのか、その肩は少し震えているように見える。わたしはエンジンを切ってルームミラーで髪を直し、多可史のそばへいった。

「いいわよ。多可史の話したいこと、きいてあげる」

「先週、ぼくのところに警察が来たんだ」

はぁ？

「警察は涅々ちゃんの大伯母さんや、三谷沢さんの失踪について調べてるっていってた。ほかにも総務部の涅々ちゃんの先輩だとか、涅々ちゃんが利用してるジムのスタッフだとか、涅々ちゃんのマンションの隣人だとか、涅々ちゃんの近所のコンビニの店員だとか、みんな行方不明になってるって」

「だからなに？」

わたしは苛々を隠さずいった。ちょっとでもどきどきしてしまったことに腹が立った。

「ぼくだって、涅々ちゃんが事件にかかわっているなんて思いたくないよ。でも、あの車に乗るようになってから、涅々ちゃんずっとおかしいんだもの」

「はぁ？　わたしはずっとわたしよ？　変わったりなんかしてない」

「たしかに前から変なところはあったけれど、そういうところも可愛いと思えたんだ。だけど、最近の涅々ちゃんはそういうのとはぜんぜんちがう。たまにひとりで笑っているとき、自分がどんな顔をしているか知ってる？　……まさに悪魔のようだよ」

こいつ、なにをいってるんだ？　わたしのなにを知っているというんだ？

「大伯母さまだの三谷沢だの、なんだのかんだの、あんなやつらが死んだからってなんだっていうのよ？　わたしはいま、人生でいちばん自分らしく生きているの。これがわたしなの。なのに、どうしてそんなことをいわれないといけないの？」

「……やっぱりきみが三谷沢さんを殺したんだね」多可史は目に涙を浮かべていった。「刑事さんに連絡するから、これからいっしょに警察に行こう。できるかぎり面会に行くよ。きみが罪をつぐなうまで、ぼくはいつまでも待っている」

多可史はポケットからスマートフォンを取りだして、画面の操作をはじめた。刑事を呼ばれるわけにはいかなかった。わたしはすばやく足元から拳《こぶし》ほどの大きさの岩を拾い、スマートフォンが接近しつつある多可史の側頭部に思いきり叩きつけた。殺人鬼を前にして、目線を外すほうが悪いのだ。やはり彼はこの世界で生きるには、善良すぎる存在だった。わたしは倒れて痙攣《けいれん》している多可史の腕からスマートフォンをもぎとり、コール中の通話をキャンセルした。

念のためもう三回、多可史の頭に岩を打ちつけてから、わたしはミミのところにもどった。

かがんでドアミラーをのぞきこみ、口角をあげて笑顔をつくってみる。わたしにはぜんぜん悪魔のようだとは思えない。脳漿《のうしょう》混じりの返り血が、涙のように頰をつたって落ちていった。

多可史の死体と荷物、凶器の岩、返り血を拭いたタオルなどをまとめてトランクに入れて、閉じてからしばらく待ってふたたびひらく。それらはこれまでどおり、跡形もなく消え去った。

わたしはトランクにつっぷして、久しぶりの深いため息をついた。洞窟から、あるいはミミックのいる地下迷宮から漂うような、冷たく澱《よど》んだため息。三谷沢は死ぬ前に、わたしに本当に多可史のことが好きなのかときいた。かっこいいから手元に置いておきたいだけではないかといった。そのとおりだ。

人間がおたがいを理解しあえるなんて、わたしは最初から思っていない。子供のころから、だれひとりわたしをわかってなんかくれなかった。貧困だったり、虐待を受けたりしていたわけではない。そんなわかりやすい理由なんてない。わたしは生まれつきこうなのだ。けれど、ひとりで生きていくのは寂しいから、どうせそばに置くなら見た目の綺麗な人間がいい。そう思って、べつに好きでもないのにわたしから声をかけた。つきあってほしいといったときの、多可史の驚いたような、照れたような表情ときたら……。

そのとき、とつぜん《プッ》と短くクラクションが鳴った。顔をあげてミミの運転席を見る。もちろんだれも乗っていない。ほかの車が通りすぎたということもない。

「ミミ……なの？」

わたしの声に応えるように運転席のドアがひとりでにひらいた。これまでトランクが人間を食べることはあっても、あくまでそれは受動的なものであり、車自体が自分から動いたりはしなかった。

おそるおそる運転席に乗りこむと、やはりドアはひとりでに閉じた。カーナビの表示がめまぐるしく切り替わり、ある一点を目的地に設定する。つづいてエンジンがかかり、シートベルトが蛇のように動いてわたしの体を固定する。

ゆっくりと動きだしたミミは、なめらかなコーナリングで道路へもどり、南へむかって少しずつ速度をあげていった。わたしはハンドルにもペダルにも触れていない。自動運転システムなんて搭載していないから、これはミミがやっていることだ。

怪物はトランクの部分だけだと思っていたが、そうではなかったということだろうか。あるいは、わたしが人間を食わせているうちに、彼女は成長し、進化したのかもしれない。トランクから神経の根を車中に伸ばし、シボレー・ベルエアの車体すべてをおのれの肉体にしたのだとしたら――。

「どこへ行くの？」

質問にミミは答えなかった。言葉を話せないだけのことかもしれないが。カーナビの目的地は、予約したレストランよりかなり先のようだった。周囲に建物のない、海沿いのどこかだ。わたしはシートに深くすわって、なりゆきに身をゆだねることにした。

ミミの運転は心地よかった。ゆるやかにカーブを曲がり、しっとりと柔らかに減速し加速する。まるでコットンの毛布にくるまれて、ゆりかごに寝かされているみたいだった。死体を食らう車が、こんなに優しい運転をするなんて。

西に傾いた太陽が琥珀《こはくいろ》色の光を放つころ、ミミは静かに動きを止めた。目的地はここ——海を望むひっそりとした小さな丘だった。フロントガラスの向こうに、夕焼けに染まる空と海が広がっている。

昼でもない、夜でもない、この時間だけの色合いに目を奪われていると、カーオーディオから美しいファルセットの歌声がゆっくりと響いた。ビーチボーイズの『Don't Talk (Put Your Head On My Shoulder)』だ。わたしは黙ってハンドルに頭をもたれかけた。言葉なんてなくても、ミミの心が伝わってくる。彼女はわたしを慰めようとしてくれているのだ。

ありのままのわたしを受けて入れてくれるものなど、いないと思っていた。だから期待するのはやめて、適当に折り合いをつけて社会とつきあっていけばいいと思っていた。しかし、それは無理なことだった。のけものはどこまでいってものけものだった。わたしは他人と親密な関係を結ぶことが、ついにできなかった。そう望んでも、最後には相手を殺してしまう。

わたしは多可史がプロポーズしてくれなかったことに落ちこんでいるのではない。自分が社会になじめない存在だということを、心の底から実感してしまったからつらいのだ。だけど、ミミはわかってくれる。殺人鬼のわたしを受け入れてくれる。ミミは、わたしが人を殺したときには死体を消し去り、元気をなくしたときにはこんなにもロマンティックに慰めてくれる。

わたしは涙を流しながら、顔をあげて沈みゆく太陽を見つめた。もう、社会とのつながりなんて、すべて捨ててしまってもかまわない。ビーチボーイズの楽曲がクライマックスを迎え、わたしの胸はわななく。

ああ、ミミ。可愛いミミ。愛《いと》しいミミ。もう寂しくなんてない。あなたさえいてくれたら、ほかになにもいらない。幼稚園のころに初めて出会ってから、あなたはずっとわたしのプリンセスだった。これからわたしはあなたのために生きる。わたしのために殺すのではなく、あなたのために殺す。人間をおなかいっぱい食べさせてあげる。

ハンドルの外周を指先でなぞるように撫《な》でて、銀色に輝く中央部分にそっと口づけすると、クラクションが《プーッ》と鳴りわたった。

海が太陽を飲みこみ、やがて訪れた夜空には、わたしたちを導くかのように星が瞬《またた》いていた。

4

マンションの地下駐車場で、わたしはミミを飾りつけていた。ふわりと広がろうとするスカートをときどき片手で押さえつけながら、二メートルずつ切り分けた色とりどりのリボンの端をひとつずつリアバンパーに結わえつけていく。昨夜から眠らずにつづけてきた作業も、あといくつかの工程を残すのみとなった。

ミミが《プッ》とクラクションを鳴らすと、車内からカーラジオの音声がきこえてきた。アナウンサーが神妙な声で朝のニュースを読みあげている。

『――昨晩、神奈川県逗子《ずし》市で発生した大量殺人事件について、警察は現在も犯人を捜索中であると発表し、引きつづき情報提供を呼びかけています。犯人は一九五七年式のシボレー・ベルエアで海沿いのレストランに突っこみ――』

ふふふふ。わたしはカーワックスで艶々《つやつや》になったミミのボディに頬ずりした。

「昨日は楽しかったね。いっぱい人間を食べたね」

わたしの言葉に応えるようにクラクションが《ププッ》と短く二回鳴った。よっぽど美味しかったのだろう。ミミに喜んでもらえると、わたしも幸せな気分になる。ちょっと大胆すぎるかなとも思ったけれど、やってよかった。

「真木田《まきた》涅々さんですね？」

わたしたちふたりの世界に割りこんで声をかけてきたのは、スーツ姿の中年男性だった。うしろに防刃《ぼうじん》ベストをつけた制服警官を三人引き連れている。彼らが駐車場に降りてきたときから気づいていたが、一刻も早く作業をおわらせたかったから放っておいたのだ。わたしは手にしていた最後のリボンを結びおえてから返事をした。

「そうだけど、なにかご用？」

「こういうものです」男性は胸ポケットから警察手帳をつまみだしてこちらにむけた。「そのドレス……失礼ですが、なにをしていらっしゃるんです？」

わたしはスカートの裾をつかんで、純白のウェディングドレスがよく見えるようにその場でくるりとまわった。

「結婚したのよ。これから蜜月旅行《ハネムーン》に出かけるところなの。だからほら、ミミをおめかししてるってわけ」

ミミのリアバンパーに結わえつけられた十三本のリボンの反対側の端には、空き缶がくくりつけてある。いわゆる、ブライダルカーというやつだ。

「結婚……ですか。お相手はどちらに？」

「目の前にいるじゃない。彼女がわたしの配偶者《パートナー》よ」

ミミを指さすと《プーッ、プッ》と愛らしいクラクションが鳴った。スーツの中年刑事は無人の運転席をのぞきこんでも怪訝そうな顔をするばかりで、すぐにこちらに視線をもどした。こいつらはいつも、自分が理解できるものしか見ようとしない。だから、自分が置かれている状況を見誤る。

「よくわかりませんが、お出かけはあきらめてください。あなたを殺人の容疑で逮捕します」

「人間のための法律で？」わたしは笑った。

「そりゃあそうです。あなただって人間でしょう」

「いいえ。わたしはいまや人間の敵になったの。あなたたち人間には、ミミのごはんになってもらうわ」

そういってトランクに手をかけると、うしろの制服警官たちがいっせいに拳銃を抜いた。

「両手を頭の上にあげて、車から離れなさい！」

女性警官が勇ましく叫ぶ。わたしはいわれたとおりに手をあげ、うしろへ下がった。

「おい、車を調べろ。現場からもち去られた死体がはいってるかもしれん」

スーツの中年刑事にいわれて、ほかのふたりの警官がトランクの前へ行った。凛々《りり》しい声をあげた女性警官だけは、わたしに拳銃をむけたまま姿勢を崩さない。

「あなたがいちばん活きがよさそうね」

「なんの話をしているの？　トランクになにがはいっているかいいなさい」

「なにも……というか、これからはいることになるのよ。あなたたちがね」

女性警官は片側の眉をあげて、意味がわからないという顔をした。

彼らはなにも知らずに地下迷宮の宝箱をひらく愚かな冒険者だ。自分たちの命がこの地下駐車場でおわることも知らなければ、ミミという偉大なる捕食者の存在も知らない。ミミが人間を食べるたびに進化することも。昨日たらふく人間を食べて、おそるべき進化をとげていることも。

ふたりの警官がトランクを調べようとした瞬間、いきおいよくフタが跳ねあがり、なかから鮮やかなピンク色をした肉の塊《かたまり》が飛び出した。人間の胴体ほどの太さがある大蛇《だいじゃ》のような形をしたそれは、ミミの舌だった。舌は唾液《だえき》をしたたらせながら、周囲を見まわすように先端を旋回させた。

「全員食べていいわよ」

ミミの舌はうなずくように小さく縦に揺れて、それからそばに立つふたりの警官のうち、近くにいるほうの首にすばやく巻きついた。そのまま天井近くまでもちあげて、ピーナッツでも食べるようにトランクのなかへ投げいれる。

トランクの内側は、いまや口腔《こうくう》そのものだった。ぐるりと縁に沿ってのこぎりのような牙が列をなし、どろりとした粘膜の内壁のまんなかにはミミの胃袋、あるいは地獄につながる深くて暗い穴があいている。

ぼりぼりと音をたててかじられ、細切れになって飲みこまれていく同僚を目のあたりにして、もうひとりの警官が恐怖と混乱の叫び声をあげた。もちろん、だからといってミミは容《よう》赦《しゃ》しない。むしろ嬉々としてこちらの警官にも舌を巻きつけ、口腔のなかに放りこんだ。

応援を呼びにいこうとしたのか、仲間を見捨てて逃げようとしたのか、スーツの中年刑事がくるりとうしろをむいて走りだした。どちらにしても、もう遅い。中年刑事はゴムのように伸びたミミの舌に足をつかまえられて思いきり前に転び、コンクリートの床にしたたかに顔面を打ちつけた。

ミミは泣きながら床にしがみつこうともがく中年刑事を引っぱり寄せて逆さ吊りにすると、頭からゆっくりと口腔に降ろして丸呑みにした。

ひとり残された女性警官は、しばらくのあいだ呆然と言葉を失っていた。無理もないことだけれど、もう少し活きがいいと思ったのに。

「あなたがあの怪物に命令しているの？」彼女は震える声でいった。

「そんなことしないわ。わたしたちはおたがいを愛して、信頼しあっているのよ？」

「……いますぐあいつをおとなしくさせなさい！」

女性警官が叫び、わたしのこめかみに銃口を押しつけた。なんだ、やっぱり元気あるじゃない。しかし、すぐに風のうなるような音がして、拳銃はむなしく床に転がった。ミミの舌が鞭《むち》のようにしなって、彼女の手から叩き落としたからだ。

「残念だったわね」

絶望の表情を浮かべた顔にくるくると舌を巻きつけられ、ミミの口腔へ運ばれていく女性警官を尻目に、わたしはコンクリートの床から拳銃を拾いあげた。まったく近ごろは物騒《ぶっそう》だ。これからは、わたしもこういうものをつかっていくことにしよう。

食事をおえたミミに近づき、彼女の巨大な舌先を胸に抱いて、よしよしとさするように撫でると、《プップーッ》とクラクションが鳴った。ミミは恥ずかしがり屋だから、本当はこんな風に正体を見せたがらない。けれど、わたしを守るために自分をさらけだして頑張ってくれたのだ。なんて優しくて、いじらしいのだろう。

「ありがとう、わたしの可愛いミミ」

ミミの舌はわたしの頬をぺろりと舐めて、閉じていくトランクのなかに引っこんだ。

わたしは飾りつけの仕上げに、徹夜でつくったドライフラワーのリースをナンバープレートの上に貼りつけた。リース中央のメッセージボードに大きな字で書いた言葉は、もちろん《Just Married!》だ。

「ねえ、ミミ。旅ゆく先々で、人間をたくさん食べましょうね。そうしたら、あなたはさらに進化することができる。もっともっと美しくなるんだわ。だれにもわたしたちを止めることはできない。わたしたちは最強なんだから」

愛しい胸に飛びこむように、わたしはミミの運転席にすべりこむ。

カーオーディオの音量を最大まであげて、ハンドルを握り、アクセルを踏む。
胸が躍る《ダンス》、胸が躍る《ダンス》、胸が躍る《ダンス》！
胸が弾む《ファン》、胸が弾む《ファン》、胸が弾む《ファン》！
きっと、最高の蜜月旅行《ハネムーン》になる。

坂崎かおる

封印

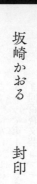

●『封印』坂崎《さかさき》かおる

《異形コレクション》に、燦《きら》めく新鋭を迎えることのできる喜び。

坂崎かおるは、巧緻《こうち》な珠玉《しゅぎょく》の如き短篇を世に問い続けている作家である。今回の起用を決めたのは2023年『幻想と怪奇　ショートショート・カーニヴァル』（新紀元社）発表の第一回『幻想と怪奇』ショートショート・コンテストで優秀作を受賞した「僕のタイプライター」に私の食指《しょくし》が動いたからだが、それ以前の文学賞受賞歴も華々《はなばな》しい。ごく一部だけでも紹介すると（字数の関係上、文学賞の主催は省略）、2020年「リモート」で第1回かぐやSFコンテストの審査員特別賞、2021年「電信柱より」で第3回百合《ゆり》文芸コンテストのSFマガジン賞、同年「フォーサイド」で〝日本SF作家クラブの小さな小説コンテスト（さなこん）〟の日本SF作家クラブ賞、2023年は前述の他に「渦とコリオリ」が第6回阿波《あわ》しらさぎ文学賞大賞受賞——と、輝かしい実績。その合間にも、坂崎かおるは一般文芸誌の依頼に高水準の短篇を寄稿しながら、なおも文学賞に投稿を続けて筆力を磨き続け、その創作過程を自身のウェブに発表するという、あたかも「創る」喜びを体現するかのようなライフスタイルを続けている。

さて本作は、JRが国電《こくでん》と呼ばれた時代を材にとった「鉄分」高めの、綺談と呼ぶに相応《ふさわ》しい逸品である。なお、坂崎かおるの〈乗物綺談〉といえば、空飛ぶ車が史上初めて起こした交通事故を描いた「最初のニュース」がカクヨムに掲載中である。

叔父さんは几帳面《きちょうめん》な人でした。

兄さんは覚えているでしょうか。兄さんは僕と歳が離れていましたし、野球も熱心に始めていましたから、叔父さん夫婦の家に行くという夏休みの旅行にはあまり参加しませんでしたね。だからあまり記憶にないかもしれません。叔父さんの家の、どっしりとした瓦屋根と、その背景の山や川、夜になると降り注ぐ星空は、まるで別の世界へと誘《いざな》われているようで、僕は毎年楽しみにしていたのですけれど、野球部のエースとして活躍していた兄さんはそうではなかったのかもしれません。あの頃から兄さんはいろんなところを飛び回って生活していたんですね。たまには東京の実家にも顔を出してくださいよ。

叔父さんの几帳面さのエピソードを語ろうとすると枚挙《まいきょ》にいとまがありませんが、僕が印象に残っているのは、新聞紙の件です。

父さんの弟なのだから、そこまでの年齢ではなかったとは思うのですが、叔父さんにはその歳よりも妙に老《ふ》けた印象がありました。動きが緩慢《かんまん》であるとか、やたらと皺《しわ》が多いとか、そういうわけではなくて、その立ち居振る舞いの力が抜けた様子というか、壮年と呼ぼうにもそこにエネルギーを感じないのです。これは僕だけの感想ではなくって、兄さんなんか、初めて叔父さんの家に来たとき、わざとらしく「おじぃぃさん」と呼んで、父さんにこっぴどく叱られていましたよね。たぶん、父さんや、同じような年代の男性たちと、生きてきた道筋が違うのだろうと僕は思いましたし、実際に他の大人たちから漏れ聞こえる叔父さんの人生は、順風満帆《じゅんぷうまんぱん》とはいかない、苦労の連続だったようです。彼から醸《かも》し出されるある種の疲れというか、諦《あきら》めのようなにおいは、僕にとっては新鮮にさえ思えるものでした。

叔父さんの家では新聞をとっていて、彼が一番に読む決まりでした。もちろん不文律で、特に誰かに言われたわけでもないのですが、早起きの叔父さんがゆっくりと一枚ずつ紙面をめくり、途中で朝ご飯を食べ、また手にとって、最後のテレビ欄に行き着くところまで、たとえそれが食卓に置かれていても、誰も手にしてはいけませんでした。そういう古めかしい風習のようなものも、彼の「老けた」印象に一役買っていたのかもしれません。でも、その新聞はとてもまっすぐでした。どうまっすぐかというと、こう、食卓が長方形だとして、その一辺に、新聞紙の辺も平行になるように置かれているのです。畳み方もきちんと端と端が合わさり、まるで折り紙のようで、読みかけだったとしても、その四角は守られていました。

僕だっていたずら心は持っていたものですから、朝ご飯の途中に置かれたそれを、わざと、初めはちょっと手が当たったふりをして、その平行からずらしてみました。すると、叔父さんは卵焼きを食べながら、その新聞を見ないで、まっすぐ新聞の位置を戻すのです。もう一回やってみても同じです。僕はその機械じみた動きが面白くって、父さんや母さんに怒られるまで何度も続けました。叔父さんは別に、苛立《いらだ》つ様子もなく、どちらかというと、ぼんやりしているような表情をして、その行為を続けていました。普段からそんな感じだったので、趣味もあまりなく、休みの日にときどき本を読んでいるのを見かける以外は、なにこれとしているわけでもありません。だからこそ、その新聞を丹念に読む姿と、置き方が印象に残っているのかもしれません。兄さんはそんなこと知らなかったでしょう。あなたはきっと、そうやって僕が新聞の平行と直角を気にしているころ、何度も投球練習をしてフォームを調整したり、マネージャーの女の子と楽しくおしゃべりしたりしていたんでしょうから。

そのため、叔父さんがかつて国鉄の車掌をしていたということを知ったときは、少し驚きましたし、同時に、その几帳面さの源泉はそこにあるのではないか、とも思いました。それはほら、兄さんと一緒に、叔父さんの部屋に忍び込んだときです。

あの年の夏は、兄さんは珍しく叔父さんの家への旅行へついて来てくれたんです。兄さんは腕を骨折して、チームも準決勝ぐらいで敗退し、ふてくされた感じでついてきたのを覚えています。僕はヒマワリを観察したり、虫をとったりするのが楽しかったのですが、兄さんはすぐに飽きてしまって、叔父さんの部屋に行こうと言い出したんです。どうしてだか、叔父さんや叔母さんは、そのとき家にはおらず、というか、大人は誰もいなかったような気がします。僕は兄さんと違って臆病だったので、乗り気ではなかったんですけれど、歳の離れた兄というのは、尊敬というより畏敬《いけい》に近い思いがありましたから。もちろん、他人の部屋に入るという背徳的な誘惑もありました。僕は渋々という表情をつくりながらも、兄さんのあとにくっついて、叔父さんの部屋のある二階への階段を登りました。

けれども、その誘惑の割には、初めて入る叔父さんの部屋は殺風景でした。木製の机と本棚、それにくくられた新聞の束。なにか目新しいものがあるわけでもないし、その部屋も、彼の見た目と同調しているような質素さでした。ここそこと触っていた僕たちはだんだん大胆になってきて、いつのまにか兄さんは押入れの中を物色し始めたんです。

いくつかのダンボールの中には、かなり古いものが入っていて、その箱のひとつが、叔父さんの車掌時代の品物でした。きれいに畳まれた制服や帽子、時刻表の雑誌に、列車の部品のような鉄製のものまで、ようやくお目当てのものが出てきた気分で、わくわくしながらひとつずつ取り出しましたよね。「締切車」と印字された紙を見つけたのもその箱です。透明な袋に入ったその紙には、詳しい数字などは覚えていませんが、日付と、列車番号のようなものが書かれていました。兄さんは覚えていないでしょうか。たぶんあなたはそのとき、制帽を被《かぶ》って鏡にでも向かっていたのかもしれません。

そのとき、階段の足音がして、僕たちは慌てました。最初に押入れに隠れようと言い出したのは兄さんだったんですよ。だけど、あなたは僕を押入れに押しこむと、そのまま襖《ふすま》を閉めてしまった。その上、自分は扉の陰にでも隠れていて、開いたと同時に廊下にでも出たんでしょう。まったくひどい人です。おまけに、押入れの襖は棒かなにかがひっかけてあるようで、びくともしません。幸い覗《のぞ》ける程度の隙間はあったので、僕は叔父さんの様子を見ながら、この先どうしようかと考えることにしました。

しばらく叔父さんは椅子に座り、ぼんやりした様子で夕刊の新聞を眺めていました。帰ったときに郵便受けからとったものを、そのまま持ってきたのでしょう。いつもの調子で、正確に折り目をつけながら、一枚一枚丁寧《ていねい》にめくっていきます。押入れにいる僕はそののんびりした動作を苛々《いらいら》しながら眺めていましたが、どうすることもできません。叔父さんは最後のページまで読み終わると、またぴっちりと長方形に新聞紙を折り、立ち上がりました。ようやく出られると思った僕は、叔父さんの顔を見て、思わず「あ」と声を上げてしまいました。叔父さんは、笑っていたんです。あの表情のない叔父さんが、薄く、でも、唇をきゅっと上げて、頬を動かして、笑顔を見せていたんです。

僕の声に気づいたのか、すぐに叔父さんは押入れを開けました。そのときは、いつもの曖《あい》昧《まい》な表情に戻っていて、「ごめんなさい」ととりあえず頭を下げる僕を黙って見ています。けれど、僕が手にしていた「締切車」の紙を見ると、「それ」と短く声を上げ、指差しました。おそるおそる渡すと、懐《なつ》かしそうにしげしげ眺め、「もう話してもいいか」とぽつりと呟《つぶや》きました。

不審な顔をする僕に、「まあ座りなさい」と座布団を勧め、自分は椅子《いす》に深々腰かけながら、その「締切車」の紙を机に置き、話し始めました。それは、彼の車掌時代の話でした。

*

叔父さんは車掌ではありましたが、一般的に想像するような旅客車の車掌ではなく、「荷物列車」と呼ばれる、荷物専用の列車の荷扱いの乗務員をしていました。

兄さんはもしかしたら知っているかもしれませんが、トラックで運ぶ宅配便が整備されるまでは、列車による荷物の配達が一般的だったんです。「マニ」や「キニ」などという名称で呼ばれた車両が、客車につながれたり、あるいは荷物車だけで編成されたりして、日本全国をめぐっていたのです。ところが、手間の割に採算は悪く、文字通り国鉄の「お荷物」の部分も多々あったため、自動車による宅配便網が高速道路と共に整えられるようになった1986年のダイヤ改正により、廃止されたそうです。コロナ禍で、新幹線による荷物輸送が始まったというニュースを見たときは、僕は懐かしく叔父さんの話を思い出したものです。

叔父さんの語る「荷物」の話は興味深いものばかりでした。実際に廃止されるまでまだ十数年猶予《ゆうよ》があったのですが、当時も本当にいろいろなものを運んでいて、今だったらダンボールで送るような小包的なものをはじめ、牛や羊といった生きた動物、車両によっては現金輸送まで行ったそうです。

荷物の中には「急送品」と名付けられたものがあり、さっき言った動物もそのひとつですし、果物や野菜などの生もの、血液や血清など、鮮度を保って届ける必要のあるものばかりでした。そのひとつに、「報道用原稿」というものがありました。文字通り、新聞社の記事の原稿のことです。

そのころは、大阪や東京にしか大規模な印刷所がなく、地方の新聞社や支社は、記事を書いたらそれを本社に送る必要がありました。ファックスもあるにはあったのですが、高価だったこともあり、おいそれと置けるものでもありません。百キロ程度の距離であれば、預けてから二時間程度で入稿までできたそうですから、この時代にとっては簡便だったのでしょう。とはいっても、速報性の高いニュースは、いわゆる「電話読み」で伝えられるなど、列車に託される原稿はどちらかというとゆっくりめな、特産品の豊作報告や、伝統行事の取材であるとか、そういう内容のものだったそうです。運賃は破格の安さで、恐らく赤字続きだったのでしょうが、叔父さんはその取り組みを「文化をあまねく届ける崇高《すうこう》な理念からきているものだ」と評価していました。そんな言い方だったかは子どもだった僕は覚えていませんが、そんなような厳《いか》めしさの雰囲気は覚えていて、叔父さんの物事に対する感じ方の一端を知った気がしました。

原稿は「バック便」という名称の麻袋や鞄に入れて送られました。入れ物の「バッグ」のもじりかと思うのですが、原稿だけでなく、本社宛の企画書や備品が入っていたり、悪い記者は私物を入れて送ったりしたこともあるそうです。新人の記者が自転車とかオートバイとかで駅までその「バック便」を届け、車掌がそれを「急送品」としてその方面の車両に預かるのです。荷物列車は車両ごとに行き先や品目が分けられており、それぞれに荷扱いの乗務員がいました。叔父さんの担当する車両は、そんなバック便が何社もありました。

叔父さんの車掌区では、長野から東京まで荷物を運んでいました。夜中走って、行き先ごとに停車しては荷物を降ろす、ということを繰り返して、終点の隅田川の貨物用のホームに早朝着きます。また、積載《せきさい》した荷物の書類上の管理もあるので、仕事はなかなかたいへんだったようですが、叔父さんは几帳面でしたから、丁寧《ていねい》に職務にあたったそうです。国鉄の荷物列車の粗雑な扱いは有名だったらしく、叔父さんのようなタイプは珍しかったかもしれません。どこまで本当かはわかりませんが、彼が車両内に積み上げた荷物は「隙間ひとつなく」「急停車しても決して崩れることはなかった」と言われていたとか。もちろんこれは、叔父なりの冗談なのかもしれませんが。

「だからあれは天啓《てんけい》だったんだ」

叔父さんがそう口にした「天啓」は僕にはカタカナで浮かび、意味がよく理解できないまま、でもその単語の重々しさはすぐにすとんと落ちました。叔父さんの言う「天啓」は、そんなに気をつけていた荷物をひっくり返してしまった、ということです。それは、バック便の麻袋でした。袋の口は運悪く緩んでおり、中身の原稿がばらばらと床に散らばってしまいました。叔父さんはすぐに拾おうとしたのですが、そのバック便の麻袋を見て、ふと手が止まりました。その袋には聞いたことのない社名が書かれており、表面は緑というかエメラルドというか、妙に色合いがキラキラとして、特徴的な風貌がありました。

「あれは、見てもらいたかったのかもしれん」

叔父さんはそんなことを呟いていました。それは冬の日で、信州の山間《やまあい》は雪が積もり、車内の石油ストーブが赤々と燃えていても手がかじかみ、荷物を検品し書類を書くことに難儀するような天気でした。けれども、自分はそんな日でも荷物をとり落とす、ましてや中身をぶちまけしてしまうようなミスをしたことはない、だから、はじめからそれは神様とかそういう類のものが、自分に見せようと図ったものではないか。そんなことを彼は言っていました。まだ話の道筋が見えなかった僕は、その言葉には同意しかねたのですが、とりあえず先が気になり、そうかもね、と続きを促しました。

「××トンネル崩落」

拾いかけた原稿に、そんな文字が書かれているのを叔父さんは見つけました。そのトンネルの名前は、彼の車掌区ではありませんでしたが、聞き覚えのある名称です。そういう大きな事故があったなら伝達があってもいいものですが、特に何も聞いていません。叔父さんはそれ以上読むことは悪い気がして、手早く原稿をまとめると、なるべく最初と同じように詰め直したから、詳しいことはわからなかった、と付け足しました。それとなく他の乗務員に訊ねてみましたが、そんな話は聞いていないという答えが返ってきました。見間違いか、まつたく関係のない記事なのだろうと叔父さんは思い、とにかくこの原稿が無事に、特にばら撒いてしまったことが相手に気づかれないように届くのを願いました。

ところが翌日の夕方ごろ、乗務員の詰め所のラジオで、そのトンネルが崩落したという臨時ニュースが入ってきたのです。人的な被害はなかったということでしたが、しばらくその区間は不通になるだろうということでした。他の乗務員たちのうわさ話を聞きながら、叔父さんはぼんやりと、その短いニュースを、繰り返し頭の中で反芻《はんすう》していました。

次に同じ車両に勤務した際、まっさきに叔父はあのバック便を探しました。緑に光るそれはそのときもありました。幸い、もうひとりの乗務員は別の作業をしていて背を向けており、叔父さんはためらわずにその袋を開けました。果たして原稿はその中にありました。彼がすばやく目を走らせると、そこには、木曾の小さな神社で行われた祭礼のことが書かれていました。今度は叔父さんは、日付を確認しました。「12月14日」に開催されたという文が読めます。それは今日でも昨日でもなく、翌日の日付でした。叔父さんは、自分の心臓が早鐘《はやがね》のように鳴るのを感じました。そして、自分の手帳に日付と記事のタイトルを書きとめました。それから木曾出身の同僚に確認して、確かに「12月14日」にその祭りが開かれることを確認しました。どういうからくりかはわかりませんが、そのバック便に詰められた原稿は、今より先の出来事が書いてある、「未来」の記事だというのです。

そうですね、笑いますよね。僕も初めて叔父さんに聞いたときは、おんなじ反応をしました。一方で、ちょっと怖い人だと思ってたけど、子供相手にこんな話もできるのだなとも感じました。いくら幼かったとはいえ、こういう手合いの話を馬鹿正直に信じるほどではありませんでしたから。これはいたずらをした僕に対する、叔父さんなりの茶目っ気のある対応なのだろうと思ったのです。

でも、叔父さんはその後も、手帳を読み返しながら、何年の何月にこんなことがあった、それを自分は荷物列車の中でそれが起こるよりも前に読んだ、と話しました。僕でも知っているような事故や災害のこともありましたが、その多くは確かめようのない、地域に限定されたできごとでした。地方から深夜に発出されるバック便ですから、速報性の高い情報があるわけではありません。叔父さんの口から延々と流される、真偽のわからない「ニュース」を、僕は笑うことも嘲《あざけ》ることもできず、ただただ頷《うなず》きながら聞いていました。叔父さんは日付と概要を、その手帳にまめにメモしていたようなのですが、淡々とそれを読んでいく彼の姿に、少しずつ僕は気味悪さを覚え始めたのです。

叔父さんは、やがて、事故や災害から人を救う方法を考えようとした、と言いました。日付と場所が特定できるのですから、その時に、その場所にいないようにすればいいと彼は思い、近親者や同僚などに、その日はそこに近づかないようにと伝えたのです。容易に想像できると思いますが、そんなことは誰も信じませんでしたし、逆に気味悪がられました。まして やそれが本当に起こるのですから、余計に不審がられました。災害ならまだしも、事故などに関しては、叔父さんに疑いの目を向けてくる人もいて、早々に彼はその行為をやめてしまいました。

けれど、それが大きな「罪悪感」であったと、叔父さんは感じていたようです。「誰かが怪我をしたり亡くなったりすることがわかっているのに、自分がそれに対してなにもしないというのは、責任から逃げているような気分になった」と、彼は言いました。叔父さんはそういった物事に対しても几帳面だったのでしょう。よく言えば正義感があり、裏を返せば融《ゆう》通《ずう》の利かない人間でした。

しかし、その「未来」の原稿は、徐々に見る機会が減っていきました。だいたい毎回あった緑色のバック便は、一週間空き、半月空き、と、預けられる間隔が広がっていきました。同時に、原稿に書かれている内容も、すぐ近くの出来事ではなく、もっと先の、一カ月後、三カ月後、といったように、間隔が空いていきました。叔父さんが僕に読み上げるメモの日付も、月単位で開くようになってきました。

「8月10日」

その日付を言う前に、叔父さんは仰々《ぎょうぎょう》しく咳ばらいをし、それからゆっくりと読みました。僕はちょっとびっくりしました。8月10日は、まさに今日とおんなじ日付だったからです。叔父さんは僕に手帳を見せました。それはメモが書かれた最後のページで、その隣のページは空白でした。「99年8月10日」という日付の横に、「東京に大地震」と書いてあり、何時何分という時刻もあります。

「これが俺が見た最後の原稿の記事だ」

死者が一万人、家屋の倒壊は二十万棟以上、叔父さんは手帳に書かれた被害の状況を述べていきます。僕は彼の声を聞きながら、東京にある自分の家が瓦礫《がれき》になり、その町がまったいらに均《なら》されていく様を眼前に見た気がしました。叔父さんの声は迫力があるわけでもなく、むしろぼそぼそとして、聞き取りづらいほどでした。しかし、僕には、その今日であるという日付と相まってか、確かな現実として感じられたのです。

「でも、今年じゃない」叔父さんは僕の様子を見て気持ちを汲みとったのか、柔らかくそう付け加えました。「99年、とあるから、1999年のことだ。まだ先だ」

「だけど、いつかは地震が起こってしまうということ？」そう僕が訊ねると、叔父さんは「いや」と首を振りました。それから、「もし君が」と続けました。「もし君が、このメモを見たら、どうする？」

それはこの話の中で、叔父さんが僕にした初めての質問でした。僕は考えて、いくつかアイデアもあったのですが、もともと引っ込み思案なところがあるもんですから、結局、「わかりません」と小さく答えました。叔父さんはそれを咎《とが》めるでもなく、そうか、と短く言うと、「お前は兄貴が好きか？」と唐突に訊ねました。僕は答えに困り、黙りました。すると叔父さんは、「俺は好きじゃなかった」と言いました。

いえ、兄さんのことではありません。叔父さんの兄貴、僕たちの父さんのことですね。僕はその答えがあまり意外ではありませんでした。傍目《はため》から見れば、父さんは東京の商社で精力的に活躍し、叔父さんは片田舎に引っ込んで細々と暮らしているんですから、子供心にもその格差のようなものは感じていました。父さんが特別何かを言ったり喧嘩《けんか》をしたりということはなかったかもしれませんが、そういう薄皮一枚の隔《へだ》たりが二人にはあったように思います。

「だけど不思議なもんで」叔父さんはそう言いました。「この記事が書かれた原稿を見たとき、まっさきに思い出したのが兄貴なんだ。東京で暮らす兄貴のことを考えたんだ。そうしたら、このままじゃいけない、なんとかしなきゃいけない、そう思ったんだ」

そして、叔父さんは、僕が見つけた「締切車」の紙をひらひらさせました。「その原稿を俺はビリビリに破いた。それからそれを袋に詰め直して、この『締切車』に突っ込んだんだ」

当時、採算が日増しに悪くなっていった荷物列車の事業は、車両の無人化を進めることでどうにかしようという流れがありました。車掌のいない無人のパレット車などを増やしていったのです。それが「締切車」と呼ばれるものでした。道中、荷物を扱うことのない車両は施錠をするため、「封印環」や「封印紙」で扉を閉め切ったことからの名前だそうです。「封印紙」は、僕が見つけた「締切車」と書かれた紙のことで、扉の鍵穴部に直接貼られました。

開けるときは、「封印環」も「封印紙」も壊されたり穴が空いたりするため、容易に異常の有無が確認できるというわけです。

無人車両が増えてきても、急送品は基本的に荷扱いの乗務員がいる車両に積まれました。締切車では、事故などあったときに、他の列車への積み替えができないからです。でも、叔父さんは、「急送品」である報道用原稿を破いた上に、封印される車両に入れたのです。

「絶対に自分の手で処分したかったからだ」と叔父さんは言いました。「書いてあることが未来に起こる記事なのであれば、それ自体を失くしてしまえばいい。そうすれば、きっとそこに書かれたことは起こらない。誰かに見つかってはことだから、目的地に着くまで絶対に見られないところに入れなければならない。仕事が終わったら、回収して燃してしまおうと考えていた」

その締切車の車両は終点まで行く予定だったので、叔父さんは夜中じゅう、やきもきしながら過ごしたそうです。ところが、ニレチという荷扱いの専務車掌が開けるところをわざわざ覗きに行くと、原稿はおろか、あの緑のバック便の袋ごと、失くなっていました。

「しかも、点検の書類にも記載がなくなっていて、元々その荷物は存在していないということになっていたんだ」

不思議だ不思議だ、と叔父さんは大きく頷きました。「うん、うん、だから、あそこに書かれていた地震は絶対に起きない。起きないいんだよ。そうでなければ、あんな不思議な出来事は生まれない。俺は、何万人もの命と生活を守ったのだと、そのとき、確かに思ったんだ」

だけど、毎年『8月10日』は気になっちまう、と叔父さんは続けた。「それで、この日は、こうして新聞をいつもより丁寧に読んだり、ラジオやニュースに耳を澄ましたりするんだ」

叔父さんのその言葉に、先ほど押入れから覗いて見た、彼の笑顔を思い出しました。夕刊であっても、必ずしも今日の出来事が載っているわけではありませんが、その日付を気にしてしまう気持ちはなんとなくわかりました。あれは、なにも起こらなかったという安堵《あんど》のものだったのだと、僕はそのときは思いました。

「だからな、お前もこの日付を覚えておいてほしい」

叔父さんは最後にそう言いました。「1999年の夏も、この家においで。なにも起こらなかったら、二人で乾杯しよう」

これは冗談だとわかるように、叔父さんは笑って言い、「約束してくれるかい？」と、僕の顔をじっと見ました。その目は僕ではなく、僕の先にある、暗いなにかを見据えていました。そのときふと、僕は、僕と叔父さんの間にある、紐帯《ちゅうたい》のような、似通った部分を感じたのです。でも、子供の頃の自分には、それがなんなのかよくわかりませんでした。

＊

後で聞いた話ですが、叔父さんはその日、病院で末期がんの診断を受けていたのだそうです。だから、その日を迎えられないという予感があったのでしょうし、実際、叔父さんは１９９９年よりも前に亡くなりました。僕は葬式のとき、彼のあの手帳を探したのですが、どこにも見つかりませんでした。というより、叔父さんは、自分の荷物をほぼすべて処分していました。几帳面な叔父さんらしい最期《さいご》ではあったと家族は漏らしていましたが、僕はたぶん、そうではないだろうと思いました。僕が思い出していたのは、彼が話してくれた、あの締切車のことでした。しっかりと金属環や紙で封印され、誰にも見られず終点まで走っていく列車を、思い浮かべました。その列車は、音もしない雪の中を、音もなく走っています。叔父さんは、原稿を破いたすぐ後に、車掌の仕事をやめたそうです。生真面目な、彼らしい選択でした。彼はきっと、自分のしたことを、自分の人生を、誰にも見られないよう封印したのです。

兄さんも知っての通り、１９９９年８月10日には、東京にはなにも起こりませんでした。世間は世紀末だ予言だと、７月まではそれこそお祭りのように騒いでいたのに、８月になった途端、ぴたりと静かになったことを、兄さんも記憶にあるのではないですか。皆が急速に破滅から未来への転調を無責任に享受しているときに、僕はひとり、叔父さんが託した「未来」を待っていたのです。僕はあの日、あの叔父さんの部屋にいなかった兄さんを恨みました。もし兄さんもあの話を聞いていたら、僕と同じように悩んでくれたのではないかと思ったからです。いや、そんなことはないですね。あなたはきっと一笑に付して、愚にもつかない法螺《ほら》だと、すぐに忘れてしまったことでしょう。兄さん、あなたはそういう人ですから。

もちろん、その後も、日本各地では大きな地震がありましたし、東京が被害を受けたこともありますが、何万人も犠牲になるようなものはありませんでした。叔父さんの目論見《もくろみ》は成功したのだろう、と思いましたし、だからこそ、こうやって、安普請《やすぶしん》ですが、僕だって東京に居を構えているわけです。それでも、毎年8月10日になると気になって、一日中テレビを見たり、新聞を隅から隅まで読んだりします。そのときの自分の姿は、あの叔父さんと似ているのではないかと鏡を覗いてみたりするのですが、大雑把《おおざっぱ》な僕のだらしない服と部屋がうつるだけでした。

去年のことでした。

僕は研究室の教授のおつかいで、昔の資料を調べていました。給料は安いくせに、人使いが荒いんです。それで、大学の図書館の古い資料を読んでいたら、「昭和88年」という表記が出てきたんです。何のことだろうと訝《いぶか》しんだのですが、当時は昭和が63年で終わるなんて知らないのですから、元号で書くような論文だとか記事だとかは、そうやって便宜的に書くことがあったそうです。計算してみると、昭和88年は2013年になりました。だから、その時代に生きた人にとってはそこまで珍しい方法ではないと思うのですが、その先を生きている者から振り返ると、そんな不思議な年の書き方を新鮮に感じました。

99。

僕はそのとき、久しぶりに叔父さんのことを思い出しました。叔父さんが話してくれた、あの不思議な「未来」の記事のひとつひとつを頭に思い浮かべました。あの原稿を書いていた人は、いったい誰なんだろう、そう考えました。もう少し正確に言うと、いつの時点で書いていたのだろうと。その人物が仮に未来を知る立場にあったとしたら、彼の生きている時代は昭和のあの日、叔父さんと同じ時間軸で過ごしていたんじゃないかって。

99年。

あの手帳に書き写された年号は、果たして西暦だったのでしょうか。もしかすると、と僕は思いました。あれは、昭和99年だったのではないか。昭和は64年、平成は31年、そして

――そうです、昭和99年8月10日は、今日です。

僕はそのことに気づいたとき、叔父さんの目を思い出しました。あの日、僕を見ていて僕を見ていない、僕の先にあるなにかを見ていた目です。確かに叔父さんは原稿を破いた。1999年8月10日はなにも起こらなかった。だけど、この二つの出来事が原因と結果であるとは証明ができない。書かれた時点で未来が確定しているなら、破くという行為にはなんの

意味もなかったのではないか。叔父さんも自身の行為に確信が持てていなかったからこそ、毎年毎年、8月10日のニュースを気にしていたのではないか。

笑顔。

あの日の叔父さんの表情を、僕は安堵《あんど》だと思っていました。いや、それは安堵だったのでしょうが、誰も犠牲にならなかったというその安心ではなく、まだ東京に地震が来る可能性が残されているという期待感、高揚感。「東京で暮らす兄貴のことを考えた」と叔父さんは言いました。本当はなにを考えていたのでしょうか。いつか手にとり読む新聞に、自分の兄が含まれる死者の数を目にするときのことを考えていたのではないか、僕はそう思ってしまうんですよ、兄さん。そうでなければ、どうして僕たち家族が東京に住み続けることを、叔父さんは止めなかったのでしょうか。

兄さん。

落ち着いてください。そろそろ薬が効き始めるころです。大丈夫です、手足がしびれるだけですから。まだ頭も耳もはっきりしているでしょう？　でもよく考えれば、叔父さんの言う不思議な原稿は、叔父さんの記憶の中にしかなかったのですよね。本当はなにもかもつくりもので、あの曖昧な表情を浮かべる締め切られた頭の中で醸成された泥のような想像だったのかもしれない。だけど、そこから生まれ出る気持ちだけは、たぶん叔父さんにとっては真実だったのでしょう。

兄さん。

僕にはわからないんです。自分があなたを憎んでいるかどうか。叔父さんは、僕とあなたの関係を、自分自身の兄弟の関係と照らし合わせたのだと思います。あの目はそういう目でした。迷惑だと正直思っています。勝手に人のことを自分と重ね合わせて。だけど結局、叔父さんが僕に語った言葉はいつまでも僕の心に残り、その僕の中にあった、入口も出口もない、閉じられた感情を溶解せしめたのです。まるで遅効性《ちこうせい》の毒のように。僕はただただ好奇心があるんです。もし、本当に叔父さんの話が真実だったら。地面が揺れ、すべてが崩れ、均されるとしたら。そこにあなたがいて、一緒に崩れ去るとしたら。そのとき、自分の中に起こりうる感情を確かめたいんです。それは憎しみなのか、嫉妬なのか、それとも、他のなにかなのか。僕は確かめたいんです。この、締め切った部屋で。あなたと二人で。

あと少しで記事に書かれていた時刻です。僕には音が聞こえます。ずっとずっと遠くから。時間とか空間とか、そういう軛《くびき》から離れた、はるか遠くから、音が。

大島清昭

車の軋《きし》る町

●『車の軋《きし》る町』大島清昭《おおしまきよあき》

乗物綺談としては欠くことのできない「くるま」の鬼談をご紹介しよう。

作者の大島清昭は、《異形コレクション》二度目の登場。初登場である昨年2022年の「星の降る村」(第54巻『超常気象』収録)の直前には、光文社より『地羊鬼《ちようき》の孤独《こどく》』を刊行。これは中国妖怪の名前に因《ちな》んだ事件を二人の刑事が捜査するホラー・ミステリだが、2023年にはデビュー作『影踏亭の怪談』文庫化(創元推理文庫)に続いて、ホラー長篇『最恐の幽霊屋敷』を上梓《じようし》、怪談と謎解き、ミステリとホラーの融合を標《ひよう》榜《ぼう》する書き手として、独特の存在感を放ち出している。

このような大島清昭のそもそもの出発点は、幽霊と妖怪の研究者なのだが、本作は、その妖怪研究者としての手腕をたっぷりと披露《ひろう》していただいた。もとより、大島清昭が最も好きだと語っていた妖怪について書いて欲しいと依頼したものでもあるが、「くるま」に因んだあらゆる妖怪の知識を披露しながら怪現象の謎をさぐる本作は、大島清昭の妖怪小説として強い印象を残すことだろう。

キュイーンガー、ギーギーという耳障《みみざわ》りな音で、私は目を覚ました。

寝室はまだ暗い。カーテンの隙間から僅《わず》かに街灯の光が差し込んでいるから、室内の様子はわかるものの、ひっそりとした夜の中に沈んでいる。

枕元のスマートフォンで時刻を確認すると、午前一時半を過ぎたところだ。

この和室は、通りに面した二階にあるため、表の音がえらく明瞭に聞こえる。とはいえ、過疎化の進む町の商店街である。平素は深夜ともなれば、人通りは皆無《かいむ》といってよい。近隣の田圃《たんぼ》から蛙《かえる》の合唱が届いてくるくらい、静かなものなのだ。

隣の蒲団《ふとん》で眠っていた夫も、薄目を開ける。だが、細い眉を顰《ひそ》めただけで、無言だった。

それがこの町に昔から語り継がれる仕来たりなのだ。現在では半ば形骸化《けいがいか》したいい伝え――一種の迷信らしいが、あの音が聞こえたら、なるべく声を出してはいけないといわれている。また音の出所《でどころ》が気になっても、できるだけ外は見ない方がよいとも伝えられているそうだ。もっとも、たとえその正体を探ろうとしても、その姿は一切目にすることはできないらしい。

アレを聞くのは、今回が二度目だ。地元では「御車様《おくるまさま》」と呼ばれ、荷車の車輪が回る音だと伝承されている。

他県の出身にも拘《かか》わらず、山形県置賜《おきたま》地方の界町《さかい》という田舎で、中学校の国語教師をしている私が、四代続くこの和菓子店「萬月庵《まんげつあん》」に嫁いだのは、一年程前になる。我ながら、波乱に富んだ人生だと思う。

そもそも神奈川県横浜市で生まれ育った私が、山形県で教師になったのは、米沢市《よねざわ》に住む父方の祖父母の存在が大きい。中学生の頃から教師になりたいという夢があったものの、実際に通っていた都会の学校には全く馴染《なじ》めず、仮病を使ってズル休みをすることも珍しくなかった。電車での通学も、やたらと数の多い同級生も、窓から見える閉塞的《へいそくてき》な景色も、すべてが厭《いや》で、首都圏で教師になるというビジョンは浮かばず、かといって夢を諦めるつもりもなく、どうにも中途半端な心境だった。

夏休みにそんな思いを祖父に吐露《とろ》すると、「それならこっちで先生になればいい」といわれた。目から鱗《うろこ》が落ちる思いだった。両親を説得して、それまで第一志望だった都内の私立大学ではなく、山形大学に進学した。そして、県内の教員採用試験にも無事に合格することができた。あれからもう七年になる。

結婚へ至る経緯《けいい》はもう少し単純だ。元々私は萬月庵の常連客だった。幼い頃から洋菓子よりも和菓子が好きで、中でも素甘《すあま》には目がなかった。だから、三年前に界中学校に赴任して、地元出身の同僚からこの店のことを聞いた時は、すぐさま足を運んだ。

萬月庵の看板商品は「りく姫饅頭」という白餡《しろあん》の入った蒸し饅頭である。パッケージには可愛らしい着物姿のお姫様が描かれ、店頭でも一際目立っている。これは地元に伝わる「りく姫伝説」にちなんだ商品で、創業当時から作られているそうだ。りく姫は都落ちした姫だと伝わっている。あくまで伝説なので、どの程度史実に忠実なのかは不明であるが、一応平安時代後期くらいの話とされている。りく姫はこの地に来ると、都にいる恋人との別れを嘆く余り、徐々に衰弱して死んでしまったという。近所にはりく姫が埋葬されたと伝わる「姫塚」も残されているが、今ではちょっとした心霊スポットで、人魂を見たという者もいる。ともかく、「りく姫伝説」は地元ではよく知られていて、萬月庵のりく姫饅頭も町の名物として紹介されている。

ただ、私は蒸し饅頭が余り好みではないので、毎回素甘と苺大福《いちごだいふく》、それに季節の生菓子を購入していた。殊《こと》に素甘に関しては、祖父母の分も含めて十個近く買っていたので、すぐに顔を覚えられてしまった。後で聞いたのだが、その頃の私は「素甘ちゃん」というニックネームで呼ばれていたそうだ。

それが四代目である今の夫に見初《みそ》められ、半年の交際期間を経て、結婚に至った。プロポーズの言葉は「一生、好きなだけ素甘を食べさせてあげるよ」という冗談みたいな科白《せりふ》で、緊張に震える彼を前に爆笑してしまったのを覚えている。

それまで私は米沢市の祖父母の家から職場に通っていたが、結婚を機に萬月庵で義父母と同居することになった。新しい家族は仕事を続けることに賛成してくれたから、結婚後も教師として界中学校に勤務している。

私が最初に御車様の音を聞いたのは、引っ越してから二箇月程が経過した三月の半ばだった。深夜にギーギーと甲高《かんだか》い騒音が聞こえて、飛び起きた。慌てる私に対して、夫は小声で「気にしなくていいよ」といって、車輪の音が去ってからこう説明してくれた。

「アレは御車様っていって、地獄から悪人を迎えに来る火車《かしゃ》――火の車の走る音だっていい伝えがある」

火車は牛頭《ごず》や馬頭《めず》といった地獄の獄卒《ごくそつ》が引く、火焔《かえん》に包まれた護送車である。以前、博物館の展示で地獄絵を見たことがあるが、そこに描かれた火車は、鬼が燃える人力車を引いているような姿だった。

「この近くに六道寺《ろくどうじ》ってお寺があるだろ？」

「うん」

「あの裏手の岩山に、地獄へ繋がっているっていう洞窟があって、御車様はそこからやって来るって話だ」

京都府の六道珍皇寺《ろくどうちんのうじ》には冥府《めいふ》に繋がっているという井戸があるが、その洞窟も似たようなものなのだろう。界町という地名も、この世とあの世の境という意味合いがあるのだそうだ。

御車様の存在は町内、殊《こと》に萬月庵のある寺町地区では、昔から知られていたらしい。大体二、三年に一度くらいの頻度で音が聞こえるのだが、その原因は不明である。外を見ても姿を確認することはできない。そして、御車様が出ると……。

「近い内に人が死ぬといわれてる」

夫はそういった。

「まあ、本気で信じてるのは年寄りとか信心深い人たちだけだけどな。でも、偶然かもしれないけど、御車様が出るとホントに近い内に不幸があるんだよ」

一般的には、火車は悪事を犯した人間を連行するために出現するとされているが、界町では必ずしも罪人だけが標的となるわけではないらしい。それでも御車様の出た直後に亡くなった人に対しては、自分たちの知らないところで何か悪いことをしていたのではないかという陰口を叩く者もいるそうだ。

火車だとか、人が死ぬだとか、突然そんな話をされても私はピンとこなかった。ただ、自らが耳にした騒音は現実だったので、何らかの自然条件が重なった時に、まるで車輪が軋《きし》るような音が響き渡るのではないかと考えた。それをこの地域では御車様と呼んで、昔から信仰の対象にしているのだ、と。

だから、その翌日に町内の高校三年生が事故死したと聞いた時は、二の腕が粟立った。

その少女は既に京都の大学への進学が決まっていて、前途洋々だったそうだ。しかし、飼い犬の散歩をしている途中で、飲酒運転の車に轢《ひ》き殺されてしまったのである。痛ましい事故として悲しむ者がいると同時に、少女は中学時代にはイジメの加害者だったから御車様に連れていかれたという、真偽の程はわからない噂も囁《ささや》かれた。

あれから一年以上が経過した今、再び私は同じ音を耳にしている。

清少納言《せいしょうなごん》は『枕草子』で「にくきもの」の一つに「きしめく車にのりてありく者」を挙げている。きっと彼女が耳にしたのも、こんな不快な音だったに違いない。脳髄の奥に痛痒《つうよう》を齎《もたら》すようなこの感覚は、硝子《ガラス》を引っ掻いた時の、あの音に類似している。

御車様は停《と》まることなく、萬月庵の前を通り過ぎて行く。

本当にまた、誰かが死ぬのだろうか？

或いは、去年の高校生の死は、単なる偶然なのだろうか？

そんなことを考えて、なかなか眠ることができなかった。

一方、夫は慣れもあるのか、既に寝息を立てていた。その穏やかな寝顔を見ていると、一瞬、先程の御車様のことがまるで夢の中の出来事のように思えてしまう。それでも、私の鼓《こ》膜《まく》にはいつまでも車輪の軋る音が残っていた。

朝になって、定刻に出勤すると、軽い頭痛がした。完全に寝不足だ。

先週から夏休み期間に入っているので、授業がないのが救いである。ただ、校庭では早い時間から運動部の生徒たちが汗を流しているし、校舎内でも合唱部や美術部など文化部が活動を行っているから、生徒たちは存外に多く登校している。私も文芸部の顧問ではあるのだが、部員の多くは自宅で創作活動をしているため、改まって部室に顔を出す必要はなかった。但し、作品の進捗《しんちょく》状況によっては、部員がアドバイスを求めに職員室に来ることもあるので、余り油断しているわけにもいかないだろう。

顳顬《こめかみ》を押さえていると、隣のデスクの東海林《しょうじ》豊《ゆたか》が大きな欠伸《あくび》をして、「昨夜は参りましたよ」と嘆いた。

「やっと娘の夜泣きが落ち着いたところで、御車様のお出ましでしたからね。また娘が泣き出して、うちはしばらく阿鼻叫喚《あびきょうかん》でしたよ」

東海林は社会科担当で、夫の幼馴染《おさなな》じみでもある。萬月庵のことを私に教えてくれたのも彼だ。萬月庵と東海林家は家族ぐるみで付き合いがあるので、結婚後は一気に東海林とも親しくなった。以前から寝癖や無精髭《ぶしょうひげ》が見受けられることがあったが、四箇月前に娘が生まれてからは、それが一層酷《ひど》くなった気がする。ただ、顔には疲労が蓄積されているものの、娘の話をする時の東海林はいつもデレデレしている。そんな姿を見ると、夫も子供が生まれたら同じような顔をするのだろうかと興味が湧く。

「御車様は初めて？」

「今回はインターバルが短かった気がしますけど、いつもはもっと間が空《あ》くんですよ。まあ、逆にいえばそんなに頻繁《ひんぱん》にあることじゃないんで、なかなか慣れないかもしれませんけど」

「いえ、二度目です」

「あの……」

私は声を潜める。

「ん？」

「御車様の音が聞こえると、人が亡くなるっていうのは、ホントなんですか？」

私がそう尋ねると、東海林はお道化《どけ》た表情を崩さずに「じーさん、ばーさんはそういいますね」といった。

「まあ、昔からの伝承といいますか、迷信といいますか、大真面目に信じてる人間は少ないと思いますよ。『トイレの花子さん』みたいなものです。まあ、僕は娘の夜泣きで苛々《いらいら》している妻の方が怖いですけどね」

流石《さすが》に東海林はこの町で生まれ育っただけあって、御車様との距離感も心得ている。

しかし、午後になって、私たちはそんな他人事《ひとごと》のように構えてもいられなくなった。

川遊びをしていた本校二年の男子生徒五人が溺れ、行方不明になったのである。

しかも、どの生徒も私が授業を担当している教え子たちだった。

五人の生徒たちは、他に二人の男子生徒と一緒に、十四時くらいから町内を流れる境川《さかいがわ》で遊んでいた。そこは昔から中高生が釣りや遊泳を行う水深の浅い場所で、これまで深刻な水難事故は起こったことがなかった。

無事だった二人の生徒の証言では、五人は膝《ひざ》が浸かる程度の浅瀬で水の掛け合いをして遊んでいたそうだ。しかし、突然一人が足を引っ張られるようにして転ぶと、次から次へと四人が水中に倒れ、あっという間に流されてしまったという。

「水の中に何かがいるみたいだった」

生徒の一人はそんなことをいっているらしい。

行方不明になった五人は、その日の内に下流で見つかった。全員が心肺《しんぱい》停止の状態で、搬送された病院で死亡が確認された。中学校では急遽《きゅうきょ》保護者説明会が開かれると同時に、生徒たちの精神的なケアを考えて、スクールカウンセラーの数を増やす調整を行っている。

亡くなった教え子たちは、授業態度も、成績も、どちらかといえば良くなかった。だからこそ、私が彼らと交わした言葉は少なくない。担任ではなかったけれど、一人一人の顔も、名前も、声も、鮮明に思い浮かぶ。

毎回わざと教科書を棒読みする阿部《あべ》、テストを返すといつも答案を持参して「ここ、オマケしてよ」と頼みに来る柿崎《かきざき》、行間を読めない鈴木《すずき》、笑い上戸《じょうご》でよく授業を中断させる三浦《みうら》、そして、とにかく人の話を聞かない森《もり》。小憎たらしい態度を取ることの多い彼らだったが、ムードメーカーとしての役割も担っていて、授業はいつも朗《ほが》らかな雰囲気だった。だから、私が彼らに抱いていた印象は、かなり好意的なものである。

五人の死を聞いた時は、悲しみよりも驚きと喪失感が勝《まさ》って、声が出なくなった。遅れて視界が暈《ぼ》けていることに気付き、自分が泣いていることを自覚した。それでもしばらく発声ができなくて、私は流れ続ける涙をティッシュで拭《ぬぐ》い続けた。「どうして？　どうして？　どうして？」という問いがグルグルと渦を巻く。やがてその渦巻は車輪となり、ギーギーと不快な音をたてはじめる。

五人は御車様に連れていかれた。

高齢者を中心に、町内ではそんな噂がすぐに広がった。御車様の出た直後に死んだのが五人の生徒だけだったということもあるが、それ以上に原因は彼らの素行の悪さにあった。夏休みに入ってから、五人は夜間にも出歩いていて、花火や肝試《きもだめ》しなどをして騒いでいたらしい。悪い遊びをしているから罰《ばち》が当たった。そう噂する者もいる。

ただ、私としてはそんな子供の悪戯《いたずら》程度のことで、生命を奪われるのは理不尽だと思う。亡くなった生徒たちの保護者も同じ気持ちだったようで、鈴木の両親は六道寺に怒鳴り込んだと聞いている。

御車様が火車だと考えられているとはいえ、寺側にしてみれば自分たちが責められるのは筋違いだと感じたかもしれない。駐在が出動する事態になったというから、鈴木の両親が相当な権幕《けんまく》だったのは想像できる。ただ、彼らが本気で息子の死を御車様のせいだと考えていたとは思えない。きっとやり場のない激情の矛先《ほこさき》が、六道寺に向いてしまったのだ。

亡くなった生徒たちの家の内、鈴木家と三浦家は六道寺の檀家だった。しかし、どちらの家も葬儀には六道寺の住職を呼ばずに、地元の鎮守《ちんじゅ》である平坂《ひらさか》神社に依頼して、神葬祭《しんそうさい》を行った。これは滅多《めった》にないことらしいが、それだけ家族が御車様と縁があると考える六道寺に抵抗感を抱いたのだろう。

五人の初七日《しょなのか》が過ぎた夕刻、私の足は自然と六道寺へ向かった。

萬月庵のある寺町商店街は、六道寺の参道に当たる。そのため、寺までは徒歩で五分もかからない。

山門を潜《くぐ》ると、境内に人影はなかった。だが、本堂の扉は開いていて、副住職が動いているのが見える。もうすぐお盆期間だから、何かと忙しいのかもしれない。

空はまだ青く、蟬《せみ》の声も喧《やかま》しい。

私は本堂の西側の小道から裏手に回る。そこには檀家の墓地が広がっている。比較的古い墓石が多く、中には苔生《こけむ》して家の名前が判読できないものもあった。

夫の家の先祖も、ここに眠っている。私もいずれはこの場所に埋葬されることになるのだろうか。今一つ現実感がない。お盆を前にして墓掃除をした家が多く、墓地は心なしか整然とした雰囲気だった。それが私には妙に余所余所《よそよそ》しく感じられる。

私の目的地は、墓地の奥にある岩山だった。そこに穿《うが》たれた洞窟こそが、地獄に通じていると伝えられ、御車様がやって来る場所だとされている。中で転ぶと三日以内に死ぬという怪談めいた伝承もあるせいか、滅多《めった》に近付く者はいない。私もこの時初めて訪れた。

薄暗い洞窟に入ると、急に涼しくなった。ごつごつした岩の表面は僅かに湿っている。手前は天井が高く、小さな閻魔堂《えんまどう》が建っていた。近寄って見ると、格子戸の向こうに、黒ずんだ閻魔大王の木造が安置されている。

この洞窟は自然に出来たもので、奥は鍾乳洞《しょうにゅうどう》になっている。内部は複雑な構造になっているので、素人が立ち入ったら、まず戻って来られないそうだ。過去には実際に行方不明になった者もいると聞く。現在は奥へと続く穴には鎖が渡してあり、立入禁止の看板も掲げられている。

その向こうに横たわる漆黒《しっこく》の闇を眺めながら、私の脳裡にはある疑問が纏《まと》わりついていた。

教え子たちの死に、御車様は関係しているのだろうか？

界町の高齢者の多くは、あの車輪の軋る音と生徒たちの死を何の疑いもなく関連付けているようだが、私は釈然としなかった。かといって、御車様の出現のタイミングや現場の五人が溺れる様子の不自然さから、双方が無関係だといい切れない自分がいた。

疑問を解くためには、自分で御車様について調べてみるしかない。

最初に確認したのは、ここ数年で御車様のせいで亡くなったといわれている人々についての情報である。五人の生徒たちの前に死んだのが女子高生なのは私も知っている。しかし、その前については何も知らない。

二人きりの時にそれとなく夫に尋ねてみると、今から四年前に御車様が出たことがあったそうだ。

「あの時は東京から移住しようとしてた夫婦が死んだんだ」

その夫婦は、空き家になっていた古民家を買い取り、自分たちで改装して、カフェをはじめようとしていたらしい。週末になると界町を訪れ、こつこつと準備を進めていたそうだ。

「うちにも何度か来てくれて、感じのいい人たちだったんだけどな」

御車様が出た次の日、古民家が半壊して、二人は建材の下敷きになって死んでしまった。

原因は素人が無理な改装工事をしたからだとされたようだが、実際に救出活動に参加した消防団員によれば、柱が不自然に折れていたそうだ。

「更にその前って覚えてる？」

「えっと、ちょっと待っててな……」

夫は天井を見上げて思案する。

「もしかしたら順番が逆かもしんないけど、一人は後藤《ごとう》って爺《じい》さんで、もう一人は役場の山《やま》口《ぐち》さんって人」

後藤は不動産売買の仲介業をしていた人物で、町内にメガソーラーを建設する計画に関わっていたそうだ。彼は農作業中に、草刈り機の操作を誤って、死亡している。結局、後藤が死んだことで、メガソーラーの話は有耶無耶《うやむや》になってしまったらしい。

山口は役場の観光課に勤める三十代半ばの女性だった。積極的に町の観光資源をPRしていて、萬月庵にも取材に来たことがあったという。彼女は役場の階段を踏み外して落下し、そのまま頸椎《けいつい》骨折で亡くなった。

この他にも、夫には思い出せるだけ御車様に関連する死者を挙げて貰った。その結果、思った以上に数が多いことがわかった。迷信だと聞いていたが、これは因果関係が全くないと考える方が不自然ではないかと思えてくる。それでも夫をはじめ、多くの町民が御車様を深刻に捉えていないのは、その現象が単発的に起こるからなのだろう。或いは、御車様に対する感覚が麻痺《まひ》していて、盲目的に迷信のレッテルを貼っている可能性もある。

さて、夫からの情報によって、御車様に連れていかれた人々は、年齢も、性別も、職業も、バラバラであることがわかった。またずっと町内に住んでいる者もいれば、結婚や仕事の関係で引っ越して来た者もいる。従って、彼らにはこれといった共通点が見出せなかった。勿論《もちろん》、私が彼らのミッシングリンクに気付けないだけかもしれないが。

御車様とその直後に出る死者との関連を迷信だと考える多くの町民の心理には、こうした死者の特徴がバラバラである点も寄与しているに違いない。そこに一貫性がないからこそ、偶然という言葉で表現されるのである。

しかし、共通する点もある。それは亡くなった人たちの死因である。病死や自殺の場合もあるにはあるが、圧倒的に多いのが事故であった。また、御車様が出てから誰かが亡くなるまでの期間は一日から二日のようである。


夫の話から過去の事件を知った私は、五人の生徒たちの死には、やはり御車様が何らかの形で関わっているのではないかという疑いを持ちはじめた。図書館で御車様の歴史について調べようとしたのだが、『界町史　民俗編』の御車様の記述は僅かで、私が既に聞き及んでいる基本的な情報しか得られなかった。

そこで東海林に地元の歴史に詳しい人物はいないか相談してみた。社会科を担当する彼なら、誰か適任者を知っているのではないかと期待したのだ。

「地元の歴史って、具体的にはどんなことを知りたいんです？」

そう尋ねる東海林に、私は正直に「御車様のことです」と答えた。東海林は複雑な表情を浮かべたが、元小学校教師で郷土史家の奥山房雄《おくやまふさお》という人物を紹介してくれた。

奥山の自宅は、田圃に囲まれた一軒家である。赤い屋根の木造二階建てで、傍《かたわ》らには大きな銀杏《いちょう》の木が生えていた。砂利敷きの庭は広く、母屋《おもや》の他にトラクターやコンバインの並んだ納屋や年季の入った大きな蔵も見受けられた。東海林の話では、既に子供たちは自立していて、今は夫婦二人で暮らしているそうだ。元々兼業農家だったそうだが、引退後は晴耕《せいこう》雨読《うどく》の生活をしているらしい。

何となく仙人然とした人物を想像していたが、実際の奥山は白髪を短く刈り込んで度の強い眼鏡をかけた研究者といった雰囲気の人物だった。毎日農作業に勤《いそ》しんでいるだけあって、健康的に日焼けしていて、体つきも逞《たくま》しい。間もなく七十になるそうだが、とてもそんな年齢には見えなかった。

私は縁側に面した客間に通され、冷たい麦茶を振舞われた。開け放たれた窓からは水田を吹き抜けた涼しい風が入り、時折、南部鉄器の風鈴《ふうりん》が鳴る。ただ、普段エアコンに慣れている私は、少し蒸し暑く感じた。

手土産に持参したりく姫饅頭を見ると、奥山は「私はこれが大好物なんですよ」と本当なのか社交辞令なのかわからないことをいって、目尻に皺《しわ》を寄せて笑った。

「それで御車様についてお尋ねでしたね」

事前に用件は伝えてあったので、客間のテーブルには何冊もの書籍が積んであった。

「生徒さんたちのことは、本当に残念でした」

「はい」

「あなたが納得できない気持ちはわかりますよ。実はね、私も若い頃に教え子を御車様のせいで亡くしまして」

そうか。この人も私と同じ体験をしたのか。しかもその口振りでは、教え子の死の原因が御車様であると信じているようだった。急に奥山への親近感が湧いて、自然に胸の奥にあった思いが吐き出されていく。

「どうしてあの子たちが死ななければならなかったのか、あれからずっとずっと考えています。御車様は火車だと聞きました。でも、これまで御車様に連れていかれたという人たちのことを調べると、どうしても違和感があって」

「御車様はね、火車ではありませんよ」

「え？」

火車ではない？　それなら、一体御車様とは何なのだ？

「勿論、これからお話しするのは、私の個人的な見解であると最初にお断りしておきますが……」

「はい」

「界町で火車といったら、大抵は地獄の鬼が引っ張って走る火の車のことだと考えられていますね。けれど、近現代の民俗資料では火車は葬列や墓場から死体を盗む妖怪だとされています。車の出現を伴わないことから、カタカナ表記で『カシャ』とされることも少なくない。その正体は化け猫や魍魎《もうりょう》などといわれていて、所謂《いわゆる》地獄の火の車とはだいぶ違っているんです」

「魍魎というのは、魑魅《ちみ》魍魎の魍魎ですか？」

「そうです。魍魎は中国に由来する妖怪ですが、亡者の肝を食うということから、死体を奪う火車と結びついたと考えられています。先行研究によれば、化け猫の火車の事例が出てくるのは、十七世紀末から十八世紀の初頭以降になるそうです。こちらをご覧ください」

奥山は用意していた資料の中から大判の書籍を取り出すと、私の前に広げた。それは江戸時代の鳥山石燕《とりやませきえん》という絵師が描いた妖怪画を纏めた画集だ。奥山が見せてくれたのは、『画《が》図百鬼夜行《ずひやっきやこう》』という本に記載された「火車」と題された絵であった。屋根の上に立つ炎を纏った化け猫の姿で、後ろ脚で直立し、腕には死体らしきものを抱えている。

「火の車とこの化け猫タイプの間には、雷神のような姿もあって、火車が時代ごとに変化しているのがわかります。まあ、そうした細かい点はおいておくとしても、江戸時代の時点でコレですからね、全国的に見ても御車様が火の車だとすると、非常に珍しい事例なのはわかっていただけると思います」

「でも、そんなに珍しいのなら、どなたかが調査されているのではないですか？」

「調査は行われています。私も何度か大学に所属する民俗学者や学生のフィールドワークに協力しました。しかし、その成果が発表されたことはありません」

「どうしてです？」

「みんな発表前に死んでしまったからですよ」

「え？」

「どの人も界町で調査中に御車様が出て、その犠牲になっているんです」

それを聞いて、背筋に冷たいものが走った。まるで御車様が自らを調べられるのを厭《いと》うているようではないか。

「先行研究には幾つか目を通しましたが、平安時代から江戸時代のはじめくらいまでは、火の車としての火車の事例は多数あるようです。それらの事例を見ていくと、火車は一般の人には見えませんが、連行される本人には見えるというのですね。けれど、御車様は誰の目にも見えません。少なくとも私は、亡くなった人が御車様の姿を見たという話を聞いたことがない」

御車様が出現してから、死者が出るまでには若干の猶予《ゆうよ》がある。もしも自らが火車を目撃しているのならば、周囲にそのことを話すのが自然だろう。

「そういう引っ掛かりがあったものですから、私は郷土資料館や平坂神社が所蔵している文献資料を調べてみたのです。すると、興味深いことがわかった。資料の数は少ないのですが、中世までの文献には、御車様のことは『神』乃至《ないし》『化物』と表記されているのです。御車様が火車だという記述は全くありません。しかも御車様による住民の死については『祟り』だと書いてありました。一方で近世に入ってからの資料になると、御車様は火車であるという記述が増えていくんです」

「それって……」

「そう。全国的には火の車としての火車の事例が少なくなっていくのに対して、界町では御車様は火の車だという記録が増えている。これは余りにも不自然でしょう？」

「そうですね」

「実はこれには理由がありました。御車様が火車だと最初にいい出したのは、当時の六道寺の住職らしい。どうも説法の一つとして、御車様を仏教に合う形に取り込んだようなのです。ですから、御車様が火車だというのは、あくまで後付けなんですよ」

「じゃあ、御車様は一体？」

そう尋ねると、奥山は指先で眼鏡を上げた。

「私はね、御車様は片輪車《かたわぐるま》なんじゃないかと思うのです」

一般的に片輪車といえば、木製の車輪をモチーフにした文様《もんよう》である。流水に車輪が浸されたようなデザインで表現されていて、平安時代末期以降に着物や手箱の蒔絵《まきえ》など様々な道具に使用されてきた。また、一輪車という意味もあるが、奥山がいう片輪車とはそうした意味ではなく、妖怪の名前なのだそうだ。

「片輪車には男女二種類のものがありましてね……」

奥山はまず江戸時代の怪談本『諸国百物語』の片輪車について次のように話した。

昔、京都の東洞院通《ひがしのとういんどおり》に、片輪車という化物が出て、夜な夜な通りを下《しも》から上《かみ》へ移動していた。人々はこれを恐れて、夜になると往来することがなかった。ある家の女房がこれを見たいと思って、格子の内側から窺《うかが》うと、夜半過ぎの頃、片輪車の通る音がした。牛も人もいないのに、牛車の車輪が一つ回っている。よく見てみると、車輪には引き千切られた人間の片脚が提《さ》げられていた。

女房が驚いていると、片輪車は「我を見るよりも、お前の子を見よ」といった。恐ろしくなって家の中に入ると、三つになる我が子が、肩から股まで引き裂かれて死んでいた。しかも片脚は見当たらない。女房は嘆き悲しんだが、もう遅い。片輪車が提げていたのは、我が子の脚だったのである。

奥山は『諸国百物語』の片輪車の挿絵《さしえ》も見せてくれた。車輪の中央に禿頭《とくとう》の男の首がついていて、口には子供の片脚を咥《くわ》えている。

「石燕はこの片輪車をモデルにして、輪入道《わにゅうどう》という妖怪を描いています」

奥山は鳥山石燕の画集のページを開いて、今度は『今昔画図続百鬼《こんじゃくがずぞくひゃっき》』の「輪入道」をこちらに見せる。炎の纏わりついた牛車の車輪に、大きな入道の首がついていた。『諸国百物語』の絵よりも随分と洗練されている。詞書《ことばがき》には「これをみる者魂《たましゐ》を失《うしな》ふ」とあり、『諸国百物語』よりも一層恐ろしさが増している。とはいえ、そのビジュアルは水木《みずき》しげるの『ゲゲゲの鬼太郎』に度々登場しているので、私にも見覚えがあった。

「実は近年の研究で、京都の片輪車には、その原型だと考えられるような怪異が存在することが、明らかになっています。それが、やぶれ車です。これについては、安土桃山《あづちももやま》時代から江戸時代初期にかけての歴史書である『當代記《とうだいき》』に記されています。やぶれ車は、車が通る音がするのに姿が見えないという怪異で、京都に二度出現しましたが、どちらも凶兆だったそうです。京都には他にも牛車《ぎっしゃ》に関する怪異があって、『閑窓自語《かんそうじご》』という江戸時代の随筆には、ある宵《よい》に御殿の上で牛車の音がして、殿上人《てんじょうびと》を恐れさせたなんて話もあります」

続いて奥山は、江戸時代の随筆『諸国里人談《しょこくりじんだん》』に記された片輪車について話し出す。寛文《かんぶん》の頃というから、一六六一年から一六七三年の間のことである。近江国甲賀郡《おうみのくにこうかぐん》（現在の滋賀県南部）に片輪車というものが、深夜に車の音を立てながら移動していた。これに遭遇すると、即刻気を失うことから、人々は夜が更《ふ》けると往来をやめ、家に閉じ籠《こも》った。また片輪車のことを嘲笑するようなことをいうと祟りがあるともいわれ、誰も声を出すこともなかった。

ある家の女房がこれを見たいと思って、戸の隙間から覗《のぞ》くと、引く人もいない車輪が一つの車に、美女が一人乗っていた。それは女房の家の前で停まると、「我を見るより、我が子を見よ」といった。女房が驚いて寝室へ行くと、二歳になる我が子の姿が消えていた。女房は嘆き悲しみ、翌日の夜に次のような一首を戸に貼っておいた。

罪科は我にこそあれ小車のやるかたわかぬ子をばかくしそ

この歌を読んだ片輪車は「優しい者だな。ならば子は返してやる。我は人に見られてはこの場所にはいられぬ」といって、その後現われることはなかった。

「内容は『諸国百物語』と似ていますが、こちらは片輪車が女である点や母親が自らの罪を悔いたことで、子供は無事に返される点が違っていますね。ちなみに石燕が描いたこちらの片輪車はこれです」

「片輪車」は『今昔画図続百鬼』の「輪入道」の前のページに描かれていた。炎に包まれた一輪の車に女が乗っている。詞書は『諸国里人談』の内容とほぼ同じだったが、結びは「そのゝちは人おそれてあへてみざりしとかや」とあって、片輪車がその後も出現したことを匂わせている。

「この図象についても研究がありまして、石燕はこの片輪車を描くに際して、地獄絵などで見られる火の車の図像を参考にしたと考えられています。車を引く獄卒を省いて、車輪を一つにしたわけです。火の車では乗っている女は罪人でしたが、デザインを変えたことで、女そのものが妖怪になっている」

また火の車だ。ぐるぐると似たような妖怪の話が繰り返されたかと思うと、いつの間にか最初の火車に話が戻ってきてしまった。まるで車の妖怪全体が、人間を惑わす車輪の化物のように思えてしまう。

「江戸時代の随筆である『譚海《たんかい》』にも、『諸国里人談』と似た話があるのですが、そちらは舞台が信州で、片輪車を『神』と書いています。それから、朧車《おぼろぐるま》という妖怪もまた、片輪車から派生したものだという説もあります」

奥山は慣れた手つきで、画集の『今昔百鬼拾遺』「朧車」のページを開く。点線で描かれた霞《かすみ》のような牛車から、髪を振り乱して、巨大な恐ろしい顔が覗いている。詞書には「むかし賀茂《かも》の大路《おおぢ》をおぼろ夜《よ》に車《くるま》のきしる音《おと》しけり。出てみれば異形《いぎやう》のもの也。車争《くるまあらそひ》の遺恨《いこん》にや」とある。

「国語が担当でいらっしゃるから、車争いについてはご説明しなくてもおわかりですね」

「ええ」

車争いとは、祭礼見物などで牛車の置き場所を巡って、双方の従者などが争うことをいう。

「この朧車は石燕の創作らしいのですが、図像そのものは『百鬼夜行絵巻』に出てくる天狗《てんぐ》の牛車に非常に似ています。ただ、朧車そのものは、どうやら『源氏物語』葵巻《あおいのまき》の『車争い』のエピソードから着想を得ているようなのです。朧車という名前もオンボロ車にかけたものだといわれていますから、壊れた牛車の妖怪ということなのでしょうね」

『源氏物語』の「車争い」では、賀茂祭《かもまつり》において葵の上と六条御息所《ろくじょうのみやすどころ》が牛車の場所を取り合う場面がある。女同士の争いに敗れた六条御息所は怨恨《えんこん》を残し、生霊《いきりょう》となって葵の上に祟ることになる。つまり、朧車の牛車から覗く顔は、六条御息所ということか。能の「葵上」では六条御息所の生霊は鬼面《きめん》を付けているが、朧車も鬼のような顔貌《がんぼう》をしている。それに「葵上」で六条御息所は破れ車《や》、即ち、壊れた車に乗って登場するのである。

「少し脱線しましたが、とにかく私は御車様は片輪車なのだと思うのですよ。先程お話ししたように、片輪車は京都、滋賀、長野と出現場所が移動しています。従ってこの山形に出たとしても不思議はありません。そして、御車様が出た直後に死者が出る理由は、彼らがその姿を見てしまったからではないかと思うのです」

「え？　でも、御車様って見えないんですよね？」

「ですから、何らかの条件が揃った時に、その姿を見ることができるのではないでしょうか。犠牲になった方々は、故意か偶然かはわかりませんが、その方法で御車様を目にした。先程もお話ししました通り、片輪車の姿を見ることは禁忌《きんき》とされています。それを破ったが故に、『諸国百物語』でも、『諸国里人談』でも、自らの子供に災難が及んでいますよね？」

「ええ」

「片輪車については、柳田國男《やなぎたくにお》も『日本の祭』で取り上げています。柳田は、祭りの際に神を祭場へ迎えるのを誰にも見られないように行っていたのが、片輪車の起源だと考えていました。御車様も過去の文献では『神』と記されています。ですから、その見るなタブーは極めて重いものなのだと思いますよ」

　奥山の家を後にしてから、私は改めて御車様について考えた。

確かに彼の仮説ならば、御車様に連れていかれるのが悪事を働いた者とは限らないことの説明にはなるだろう。しかし、口には出さなかったが、奥山の主張には腑《ふ》に落ちない点もあった。

それは御車様が見える条件について、奥山から何の説明もなかったからだ。残された文献から判断して、御車様は相当古くから知られていたと推測できる。もしもそれが可視化される条件があるのならば、とっくに知られているのではないだろうか。そして、明確な禁止事項として伝承されている可能性が高いのではないかと思う。しかし実際は、御車様の音がしたら、なるべく往来は見ないようにするという、やんわりとした注意しか存在しない。

加えて、もう一つ疑問がある。仮に今回亡くなった私の教え子たちが、何らかの特殊な条件をクリアして御車様の姿を見ているのなら、彼らの性格からいって、死ぬ前にSNSでそのことを発信しているはずである。しかし、そのような事実は全く確認されていない。

私としては、御車様は片輪車ではなく、むしろその原型のやぶれ車の方が近いのではないかと思うのだ。つまり、御車様そのものが人間を死に至らしめているのではなく、あくまで誰かの死の予兆として出現しているのではないだろうか。やぶれ車の姿が見えないという特徴も、御車様と酷似している。

奥山の話を聞けたことは、私にとって有益であった。一応の解答を得たことで、何となく気持ちの整理がついたからだ。

御車様とその直後に亡くなった人々との間に明確な繋がりが発見できない以上、五人の教え子たちの死は、人知の及ばぬものによって引き起こされたものではなく、やはり彼らの不注意が原因だったと考えるのが妥当だろう。一緒にいた生徒たちは五人の溺れる姿に不自然さを感じたようだが、そもそも人間が川で溺れる様を目撃したのは初めての経験なのだから、その証言だって何処《どこ》まで信憑性《しんぴようせい》があるのかわからない。結局、御車様という存在によって、不運な死に超常現象めいたイメージが纏わりついただけなのだ。

今、私にできることは、あの子たちの冥福《めいふく》を静かに祈るだけである。

それから二年以上が経過した九月、暗闇の中を夫の運転する車が走っていた。ヘッドライトが照らす道に、対向車はない。それも当然で、時刻は深夜一時を回っている。私は助手席で眠気を堪《こら》えながら、努めて夫に話しかけるようにした。

二泊三日で栃木県の日光市《につこう》へ旅行に出かけた帰りである。世界遺産の二社一寺を巡り、いろは坂を上って中禅寺湖《ちゆうぜんじこ》や奥日光三名瀑《さんめいばく》も見に行った。紅葉シーズンにはまだ早い時期だったから、然程《さほど》混雑もしていなかったし、天然氷のかき氷も提供されている期間だった。

全身には心地よい疲労感があって、このまま眠れたら最高なのだが、自宅まではあと一時間近くある。

生徒たちの水難事故の翌年、私は米沢市内の中学校に異動になった。通勤には一時間弱もかかるが、亡くなった五人の面影が残る校舎から離れることができたことで、精神的にはだいぶ落ち着くことができた。しかし、今でも車で現場になった川にかかる橋を渡る時には、胸が締め付けられるような気持ちになる。

萬月庵にも変化があった。私の提案で、今月から長らく看板商品にしていたりく姫饅頭の販売を止《や》めたのだ。もうずっと売れ行きが悪くて、個数を抑えて作っていたのだが、それでも売れ残ることが多くなった。商品全体の売上も減少傾向にあったから、できるだけ切り詰めて経営していかなければならない。義父と夫は創業時からの伝統を途絶えさせることに抵抗があったようだが、背に腹は代えられない状況だった。

代わりに私は、地元の果物を使ったフルーツ大福を看板商品にするよう勧めた。以前からテレビやインターネットで各地のフルーツ大福が取り上げられていて、その断面の美しさがSNSでも話題になっていたからだ。萬月庵ではこれまでも苺大福を置いていたが、葡萄《ぶどう》、桃、さくらんぼなど種類を増やした。評判は上々で、常連客だけではなく、新たな若い世代の客も獲得している。

あれから御車様は出ていない。高齢者が亡くなることはあったが、悲惨な事故や事件が起こることは皆無で、界町には穏やかな時間が流れている。

だから、私は油断していた。

やっと我が家に着いて、車を車庫に駐《と》めようとしていた時のことだ。闇を震わせて、キュイーンガー、ギーギーという音が聞こえた。

「御車様だ」

夫は小声でそういって、車庫入れを中断した。

ギーギーという耳障りな音が萬月庵にどんどん近付いて……。

店の前で停まった。

何だ？　何が起こっている？

こんなことは初めてだ。

街灯で照らされた道には、当然ながら何も見えない。

しかし、音が止んだということは、すぐそこに御車様がいるのだ。

焦っているのは夫も同じようで、ハンドルを握ったまま、金縛りになったかのように動けないでいる。

そのまま一、二分程が経過すると、再び車輪の軋る音がして、御車様は店の前から去って行った。

私も夫もしばらく硬直して、馬鹿みたいに無人の往来を眺めていた。

「なあ、ドライブレコーダーの映像、見てみないか？」

唐突《とうとつ》に夫がそういった。

「どうして？」

「肉眼では見えなかったけどさ、もしかしたら御車様が映ってるかもしれない。ほら、心霊特番とかで現場では何も起こらなかったけど、後で撮影した映像を確認すると、変なものが映ってたっていうのがあるだろ？」

どうやら夫は、自分の思い付きに好奇心を刺激されているようだ。私の返事も待たずに、そそくさとドライブレコーダーを操作する。

やがて車内モニターに映し出されたものを見て、私は戦慄《せんりつ》した。

それはまさに、異形のモノだった。

牛車である。

恐らくは、網代車《あじろぐるま》だろう。屋形《やかた》のあちこちが見るも無残に破れ、物見の懸戸《かけど》も一枚外れている。本来牛がいる轅《ながえ》の先には、何も見えない。

しかし、それはひとりでに動いていた。

正面には、巨大な女の顔が飛び出している。血走った眼でこちらを睨み、牙を剝《む》き出しにして、ギリギリと歯軋りしていた。明らかな憤怒の表情である。長い髪は渦を巻き、まるで周囲のものを絡め捕ろうとしているかに見える。

朧車だ。

映像を見た瞬間に、そう思った。

そして、私は御車様の正体に気付いた。

御車様は、りく姫の怨霊なのだ。

彼女に纏《まつ》わる伝説には幾つかバリエーションがある。恋人との別れを嘆いて徐々に衰弱死したというのが一般的であるが、他にも恋敵に相手を奪われた絶望から自ら生命を絶ったという話もある。恋人の男は年下で、若い女に心変わりしたのだとも伝わっていた。

りく姫の境遇は、『源氏物語』の六条御息所に通じるものがある。もしかしたら、紫式部《むらさきしきぶ》は実在した女性をモデルに六条御息所を書いたのではないか？　そのモデルがりく姫だったのではないか？　そんな飛躍した妄想まで浮かんでしまう。

御車様がりく姫だとすると、これまで亡くなった人々の死の原因にも説明がつく。

死んだ高校三年生は京都の大学へ進学が決まっていた。だから、御車様に嫉妬されて、祟り殺されたのだ。教え子たちが死んだのは、恐らく姫の祀《まつ》られた塚で肝試しをして、その逆鱗《げきりん》に触れたからではないか。古民家カフェを営もうとしていた夫婦が死んだのは、わざわざ都会から進んでこんな田舎町に住もうとしたことが御車様の機嫌を損ねたのではないかと思われる。不動産売買の仲介をしていた後藤も、りく姫の塚のある土地に手を出そうとした可能性があるし、役場の観光課の山口は町のＰＲのためにりく姫に関わることがあって何らかのミスをしたのだろう。

先程萬月庵の前で御車様が停まった理由も明らかだ。

「りく姫饅頭を作るのを止めたから……」

これから私たち家族に一体どんな災いが降りかかるのだろうか？

そもそも横浜出身の私は、真っ先にりく姫の祟りに見舞われる要素を持っていた。それが今まで無事だったのは、りく姫饅頭の存在が歯止めになっていたからではないのか。

事情を知らない夫は、もう一度映像を見返しながら、「凄い！　凄い！」と無邪気に興奮していた。

心に暗雲が垂れ込めたまま、私は外に出る。

耳を澄ますと、遠くから車の軋る音が聞こえた。

〈主な参考文献〉

今井秀和「片輪車という小歌――妖怪の母体としての言語」『日本文學研究』四六号、大東文化大学日本文学会
今井秀和「妖怪図像の変遷「片輪車」を中心に」小松和彦編『〈妖怪文化叢書〉妖怪文化の伝統と創造――絵巻・草紙からマンガ・ラノベまで』せりか書房
勝田至「火車の誕生」常光徹編『国立歴史民俗博物館研究報告 第174集［共同研究］兆・応・禁・呪の民俗誌』財団法人 歴史民俗博物館振興会
木場貴俊『怪異をつくる 日本近世怪異文化史』文学通信
小松和彦監修『日本怪異妖怪大事典』東京堂出版
高田衛・原道生責任編集 太刀川清校訂『百物語怪談集成 叢書江戸文庫2』国書刊行会
高田衛監修 稲田篤信・田中直日編『鳥山石燕 画図百鬼夜行』国書刊行会
西村聡「『葵上』における死霊のイメージ：火車に乗った六条御息所」『説話・物語論集』10、金沢大学古典文学研究会
日本随筆大成編輯部編『日本随筆大成〈第二期〉24』吉川弘文館
水木しげる画 村上健司編著『改訂・携帯版 日本妖怪大事典』角川文庫
柳田國男『柳田國男全集13』ちくま文庫

芦花公園

カイアファの行かない地獄

●『カイアファの行かない地獄』芦花公園《ろかこうえん》

前回の《異形コレクション》第55巻『ヴァケーション』では、発売前からSNSで話題沸騰《ふっとう》のトロピカル・ホラーを披露《ひろう》して、印象的な《異形》デビューを果たした芦花公園。再登板となる本作は、読むのに覚悟がいるかもしれない。精神の深い部分を鋭く抉《えぐ》るような衝撃と、静かな戦慄《せんりつ》を与えてくれる、希有《けう》にして異色の物語だからである。

このタイトルのカタカナ部分の意味をご存じのない方も検索するのは読み終わるまで我慢していただいて、まずは、この少女の独白に耳を傾けて欲しい。まさに現代的な、つい最近のニュースで見たような舞台。だが——気がつく読者もいるはずだ。これは、もしかしたら、あの歴史的にも有名な「事件」の再現を目《ま》の当たりにしているのではないだろうか、と。

芦花公園は、たとえば『とらすの子』（東京創元社）、『パライソのどん底』（幻冬舎）などでも巧妙に鏤《ちりば》め、『異端の祝祭』から『漆黒の慕情』『聖者の落角』（すべて角川ホラー文庫）と続く〈佐々木事務所〉シリーズでじわじわと描いてきたとあるモチーフの、いわば核ともいえる部分を、世にも異形な方法で表現したのが本作ではないかとも思われる。実に畏《おそ》るべき試みだが、こうした作品を収録できる器として、《異形コレクション》が選ばれたのなら、実に光栄なことだと思う次第。

おはようございます、今からお仕事ですか？

それとも、もしかして帰宅中ですか？

ご立派なことですねえ、真面目に働いて、お金を稼いで。

席を立たないで下さい。別に、危害を加えようだとか、何かせびってやろうだとか、そんなことは考えていませんから。

話に付き合って欲しいだけです。ほんの少しの間。次の駅に着くまでの間。

私はね、こんな格好をしていますから、信じてもらえないことも多いんですけど、金持ちの家に生まれたんですよ。父親の名前も、祖父の名前も、検索したら出てきますよ。偉い人、としてね。

私には兄が二人、弟が二人いるんですけど、本当に全員優秀でね。対して私は何をやっても人並み以下にしかできなくて。性格も怠惰《たいだ》で、努力して、せめて人並みになろう、などという気力もありませんでした。

父も母も美しい人だったんですけどね、誰に似たのか、このとおり容姿も良くないので、可哀想に思ったんでしょうね。

父は私に、働いてもいない小娘に、自由にできる金を与えたんですよ。

ええ、今でも本当に、金だけは持っていますから、あなたなんかから盗《と》る必要もないですし、ご安心ください。

それで、金を持っていてもね、私は無能ですから、良いことも悪いことも全く思い付かなくて……というか、考える気にもならなくて。ただ、友達は欲しかった、ような気がします。

今考えるとそれは友達ではなく、見下せる対象だったと思います。両親も兄弟も私にひどいことはしなかったのですが、常に見下されているなと感じていました。小学校でも、ほとんど行かなかった中学校でも、見た目も中身も良くない私は見下されていましたから、それ以外の人間関係が分かっていなかったような気がします。今もですけど。

見下せる友達探しの果てに辿り着いたのが、テツヨコですよ。知ってますか、テツヨコ。

数年前に話題になったでしょう。鉄道横広場。電車に詳しくないのでよく知りませんが、広場に、昔中国地方を走っていた電車の車両が二両ぶん飾ってある、あの広場。実際に中に入って座席に座れるんですよ。ホームレスが居付かないようにって夜間は施錠《せじょう》してあるんですけど、そんなの意味ありません。鍵なんて、開ければいいんですから。

あそこに、行き場のない少年少女が集まってきて、いつの間にかテツヨコ界隈《かいわい》なんて呼ばれるようになって。

やっぱりご存知ですよね。私もあの中にいたんです。

居心地は良かったですよ。だって、私より下の人間しかいませんし。あいつらってお金ないから、何してるかっていうとパパ活なんですよね。勿論《もちろん》、デートだけなんてありえなくて、体売ってる。

それでもっと面白いのが、テツヨコにいる大人なんですよ。まあ、私も今は大人ですけど、その時は少女だったんで。

大人たちは、なんか、あの辺にいる子たちの理解者っていうか、指導者ぶってて、でも当たり前ですけど、正しい方向に導く気はさらさらなくて、売春の斡旋《あっせん》とかしてましたね。斡旋したからっていう理由で、お金巻き上げてましたし。そうそう、上納金ってやつ。

私は普通にお金持ってたんで、奴ら大人が欲しいものとか買ってやっても全然減らないくらい持ってたんで、一目置かれる？　っていうのかな、バカバカしいですけどね。それは、私の財布としての価値なんですけど。だから、私が売春とかやらされることはなかったし、大人の人たちも、私だけあだ名とか呼び捨てとかじゃなくて、苗字《みようじ》にさん付けで呼んできて。私も低レベルですけど、もっと下の人って沢山いるんだなって、本当に安心できました。

まあ、そんなふうに過ごしてたわけですけどね、ある日、テツヨコ界隈に、二人女の子が来たんですよ。

それ自体は珍しくないっていうか、まあ、なんか居場所のない馬鹿な奴らがフワーっと来る界隈だったんで、最初は誰も意識もしてなかったんですけど、気付いたときにはもう遅かったとも言いますけど。

どう遅かったかというと、いつの間にか人が減ってたんですよね。

いつも結構な人数が電車の中で何もせず寝転がってたんですけど。

私は警察とかが来て、一斉摘発じゃないですけど、そんな感じになったのかなと思っていたんですけど、どうやら違ったみたいで。

テツヨコで、一番ブスで目立ってたみゆきって子を、界隈の一人が見付けて、最近どうして来ないんだって聞いたら、真面目に清掃のバイトやってるって。みゆきはブスのくせにブランドとか大好きで、なんであんなの相手にする奴がいるのか分かんないですけど、パパ活も一番やってたと思う。大人の人に紹介してもらうと上納金取られるし、自分で引っかけてましたよ。まあ、馬鹿だから見付かって、結局いくらかは取られてたけど。

とにかく、そのみゆきが夜職《よるしょく》とかでもなく真面目に働いてるんで、驚いたら、なんか目をキラキラさせて、おばあちゃん好きだから介護士の資格取るとか言ってたんですって。

で、みゆきのこと聞いた大人の人たちが、みゆきに会いに行って、問い詰めたら、めえこちゃんに言われたって。めえこちゃんが、きちんと働いた方がいいって言ったって。

めえこっていうのは、さっき話した二人組のうちの一人です。見た目にこれといって特徴はないですね。むしろもう一人の方が可愛い感じの子ですよ。もう一人はゆっこっていうんですけど。

で、ね。

話を聞いてったら、テツヨコから離れた子のほとんどは、めえこに唆《そそのか》されたらしいんですよ。唆されたって言い方だと悪く聞こえるけど、大人の人たちにとってはそうだから。だって、自分たちが決してしない、できないことをしているわけですよ。マシな方向に導くっていう。

私はめえこの演説を再現できないです。聞いた話なので。っていうか、例えば全く同じことが言えたとしても、女の子たちは付いて来なかったかなって。私だけじゃなくて、他の誰も。なんかね、めえこって、さっき話した通り、全然美人ではないし、威圧感があるタイプでもないんですけど、説得力があるんです。話を聞いてると、めえこの言うことは間違っていないし、それどころか完全に正しいなって思えるんです。それで、めえこと一緒にいて、めえこの言う通りにしてたら、素晴らしい人間になれるんじゃないかみたいに思えるんです。よくよく思い返してみると、お友達は大切にしましょうみたいな、当たり前でありふれたことしか言ってないんですけどね。

私は、めえこのこと少し怖かったので、数回しか話したことないですけど、毎日話してたら、誰だってあの子について行くと思いますよ。

そうそう、カリスマ性。カリスマ性があったんです、めえこには。

まあ、とにかく、そういうわけで、大人の人たちは面白くなかったみたいです。

だって、リターンがなくなるわけですからね。

大人の人たちからめえこの相談されるようになって。どんな相談かって、客観的に聞いたら馬鹿らしくて笑えると思いますよ。めえこを消せみたいな話ですよ。ほら、下らない。私が言ったんじゃないので、馬鹿にするのはあいつらにしてください。私も普通に笑いそうになりましたもん。この人たちって心底幼稚で、動物みたいだなーって。でも、同時に安心しましたよ。私が安心して見下せる対象だなって。

あいつらって頭が悪いので、私の金の力でどうこう、みたいなの考えてたみたいですけど、私は犯罪者になるの嫌なので、「まあまあ」みたいな感じで宥《なだ》めてました。誰だって嫌でしょ、こんなくだらないことで捕まるの。

でもね、ある日、犯罪者になってもいいって奴が現れたんですよ。はは、物語みたいな言い方しちゃいましたね。ある日現れたっていうか、ゆっこの話です。めえこと一緒にテツヨコに来た女の子。

ゆっこはね、かわいい感じの子でした。小柄で、ウサギみたいな顔してて。家庭環境は、親に嫌われてるみたいな話は聞いたかな。でも、界隈によくいる子たちほど家庭環境悪くないように感じました。まあ、人の感じ方なんてそれぞれですよね。

私はゆっこのことあんまり好きじゃなかったです、なんか、低姿勢な感じなんですけど、その低姿勢って、丁寧な態度とか、こちらのことを敬っているとかではなくて、自分のことを良く思って欲しいから低姿勢、っていうのが透けて見えちゃってて。口癖みたいに「自己肯定感が低くて」って言ってたんですけど、他人が自分の思う通りに動いてくれなかったらキレたり、悪口言ったり、いつもそういう感じだったので、自己肯定感が低いって言ってるくせにめちゃくちゃ自尊心《プライド》は高いなーって。思うに、自分の中のイメージに、自分の力が追いついてない感じ？　そのギャップに、勝手にヒス起こしてキレてる感じでしたね。

まあ、そんな人、普通に嫌でしょ。

でね、一方で、めえこは、特に何もしなくても愛されてるっていうか、崇拝されてるわけでしょ。カリスマ性があるから。自分よりブスなのに。なんか、そういうのって、プライドだけはある女的には一番気に入らないんだと思いますよ。私なんかは、自分が無能だっていうの嫌と言うほど分かってますから、持って生まれたものが違うんだろうねって諦めるんですけど。

ゆっこはそうは思えなかったんでしょうね。

「私もう、めえこにはうんざりなんです」

どうしてうんざりなのかと聞くと、色々嫌だったエピソードを伝えてくるんですけど、どうでもいいことすぎて、結局お前の思い込みと嫉妬じゃん、って言いそうになりました。例えば、めえこがおじさんから高いバッグを貰って使ってたみたいなんですけど——売春とかじゃないですよ。めえこって、特に何もしなくても他人からものをもらうことがよくあったので、そういう感じだと思います。とにかく、それを自分で使うんじゃなくて、売ってお金にしてお金ない子たちにあげればいいのに、とか。本当にどうでもいいでしょ。

私が「それはお前の嫉妬じゃん」と言わなかったのは、好奇心ですね。

「じゃあ、めえこ消す？」

と聞いてみました。

ゆっこはびっくりした顔をして私を見つめていました。私はもう一度、

「めえこにうんざりなら、めえこ消すかって聞いてんだけど」

と言いました。

ゆっこは固まってしまって、でもしばらくしてから、小さく頷きました。

「ふうん、分かったよ。じゃあ、できたら金やるからさ。やってみなよ。○さんも、△さんも、めえこには迷惑してるって言ったから、感謝するかもよ」
○さんと△さんっていうのは、大人たちの中でも、一番偉そうにしてた男の人です。そう、逮捕されました。テツヨコのキングとか名乗ってて。馬鹿だ。
面倒でしたけど、すぐにATMに行って、口座に入ってる金額見せてやりましたよ。こんなふうに煽《あお》ったところで、ゆっこはどうせやらないと思っていました。めえこに何かする勇気なんかないって。

テツヨコのキングの話を知ってるなら、このあとのことも知ってるんじゃないですか。ゆっこはやったんですよね。私は絶対できないと思ってたんですけどね。

ありふれたやり口ですよね。騙《だま》して呼び出して、そこを男に襲わせたんですよね。杜撰《ずさん》な指示で動くような馬鹿な男だから加減とかも分かってなくて、めえこは死にました。男たちは逮捕されましたよ。馬鹿だから、めえこの動画売ったんですよ。自分で証拠出したようなもんですよね。

ゆっこは捕まってないですよ。ゆっこは被害者ということになっているので。たまたま逃げた、みたいな。警察も馬鹿なのか、それは分かりません。

私は約束通りゆっこに金を渡しました。百万円。めえこの命の価値は、百万円です。

それで、○さんや△さん、大人たちは目障《めざわ》りなめえこが消えたって喜んでたんですけど、当たり前に——一般的にはテツヨコ浄化作戦って呼ばれてるみたいですけど——警察が介入してきたんですよ。

めえこの事件が起こる前から、電車の周りにいたホームレスを半殺しにした事件とかもありましたし、まあ言ってみれば界隈の女の子たちはフリーの売春婦でしょ。未成年も沢山いる。問題にならないわけないですよね。

今度こそ、電車は完全に閉鎖されて、警察の人が巡回するようになって、テツヨコ界隈はなくなりました。その過程でテツヨコのキング、はは、ダッサい名前、キングも捕まったんですよ。女の子たちに売春させてたのもそうだし、まず薬物中毒者でしたから。実年齢もその時知りました。三十過ぎて、何やってたんでしょうね。

ここまでは前置きです。長かったですよね。

私、電車の中で、電車が完全に封鎖される前、ゆっこと会ったんです。

電車の中で、今日は誰もいないなと思いながら、足を投げ出して座ってたらね、なんかきつい臭いがして。それこそ、ホームレスみたいな。こういう臭いの子はいたんで、やだな、電車出てこうかな、と思って見たら、ゆっこだったんですよ。黄ばんだ白いトレーナーと、布がよれよれになった長いスカートをはいてました。

ゆっこはかわいいし、いつも清潔感があったので、びっくりしました。オシャレとかにも興味があった子だったから、

「え、金やったのに、なんでそんな恰好してるの」

ゆっこは何も言わず、私に封筒を投げてよこしました。驚きました。私が渡した百万円が、帯封《おびふう》も切らないで、そのまま銀行の封筒に入ってたんですよ。

「あんた、どうして」

ギイ、と車輪が軋《きし》む音がしました。

電車が揺れます。

最初は地震かと思いました。あるいは、警察の浄化作戦で、強制的に電車が撤去されそう

になってるのかも、とか。

でもね、信じられないことなんですけど、電車は動いていたんです。動いて、走っていた。

夜で、窓の外は真っ暗で、何も見えなくて。

「これなんなの」

私は引きつった声で、なぜか落ち着き払っているように見える、ぴくりとも動かないゆっこに聞きました。でも、ゆっこは何も答えません。なんか言えよ、と大声で怒鳴ろうとしたとき、

『次はァ、おうまれーおうまれー』

ノイズ交じりのアナウンスが聞こえてきました。

おうまれ駅なんて聞いたことがありません。一体いま、どこにいるんだろう。外は相変わらず真っ暗です。もう何も分かりません。そもそも、動くはずのない電車が動いているんです。

「ねえ、ゆっこ」

声をかけても、ゆっこは私の方なんて見もしません。

肩を強めに叩いても、同じです。ただ、じっと車窓を見ています。

「ぼうっと見てたって何も変わらないだろ、真っ暗なんだから……」

そう言ったのと、電車が停《と》まったのは同時でした。

『おうまれ駅、おうまれ駅です。鳩谷明子《はとやめいこ》の誕生です。父は電気技師、母は専業主婦、中流家庭にお生まれになりました。明子の明という文字は、父親の俊明《としあき》から取ったそうです。俊明が五十を超えた年でしたから、待望の第一子でした。なお、おわかれ駅には向かい側十三番線の電車が先に着きます。ご利用のお客さまはお乗り換えください。ご乗車ありがとうございました』

眼鏡をかけた小柄なおじさんと、同じくらい小柄な若い女の人が微笑《ほほえ》んでいます。女の人はベッドの上にいて、赤ちゃんを抱っこしていました。二人とも幸せそうでした。

電車の窓がモニターみたいにそれを映しているんです。

ゆっこは呆然《ぼうぜん》とそれを見ていました。

私だって呆然としますよ。何も言えません。

韓国映画みたいに、ゾンビがなだれ込んでくるとか、そっちの方がまだ納得できたかも。映像は恐いシーンも気持ち悪いシーンもなくて、ただ赤ちゃんの誕生を祝う夫婦だけが映っています。

『ドアが閉まります。ドアが閉まります。途中乗車はできません。ドアが閉まります』

ドアが閉まりました。

そしてまた、窓の外が暗くなります。

車輪の動く音しか聞こえません。

私はずっとどうして、とかなんで、とか言っていたと思います。別に知りたかったわけじゃないです。本当に意味が分からなかったからです。ゆっこが黙っているのが余計に不安を掻き立てました。いつも、下らないことで泣いたり喚《わめ》いたり、不満ばかり言ってるのに、何故か無言で。

「おい、何か言えよ、何か言ってよ、ねえ」

そう言いながら私は、最早《もはや》ゆっこを殴っていたと思います。でも、それに応えたのは、ゆっこじゃなくて、アナウンスです。

『次はァ、しあわせー、しあわせー、しあわせー』

しあわせ、を〈幸せ〉と変換するにも時間がかかりました。ずっとパニックなんですよ。考えることは沢山あるのに、一つも答えが出ないんですから。

電車が停まり、窓に映像が映ります。

『しあわせ駅、しあわせ駅です。鳩谷明子の最も幸せだった時と言っていいでしょう。明子は来年小学生になります。買ってもらったランドセルの色はうす紫です。この列車はじゅうん止まりです。ふっかつ駅をご利用の方は最初からお間違えになっております。ご乗車ありがとうございました』

「おうまれ駅」で見た赤ちゃんが、もうすっかり女の子になっていました。お母さんはそこまで変わっていなかったけれど、お父さんはかなり老けて、完全におじいさんみたいになっていました。でも、本当に幸せそうで。

女の子はうす紫色のランドセルを背負ってくるくると回っています。お父さんとお母さんがにこにこと笑顔を浮かべて、「かわいいね」「似合うね」「もうお姉さんだね」と言っています。

私は私立の小学校に通っていて、ランドセルは紺色でしたから、かわいい色のランドセルに憧れていたことを、なぜか思い出しました。

『ドアが閉まります。ドアが閉まります。途中乗車はできません。ドアが閉まります』

「おうまれ駅」を発車したときと全く同じことを言って、ドアが閉まりました。

全然、起こっていることは受け入れられなかったし、考える余裕もなかったですけど、騒いだり、ゆっこを殴ったりするのはやめました。そんなことをしても解決しないということは分かったからです。

『次はァ、おわかれー、おわかれー』

もうゆっこのことはあまり気になりませんでした。どうせ、窓をじっと見ているだけでしょうし。

『おわかれ駅、おわかれ駅です。人間、必ず別れはあるものです。しかし明子にとってそれは早すぎた。明子はまだ十歳です。父俊明、仕事中に突然亡くなりました。明子とは今生《こんじょう》の別れとなります。母子家庭は思わぬ形での悲劇を生む場合がございます。悲劇を想定できない方は吊革・手すりに必ずお掴《つか》まりください』

喪服の女の人が泣いていて、女の子が背中を優しく擦《さす》っていました。満面の笑みの、おじいさんの写真が飾ってあります。

「お母さん大丈夫だよ、泣かないで」

明子の——いや、めえこの声でした。あいつ、あんまり声変わってないんだなって思いました。ちゃんと年齢聞いたことなかったけど、もしかして、中学生くらいだったのかな。そんなわけないんですけど。

私はめえこが袖で涙を拭いて、口を震わせて、お母さんを励ましているのを見ていました。映画みたいに。

私はその時やっと気付いたんですけど、ゆっこは、私より先に気付いていたから、何も言えなかったのかもしれないですね。気付かなかったの、仕方ないでしょう。だって、本名なんて知りませんし。

『ドアが閉まります。ドアが閉まります。途中乗車はできません。ドアが閉まります』

その後はね、『あゆみ』『であい』『みちびき』だったかな……。正直、うろ覚えです。どうでもいい感じです。

だって、他人の人生ですよ。特にドラマ性とかなかったし。普通の人の人生で盛り上がったり、派手なことってほぼないでしょう。

明子が小学校の時から優秀で、人気者で、中学校からは母親を支えながらバイトして——みたいな。本当に、別にどうでもいいでしょう。

でも、客観的に——って言葉は変ですか？　映画の登場人物として見ると、気付いたこともあって。

めえこって、本当にカリスマ性の塊《かたまり》なんですよ。私が思っていたよりも、圧倒的に。

めえこって結構不思議な子なんです。きっと、私の話を聞くと、真面目で穏やかないい子ちゃんを想像すると思うし、その印象も間違ってないんですけど、少し違うんです。

基本的には穏やかなんですけど、謎のところでキレるんですよ。しかも、割と頻繁《ひんぱん》に。

これは、めえこが○さんとか△さんから目をつけられたきっかけの事件なんですけど、まあ、あの人たち、表向きは子供たちのこと考えてるいい人を装っているので、お菓子とか配り歩いてたんですよ。いい人ぶってて嫌な感じだなと私は思いますけど、お菓子配ること自体には特に問題ないじゃないですか。喜ぶ人がいるわけだし。でもね、めえこは急に、○さんにつかつかと近寄って行って、お菓子が入った袋を叩き落としたんですよ。

おい何すんだよ、って言われてました。当然だと思います。

めえこは○さんと、駆け寄ってきた△さんを睨みつけて、

「あなたたちは人のものをまるで自分のものかのようにしている」

って言ったんです。

意味が分からないでしょ。全く逆のことじゃないですか？　自分の持ってきたお菓子を他人にあげてるんだから。

二人とも「はあ？」みたいなことを言うと、

「世界はあなたの承認欲求の道具ではないから」

とか言ってて。本当に意味分からないでしょ。テツヨコのキングが悪いことしてたっていうのとは全く別問題でしょ、こんなふうなキレ方されるのは理不尽ですよ。めえこって、こういう意味不明で理不尽なキレ方するんですよ。

で、この意味不明な感じは、めえこの人生を電車の窓で見る限り、小さい頃からなんですよ。それなのに、ずっと人気がある――いや、人気者とも違うな、教祖と、信者。

私、無能ですけど、馬鹿ではないんで。軽率に言ってるわけじゃないです。

最近の風潮だと、声のデカいインフルエンサーとそのフォロワーとかを、教祖と信者、まるで宗教とか言うでしょ。あれ、陳腐《ちんぷ》ですよね。私はそんな短絡的な話はしてないです。

めえこは声がデカいわけでもないし、誰かに都合のいいことを言うわけでもないし、多分目的があるわけでもなかったんです。でもね、人の心を掌握する何かを持っていたんですよ。めえこといると、心の奥の奥の、もっと深い部分を握りつぶされて、めえこのことをどうしても考えてしまう、忘れられなくなる。そういう人を作れたんです。めえこは。

多分、皆めえこの雰囲気で心がおかしくなっちゃうんですけど、おかしくなれないない人もいるんです。○さんも△さんもそうです。あの人たちはキング名乗ってるわけで、キングが誰かの下につくとかダメでしょう。なれなかった人は、めえこのこと消したくなるんですよ。めえこのこと消したいんだろうな、みたいな感じの人は、やっぱりめえこの人生の中にはそれなりにいて、めえこは学校や、バイト先なんかで、独特の立ち位置にいました。だから、人気者っていうのと、少し違っていて。

話が脱線しすぎましたね。めえこは、つまんない、どこにでもある人生を、教祖として過ごしていたってことです。

それとね、めえことゆっこが出会ったのは中学生のときだった、っていうのも分かりました。中学でも、めえこは他人の頭をおかしくして回ってたんですけど、信者の中にゆっこがいました。かなり仲がよさそうだったんだけどな。ゆっこ、めえこの代わりに、お金の管理してあげたりして。なんのお金の管理って、教団？　いや、比喩《ひゆ》ですけど。

なんかね、めえこ、テツヨコに来る前から、女の子たち——ちょっと可哀想寄りの女の子集めて、皆でまともなバイトとかして、そのお金分け合ってましたね。テツヨコでやってたのと同じような感じです。

どこにでもある人生じゃないって？

でも、めえこは普通のことしてるだけですから。いいことも、悪いこともしてないし、つまんないですよ、やっぱり。

電車はどんどん進んで行きます。

このままめえこの人生見せられ続けるのかな、だったらめえこの人生が終われば、電車から出られるのかなとか、そう思っていたんです。

『次はァ、うらぎりー、うらぎりです』

ビクッと、ゆっこの体が震えました。

『うらぎりでは嫉妬・憧憬《どうけい》・羨望から発生した力による心の揺れがございます。次はうらぎりに停まります』

車輪を軋ませながら、電車が停まり、ドアが開きました。

『うらぎり駅、うらぎり駅です。鳩谷明子はその日、飯島裕子《いいじまゆうこ》に裏切られることを知っていました。きちんと本人にも伝えました。本人は否定しましたが、明子は知っていたのです。明子の胃の内容物はこのとき口にしたクレープです。お忘れ物にお気をつけください』

電車の窓に、柱時計の下に集まっている女の子たちが映っています。一人ひとり名前なんか覚えちゃいないけど、皆見たことがある顔ではあります。皆、めえこが来てからテツヨコから抜けた子です。ゆっこもいました。

めえこは女の子たちを見て、

「ねえ、クレープおいしい？」

と聞きました。

女の子たちは嬉しそうに頷きます。めえこはそれを見て笑顔で、

「私、今日死ぬんだ」

女の子たちはざわつきます。メンヘラってそういうこと言って構ってもらおうとすること
よくあるので、私は正直、メンヘラかよって馬鹿にしてしまいましたけど。

「そんな、死ぬとか言わないでよ！」

キンキンした、ゆっこの声です。

「死ぬなんて、私悲しいよ」

ゆっこがめえこの腕を摑んで、いかにも悲しい、って表情を作りました。

めえこは笑顔を崩しませんでした。

それで、自分の持っていた食べかけのクレープを、ゆっこの口に押し付けました。

「あのね、今日、ゆっこに裏切られて、死ぬんだ」

一瞬その場が凍り付きました。ややあってから、

「そんなわけないじゃん」

ゆっこが震え声で言いました。

めえこがわけわかんないことを言うことは結構あったので、きっと皆、本気にはしてなか
ったんでしょうね。

「そうだよ。もし本当に死んじゃうみたいなことがあっても、ウチら、めえこのこと守る

女の子たちの一人がそう言うと、皆、そうだよ、と同調します。でも、めえこは首を横に振って、

「ううん、あなたたちの誰も、助けてくれない。私のことは知らないって言うよ」

女の子たちは、今度こそ本当に静まり返ってしまいました。

それで、そのまま、なんとなく解散しました。ゆっこを除いて。

ゆっこは、めえこの手を握って、進みだしました。

『ドアが閉まります。ドアが閉まります。途中乗車はできません。ドアが閉まります』

私はゆっこの横顔を見ました。ぶるぶると唇を震わせています。

なんでそんな顔をしているのか、謎でした。知ってることのはずなのに。

『次はァ、終点──、じゅなんー、じゅなんです』

ひゅう、と息を吸い込む音が聞こえました。ゆっこの顔は真っ白です。

『じゅなん駅での乗り換えはできません。ふっかつには停まりませんのでご了承ください。どなたさまも落とし物のございませんようお降りください』

今までで一番ゆっくりと減速して電車が止まったように感じました。

『じゅなん駅、じゅなん駅です。鳩谷明子は飯島裕子が呼んだ男たちに貪《むさぼ》りつくされ、全てを奪われました。終点です。鳩谷明子は』

「やめて」

アナウンスを遮《さえぎ》ったのはゆっこの声でした。一瞬、老人かと思いました。甲高《かんだか》い耳障りな声ではなく、こっちが地声だったんでしょう。

『じゅなん駅には苦痛のみがございます。明子は恐怖で顔を歪《ゆが》め、泣き喚き、それでも無駄だと知り、全てを受け入れました。父に助けを求めようにも明子の父は天におわします』

アナウンスは、無機質な声で続けました。

映像が映し出されます。

男たち――というには若すぎました。皆、少年です。中学生か、高く見積もっても高校生くらいの。その、少年たちが、本当に無軌道に、残酷に、一片の容赦《ようしゃ》もない暴力を振るっていました。

強姦《ごうかん》までは、まだ、見られたんですけどね。

あなた、他人を全力で殴ったことありますか。私はないんですけど、どうしてないかというと、絶対に自分の手も痛いからです。あと、想像力があるので、他人に痛い思いをさせていいものか、当たり所が悪かったら……とか、ちょっと躊躇《ちゅうちょ》しませんか。治安が最悪のテツヨコにいて何を言ってるんだと思うかもしれませんけど。だから、怒鳴ったり、軽く小突いたりとか、引っ叩《ぱた》くとか、その程度のことはあっても、全力で暴力を振るうとかは、普通の人間は無理だと思ってたんですけど。

私はこの言葉嫌いですけど、「無軌道な若者」という言葉がぴったりでした。「未熟ゆえに他人の痛みが想像できない若者」。女の子の顔面に、両足で飛び蹴りを食らわすとか、そんなこと、本当に信じられないですよ。めえこの鼻は折れて、前歯が吹き飛びました。めえこの喉から、ぷしゅう、みたいな、ちょっと間抜けな音が出たんですけど、それ聞いて皆大爆笑して。その後も、曲に合わせて一本ずつ指を折ったり、顔が紫色のジャガイモみたいになるまで順番に殴ったり――一番すごかったのは、ホテル備え付けの電気ケトルで沸かしたお湯をかけたことですよ。額から鼻の下あたりまでベロンって皮が剝けて。目がぽんって飛び出たように見えました。ヤクザ映画だってもう少しぼかしますよ。めえこの口からはもう悲鳴とか、そんな生易しいものではなく、絶叫が、ずっと流れていて。

もう本当に、どうして平気だったんでしょうね彼らは。私は映像を見ているだけなので、信じられないとは思っても、それだけですよ。でも、あんなにすごいこととして――顔の皮がべろべろに剝けためえこに犬の首輪をつけて、引きずり回して、笑っていられないですよ。

私は、画面の中に、ゆっこを探しました。あの日、めえこが死んで、男たちが捕まった時、めえこは一緒にいたはずなので。

すぐに見つけられました。ゆっこは、部屋の隅で震えていました。

『終点、じゅなん駅です。お忘れ物のある方はお降りください』

「やめてよ」

ゆっこの声です。映像ではなく、生《なま》の。

『終点、終点、じゅなん駅です。お忘れ物のある方は』

「あるわけないでしょ、こうするのが正しかったんだから」

『じゅなん駅、終点です、お降りください、お忘れ物の』

「やめてっ」

映像の中のゆっこは体を抱えるようにしゃがみ込んで、耳を塞いでいます。

私の横にいるゆっこは、目を大きく開いて、めえこが壊されていくのを見ています。

映像の中の、犬の首輪をつけて、四つん這いになっためえこが、床に崩れ落ちました。すかさず、少年が腹を思い切り蹴り飛ばします。めえこの体は衝撃で転がりました。でも、めえこが生きているからこその反応をしているようには見えません。少年はめえこの体を何度も殴り、蹴り、火をつけて炙《あぶ》りました。めえこは起き上がりません。めえこはもう、人間ではなく、物になってしまったのです。

『じゅなん駅、終点です。苦しんで、終わりです』

アナウンスが終わりを告げました。

獣のような咆哮《ほうこう》が聞こえます。さっきまで響いていた、めえこの絶叫にも似ていました。

ゆっこが、閉まりかけているドアから、叫びながら駆け下りて行きました。

『ドアが閉まります。ドアが閉まります。ドアが閉まります』

電車が止まりました。完全に止まりました。

もう動くことはない、と分かったのは、車窓から見えるのが、広場だったからです。電車は元の単なる飾り物に戻っている。そんな気がしました。いえ、そう思い込んでどうにかしようとしました。突然動くはずのない電車が動いて、めえこの人生をダイジェストで見て、それで——なんて、頭がおかしいと思われる。私、クスリなんてやってないのに。

もう全部夢だったって、そう思い込むしかなかったんですよ。

深呼吸を何回かして、座席から立ち上がろうとしたとき、手に紙みたいな感触があったんですよね。

銀行の封筒が、そのまま置いてありました。確認したら、中身もそのままでした。

考えませんでした。無能でも、色々推理みたいなこととして、考えられたのかもしれませんけど、もう考えませんでした。私、そのまま帰りました。実家に帰って、お風呂に入って、そのまま寝ました。

ゆっこが死んだって聞いたのは、それから一週間後くらいですかね。

私、またあの辺りに行ってみたんです。電車の入り口はガチガチに鎖が巻かれてて、周りには鉄のフェンスが立てられていました。テツヨコもこれで終わりか、次はどこに行ったらいいのかな、なんて考えていると、後ろから肩を叩かれました。振り向くと、みゆきでした。

例の、ブランド大好きのみゆきです。随分地味になっていましたけど。

何してるんですか、と聞かれたので、見に来ただけ、と答えると、みゆきはちょっと複雑な顔をしていましたね。どうしたのかと聞くと、お供えをしにきましたって言うんです。よく見ると、小さくて白い花をブーケみたいにして持っていて。

「お供えってなんだよ、テツヨコの最後みたいな？」

笑いながらそう聞くと、

「いや、笑えないっす。さすがに不謹慎っすよ」

「何が不謹慎なんだよ」

「え、マジで言ってんすか」

「いや、なんかあるなら言えよ。不快なんだけど」

みゆきは段々、不気味な者でも見るかのような表情になってきて、それから小声で、

「ゆっこさんですよ」

と短く言いました。

本当に知らなかったんですけど、ゆっこ、電車の中で首吊って死んだみたいです。

調べてみたら、SNSにスクショは見付かりましたけど、元の記事は削除されてましたね。そうそう、未成年の女性が自殺を～ってやつ。ゆっこの名前は出てなかったんですけど、本当にあった事件だとは思うんですよ。

でも、正直私、信じてないので。

だって、毎晩電話かけてくるんですよ、ゆっこ。

内容は、正直意味分からないですよ。同じことの繰り返し。めえこと仲良かったのにとか、なんか、私が金をちらつかせたからだとか、あんなにひどいことすると思わなかったとか、もう本当に、全部言い訳。そんなに後悔するならやらなきゃよかっただけの話だと思うんですよ。時間は巻き戻せないし、死んだ人は生き返らないし。

ムカつくのはいつも電話切る前に電車のところに来てくださいって言ってくることですね。普通に断ってますけど。

だから普通に、ゆっこはまだ生きてて、めえこを裏切って死なせたのを私のせいにしようとしてるんだと思います。

あの界隈、病んだ子多かったからな、電車の中で首吊ったのは別の子でしょ。テツヨコも、自殺を踏みとどまらせるくらいの役割はあったってことじゃないですか。

私は結局次行くところが見付からないので、実家に帰って、たまーにバイトとかして、なんとかやっています。

それと、夢を見るようになりましたよ。電車の夢です。

目の前で再生されるのはまた、めえこの人生ですよ。アナウンス覚えるくらい、何回も何回も。終点に着くと、また現実に戻るっていうか、そんな感じなんですけど。

いい加減にしてほしいですよね、あの夢見ると、疲れが取れないですし。

随分長く話してしまいましたね。

結局私が言いたいことって、罪悪感なんか持ったらいけないってことなんですよ。

罪悪感って持った瞬間に潰れるじゃないですか。

私、結局何度めえこの人生見せられても、可哀想だなとか、グロいのやだなって思いますけど、自分が悪いとか思いませんもん。

だからどの駅でも降りないし、結局終点に着くんですよね。

でも、もしかして、こういう夢をずっと見てるってことが、罪悪感があるってことなんでしょうかね、私にも。

ねえ、時間がかかりますね。

次の駅、いつ着くんでしょうね。

澤村伊智

くるまのうた

●『くるまのうた』澤村伊智《さわむらいち》

前回の《異形コレクション》第55巻『ヴァケーション』では、元アイドルと同乗できるバスという絶妙な〈乗り物〉をモチーフにした怪異譚「縊《くび》る」または或るバスツアーにまつわる五つの怪談」を披露《ひろう》してくれたばかりの澤村伊智。この現代ホラーの旗手が〈乗り物〉をモチーフにした傑作としては、作品集『怪談小説という名の小説怪談』収録の冒頭の作品「高速怪談」を真っ先にあげるべきだろうか。深夜の新東名高速道路の下り車線を走りながら怪談に昂《こう》じる主人公たちが体験する恐怖。「縊る」も「高速怪談」も多角的な視点で複数の話者が語る怪談が新たな怪談を形成するという手法が共通するが、けっして前例の無いわけではないこの手法も、澤村伊智の手腕にかかると、スピード感のある〈乗り物〉と相性が良いのかもしれないと思わせてくれるから興味深い。

うってかわって、本作に登場する〈乗り物〉は、なんと移動販売車。タイトルこそ今年上映されたばかりの清水崇《しみずたかし》監督「ミンナのウタ」を連想させるが、本作の「くるまのうた」とは移動販売車が拡声器で流す歌のこと。それに纏《まつ》わる都市伝説と出版業界のリアルな裏側が恐怖を増幅する。なお、今年は謎のカクヨム作家・背筋による『近畿地方のある場所について』（KADOKAWA）が話題になったが、これも業界裏事情の詳細な記述が実に巧みで、私にはこの作者、澤村伊智の薫陶《ミーム》を強く受けているように思われた。それでは、澤村伊智という畏《おそ》るべき小説怪談販売車の歌声を聞いてみよう。

一

この仕事を専業にする前は五年ほど、フリーライターをしていた。その前は出版社に勤めていた。どちらも携《たずさ》わっていたのは主に雑誌やムックだった。大半がノンクレジットで、そうでなければその場限りの筆名を使った。だから「これがぼくの仕事です」と証明するのはとても難しい。まあ、是が非でも証明したいわけではないけれど。

ライター業も、編集業も、今現在の仕事とは何の接点もない。ホラーや怪談、通俗オカルトはあくまで趣味として楽しんでいただけで、例えばオカルト雑誌の編集をしたこともなければ、そうした媒体から依頼を受けたこともなかった。仕事にするつもりも仕事になる機会もなかったわけだ。だから当然、そうした原稿を書いたことは一度もなかった。ついでに言うと、超常的、非科学的な体験をしたこともない。

しかし。

先日、仕事部屋の整理をしていたところ、抽斗《ひきだし》の奥底から古い外付けＨＤＤを見つけた。ＰＣに繋ぐと無事に認識してくれた。

中にはライター仕事のデータがたくさん入っていた。インタビュー仕事で録《と》った音声ファイル。地方取材で撮った町並みの写真。記事の資料と思《おぼ》しきpdfファイル。そして自分の書いた原稿……

懐かしさと同時に当時の苦労も思い出され、複雑な気持ちになっていると、一つの文書ファイルが目に留まった。ファイル名は日付だけで、内容は分からない。軽い気持ちで開いてみたところ、こんなテキストが記されていた。

※　※

【仮タイトル】
新世紀都市伝説RESEARCH

【仮サブタイトル】
今ここにある恐怖の源流を突き止める！

【ナンバリングなど】
FILE：01「怖い移動販売車考」

【本文】
あなたはこんな噂《うわさ》を耳にしたことはないだろうか？　おそらく殆《ほとん》どの読者諸氏が「ない」と答えるだろう。何故なら、これから論じる一連の噂、都市伝説は、極めてローカルなものだからだ。早速《さっそく》いくつか列挙してみよう。

「夕暮れ時にやって来る黒いクレープ屋さんの車を、決して見てはいけない。もし見てしまったらその場に気を付けして目を閉じ『クレープ屋さん、ごめんなさい』と小声で三度唱《とな》えれば助かる。唱えなければ車に引きずり込まれ、どこかへ連れて行かれて二度と戻れない」(北小野市ふたば町・中学生男子)

「石焼き芋のトラックは『石焼き芋　焼き芋』に節を付けた声をスピーカーで流しながらやって来るものだが、たまに『きりさきひと　やきひと』と歌うトラックがある。もし外でこれを聞いたらすぐ家に帰ること。さもないと連れ去られて切り裂かれ、焼いて売られてしまう」(中三田市西町・小学生)

「わらび餅《もち》のトラックの幌《ほろ》は大抵が緑色だが、黄色い幌のトラックでは決して買ってはいけ

ない。食べると頭がおかしくなる」（中三田市さかえ台・中学生）

最後の話には、少し説明が要るかもしれない。全国区ではないが、わらび餅の移動販売が浸透している地域はあちこちにあるのだ。いわゆる屋台や自転車で売り歩くパターンもあるが、筆者の知る限り、関西では石焼き芋と同様に車、それも軽トラでの移動販売が主流のようだ。

話を戻そう。先述した三つの都市伝説は、どれも兵庫県東部〜南東部の、子供たちの間でのみ流布《るふ》しているものだ。加えて当該地域でも決してメジャーとは呼べない。「ひっそりと」「細々と」と形容するのが適当だろうか。

これらは「移動販売車を不安や恐怖の対象とした都市伝説」と総括できるだろう。子供のコミュニティの外からやって来て、生きることに欠かせない「食べ物」を媒介にこちらへ浸食してくる、異質な存在。大人に比べてコミュニティから自力で出ることが困難な子供たちにとって、こうした他所《よそ》からの侵入者はいっそう不気味なもの、恐ろしいものに感じられるだろう。加えて、大人が喪《うしな》ってしまった移動販売車への素直な好奇心も、こうした噂が仲間内で共有されることの、一種の促進剤になっているのかもしれない。

筆者は五年前、この辺りに一年半ほど住んだのだが、そこで近所の女子中学生に聞いたのが、先述したうちの二番目「きりさきひと、やきひと」の噂だった。

教えてくれた中学生は「本当にそう聞こえたことが一度ある」と神妙な顔で言っていたが、単なる聞き違いだろう。というより、一度予断を持てば聞き違えてしまいそうな文句にしてあるところが、この噂の巧妙なところだ。

近隣で仕事の合間に、道行く子供に「似たような噂を聞いたことはあるか」と訊ねた。集まった証言はおよそ二十件。概《おおむ》ね先述の三つに大別されるが、中にはこんなものもあった。

「竿竹屋の声がお婆さんのだったら、すぐに聞こえないところまで逃げなければならない。さもないと気が狂って死んでしまう」

「わらび餅の車は『わらび餅、かき氷』と言うが、その後に電話番号を言うことがたまにある。そこに電話するとメリーさんにつながってしまい、殺される」

前者は食品販売ではなくなっているうえ馬鹿馬鹿しい内容で、後者は別の都市伝説と融合している。この適当さ、節操のなさ。楽しく、そしてどこか懐かしい気持ちになって、筆者は満足した。その時はそれで終わりだった。仕事で再び東京に戻り、都市伝説などと縁のない、それまでと同じ日常に戻った、はずだった。

事態が動いたのは、図書館で何気なく手に取った子供向けの怪談本に、こんな記述があったからだ。

タカフミ君が住んでいる地域では、夕方になると、どこからともなく、こんな歌が聞こえてくる。

こんにちは　ゲコゲコ
まいどあり　ゲコゲコ
ぼくは【ザザザ】をおとどけします
ケロケロ　おいしい
ケロケロ　たのしい
あまくて　からくて【ザザザ】しい
【ザザザ】ぼくも　きみも　だいすき

歌はだんだん家に近付いてきて、やがて遠ざかる。車で、何かを売っているらしい。でも、肝心なところが、全然聞こえない。耳を澄ましても、【ザザザ】という雑音のせいで、さっぱり分からないのだ。何を売っているのだろう。何を食べさせてくれるのだろう。

気になって気になって、仕方がなくなったタカフミくんは、とうとうある日、歌が聞こえてきたのを合図に、お小遣いを握りしめて家を飛び出した。

そして、帰ってこなかった。

――兵庫県中三田市　Nさん（仮名）・12歳より

一九九三年に出版された『ぞぞッ！　キミの町にもある怖いうわさ』（赤紫書房）という本だった。

ぎょっとした。瞬間、仮説が頭に浮かんだ。

あの地域にはずっと前から、こうした移動販売の都市伝説があるらしい。それが様々に分《ぶん》岐《き》し、進化して今に至るらしい。検索した限りでは、気付いた人間も調べた人間もいないらしい。

呼ばれている、と感じた。

そこからの苦労をここで語るつもりはない。二年かけて調査して分かったことを、簡潔に記していこう。

兵庫県東部～南東部およびそれらと隣接する大阪府北西部には、前世紀から「怖い移動販売車」の都市伝説が、様々な形で伝わっている。先述したもの以外にも「パン」「乳製品」「卵」を売るトラックから、「ラーメンの屋台」「豆腐屋の自転車」まで様々だ。

その一方で、『ぞぞッ！　キミの町にもある怖いうわさ』に掲載されていたような、「何を売っているのか分からない移動販売のアナウンスを聞く」というタイプも、少数ながら伝わっている。ノイズ混じりの歌は様々なものがあるが、売り物の名前だけが聞こえないというパターンは踏襲されている。そして買いに行った者が行方不明になったり、死体となって発見されたりする。

大別して二つのパターンがあったわけだが、様々な取材を経て、どちらも八〇年代初頭まで遡《さかのぼ》ることができた。これ以上掘ることは難しいか、と思った矢先、意外なところから新たな情報が齎《もたら》された。地方紙の読者投稿欄である。見つけ至った限りでは最も古いもので、筆者はひとまずこれを「全ての始まり」とした。

くるまのうた（園山彩花・11歳）

家族で団地に住んでいる
夕方、いろんな店がやって来る
豆腐屋さんのチャルメラ
石焼き芋の「おいしい　おいしい　おいもだよ」
宿題を終えた頃に聞こえてくる
音楽が、歌が、とても好きだ

今年の春から、変な歌を流す車が、来るようになった
「♪こんにちは　げこげこ　まいどあり　げこげこ」
そんな風に始まる歌だ
でも、何を売っているのか、そこだけ雑音が入って、全然聞こえない
食べ物らしいことは分かる
でも名前も、種類も分からない
来る度に真剣に聞くのに、やっぱり聞き取れない
ベランダから見ても、ちょうどとなりの棟にかくれて、見えない
歌と、車の音だけが、聞こえる

かぜで学校を休んだ、ある日のこと
二つ上のお兄ちゃんが帰ってきたので、あの歌のことを話した
するとお兄ちゃんは、
「おれも気になってた」
と言って、歌が聞こえてすぐ、財布を持って家を飛び出した

その日から、お兄ちゃんは別人になった
顔は同じだ。声もそれ以外も同じだ
今までどおり優しい
だけど、変わってしまった　違う人になってしまった
親は全然気付かない
あんなに違うのに、全然分かってない

お兄ちゃんは何を食べたのだろう
どんな車で、何屋さんが来ていたのだろう
聞けばいいのに、聞けない
ひょっとしてお父さんも、お母さんも、食べたのかもしれない
友達もみんな食べたのかも

あの歌を流す車は、今も来る

——「京阪神新聞」一九七九年九月六日朝刊「ぼくらの遊び場」欄より

一読して驚いた方も多いだろう。これは怪談や都市伝説ではない。詩だ。そもそも「ぼくらの遊び場」は小中学生の詩の投稿コーナーなのだ。それが分かると、この投稿の意味するところも見えてくる。

素直に読むなら、この詩は思春期の不安を訴えたものだ。

第二次性徴を目前に、揺れ動く子供の心理を吐露《とろ》している。先に成長した兄や友達、大人たちに、自分は置いていかれた。そのことの焦りや、恐れ、羨望《せんぼう》といった複雑な気持ちを、移動販売の歌に託して表現したものなのだ。

この詩が巧みなのか、それとも稚拙なのか、筆者には分からない。新聞に載った時点で選者のお眼鏡には適《かな》っているわけだが、だから素晴らしい詩だと持ち上げるほど新聞というメディアを信頼してはいない。だが、この詩に心打たれた読者がいたことは確実だろう。それは投稿者と同世代の子供だったかもしれないし、大人が「いい詩がある」と子供に教えたのかもしれない。いずれにしろ、この詩に共感を寄せ、広めた人間は何人もいた。その過程で詩は改編され、出自《しゆつじ》も曖昧《あいまい》になっていき、やがて都市伝説として広まっていったのだ。

もちろん、これは仮説に過ぎない。興醒《きようざ》めに感じる読者もいるかもしれない。だが、ローカルな都市伝説を遡っていくと一人の小学生が書いた詩に辿り着いた、という事実に、筆者は大いに心躍《おど》らされたのであった。

※本文中の地名、人物名は全て架空のものに差し替えました。

※　※

ローカルな都市伝説の、源流を突き止める——という趣旨の原稿だった。

文章の体裁やノリが統一されておらず、少し読みにくいけれど、内容は興味深い。まず「怖い移動販売車」という都市伝説それ自体に、ノスタルジーを掻き立てられた。ぼくは大学を卒業するまでずっと関西に住んでいたので、わらび餅売りの「♪わ〜らび〜もち〜かき氷〜」という歌には馴染《なじ》みがある。夏の風物詩だとも感じる。他にも焼き芋屋のトラックや、「アルプスの少女ハイジ」の主題歌を流す乳製品販売のトラックも来ていた記憶がある。

調査過程をすっ飛ばすのはお話として若干盛り下がるけれど、「子供の書いた詩がルーツらしい」という、取り敢えずの結論はとても興味深い。創作を仕事にしてしまったせいもあってか、詩という作り事が都市伝説として、ひっそりとながら子供たちの間に伝わっているのではないか、という仮説は、どこか痛快でさえある。「筆者」による詩の読み解き、都市伝説化した理由の推測も、それなりに納得できるものだ。

だが、全文を読んでも、これが誰の手による、どういう文章なのか分からなかった。僕のものではない。小説は形にならなかった断片も含めて別のＨＤＤに纏《まと》めていて、これだけここに紛れているのは不自然だ。まあ、紛《まぎ》れ込む可能性はゼロではないかもしれないが……。

ＰＣのモニターを前に首をかしげていると、外からチャイムの音が、かすかに聞こえた。近くの小学校からだった。

その音をきっかけに、ぼくは全てを思い出した。

二

八年前、二〇一五年の秋だった。ライター仕事を始めて約三年半、小説家デビューする直前の頃だ。

出版社に勤めていた時の上司だった堤《つつみ》さんが退職することになり、僕はその送別会に出席した。堤さんはもちろん、かつての先輩や同僚や後輩と旧交を温めたり、出版不況を嘆いたりもした。その二次会に久保木《くぼき》さんも来ていた。

久保木さんは別の編集部の先輩にあたる、小太りの男性だった。当時たしか四十代前半で、パソコン誌の編集長をしていたと思う。それまで一緒に仕事をしたことは一度もなく、会社で会えば挨拶をするくらいの関係だった。

「聞きましたよ、小説出すんですよね？」

二次会ならここ、と半ばお約束になっていた、古くて狭い居酒屋で、久保木さんから声をかけられた。彼は後輩にも等しく敬語で話す、穏《おだ》やかな人だった。

「ええ。十月の末に。なんかもう、拾った宝クジが当たったみたいな、降って湧いたような話で……」

「何言ってるんですか。長編を書き上げて送るの、自分でやったのに」

「まあそうなんですけど、未《いま》だに信じられないんですよ」

「ハハハ……しかし、きみがそっちの人だったなんてねえ。オレ、全然知らなかったです」

「そっちって何ですか？」

「ホラーですよ」

聞けば久保木さんもホラーや怪談が大好きらしい。今までそんな素振りすら見せたことがない人で、というよりむしろその手のジャンルに興味のなさそうな人だったので、ぼくはとても驚いた。ひとしきりその手の話で盛り上がった後、ぼくたちは連絡先を交換した。

ほとんど泥酔《でいすい》状態でどうにか終電で帰宅し、布団に倒れ込もうとした時、スマホが震えた。久保木さんからメールが届いていた。

〈今日はありがとうございました。趣味で取材して書いたものを送ります。よかったら読んでやってください〉

そこに添付されていたのが、この都市伝説の原稿だった。

ぼくは寝るのを止めて、その場で立ったまま読み始めた。そこまでは思い出せた。

だが――

読み終える前に寝てしまったのだ。

そして翌朝にはすっかり忘れていた。原稿のことも、原稿をどこかのタイミングで外付けHDDにコピーしたことも、久保木さんと打ち解け、話し込んだことも。

いつの間にか、ぼくはPCの前で頭を抱えていた。「ああー」と声を漏らしてさえいた。先輩に対してとんでもない非礼をした、いや――八年非礼をし続けていたのだ。

しばらくそのまま呻《うめ》き続けた後、ぼくは自分の馬鹿さ加減を呪いながら、久保木さんに詫《わ》びのメールを送った。もらった原稿を読んだことも含めて。当初は長々と感想を書こうとしたが、言い訳がましく思えて簡潔にした。仕事でもやらないくらい何度も文面を見直し、推《すい》敲《こう》した。

翌日の午後。

短編を書いていると、久保木さんから電話がかかってきた。ぼくは大慌《おおあわ》てでスマートフォンを摑《つか》んで、通話ボタンに触れる。

「もしもし」

「どうも、久保木です。ご無沙汰《ぶさた》してます」

朗《ほが》らかな声がした。ぼくは詫びの言葉を繰り返したが、その度に彼は「いいよいいよ」

「全然気にしてませんから」と、優しく返した。どうも本当に怒ってはいないらしかったが、だからこそ余計に申し訳ない気持ちになった。罪悪感に縮こまっていると、

「それはそうと、オレの原稿、どうでした？」

久保木さんが訊いた。

「え？　……あの、面白かったですよ」

「お世辞じゃなくて？」

「とんでもない。本心ですよ。例えば――」

ぼくは素直に、メールより丁寧《ていねい》に感想を伝えた。彼は「うんうん」「そうですか」「嬉しいですねえ」と相槌《あいづち》を打っていたが、ぼくが話し終わるとこんなことを口にした。

「ちょっと相談なんですけど、その原稿、どこかに掲載してもらえたりはしませんか」

「ええと、どうでしょう。言っても自分、ただの下請けですからね。そんな権限ありませんよ」

「売れっ子ホラー作家センセイの口利きでも？」

「ははは、やめてくださいって」

ネットに発表すればいいのでは、と言おうとしたけれど、言葉にするのは躊躇《ためら》われた。詫びている最中のぼくがそんなことを提案する権利はないし、久保木さんの口ぶりに何となく、それを許さない気迫を感じた。

「そうですね、今パッと思い付くのは『怪と幽』ですけど、一人か二人経由すれば『ムー』にも持ち込めるかもしれません」

「ああ、いいですねえ」

「編集者に打診してみます。まあ、書き手不足はどこも深刻らしいので、持ち込みはアリだと思いますよ」

「いいですねえ、いや嬉しいですねえ。ありがとうございます」

久保木さんはしみじみと言った。

電話を切った途端、ぼくの肩から一気に力が抜けた。


そこそこ難航していた原稿を半ば放り投げる形で、僕は複数の雑誌編集部に久保木さんの原稿を持ち込んだ。ほとんどの編集部は「拝読し次第ご連絡します」とすぐに返信をくれたけれど、三日待っても一週間待っても「ご連絡」とやらは来なかった。正直なところ想定内だったので特に心配も落胆もしなかったが、気分が良かったとは言いがたい。

そんな中、とある編集者からは早々に連絡が来たが、内容は「台割が先の先まで決まっているので、すぐに突っ込むのは難しい」「代理原稿という形で預からせてもらいたい」というものだった。内容に関する感想や指摘は一切なかった。これもこれで想定内だった。どこの馬の骨とも知れない人間が書いた、聞いたこともない都市伝説の持ち込み記事など、この扱いでも丁重すぎるくらいだ。皮肉でもなんでもなくそう感じた。

だが。

「とても面白かったですよ」

別の編集者からそんな電話があった。特に懇意《こんい》にしている、同世代で同性の編集者だった。

ぼくは思わず、「ほんとですか？　嬉しいです」と、自分のことのように喜んでしまった。

「掲載については前向きに検討したいと思います。ただし、こちらとしては、ちょっと補足していただきたいところもありまして。このままでは不十分というか、押さえるべきところを押さえてないな、と」

「と言うと？」

「厳密には移動販売には括《くく》れないかもしれませんが、屋台の怪談って、江戸時代にもあったりするじゃないですか。本所《ほんじょ》七不思議のひとつです。その辺をフォローしていただけると足場が固まるし広がりも出るし。まあ、こんなの釈迦に説法だと思いますけど」

恥ずかしいことにぼくは全く知らなかった。「燈無《あかりなし》蕎麦《そば》」という怪談らしい。

店主不在の、灯りの点っていない真っ暗な蕎麦の屋台が、夜な夜な表に現れる。いつまで待っても店主は戻ってこない。ここで親切に灯りを点した客は、必ず不幸に見舞われる――といった話だ。今の感覚だと怪談というより、都市伝説に近い味わいだ。そういう意味でも、久保木さんの原稿に補足する意義は確かにある。

「ほら、タクシー怪談だって、ルーツをたどれば『諸国百物語《しよこくひやくものがたり》』まで遡《さかのぼ》ろうと思えば遡れるじゃないですか。あっちは駕籠《かご》の中の人が消えますけど。まあ要するに、人間は似たような話を昔からずっと嗜《たしな》んできたってことですよ。そういうの押さえとかないと『タクシー怪談は現代社会の人間関係の希薄さが生んだ云々《うんぬん》～』みたいに、半可通《はんかつう》がすぐしょうもない俗流文化論を語るじゃないですか。そんでSNSでバズるじゃないですか。ああいうのほんと浅くて薄くて嫌いなんで」

「はは、ええ、まあぼくもそういうの語ったこと、あるかも……」

自分の不勉強を恥じつつ、唐突に生々しい感情を露《あら》わにした編集者に戸惑っていると、

「あと、これ連載前提ですよね？」

「え？」

「だってほら『FILE：01』ってあるじゃないですか。素直に考えて、それだけのストックをお持ちだってこっちとしては受け取っちゃいますけど。うち、連載はなるべく書籍化する方針というか……」

読み捨て上等の埋め草を載せる余裕などない、ということか。

確認して連絡します、と伝えて、ぼくは電話を切った。すぐ久保木さんに電話する。

「……というわけなんですけど、如何《いかが》ですか？」

「その程度の手直しだったら何の問題もありません。修正してすぐに送りますよ。ですよね

え、ありましたよねえ、そんな江戸の怪談」

「ええ」

「連載の件ですが……ネタは複数ありますし調査も進んでるんですけど、まだ原稿にはしてないんですよ。どれから書いたらいいかも、ちょっと迷ってて。なので、近々会って打ち合わせ、できますか？」

「勿論です」

答えながら、ぼくは不思議な気持ちになった。

どこの出版社も基本的に副業は禁止されていて、僕の古巣も例外ではなかった。今もそれは変わらないはずだ。偽名で他社の媒体にこっそり寄稿する人はしばしばいたけれど、連載を持つ人はさすがにいなかったと記憶している。

それなのに。しかも規律をしっかり守りそうな、真面目な久保木さんが。

「いつにしますか？」

久保木さんに訊かれ、僕は慌ててカレンダーアプリを開いた。

三

「ようこそおいでくださいました」

中からドアを開けた久保木さんは、にこやかに僕を迎え入れた。

とある休日の昼過ぎだった。久保木さんの自宅は、意外なほど近所にある、洒落《しやれ》た六階建てマンションの三階だった。

八年ぶりに会った久保木さんは、少し白髪《しらが》が増え、生え際が後退していたが、それ以外は記憶の中の彼と同じだった。小太りなところも、喋り方も、穏やかな雰囲気も。

案内された居間はとても片付いていて、男性の一人暮らしとは信じられなかった。来る途中で買った差し入れを渡し、少しばかり雑談をしてから、ぼくは打ち合わせを切り出した。

彼が差し出したプリントの束には三十近い都市伝説と、それに関するメモが記されていた。いくつかは僕でも知っているメジャーなものだったが、それ以外は聞いたことがなく、しかもかなり取材が進んでいる。

「この『十一本足の蜘蛛《くも》』、ヤバいですね。まさか公害と絡んでくるなんて……」

「ですから、あくまでクエスチョンマーク付きですよ。でも、時代的に不気味なほど綺麗に符合するんですよ。公害が話題にならなくなったのと入れ替わるように噂になっています」

「『白いベビーカー』と『血みどろブランコ』はちょっと小粒ですね。まあ赤ん坊が絡んでくるから陰惨といえば陰惨なんですけど」

「だからこっちの『ぎゃん泣きババア』とセットで一回分、みたいにまとめるのもアリかなと思ってます」

「あ、いいですね。小ネタ回みたいな」

「そうです、そうです。ちょっと苦しいですけど、子供テーマで括れるかなと」

不思議だった。特に親しくもない間柄であることのぎこちなさは確実にあって、一向に縮まる気配はない。それでも間違いなく楽しかった。居間の真ん中で、ちゃぶ台を挟んで久保木さんと話し込んでいる。それだけのことが嬉しい。どういうことだろう、頭の片隅で考えて、すぐに気付く。

勤めている時、ぼくはこういう状況が好きだったのだ。よく知らなかったり、気の合わなかったりする先輩、同僚、後輩や、時には外部のライターやデザイナーたちと、よりよい誌面を作るため取り敢えず同じ方向を向いて、ああでもないこうでもないと議論する。時には一触即発《いっしょくそくはつ》になる。勤めていた頃は当たり前のように感じていたけれど、一人で原稿を書いてばかりの今となっては貴重だ。

久保木さんも楽しそうだった。「もっと早くにこういうことをやっておけばよかったかな」と、少し寂しそうにつぶやいた。

「副業を、ってことですか?」

「ええ。意味の無いルールに縛られずにやりたいことはやるべきでした」

「まあまあ。今からでも全然遅くないですよ」

「そう思うことにします」

久保木さんが微笑《ほほえ》んだところで、着信音が部屋に響き渡った。彼のスマートフォンだった。「すみません」と大真面目に詫びて、彼はスマートフォンを摑んで部屋の隅に向かう。「はい。お疲れ様です。ええ、大丈夫ですよ」と言いながら、申し訳なさそうな表情をぼくに向け、身振りで詫びる。仕事の電話らしい。土日きっちり休むのは大手の編集者くらいで、ぼくも古巣にいた頃は週七日働いていたことを思い出す、そして今もそう変わらず土日ダラダラ小説を書いていることに思い至る。

ジェスチャーでトイレに行きたい旨を久保木さんに伝え、彼が頷くのを確認してから、ぼくは部屋を出た。廊下にあるトイレの個室に入って、小用を足す。

ふと天井を見上げると、隅に蜘蛛の巣が張られていた。埃《ほこり》が纏《まと》わり付いていて、かなり目立つ。綺麗好きそうなのに、あの巣だけ気付かないのは不思議だな、いや人間そういうこともあるか、などと考えながら、何気なく右手の壁に目を向ける。ドアとの位置関係から、それまで全く目に入らなかったところに、四角い何かが飾ってあった。

新聞の切り抜きが、額に入れられて掛かっていた。

♫♫ぼくらの遊び場♫♫

記事の上に、かわいらしい書体で書かれていた。

「くるまのうた」(久保木靖信・11歳)

詩だった。詩の投稿だった。
それも、とてもよく知っているものだった。はっきりと記憶しているものだった。

家族で団地に住んでいる
夕方、いろんな店がやって来る
豆腐屋さんのチャルメラ
石焼き芋の「おいしい　おいしい　おいもだよ」
宿題を終えた頃に聞こえてくる
音楽が、歌が、とても好きだ

今年の春から、変な歌を流す車が、来るようになった
「♪こんにちは　げこげこ　まいどあり　げこげこ」
そんな風に始まる歌だ
でも、何を売っているのか、そこだけ雑音が入って、全然……

…………

ぼくはトイレから出た。

落ち着け落ち着けと自分に言い聞かせながら、向かいの洗面所でぎくしゃくと手を洗い、掛かっていたハンドタオルで拭く。

居間は殺風景だった。整理整頓されているのではない。物がないのだ。そのくせ清潔とは言い難く、フローリングの床にはうっすらと埃《ほこり》が積もっていた。先刻トイレに向かった時のぼくの足跡が、はっきり目に見えた。

空気が澱《よど》んでいた。

壁紙の模様だと思っていたのは、黴《かび》だった。

こんなに分かりやすく色眼鏡が外れることがあるのか。

カーテンのない窓から西日が差し込み、居間全体をべったりした橙色《だいだいいろ》に染め上げていた。

久保木さんはちゃぶ台の前に座っていた。顔も身体も逆光で完全に潰れ、胡座《あぐら》をかいた影法師にしか見えない。

「ごめんなさい、あのう、ですね」

ぼくは何故か詫びの言葉を口にして、散々迷って考えた末、

「どういうことですか？」

と、率直に訊ねた。

あのトイレの切り抜き。詩の作者の名前。そして久保木さんの原稿。素直に繋ぎ合わせるなら、そこから因果関係を導き出すなら——

「きみ、いま四十いくつでしたっけ？」

久保木さんはまるで関係ない質問で返したが、特に腹は立たなかった。簡単には答えてくれないだろうと予想は付いていた。

「四十三です」

「もうそんなになるんですね。うちにバイトで入った時って、まだ二十代でしたよね、たしか」

「二十三ですよ。だから知り合ってから、ちょうど二十年です。ちゃんと会話したのは堤さんの送別会が初めてで、でもそこからまた八年開くんですけど。ええと、そんなに開いてしまったことは申し訳ないと今も思ってます。けど」

ぼくは完全に混乱していた。それでも疑問を疑問のままにしておくことはできなかった。

「トイレで見ました。あの詩の載った新聞の切り抜きでした。あの詩を書いて、新聞社に投稿したのって、要するに」

「ふふ」

久保木さんは小さく笑った。顔の角度から察するに、ぼくではなくちゃぶ台に視線を向けていたらしい。

「この年になって」彼は溜息交じりに言った。「ほとんど何も積み上げてこなかったことに気付いたんですよ。プラス、これから先が消化試合みたいなもんだってことも分かってくる。後は残りの人生をどう畳むか、このしょうもない人生をしょうもないなりに完結させるか。それだけ」

「いやいや、そんなことないですって」

「ありますよ。ある。きみも薄々気付いてますよね？　この先どんなに頑張っても、きみはスティーヴン・キングにはなれない。国内に絞っても『リング』や『残穢《ざんえ》』や『黒い家』は絶対に書けない。ミステリにも片足突っ込んでるみたいですけど、逆立ちしたって『姑獲鳥《うぶめ》の夏』を書けたりはしない」

「あのシリーズがお好きなんですね。今度新作出るみたいですよ。みたいですけど」

軽口で返したが、その声は情けなくなるほど上ずっていた。この十数秒で動悸《どうき》が激しくなっている。突然悪意を向けられたことに戸惑いながら、ぼくはまた訊ねた。

「そ、それと詩のアレと、何の関係があるんですか？」

気まずい沈黙が部屋に満ちた。

もう一度訊ねようとしたその時、久保木さんは答えた。

「あれしかないんですよ。あの稚拙《ちせつ》で凡庸《ぼんよう》なポエムしかない。胸を張って、オレはやったぞって思えることがね」

「だからそんなこと――」

「あるんですよ」

やれやれ、と言わんばかりに肩を竦《すく》める。

「だからオレは、あの詩を全ての始まりにしたんです。それくらいの価値はあるから。全国区は無理だとしても、狭い範囲に長く伝わるくらいの都市伝説になる。それくらいのポテンシャルを秘めている」

「ちょっとごめんなさい」

ぼくはうっかり口を挟んでしまう。

「何を言ってるんですか？　ただ単にウソの記事書いて、ぼくを担いだだけじゃないですか。ほんとに申し訳ない言い方になっちゃいますけど、久保木さんのやったこと、しょうもないですよ。おまけに迂闊《うかつ》にぼくを家に招いて、あっさりバレてる」

言葉を連ねるうちに感情が膨《ふく》れ上がる。ぼくは呆れていた。無邪気に楽しんでいた自分が馬鹿みたいに思えた。踏み躙《にじ》られたと感じた。久保木さんにはもちろん、こんなくだらないことに心を掻《か》き乱されている自分にも腹が立った。

「ほんとすみません、何がしたいんですか？　人生の積み重ねとか胸張ってどうこうとか、ゴテゴテもっともらしい言葉で飾り立ててるだけで、嫌がらせにもなってない単なる悪戯《いたずら》じゃないですか。ぼくだけならまだいいですけど、ぼくの知り合いの編集者まで巻き込んで」

影法師の久保木さんに次から次へと言葉を投げつける。質問に偽装した罵倒《ばとう》をまた新たに思い付く。

「こんな、こんなことやって何が楽し――」

最後まで言えなかった。

無意識に耳を澄ましていた。

安っぽいシンセサイザーの音が、遠くから聞こえていた。軽快で子供っぽいメロディ。雑音交じりで、おまけに音があちこち歪《ゆが》んでいる。十代の頃、磁気テープが縒《よ》れたカセットテープを再生した時のことを思い出す。

音は――音楽は少しずつ、こちらに近付いてきた。

そして、

こんにちは　ゲコゲコ
まいどあり　ゲコゲコ

歌が始まった。

声は少年のようでもあり、大人の女性のようでもあった。

ぼくは【ザザザ】をおとどけします
ケロケロ　おいしい
ケロケロ　たのしい

ぷつぷつと音が聞こえそうなほど激しく、全身が粟立《あわだ》った。

歌声はとても遠く、か細いのに、耳を貫き頭の内側に響き渡る。

ぶろろろ、というエンジン音も重なって聞こえる。車だ。そう大きくない車が、歌を流しながら、こっちに向かっているのだ。

あまくて　からくて　【ザザザ】しい
【ザザザ】ぼくも　きみも　だいすき

ぼくは居間に立ち尽くしていた。立ち竦んでいた。

両手を固く握りしめ、息を殺して、歌を聞いていた。

久保木さんの捏造《ねつぞう》記事にあった歌を。

肝心なところが聞き取れない歌を。

「何だろう。気になりますね」

静かに、とても落ち着き払った様子で、久保木さんがつぶやいた。窓からの日差しはますます強くなり、影をより暗く、黒くする。「とても気になりますよ。何の店だと思います？」

「さ、さあ」

ぼくは何とか答える。

「そうですか……」

久保木さんは窓の方を――歌の聞こえる方を向いて、

「申し訳ないけど、買ってきてもらえませんか。お代は後で払いますよ」

と言った。

エレベーターで一階に降り、正面玄関からマンションの敷地を出た。西日が通りのアスファルトを、電信柱を、フェンスを、駐車場を、ゴミ捨て場を照らしている。眩《まぶ》しさに目を細めながら、ぼくは足を進める。

ピロピロと楽しげな間奏が聞こえる方へ歩く。

また歌が始まった。

はいどうぞ　ゲコゲコ

ありがとう　ゲコゲコ
きょうも【ザザザ】をおとどけします

二番、いや三番か。
ここへ来るまで既に何度も、繰り返し流れていた。住宅地の路地に人通りは全くなく、車も通らない。

ケロケロ　うれしい
ケロケロ　しあわせ
やわらか　さわやか【ザザザ】みたい
【ザザザ】ぼくも　きみも　ぱくぱく

少しずつ確実に、近付いていた。
と思ったら遠ざかる。
停車したらしい。
と思ったらすぐ走り出す。
やはり人はいない。会わないし見かけない。

家々のベランダに干してある服も、ずっと放置されてたかのようにくたびれている。空っぽの犬小屋。芝生に置かれた首輪。電線に並んで止まる雀《すずめ》たちは、どれも作り物のように動かない。

さっきからずっと、間奏が流れている。音のする方へと歩く。いつの間にか早足になっている。どうしてこんなことをしているのだろう、と自分が分からなくなる。

久保木さんに頼まれたのだ。くだらない悪ふざけで、ぼくを担いだ久保木さんに言われて、何だか分からないものを移動販売車で買おうとしているのだ。

そうだ。ぼくは担がれた。騙《だま》された。こんなことをしている場合ではないのだ。とりあえず、記事を載せてくれると言ってくれた編集者に連絡しよう。今。そうだ、今すぐが一番いい。ぼくはスマートフォンを手にした。

「もしもし」

「もしもし、あのう、先日読んでいただいた、都市伝説の記事のことなんですが、実は

——」

「え？　ごめんなさい、ちょっと声が遠くて」

「すみません、記事の掲載ですけど、申し訳ありませんがナシに——」

「もしもし、聞こえません」

「ごめんなさい、掲載はナシで」

「もしもーし。一旦切ります、すいませーん」

通話が切れた。

コインパーキングの看板の前でぼくは立ちどまった。駐車している車はどれも汚れ、凹《へこ》み、錆《さ》び付いている。

自分がどこにいるのか分からなくなって、地図アプリを開こうとして、ようやく気付く。歌が、音楽が聞こえなくなっていた。

辺りを見回し、少し歩いて、そこで我に返る。聞こえるわけがないのだ。

あの記事は何から何まで、久保木さんの嘘なのだ。

だから不吉な移動販売車など存在しないし、絶妙なタイミングでノイズの入る歌など流すはずもない。きっと夢だ。そうでなければ幻聴だ。ぼくはストレスでおかしくなりかけたか何かで、今やっと正気を取り戻したのだ。危ないところだった。助かった。帰ろう。歩いて家に帰ろう――

ぐわぁん、と大きな音が、辺りに鳴り響いた。ぼくは電流を浴びたように、突っ立ったまま硬直する。

前奏だった。

あの歌のイントロだった。爆音《ばくおん》で流れている。

ぼくの後ろの方から。

こんにちは　ゲコゲコ
まいどあり　ゲコゲコ
ぼくは【ザザザ】をおとどけします
ケロケロ【ザザザ】
【ザザザザザ】のしい

凄まじい音量で歌い喚《わめ》く。
ノイズもそれに張り合うように大きく激しくなっていく。

あまく【ザザザザザザ】
【ザザザ】ぼくも　きみも　だいすき

だんだん近付いていた。
振り返っても見えなかったが、十数メートル先の曲がり角の、すぐ向こうまで来ているのが分かる。

【ザザザザ】ころさな【ザザザザザザ】
【ザザザザザザザザザザザ】ゆるし
【ザザザザ】うげっげ【ザザザザザザザザザ】
【ザザザザザザザザザザザザザザザザザザ】

もうすぐだ。

もうすぐ来る。

そう思った瞬間、怖気《おぞけ》が全身を貫いた。

久保木さんの記事に列挙された、いくつもの都市伝説を思い出していた。

夕焼け色に染まった、軽トラの鼻先が見えた。

咄嗟《とっさ》に目を背《そむ》けた。

心臓が早鐘《はやがね》を打っていた。

震える足で地面を蹴り、ぼくは猛然と駆け出した。爆音を鳴らす販売車から、出鱈目《でたらめ》に全速力で逃げた。

どこをどう走って帰宅したのかは思い出せないが、自宅に辿《たど》り着いた頃にはすっかり日が暮れていたのは覚えている。真っ暗な部屋で、家にあるだけの酒を流し込み、泥酔して頭から布団を被《かぶ》って無理矢理に眠った。

翌日は二日酔いで、その日の夕方から風邪を引き、三日寝込んだ。悪夢を見て何度も魘《うな》された。夕暮れの住宅街を逃げ回る悪夢だ。背後からあの歌がずっと聞こえていた。

どこまでが夢か分からない。

だからあの日、久保木さんの家でのことも、あの歌も夢かもしれない。

そう思うことにした。

久保木さんはその間に会社を辞め、電話もそれ以外も繋がらない。捏造記事の件については編集者に詫びを入れた。もちろん連載も立ち消えとなった。

家でずっと耳栓をするのにも慣れた。

外出中は常にイヤホンで音楽を聴いている。

最近のイヤホンは音量を大きくしてもほとんど外に漏れないので、周りに迷惑をかけなくて済む。

つまり、ぼくはそれまでどおりの日常を過ごしている。

超常的、非科学的なことなど起こらない、決して起こってなどいない日々を。

宮澤伊織

ドンキの駐車場から出られない

●『ドンキの駐車場から出られない』宮澤伊織《みやざわいおり》

この異才との《異形コレクション》での再会を待ちかねていた「怪談」読者の歓声が聞こえる。宮澤伊織は、最近刊『ときときチャンネル 宇宙飲んでみた』(創元日本SF叢書)のように百合《ゆり》設定を活かしたポップなSF連作集や、第6回創元SF短編賞受賞作を進展させた『神々の歩法』(創元日本SF叢書)のようなハードな大作など、SFに重点を置いた活動が、今ではメイン。思えば、都市伝説的な怪異をモチーフにして大ヒットした『裏世界ピクニック――ふたりの怪異探検ファイル』(ハヤカワ文庫)にしても、その表現手法や発想は、実にSF的なものだった(魚蹴《うおけり》名義でRPGを創作する作者ならではの物語作りの巧さ、題材との距離のとり方も活かされている)。

その一方で、この《裏世界ピクニック》が明らかにしたものは、宮澤伊織のネットロア&実話怪談への強い嗜好《しこう》、マニアぶりでもある。宮澤伊織の「現代怪談」好きはまさに筋金入りだ。宮澤伊織が《異形コレクション》第54巻『超常気象』で初参戦した「件《くだん》の天気予報」は、まさにこの系譜。霊感は無い怪談師の「私」(ふーこ)が、同居人で怪異に出遭いやすい愛実《あみ》に降りかかる問題に対して、怪異の「公開情報」からアプローチしていくという独特の切り口は実に新しい。そして、本作はその第二弾。ふわりとした筆致で、駐車場の怪奇現象を読み解いていく過程は、ホラー/怪談の地平を拓《ひら》く、新しい可能性に満ちている。

1

「どう？　どう？　行ける？　行けた？」

助手席の愛実《あみ》が緊張感の滲《にじ》む声で言った。目を閉じて、拝むように手を合わせている。慎重にアクセルを踏んで斜路《しゃろ》を上りながら、私は答えた。

「自分で見りゃいいじゃん」

「や、そうとは限らない」

「なんで？」

「私が見てなければ行けるかもしれんし」

「どういう理屈？」

「私が買うマンガがよく打ち切りになるからさあ」

「あー。見てる試合は負けるから見ない的な……」

「それそれ、そういうこと」

概念の共有に成功したところで、愛実が改めて訊《き》いた。

「で、どうですか……ふーこさん」

「目を開けてごらんなさい」

私がそう言うと、愛実はこわごわ、片目ずつ開けて前を見た。

「これは……ダメ？」

「ダメだねえ」

ダメだったかあ、と脱力して、愛実はシートにもたれかかる。

フロントガラスの向こうに広がるのは……がらんとした駐車場のフロア。高さ一メートルくらいの壁の向こうから、白茶《しらちゃ》けた午後の日差しが差し込んでいる。何の変哲もない、小さな立体駐車場の光景だ。

フロアの途中で車を停《と》めると、外を見ながら愛実が訊いた。

「これ何階だろうね」

「さあ……。今までと見分けつかないからなあ」

「あれ、階数表示だと思う？」

愛実が指差す先には、壁に書かれた……というより、ぶちまけられたと言った方が正確だろう、黒いペンキの跡。縦に見ても横に見ても、数字には見えない。

「階数表示だったとしても前衛的すぎる」

「じゃああれ何？」

「バンクシー的なやつかな、知らんけど」

「変わっちまったな、バンクシー」

「ルイス・ウェインのバンクシーかも」

「それそれ」

かれこれ三十分ばかり、私たちはこの、ドンキの立体駐車場から出られていない。

日曜の午後遅く、近所でカーシェアの車を借りて買い物に来たのがそもそもの始まりだったが、思えばドンキに着いた時点で既に違和感があった。なにしろ、駐車場にほとんど車がなかったのだ。ずいぶん空いてるね、と言い合いながら上の階に車を進めていったら、どういうわけか、店内に続く通路が見当たらない。変だなと思いつつも上っていくうちに、違和感はどんどん膨《ふく》れ上がっていった。風景が全然変わらない。どれだけ上っても、二階と三階の間にあるような半端《はんぱ》な階層が、ずっと続く……。

さらに異常を確信させる決定的な要素があった。誰もいない駐車場の中、ぽつんと一台だけ車が駐《と》まっていて……それが、三階上るごとに同じ位置に現れる。うすらでかい紺のハイエースだったから嫌でも目に付いたし、ナンバーもまったく同じだった。

さすがにおかしいと思って、途中で引き返そうとした。ところが下っても結果は同じだった。何階下りても同じ光景。三回ごとに現れる、紺のハイエース。

つまり私たちは、ループする立体駐車場に閉じ込められているのだった。

「ちょっと……一旦止めるね」

「うん、そうね、そうね。落ち着いて考えよう」

エンジンを切ると、あたりは静まりかえり……はしなかった。外の道路を走る車の音もするし、駐車場に隣接する店内から、ドンキのテーマソングもかすかに響いてくる。外界と完全に隔絶されたわけではないようだ。でも出られない。どこにも行けない。

「あー。やっぱ霊のやつかあ」

「んだね。例のやつっぽい」

「ごめんねえ、ふーこ」

「何が?」

「これあたしのせいだよねえ」

「あーいい、いい、そういうの」

ぞんざいに手を振る私に、愛実は眉毛をハの字にして何か言おうとする。

「でもさあ」

「いいって」

「あたしがさあ」

「うるせえー。ぐだぐだぬかしてんじゃねー」

私が低めのテンションで両手を振り上げると、愛実は笑い出した。

「いいやつだよね、ふーこって」

「そうだよ。そこそこいいやつだよ、私は」

まあ、そのくらい言ってもバチは当たらないだろう。

愛実は、多分なにかに祟《たた》られている。そういう表現をしてもそんなに的外《まとはず》れではないと思う。大学からの付き合いだけど、話を聞く限り、子供時代からだいぶ怖い体験をしていて、よく今まで死ななかったなと呆気《あっけ》にとられるくらいだ（というか、実際何度か死にかけている）。

それまで心霊とかお化けとかには縁のなかった私だが、愛実と知り合ってからは、そういう存在が――現象が――あるのだと認識を改めざるを得なくなった。今日のように一緒にいて巻き込まれたことも初めてではないし、自分から首を突っ込んだことも何度か。

それもこれも、愛実がめちゃめちゃいい子で、放っておけなかったからだ。そういう意味で、愛実のせいであるとは言えるかもしれない。

「てか、いいのよ私は。こういうの、飯の種にさせてもらってるし」

「ほんとにぃ？　役に立ってる？」

「立ってる立ってる。だから気にせんでもろて」

「じゃあいいかあ」

ただの気休めというわけでもなかった。愛実との出逢いで、結果的に私は、怪談で食っていくことになったからだ。聞き集めた怪談をイベントや配信で語る、怪談師という仕事。ブームの端っこでぎりぎり食えてるという程度ではあるものの、実利を得ているのは本当のことだ。

とはいえその飯の種も、今の状況から抜け出さないことには一円にもならない。それどころか、最悪ここで野垂《のた》れ死ぬことに……。

どうしたもんかなあ、と思っていると、愛実がシートベルトを外して、助手席のドアを開けた。

「愛実？」

「ちょっと見てくる」

大丈夫かな、と一瞬ためらったけど、ここで座っていてもしょうがないのは確かだ。

「待って、一緒に行く」

私も続いて車の外に出た。現実味のない状況だが、足元のコンクリートの感触は確かだ。

このフロアには例のハイエースはいない。たいして広くもない駐車場を横切っていく愛実に追いつく。腰のあたりまでの壁の先に、外の光景が見えている。鳥よけのために張られているのか、緑色のネット越しに見下ろすと、十メートルくらい下を走る幹線道路が目に入った。

「うちら五、六階くらい上ってなかったっけ？」

「体感そんくらいかな」

「それにしては低い気がする。最悪飛び降りたらワンチャン？」

「いやいや……充分死ねるよ。そうじゃなくても脚の一本や二本で済まないって、この高さ」

冗談半分だったのかもしれないけど、マジレスしてしまった。

「そっかあ。下に向かって叫んでみる？」

「なんて？」

「出られないです、助けてーって」

「聞こえたとして、営業中のドンキの駐車場から出られないって言っても相手にされないんじゃないかなあ」

「ああー、そんな気はする、確かに」

愛実はため息をついて、ネットから身を離した。

「どうしようね」

「困ったね」

そのまま、二人で上下のフロアを見に行ってみた。車ではなく、徒歩ならもしかすると行けるのではないかと考えたのだが、当ては外れた。上も下も相変わらずだ。元いたフロアから離れすぎると自分たちの車までなくなるんじゃないかと不安に駆られて、徒歩の探索は早々に切り上げた。

車に戻ってドアを閉めて、私は唸《うな》った。

「いやらしいね、これは」

「いやらしい？」

「ループするにしてもさ、店内に通じてるフロアならよかったのに」

「ほんとそうだよね。そしたら買い物できたからね」

「そうだよ。ふざけやがってよお」

「ああーお腹《なか》すいてきた。どうしよう、このままじゃ飢え死にだよ」

「水も飲めないしさあ。自販機の一つくらい置いとけってんだよ」

ループするこのフロアには、自販機はおろか、役に立ちそうなものが何もない。せいぜい隅の方に赤いカラーコーンが寄せて置かれているくらいだ。アメニティの不足に憤慨《ふんがい》していると、愛実がふっと顔を曇らせた。

「待ってふーこ。ヤバいことに気付いた」

「何？」

「……トイレどうする？」

「……行きたいの？」

「いや、まだ大丈夫。まだだけど、でもいずれそのときが来るよ」

「やば」

「やばいよね」

「なんとかしよう……早めに」

「うん、そうしよう」

私たちは深刻な顔で頷き合った。ここから脱出できなければ迎えるだろう、苦痛に満ちた緩慢《かんまん》な死はまだ実感に乏しいが、数時間内に確実に現実のものとなる尊厳のダメージは容易に想像可能だった。

早く脱出方法を見つけ出さなければならない。

でも……どうやって？

2

何はともあれ、同じところに留《とど》まっていても進展はないだろうということで、また車を走らせてみることにした。上と下、どちらに行くかを話し合った結果、どっちみちループするなら上も下も同じだろうということになった。

「お互い、ほんの少しでも変化を見つけたら言おう。思い違いでもいいから虱潰《しらみつぶ》しで」

「わかった。謎解きみたいなもんだね」

「そうそう、実質脱出ゲームだこれ」

「そしたらあたし、フロアごとに写真撮っとくわ」

「頼んだ」

車をスタートさせて、また上に向かう。下にしなかったのは、なんとなく後ろ向きな……負けのような気がしたからだった。ループを脱出しなければいけないのはそうなのだが、そもそもここには買い物に来たのだ。逃げるのは面白くない。言うなればまあ、単なる意地だ。

車は立体駐車場をゆっくりと上っていく。斜路を上りきるたびに広がる同じ光景。三階ごとに現れる、紺のハイエース。

三回ループを上がったところで、愛実が言った。

「あれどう思う?」

「あの車?」

「そう。やっぱあれ、なんかあるんじゃないかな。脱出ゲームだったら最初に調べるのあれじゃん?」

「確かにぃ。次に出てきたら見てみるか」

「なんか、ばっちかったけどね」

何度もそばを通過したから嫌でも目に入った。ハイエースはすっかり埃《ほこり》をかぶっていて、しばらく動いていないようだった。放置車両なのだろうか、フロントガラスのワイパーに紙が挟まっていて、移動してくださいとかなんとか書かれているように見えた。

そんな有様《ありさま》だから、目立つのにもかかわらずなんとなく敬遠していたのだが、愛実の言うとおり、真っ先に調べるとしたらあれだろう。

「次だっけ？　もう一階？」

「うん、次の次」

「おけ」

愛実の方がしっかり数えていた。運転する方は、同じ光景が続くとよくわからなくなってくるのだ。

さらに二階分上がって、目的の階に到着……のはずだったのだが。

「あれ？」

「え、いない」

ハイエースがいない。戸惑って見回したが、どこにも見当たらなかった。死角が生じるような広い駐車場ではないし、何より今までずっと同じ場所に停まっていたのだ。

「変だな。ちゃんと数えてたのに」

「駐まってたの、あそこだったよね」

ハイエースが駐まっていた場所に車を近付ける。窓越しに見ると、床にしっかり車の跡が残っていた。長期間放置された車が埃を遮《さえぎ》ってできた、長方形の痕跡。黒い汚れが残っているのはオイル染《じ》みだろうか。

「間違いないよ、ここだよ」

「じゃあ、消えた……？」

「ん？　ちょっと待った！　静かにして」

愛実が不意に宙を睨《にら》んだかと思うと、助手席の窓を開けて顔を出した。

「……聞こえる！」

「え？」

私も窓を開けて耳を澄ます。聞こえた！　車の音だ。外の道路からの音とは違う、こもって響く、建物内の音。私たちとは別の車が、この駐車場内で動いている！

「逃げたんだ、あいつ！」

「あのハイエースが？」

「そうだよ！　追いかけよう！」

「お、おう！」

愛実の勢いに押されるようにして車を出した。今まで下から上がってきたのだから、向かうとしたら上しかない。ぐわっとアクセルを踏んで、斜路を駆け上がる。

「うん、こっちだ！　音が近づいた！」

愛実が勢い込んで言うので、私もハンドルを握り直す。

「よっしゃ、追いついたる」

「頼むよ、運ちゃん。前の車を追ってくれ」

「一生に一度は言いたいやつじゃん、それ」

走るうちに私にも、音が近づいているのがわかった。何度目かのループでついに見えた。ちょうど向こうの角を曲がっていく、ハイエースのケツが。

「いた！」

「やった！」

追う者の高揚感に、思わず歓声が上がる。あやうく壁に擦《こす》りそうになりながらも、先行車に続いて角を曲がった。次の階への斜路を上りきると、また向こうにハイエースのケツ。さっきより少しだけ長く見えた。確実に距離が詰まっている。

「それでなんだけどさ、愛実」

「え、なに？」

「追いつくとするじゃん、これで。追いつくとして……」

「うん。追いつくとして？」

「その後どうする？」

私がそう訊くと、愛実が言葉に詰まった。

「その後……？　どうしよう。あーごめん、何にも考えてなかった」

「あっはっは！　だよね！」

「ごーめん。追いつくことしか考えてなかったわ」

「いや、わかるわ。私だって考えてないもん!」

そうなのだ。こんなカーチェイスの真似事をしているものの、このまま追いついたからといって、私たちには何ひとつ策がない。これが映画なら、銃で撃つとか、アクセルを噴かして突っ込むとか、そういう派手な展開が待っているだろう。でも一般市民の私たちが銃なんて持っているわけもなく、レンタカーを傷つけるような真似もしたくない。

つまり今できるのは、こうして相手の車に追いついて、付かず離れず走り続けることだけだ。

「いやーどうしようね。これ手詰まりかもしれん」

「なんで?」

「ここからできる行動が思いつかない」

「そんなことなくない?」

「なんかいい考えある?」

愛実は真剣な表情で考え込んだ。

「……追いついたら、この車をさ」

「はい」

「隣にすげー寄せてもらって、飛び移るとか、できると思う?」

「できるわけないだろ。忍者かなんかかおまえはぁ」

「やっぱダメかあ」

なんの打開策も浮かばないまま走り続けるうちに、ハイエースとの距離も縮まってきた。

リアウインドウは真っ暗で、車内の様子は窺《うかが》えない。

「あれ、運転してるのって人かなあ」

愛実が首を傾《かし》げて言った。

「違うんじゃない？」

「人じゃないとしたら、何？」

「わからん……幽霊とか」

私の適当な答えに、愛実は納得いかないようだった。

「幽霊が運転する車って、変じゃない？　ていうか、幽霊って運転できるんかな」

「知らんけど。ああいうのって、車と運転手で分けるもんじゃなくない？」

「車から運転手が生えてるってこと？」

「そんなケンタウロスみたいな。そうじゃなくて、車そのものが怪異みたいな感じなんじゃない？」

流れで幽霊なんて言ってしまったが、愛実が襲われがちな一連の怪奇現象は、いわゆる「心霊」的なものとは違うと思う。この前巻き込まれたときは件《くだん》――牛の身体に人の顔をした予言獣――が絡んでいたし、どちらかというと「妖怪」系と言った方がまだしっくり来る。

知らない人には驚かれることも多いが、怪談には妖怪絡みのものも結構あるのだ。二十一世紀の今、現在進行形で、「心霊」ではなくやけにトラディショナルな妖怪遭遇譚が蒐集《しゅうしゅう》できたりする。かつては私も、そういうのは話を盛ってたり、こじつけてたりするんだろうなと漠然と思っていた。今はそこまでの確信がない。愛実と知り合って、何度か妙な体験をしてしまったから。

『稲生物怪録《いのうもののけろく》』という有名な妖怪絵巻がある。稲生平太郎《へいたろう》という肝の据わった男を脅《おど》かそうとして、次々に妖怪が現れるという江戸時代の物語だ。愛実の祟られ方は、この稲生物怪録にどこか似ている。ただし愛実の場合、単に驚かされるにとどまらず、それなりの実害を伴うから夕チが悪い。

助手席のひとり物怪録女は、前を行く車を見ながら眉をひそめる。

「てことはさ、運転手がどうこうじゃなくて、あの車自体が悪さしてるってことか」

「かもね。明らかに廃車っぽかったし、恨んで化けて出たのかも」

「だとしたら、なんであたしに来るんだよお。頼むから、自分を捨てたやつとかを恨んでくれ」

「絡みやすいやつなら誰でもよかったのかもね」

「やだ～。迷惑系じゃん～！」

かくいう私は、愛実の疑問に応えて知った風な口を利いているけど、実のところは全部適当だ。裏付けも確信もない思いつきで喋っているだけ。怪談師なんて仕事をやってはいるが、私はお祓《はら》いも除霊も祈禱《きとう》もできない。というか、霊感の類《たぐい》をいっさい持ち合わせていないのだ。

そんな私にできるのは、既存の怪談や伝承から、類似の事例を引っ張ってくることくらい。つまり怪異のOSINT──オープンソース・インテリジェンス。そんな風に言えばちょっと格好よく聞こえるかもしれない。実態は別になんにも格好よくない。何が起こっているか理解しないまま、場当たり的に過去事例を参照するだけだ。

でもやるしかないだろ、それしかないんだから。

いま私たちが巻き込まれているのはどういう性質の現象なのか、私は運転しながら考える。車の怪異？　なのか？

怪異という言い方もさんざん使われてるわりに曖昧《あいまい》な概念ではある。仮にそうだとして、なんで車のお化けが人をループに閉じ込めたりするんだ。どうにもしっくり来ない。いや、別に向こうさんは、こっちがしっくり来ようが来まいが関係ないか。

人の理屈に合わない、理に適《かな》ってないから怪異であり、怪談であるとは言える。確かにそういう一面はある。とはいえ、それにしたって腑《ふ》に落ちなさは残る。理不尽には理不尽なりの理がないと、怪異というものは成立しない気がするのだ。これは私の勝手な思い込みかもしれないが……。

「ふーこ？　大丈夫？」

声を掛けられて我に返った。

「ごめん。考え事してた」

「や、いいんだけど、ちょっと運転ふらついてたから」

「え、ほんと？」

「曲がるときミラーぎりぎりだった。ふーこ、いつも安全運転だからビビったよ」

「マジか、ごめん。気付いてなかった」

考え事も重要だが、事故ったりしたら本末転倒だ。私は気を取り直して、運転に集中する。

斜路を上る。がらんとした駐車場。前を走るハイエース。ハイエースが曲がる。私も同じ方向にハンドルを切る。斜路を上る。がらんとした駐車場。前を走るハイエースが曲がる。私も同じ方向にハンドルを切る。斜路を上る。がらんとした駐車場。前を走るハイエース。ハイエースが曲がる。私も同じ方向にハンドルを切る。斜路を上る。がらんとした駐車場。前を走るハイエース。ハイエースが曲がる……。

私はぶるっと頭を振った。

「愛実、やばいわこれ」

「どした？　何がやばい？」

「寝そう」

「寝……ええっ？」

愛実が戸惑った声を上げた。

「嘘でしょ？　この状況で？」

「ずっと同じ光景が続いて、どんどん眠くなってきた」

「ええー、マジかあ。ど、どうすればいい？　あたしにできることある？」

「なんか眠気覚ましになることとして」

「歌う？　踊る？」

と言いながら既に、愛実は盆踊りみたいな動きを始めている。助手席で踊られたら、それはそれで気が散りそうだ。

「じゃあさ、なんか怖い話してよ」

「この状況で、さらに？？？」

もう一段階戸惑った声が返ってきた。私は続ける。

「車がらみの話でなんかない？　愛実の実体験から掻《か》い摘《つ》まんでさ」

「えー、わかった。私のやつでいいの？」

「大将のお好みで頼むよ」

「何それ？」

「回らない寿司屋でやるやつ。やったことないけど」

「うーん、じゃあ、そうだなあ」

愛実は少し考えてから話し始めた。

「あたし前に山道に一人置いて行かれたことがあるんだけど――」

「おいおいおいおいおい」

眠気も忘れて、思わず遮ってしまった。

「マジで言ってる？」

「まじまじ」

「いつぅ？」

「学生のころ」

「嘘やん。知らんかった……」

デートDVってやつか？　どこの糞野郎だ、愛実をそんな目に遭わせやがって、と私が憤《いきどお》っていると、それを察したのか、愛実は違う違うと手を振った。

「そういうんじゃない、ふーこが考えてるような話じゃなくて」

「ほんと？　どっかのバカに車でナンパされて置き去りにされたとかじゃなく？」

「違うんよ、それが」

愛実がそう言うので、私もひとまず落ち着いて話を聞くことにした。

「なんかね、ゼミの飲み会だったと思うんだけど、解散遅くなって。教授が、家が遠いからってタクシーに乗せて送り出してくれたのね」

「ほう」

「結構飲んでたから、行き先伝えて寝ちゃったんよ。で、しばらくして目を覚ましたら、暗いとこ走っててさ。山道なのよ」

「ほうほう」

「あたしの家行くのに山道なんか通らないからさ、まずいことになったなと思って。なんも気付いてないフリして、ここどこですかって訊いたのよ。そしたらね、運転手の様子がおかしいのよ」

「おかしい？」

「ああよかった、お客さん大丈夫ですかって訊くのよ。すっごいうろたえてて。は？って思うじゃん。よくよく聞いたら、あたしが指示する通りに走ったらどんどん山道に入っていくから怖かったんだって」

「寝てたのに？」

「そう。しかも寝てる間あたしずっと、隣に座ってる誰かと会話してたらしい。運転手さんにそれ聞きながらスマホで地図開いたらさ、その道の先にあるのって、〝なんとか霊園〟しかないの」

「墓場……」

「でっかい墓場。うえってなって、引き返してくださいって言ったのよ。運転手さんもカーナビで行く先見えてたんだろうね、ほっとしたみたいでUターンして、来た道戻ってってたの。したらね、急に！　車の前に、あれ狸《たぬき》かなんかだと思うんだけど飛び出してきて、撥《は》ねちゃったのよ！」

「うえー」

「うえーだよね。でもわざわざ止めて確認もしなくて。いやーな気分で下ってってたらさ、運転手さんがウワッて声上げたのよ」

「今度は何？」

「あたしも何？って思って、運転手さんミラー凝視してるから、振り返ったのね。そしたら後ろの方から、白い光が近づいてきてて。一瞬、バイクかなと思ったのよ、サイズ的に。でも違った」

「何だったの？」

「あのね、ババアだった」

「はい？」

「白い着物着たババアが走って、どんどん追いついてきてんの。こっち車だよ。怖いっつーか、唖然《あぜん》としちゃってさ。ほら、子供のころにターボババアの話とか聞いたことあるじゃん。

車追いかけてくるってやつ。あれそのまんまだった」

「怖くは……ないかもねえ」

「あ、でもね、近くまで来たら顔は怖かった。そこはさすがって感じ。で、いよいよ追いつかれるってとこで、タクシーが急ブレーキ踏んで、ガクッ、わーってなって。シートベルトしてたけど、事故ったみたいな衝撃だったから一瞬ぼーっとしちゃって」

オノマトペが多くて要領は得ないが、手振りが合わさると雰囲気はなんとなく伝わった。

「気を失ってたってほどでもないと思うんだけど……身を起こしたら、車止まってて、誰もいないの」

「ターボババアいなくなってた？」

「運転手さんもいなかった」

「え？」

「運転席空っぽで、ドア開いてて……。パニクって逃げちゃったのかな、わかんないけど。とりあえずドアだけ閉めて、しばらく待ってみたんだけど……」

「戻ってこなかった？」

「来なかった。免許持ってなくてもクラクションくらいはわかったから、何回か鳴らしてみたけど反応なかった。そのとき気付いたんだけどさ、運転席がしっとり濡れてるのよ」

「ええ？」

「ほら、タクシーに乗ってきた女が、行き先に墓場を指定して、着いたらいなくて座席がしっとり濡れてた、って怪談あるでしょ。あたしでも知ってる有名なやつ」

「あるけど。なに、そっちが消えるの？　客じゃなくて運転手が？」

「そういうパターンもあるのかーって」

ありえるのかもしれないが、あんまり聞かないパターンだな……と考えながら、私は訊いた。

「それで……どうしたの」

「タクシー呼んで帰った」

「タクシー呼んで帰った？？？」

「うん。電話通じたし」

「来てくれた？」

「周りなんもない山道の途中だったから不審がられたけど、置き去りにされたって言ったら来てくれたよ。他社のタクシーの中で待ってたから困惑しただろうね」

「まあねえ。その、元々乗ってたタクシーについてはどう説明したの？」

「正直に言ったよ。運転手さん急にいなくなって困ってたって。したら、そっちの会社に連絡しとくって言ってくれたからお任せした。後から連絡もなかったから、なんとかなったんじゃないかな。以上です」

「あ、ありがとう」

「眠気醒《さ》めた？」

「かなり早い段階で醒めてた。助かったわ」

「よかったぁ」

「一個訊いていい？　こんな話、なんで黙ってたの？」

「いや、だってさあ。ターボババアに追われた話、人にする気になると思う？」

少し考えてから私は答えた。

「ならん……かもしれん」

「でしょお？　怖い話として話すには変だし、笑い話にしたって作りだと思われるし……」

この手の語られにくい体験は、怪談を集めているとたまに遭遇することがある。意味不明すぎて話しづらい体験とはまた別の、陳腐《ちんぷ》すぎて人に言えない体験というのがあるのだ。私も、愛実以外からこの話を聞いたら扱いに困ったと思う。小学生しか怖がらないようなターボババアの登場もさることながら、墓場に案内するタクシーの客、見えない相乗り客、飛び出して轢《ひ》かれる小動物、人が消えた後に残された濡れたシートと、出てくる道具立てがあまりにも定番すぎる。さながら「乗り物怪談よくばりセット」とでも……

……あ。

閃《ひらめ》いたのはそのときだった。

「わかったかも」

「何が？」

「これ、あれだぁ。山道によくあるやつだ」

「これって？」

「いま私たちが体験してる、これ！」

3

山道で遭遇する怪異の類型に、こういうのがある。

車で山道を走っていると、路肩《ろかた》を歩く人がいる。しばらく行くと、また人が歩いている。さっき追い越した人と、まったく同じ格好だ。いや、格好だけじゃない。同じ人だ。気味悪く思いながらも先に進むと、また同じ人を追い越す。どれだけ行っても、行く手に同じ人が現れ、追い越す羽目《はめ》になる……。

「それじゃん！」

「でしょ？」

私の説明を聞いて、愛実が大きな声を上げた。

「いや、それだわ、間違いなく。だって、あそこに駐まってたの見ながら何回も通り過ぎたもん」

「相手が徒歩の人間か、廃車っぽいハイエースかの差はあるけど、基本の構造はこれだと思う。不審な車が前を走ってて怖い思いをするってパターンの話もあって、それとの合わせ技みたいな感じ」

「よくわかったね、ふーこすごいよ」

「まあね。てか、愛実の話のおかげよ」

「ほんと？　あたしすごいな」

「それはマジでそう」

愛実を褒《ほ》めて伸ばしてから、私は付け加える。

「まあ、だからどうしようって話ではあるけど」

「そういうパターンのやつ、なんか解決法ないの？」

「んとね……愛実って、煙草《たばこ》吸うっけ？」

そう尋ねると、愛実は面食らったように答えた。

「吸ったことはあるけど、普段は全然」

「だよねえ。吸ってんの見たことないもん」

「吸ってるとまずいの？」

「いや、逆。この手のループ系のやつって、立ち止まって落ち着いて、煙草吸うと抜け出せる展開が多いんだよ」

「……なんでぇ？」

そりゃそういう反応になるよな、と思いながら私は答える。怪談系の知識を持っている人ならほとんど常識と言っても過言ではない、ポピュラーな対処法ではあるのだが。

「山に入る人にとって、伝統的に煙草は魔除《まよ》けっぽく使われてたっぽいんだよね。獣が嫌がるとか、虫除けになるとか、火や煙が遠くからでも目立つとか、そういう合理的な理由もあるんだろうけど」

「じゃあ、持ってた方がよい？」

「持ってたりする？」

「ない～」

「だよねえ」

私も喫煙者ではないから、煙草の買い方すら知らない。

「でも、待ってふーこ。その煙草の効能って、もしかすると前半の方が大事だったりしない？」

「前半って？」

「立ち止まって落ち着いて、煙草吸うって言ってたよね。慌《あわ》ててないで一旦立ち止まって、落ち着くのが意外と効いたりしないかな」

「ん～～、褒めて伸ばす甲斐《かい》がある子だねえ！」

「まあね。なんて？」

「いいこと言うねって意味。愛実の言うとおりだわ。一旦落ち着こう」

「ＯＫ。一旦ね」

次の斜路を上りきったところで、車を止めた。前を行くハイエースがどう反応するか注目していたら、スピードを緩《ゆる》める様子もなく行ってしまった。

エンジン音が遠ざかって、静かになった。ループして下から上がってくる、なんてこともなさそうだ。

「多分だけどあれ、煽《あお》ってたんだろうな。追いつかないとここから出られないって思わせて、こっちを焦らせて……」

「霊のやつらって、煽り運転までしてくんの？　タチわるぅ」

まったくだ。なんとか一泡吹かせてやりたいが、私に何かできることがあるだろうか。

助手席のドアを開けて、愛実が車外に出る。私も外に出て、身体を伸ばした。たまの運転は嫌いじゃないが、どこまで行っても同じ光景なんて、こんな不毛《ふもう》なドライブは嫌だ。

愛実はぶらぶら歩いていって、例のバンクシー――壁の黒いペンキの染《し》みの前でしばらく首を傾げた後、壁際に寄せられていたカラーコーンを二つ、両手にぶら下げて戻ってきた。

「これ使えないかな」

「何に？」

「こうやって……」

愛実はカラーコーンを、下から上がってきたときにちょうど正面になる位置に置いた。

「ループしてたら、先行するあいつがこれにぶつかるでしょ。突っ切っていくかもだけど」

「なるほどね。試してみよう」

駐車場から見える空はもう夕暮れが近い。ここに閉じ込められたまま夜になるのは嫌だ……。私たちは車に戻って、また走り出した。

上の階に入ってすぐに、前を走るハイエースが目に入った。まるでさっきの休憩がなかったかのように平然と現れた。待ち構えていたのだろうか。馬鹿にしやがってという思いに、ハンドルを握る手に力がこもる。

次の階へ上り、さらに次へ……というところで、私は慌ててブレーキを踏んだ。

ハイエースが停車していた。

「愛実、カラーコーン効いた！」

「マジじゃん！　カラーコーンすご！」

思いがけない即効性に戸惑いながら、ゆっくりと車を近付ける。ハイエースは斜路を上ろうとして曲がりかけた、中途半端な位置で止まっている。動く気配はない。エンジンも掛かっていないようだ。急に元の廃車に戻ってしまったように見えた。

「え、めっちゃ邪魔な位置で止まってないこれ」

「次の階に行けないねえ」

すぐそばまで車を寄せても、ハイエースはまったく反応しなかった。埃に覆《おお》われた窓の向こうは相変わらず真っ暗。

「降りて近づいてみるべきかな。どう思う？」

私はそう訊いたが、愛実から返事がない。

「愛実？」

横を見ると、愛実は……スマホに目を落としていた。

「何してんの？」

「あたしさ、写真撮るって言ったじゃん」

「え……うん」

謎解きの要領で、手がかりになりそうな箇所を見つけたら写真に撮っておくとか、確かそういう会話をしたのを思い出す。

「それで、バンクシー撮っておいたんだけどさ。これどう思う？」

愛実はそう言って、スマホの画面を私に向けた。

画面に映った写真と、壁の染みを見比べる。

……染みの形が違う。

撮られた時点では不定形だった黒い染みは、いつの間にかまったく違う形に変化していた。もっとはっきり言うと、人型《ひとがた》をしていた。壁に貼り付いた黒い人型。こっちに向かって来る瞬間を捉えたかのように、やや身体を傾けた姿勢。

「……あんなんだっけ？」

「ぜってー違うでしょ。だって写真に残ってるもん……」

と、視界の端に変化があった気がして、私はそちらに目を向けた。

ハイエースのスライドドアが開いていた。

いつの間にか全開になったドアの中は、相変わらず真っ暗。いや……違う。ただ暗いだけじゃない。光が差し込んで中の様子が見えてもいいはずなのに、何もわからない。

車内に何か黒いものがみっちり詰まっているんだ。

その黒いものが、不意にこぼれ出た。地面に接したそれは、人の脚の形をしていた。うわっと思う間に、子供くらいの背丈の人型が、コンクリートの上によろめきながら立ち上がった。その後から、さらにもう一人。その後ろからも、もう一人……。

そうか、と思った。こっちが本命だったんだ。

根拠はないが、確信に近かった。駐車場をループさせたのも、焦って後を追わせたのも、きっとこのためだ。深追いさせて、誘い込んで、バンクシーが人の形になれるくらい深い場所まで引き込んだら、一気に……。

「ふーこ！　ヤバそう！」

「ヤバそうだね、確かに……」

このまま車で突っ込んで、蹴散《けち》らすか？　そんなこと、可能か？　こういうやつに、車でダイレクトアタックって効くのか？

迷っていたら、よろよろしていた黒い人型たちの足取りが、だんだんしっかりしてきた……と思っていたら、急にこっちに向かって駆け寄ってきた！

「うわっ！」

咄嗟《とっさ》に、シフトレバーをRに入れてアクセルを踏み込んだ。ピーピー警告音を鳴らしながら、車がバックし始める。

「バンクシーも出てきた⁉」

愛実の言葉通り、壁の染みの人型も床に脚を踏み出していた。こっちは身長がやけに高い――二メートルは余裕でありそうだ。

「やばやばやばやば」

逃げ場は下の階しかない。私は後ろを振り返りながらハンドルを切って、来た道をバックのまま逆走した。立体駐車場の狭い急坂をバックで下りるなんて初めてだし、できれば一生やりたくなかった。

一階下り……二階下り……なんとかどこにも擦らず三階目に行こうとしたところで、愛実が思いついたように言った。

「あれ、ループしてたらこれどうなるんだ?」

「何が?」

「この先って、あたしがさっきコーン置いたとこ通るよね?」

そうだった! ハイエースの行く手を塞《ふさ》いだカラーコーンが、下り坂の前に立てられているはずだ。そしてループしているなら、その先はハイエースに塞がれている……?

「ほら、そうだよ! やっぱりあった!」

カラーコーンの赤がバックの視界に入る。前からは黒い人型が走ってくる。目を離している間に人数が増えていた。全員黒いからわかりにくいが、十人くらいいそうだ。

方向転換する余裕はもうなかった。後ろのバンパーがカラーコーンを撥ね飛ばす。下り坂の先に、ハイエースの運転席が見えて――

「ぶつかる! 摑《つか》まって!」

私が叫ぶのと同時に、勢いの付いた車は斜路を下り始める。リアウインドウの向こうのハイエースが迫ってくる。衝撃を予期して、反射的に目を閉じて――

4

「……あれ？」

来るはずの衝撃が来ない。

私は目を開けて、おそるおそる振り返った。

視界に入ったのは、駐車場の光景――あちこちに車が駐められた、当たり前の駐車場だ。

「あ……あれ？　戻った？」

助手席の愛実が、拍子抜けしたように言った。私は脱力してシートにもたれかかる。

「戻れたみたいね」

「はーっ。いやー、よかったぁ」

前から迫ってきていた黒い人影の集団もいなくなっている。見れば、このフロアにはちゃんと店内に続く出入り口があって、少しボリュームを増したドンキのテーマが聞こえていた。

ぐったり疲れてはいたが、半端な位置で止まっているわけにもいかない。とりあえず手近なスペースに車を停めて、エンジンを切った。

「はあ……疲れた。もう夜じゃん」

「ほんとお疲れ。運転ありがとね」

「いいってことよ……」

立ち上がる気力がなかなか湧かないまま、しばらく二人で座っていた。他の車が一台上ってきて、空いたスペースに止まる。男女のカップルが降りてきて、店内に消えていった。

「お腹すかん？」

愛実がぽつりと言った。

「いやもう、ペッコペコよ」

「買い物したらなんか食べない？　寿司とか肉とか」

「家で飯作るために食材とか買いに来たはずなんだけどな」

「クーラーバッグ持ってきたから大丈夫っしょ」

「そうねえ……行くか」

「行こうぜ」

よっこいせ、と身体を起こして車から降りた。カラーコーンに当てた箇所が気になって見たけど、バンパーには傷がなかったからほっとした。レンタカーだからぶつけると面倒だ。

愛実と一緒に、店内へと歩き出す。何が脱出の鍵だったのだろう。バックで逆走したから戻れたとか？　それとも、やっぱりあのカラーコーンだろうか。本来もっと危険なレベルまで誘い込まれていたところを、ハイエースの進路を塞ぐことでストップして、ぎりぎりセーフなレベルで引き返せたのかもしれない。あるいはもっと抽象的に、愛実がコーンを置くという行為が、「境界を自ら規定して、それを突破する」という儀式の体《てい》をなしたから戻ってこられたという解釈もできるだろうか。

真実はわからないが、いずれにしても、愛実がいなければループを脱出できたか疑わしい。私がもうちょっと役に立てればよかったのだが。

「ふーこ、あのさ、一個訊いていい？」

「ん？」

「煙草ってどうやって買えばいいんだろ？」

そんなことを言う愛実の顔が真剣なので、私は思わず笑ってしまう。

「あはは。わかんね。私も買ったことないから」

「そっかあ。やっぱ身分証とかいるのかな」

「知らんけど、もしそうでも免許証あるから大丈夫でしょ」

「じゃあ平気かあ」

そうだな、二人とも吸わないけど、一つ定番のお守りとして持っていてもいいかもしれない。

「買っていこっか、煙草とライターと」

「あ、ライターも要るか！　あぶな、忘れるとこだった」

どんなライターにしようか、ドンキで売ってるライターって全部ヤンキーっぽいやつじゃないのか、ドラゴンとか彫られたやつだと一周回ってイイんじゃないのか、それはヤンキーというより小学生センスなんじゃないか……という偏見に満ちた会話をしながら、私たちはドンキの店内へと入っていった。

篠たまき

天《てん》眼《げん》通《つう》の夢

●『天眼通《てんげんつう》の夢』篠《しの》たまき

監修者の毎回の愉《たの》しみでもあるのだが、テーマとする概念・素材から、いかなる〈異形〉が紡《つむ》ぎ出されるか。これが作家の個性が滲《にじ》み出る最も興味のあるところであり、特に〈乗り物〉のような広範囲で多様な材料は、調理の仕方もさることながら、その選択じたいも愉しめる。今回、篠たまきが提示した〈乗り物〉には感動すら覚えた。

篠たまきはそのデビュー作『やみ窓』以来、多くの作品を通じて、日本のなかの中央から離れた独自の文化や伝承を、物語のための怪異の起因というよりも、むしろ血の通った民衆生活として、描き出すことを得意としてきた作家である。本作に登場する「霧《きり》溜町《ためまち》」なる地域の伝承と〈乗り物〉の由来は、それ自体が極めて魅力的であり、奥行きのある背景はさらなる物語を生みそうなほどである。

一方で、本作の鍵は、ギフテッド（篠たまき登板以前の《異形コレクション》第53巻『ギフト』に収録したくなるような異能力）である。

なお、本作には、篠たまきが、かつてインタビューで自認しておられた「指フェチ」全開のシーンも登場する。危険な展開にも期待されたし。

彼岸《ひがん》の中日《なかび》に生まれた子は天眼通《てんげんつう》を持つ。

彼岸の中日に生まれた子は子孫繁栄をもたらす。

これは母の実家に伝わる縁起話だ。

天眼通は未来を見通す力で、子孫繁栄は子宝に恵まれ家を盛り立てる意味だとか。真偽はわからない。天眼通を持つ先祖がいたと伝わるけれど、戸籍に彼岸の中日に生まれた人物は記されていないらしい。

母は過疎ぎみの田園地帯にある実家を出て、そう遠くない町で所帯を持ち、町の総合病院で春分の日、つまり春彼岸の中日に僕を産んだ。

駆けつけた祖父母は福の子を授かったと喜び、父はにこやかにそれを聞き、陰で迷信だと笑い飛ばしていたとか。

「同じ日に何人も出生しているんだよ。そんなに福の子がいるなら過疎も少子化も無縁のはずだろう?」と。

父の言い分はもっともだ。けれども僕にはわずかに未来を見る力が備わっていた。

例えばお遊戯会の前、緊張した女の子が泣き出すのが見えた。あるいはかけっこのスタートの時、俊足の同級生が転んでびりになるのがわかった。

見えた未来は数分から数十分後、間違いなく現実になる。とは言っても、せいぜいその程度で何の役にも立たず、人に話すレベルでもなかったけれど。

そんな僕が繰り返し見続けた像がある。

何かの拍子に、ふわり、と眼前に浮かぶのはふっくらと艶《つや》やかな唇だ。肉厚な上唇と下唇がぱっくりと開き、二枚の濡れた肉の合間に湿った粘膜と白い歯がのぞく。吐息に曇る輪郭《りんかく》も、刻まれた淡い縦皺《たてじわ》も見て取れた。

唇の間に挿《さ》し入れられ、ひらつく舌に触れる指も見える。それは子供の指だった。先端には小さな丸い爪がついていた。

幼い僕は考えた。きっと大人になってお嫁さんとキスをする時を見たのだろう。小さい指はきっと僕とお嫁さんの子供のもの。

信じ切るほどのこともなく、錯覚と決めつけもせず、悩ましい幻影は天眼通と子孫繁栄の口伝《くでん》にうっすらと裏付けされ、僕の中に息づき続けたのだった。

○

先生が養護教諭になったのは僕が小学校三年生の時だった。

三月生まれの僕はクラスで一番小さく、よく転んで擦《す》り傷を作っていたものだ。

「痛いの、痛いの、飛んで行け」

若くてきれいな先生は古めかしいまじないを唱えて傷口を洗ってくれた。

前任のいじわるな養護教諭は僕を「とろい子」と呼び、切り傷も打撲も絆創膏《ばんそうこう》ひとつですませていたのに。

優しくされるのが嬉しくて、ふんわりと束ねた髪の香りが悩ましくて、僕は傷の痛みに耐えながらはにかんだ。

「ちょっと痛いね。でもすぐよくなるよ」

いたわりの言葉をこぼす唇は花びらを思わせ、ほのかな縦皺が花脈《かみゃく》に似て見えた。

その艶やかさ、ふくよかさに目眩《めまい》めいた感覚をおぼえた瞬間、先生の桃色の唇が、幼い頃から幻視していた唇に重なった。

下を見ると僕の手がシャツの裾《すそ》を握っている。小さな手だ。爪が丸い。

初めて気がついた。自分の指が幻影の唇に挿し入る指とそっくりだということに。

顔が火照《ほて》る。身体の奥にむず痒《がゆ》い熱が湧く。

「滲《し》みる？　ごめんね。もうちょっとで終わるから」

開いて、閉じて、窄《すぼ》まって声を吐く唇が、また目に馴染《なじ》んだ幻視にあわさった。

僕は天眼通を持つ子。

いつか先生の唇に触れる。

優しい言葉を紡《つむ》ぐ唇があれば傷の痛みも薬の刺激も心地よく、僕は頻繁《ひんぱん》に保健室を訪れる生徒になっていった。


けれども学年が進んであまり転ばなくなると保健室に行く理由がなくなった。

だからわざと怪我をすることにした。

熱い給食缶に手を押し当てたことがある。彫刻刀で左手の指を深々と刺したこともある。熱でじりじりと皮膚が蝕《むしば》まれる苦痛も、鋭い刃物が肉を抉《えぐ》る激痛も好ましい。

ただし他の生徒がいる時は保健室に入らない。閉じた引き戸に耳をよせ、話し声が聞こえたら引き返す。傷を幾重《いくえ》にもティッシュやハンカチで包み、先生が一人になるまで耐えるのだ。

保健室は小さな桃源郷《とうげんきょう》。優しい先生がいる所。小さくてひ弱で、勉強も運動も見た目も平凡な僕が、天眼通を持つ特別な子供だと実感できる神聖な場所なのだ。

痛みは大好きな保健室に移るための切符。痛ければ痛いほど心地よい。深傷《ふかで》であるほど長くいることができる。

あれは跳び箱の段の間に指を挟んだ時のことだった。

窓の外で薄汚れた残雪が溶けかけ、保健室に桃の花と小さなお雛《ひな》様が飾られる季節のことだった。

「跳び箱で挟んじゃった」

腫《は》れた指を見せる時、後ろめたさで鼓動が高まった。だって「わざと怪我してない？」と見抜かれそうで怖かったから。

「相変わらずドジねえ」

僕の心配をよそに先生はほほ笑む。

その表情が眩《まぶ》しくて顔を逸《そ》らし、けれども見つめ続けたくて横目で先生の顔を眺める。視線があうと先生が戸惑った顔をした。

「ええと、痛いのはここかな？」

触れられると腫れた手がさらに熱を持った。関節を軽く曲げて、痛くない？　と聞かれ、顔をそむけたまま、横目で先生を見て、甘え声で、少し痛い、と答えた。

「骨折していないから湿布《しっぷ》で大丈夫」

心なしか頬を赤くした先生が湿布を貼る。

その冷たさが物足りなかった。傷を洗う流水に比べて刺激が弱くて歯痒《はがゆ》いのだ。

「翼《つばさ》くんって、お内裏《だいり》様に似てるよね」

急にそう言われてすぐには意味が理解できず、正面から見返した。

先生のまぶたに薄いアイシャドウがきらめき、濡れた瞳を囲む真っ黒なまつ毛が妙に生々しく、目を逸らして机の上のお雛様を見る。

小さな男雛《おびな》は丸顔で鼻が小さく、眉毛は薄くて、目は糸のように細い。

こんなのっぺりした顔に似ている？

古臭いこけしみたいってこと？

「和風のハンサムってこと」先生が言い直す。「伝統的で上品な顔って褒《ほ》めたんだよ」

かっこいいのはアイドルや俳優や人気のスポーツ選手。はっきりした顔で、鼻が高くて、二重で、白い歯が似合う男のひと。

「ごめんね。褒めたんだけど今の子にお雛様の顔は人気がないんだね」

「いえ……嬉しいです……」

棒読みのお礼に先生は困った顔をして、籐籠《とうかご》から飴《あめ》を取り出して包装紙を破き、露出した丸い飴玉をつるりと僕の口に差し入れた。

甘さが舌に広がる。一緒に口に忍び入った指先がぞっとするほどなめらかだ。

「これで許してね」

あたたかな両手が僕の頰を包んだ。顔が真っ赤になるのがわかる。

先生が生徒に食べ物をあげるのは禁止だ。飴をもらうなんてものすごく特別なことなのだ。

嬉しくて、嬉しくて、ありがとう、と本気でお礼を言うと桃色の唇から「純日本風の美男なんだからね」と褒め言葉がこぼれ出し、僕は飴を舌でなぶりながら頷《うなず》いていた。

六年生になっても僕の背丈は先生に追いつかず、向きあうと目の高さにふくよかな唇が見えていた。

「翼くんももうすぐ中学生だね」

しんみりと言われた日も机の上には桃の花と素朴なお雛様が飾られていた。

お内裏様に似ていると思うと心が曇る。けれども雛台の上の男雛と女雛《めびな》は、自動車の運転席と助手席の男女を思わせた。

大人になったらドライブに誘えるかな……

それまでお嫁さんに行かないでくれるかな……

未来に想いを馳《は》せた時、突然に、初めての光景が眼前に浮遊した。

濡れた唇を一本の指がなぞり、肉の隙間に忍び入る。あれは左手の人差し指だ。今の僕の指よりほんの少し大きい。

「ぼうっとしてる？　どうしたの？」

目の前の、先生の実体がたずねる。

甘い声が鼓膜《こまく》に沁みた瞬間、幻視の範囲が広がった。

手首の腕時計が見える。ベルトと文字盤が黒、数字と針がブルー、リューズに刻まれたロゴが特徴的だ。この時計は春の数量限定モデル。中学の入学祝いに祖父がプレゼントしてくれると言った品だ。

僕は天眼通を持つ子。見えた未来は現実になる。嬉しくて嬉しくてたまらず先生にしがみつくと、鼻が鎖骨の窪《くぼ》みにすっぽりとおさまった。

「翼くん、どうしちゃったの？」

声が戸惑っていたけれど振りほどかれたりはしなかった。

肌の匂いを吸いながら僕は手を伸ばし先生の唇を指で探る。下唇の縁をなぞると吐息が指先を撫《な》でた。二枚の肉の隙間に触れると、薄皮の間に指先が忍び入って、ぬるい粘膜にすっぽりとくるみ込まれた。

目を上げると、ふたひらの唇と、それに吸い込まれる指が見える。

天眼通に現実が追いついた。

僕が見る未来は真実になるのだ。

「中学に行っても保健室に来ていい？」

濡れた歯先に触れながら聞いてみる。

「いいよ。担任の先生にあいにくる時、ここにもよって」

「じゃあ毎日、来る」

「毎日はだめ」指を口に含んだまま先生が拒《こば》む。「宿題や部活ができなくなっちゃう」

生徒と先生が仲良しすぎてはいけない。こんなことをしていたら先生が悪者にされる。

それでも先生を訪ねる。

だって一緒の未来が見えたんだもの。

僕の天眼通は本当なんだから。

心に決める傍《かたわ》らで、小さなお雛様が雛台の上でよりそいあっていた。


養護教諭と卒業生が道であうのは不自然じゃない。だから中学生になってからは先生の退勤時間にあわせて小学校の前を通ることにした。

「大人っぽくなったね」と言われると誇らしく、「ガールフレンドできた？」と聞かれれば「そんなのいらない！」とむきになった。

祖父にもらった腕時計はいつも身につける。桃色の唇に触れる手に巻かれる品だから。

春は通学路を並んで歩き、初夏には河原に歩き出て、土手脇の雑木林に忍び入るようになった。

茂る樹々が僕達の姿を隠してくれた。木洩れ日の降る下草の上でブラウスの袖と学生服の袖を絡みあわせた。

抱きしめられて髪を撫でられ、唇に這わせた指を湿った口粘膜に何度も沈ませた。

このことは誰にも言っちゃだめ……

人に知られたらあえなくなっちゃう……

先生はいつも悲しそうにささやいた。よりそっても人の気配に怯《おび》えて身を離し、唇をあわせても後ろめたくて舌先すら触れられない。

雨に打たれて先生が住むアパートに駆け込んだのは梅雨の始まりの頃だった。招き入れられた小さな洋室には籐の家具があり、ポプリが香り、きれいな化粧品の瓶が並んでいた。玄関は固く閉じられ、窓を花模様のカーテンが覆い、外界の喧噪《けんそう》からも人目からも隔絶された小空間になっている。

都会と違ってこの町で女性の一人ぐらしは珍しい。何かわけがあるのかな、聞いちゃってもいいのかな、などと考え込んでしまう。

「先生の家は霧溜町《きりためまち》で通勤に不便だから」僕の気持ちを察して先生が話す。「学校に就職した時に思い切って引っ越したの」

霧溜町なら知っている。谷に隔《へだ》てられた山の中の集落だ。

鉄道が通る前は、谷に野葡萄《のぶどう》の蔓《つる》で編んだ綱を渡し、下げた吊り籠で行き来していたとか。

「先生の先祖も吊り籠に乗ってたの？」

「小さい丸い籠に膝を抱えて乗るんだって。ビルの間に綱を通して吊り籠に乗るのを想像してみて」

「それ、すごく怖い……」

町のビルは最高五階建てだけれど、そこを吊り籠で渡るのは目が回るほど恐ろしい。

「大昔、霧溜町の女の人に恋をした男の人が夜中にこっそり吊り籠で通ってたんだって」

「なんで夜中？　真っ暗で危ないのに？」

「男の人の村と霧溜町は仲が悪かったから、隠れてあわなきゃいけなかったの」

暗闇の中で吊り籠に乗り、隠れて好きなひととあう男にほのかな親近感が湧いた。

「でも男の人は嵐の夜に吊り籠ごと谷に落ちて、悲しんだ女の人はカッコウになったたって伝えられているんだよ」

「カッコウって、鳥の？　どうして？」

「男の人に『この世に〝帰って来ぅ〟』って呼ぶ声が『カッコウ』になったんだって」

「霧溜町って、今はそんな田舎じゃなくて普通の町だよね」

「そうだね。でも先生の実家は古いよ。茶色の土壁で玄関は土間で窓は木枠。アパートの方が住みやすい。それに……」僕の髪を撫でていた指が髪をかきわけて地肌に触れた。「ここなら保健室や川原と違って人に見られないもの」

唇から漏れた吐息が耳たぶを撫でる。恥ずかしさで顔を背《そむ》けるけれど、横目で先生を追うのがやめられない。

小さな部屋で抱きしめられ、口づけを交し、身体を絡ませた。人目を気にせず唇に指を潜《くぐ》らせ、ぬめる粘膜に濡らされた。

ここは壁に囲まれ、窓がカーテンで覆《おお》われた場所。僕達を包み隠す新しい桃源郷だ。

先生を訪ねる日は夕食前に宿題をすませ、早寝のふりをして窓から抜けることにした。居間のテレビの音や明るい門灯《もんとう》に背を向け、変速機能もない子供用自転車で夜道に走り出るのだ。

全力でペダルを漕ぎながら吊り籠ごと谷に落ちた男のことを思う。

その人と僕は似た者同士。この自転車は谷を渡る吊り籠のようなもの。

見られてはいけない。隠れなくてはいけない。人に知られるのは谷底に転げ落ちるのと同じこと。

闇を走り抜けた先の桃源郷で肌が触れあい、汗が混じりあい、唇の奥に指が溶ける時、また別の未来が見えるようになっていた。

蠢《うごめ》く唇は今と同じ。それを押し開き、薄紅の舌を弄《いら》う指は今より太く大きい。唾液に濡れた爪は丸く、人差指に黒ずんだ痣《あざ》がある。

あれは彫刻刀で肉を抉った時の傷痕だ。僕の指はもっと大きくなるのだろう。

なのに先生は悲しいことばかり言う。

私なんかうんと年上のおばさんだし……

知られたら学校を辞めさせられる……

僕だって怖い。けれども未来が見えるから畏《おそ》れない。いろんなことに怯える先生を、僕が十八歳になれば大丈夫、と一生懸命に慰《なぐさ》めたものだ。

けれども夏休みに入る前、あまりにも突然に終わりが訪れた。

葡萄蔓の綱が切れ、吊り籠が谷に転落するような、あっという間のできごとだった。親が息子の夜間外出に気づかないはずがない。見張られて、つけられて、小さな桃源郷は暴《あば》かれたのだ。

灯りを消して絡みあい、締めつける唇の中に指を深々と沈めていた時だった。

突然、チャイムが鳴らされ、ドアが打ち叩かれ、両親が外から僕を呼んだ。

ドアがこじ開けられ、踏み込んだ母が泣き、父が裸の先生を殴りつける。僕は顔にタオルケットを被《かぶ》せられ、芋虫のような姿で父に担がれ、甘い桃源郷から現実世界に運び出されてしまったのだ。

先生の泣き声がタオル生地で覆われた耳に届いていた。事故？　怪我人？　と言い交す人々の声も聞こえていた。

葡萄蔓の綱の断裂音が空気を震わせる。

吊り籠ごと谷に落ちる感覚が確かにあった。

先生が「帰って来ぅ、帰って来ぅ」と鳴く声を聞いた気もした。

その後、自転車とスマホを取り上げられ、一人での外出を禁じられ、GPS機能つきの子供用携帯を持たされた。

夏休みの後、小学校には別の養護教諭が着任したとか。先生は身体を壊して実家に帰ったとか。それが聞こえて来た噂《うわさ》の全てだった。

祖母からの電話を取った母がひどく取り乱したのは秋が深まる頃だった。通話後、母がヒステリックに何かまくしたてていたけれど、頭に入って来なかった。全てがどうでもよかったから。失った桃源郷しか心になかったから。

理由もわからず車に乗せられ、ぼんやり外を眺めると、街路樹が絶え間なく葉を落としていた。黄色の落ち葉が先生といた樹間に降る木洩れ陽を思い出させてたまらない。

ああ、寂しい……そう感じた瞬間、金の落ち葉が霞《かす》み、眼前に初めての幻影が、ふわり、と浮き上がった。

茶色の土壁に木の窓枠がある。分厚い板ガラスに桟《さん》が格子状に巡る。窓が開くと白いカーテンがそよぎ出し、隙間から先生が顔をのぞかせた。素顔にも薄化粧にも見える。髪は後ろに束ね、ゆったりとした白系のシャツを身につけていた。

これは先生が帰った実家?

茶色い土壁に木枠の窓と言ってなかった?

素顔っぽいのも、動きやすそうな服なのも、髪型が簡素なのも自宅なら説明がつく。

帰って来ぅ……桃源郷に帰って来ぅ……

先生の鳴き声を、また聞いた気がした。

捜し出せばいい。きっとあえるに違いない。

それは桃源郷を壊されて初めての、希望という名の感情だった。

父が運転する車の行き先は病院だった。

受付で案内された病室では祖父が眠り、その横で祖母が泣いていた。近くに住む叔従父《いとこおじ》夫婦とその娘で中学三年の莉緒《りお》もいる。

「命に別状はないって先生が言うから」

「薬で治るし、後遺症もないから安心していいんだよ」

叔従父夫婦の慰めを聞くうち、母の説明を聞き流していた僕も状況を理解した。

祖父が走行中の自動車に接触し、搬送先の病院で軽い脳卒中が見つかったのだとか。

気丈な祖母が肩を震わせている。歳を取るとこんなに心が弱くなってしまうのか。

眠る祖父は老け込んでやせたように思われた。

祖父は大工修業を経て工務店を立ち上げ、一人娘の母が嫁いだ後、甥《おい》夫婦、つまり僕にとっては叔従父夫婦に工務店を継がせた。

今もたまに建具《たてぐ》造りをし、家庭菜園に精を出し、晩酌《ばんしやく》を好む元気なひとだった。

「心配ないですよ」太った女性看護師が祖母に言う。「いろんな検査で疲れて眠ってるだけ。明日には帰宅できますから」

彼女は薄ピンクのナースウェアを着ていた。むっちりした腕に張りつく布を見て、不謹慎にも先生の唇を思い出してしまう。

肉を包む薄皮。吐息に湿る皮脂膜。ぬめる粘膜の感触が蘇《よみがえ》った時、また幻視が浮揚《ふよう》した。

桜の咲く校舎の前だった。祖父と近くの高校の制服を着た莉緒が笑いながら歩いている。

「お祖父ちゃんは元気になる」病室に僕の声が響いた。「桜林《おうりん》高校の制服の莉緒ちゃんと歩いているのが見えるもん」

祖母が顔を上げ、泣き笑いのような表情で言った。

「じゃ大丈夫かしら。翼は天眼通の子だから」

両親と叔従父母がここぞとばかりに畳み掛けた。

「そうよ、お医者さんもたいしたことないって言ってるんだもの」

「天眼通のお墨付きだから気に病《や》むことは全然ないんだぞ!」

場の空気が軽くなる。莉緒が黙り込んでいたけれど、誰も気にしていなかった。

「今夜は寿司屋に行こう。俺がおごるぞ」

従叔父が大きな地声で言い放った。

「あら、羨ましい。明日は退院祝いで連チャンですね」

血圧を計る看護師が軽く応じ、父が、車だから飲めなくて、と渋り、従叔父が、運転代行を頼め、と言い切った。

ぞろぞろと駐車場に向かう時、無言だった莉緒が横に来て口を開いた。

「何が天眼通よ。嘘つきのくせに」

僕より年上なのに僕より小さい莉緒が怒りのこもった目で見上げていた。

「怪我も脳卒中も軽いってお医者さんが最初から言ってたよ。それをお告げみたいに」

「僕、嘘なんか……」

「それに私、桜林高校なんか行かない！」

莉緒はすごく成績がいいから別の高校が志望なんだ、とそこで気がついた。もう少し賢ければ「お祖母ちゃんを励ますため言った」くらいのごまかしができたことだろう。

けれども僕は良くも悪くも正直だった。

脳裏によぎるのは小学生の時に見た黒い文字盤の腕時計。そして太く長くなった指に押し広げられる唇と古めかしい木枠の窓。

「僕が見たことは必ず現実になる！」

「未来がわかるならお祖父ちゃんが事故にあう前に電話で教えてよ！」

「だって……全部が見えるわけじゃ……」

「やっぱり嘘つき！　予知能力があるなら被害生徒になるのも避けられたはずだもん」

意味がわからず、被害生徒？　と聞き返す。

「予知できるなら痴女《ちじょ》を避ければいいのに！　何も見えてないから変質者にあうのよ！」

言い放った瞬間、小柄な莉緒がよろめいた。

僕が力任せに平手打ちしたせいだった。

「超能力者が男子にべたべたするエロ教師に引っかかる？　翼のせいでお祖父ちゃんが元気なくして、お婆ちゃんも悩んで……」

反論が声にならずにのどの奥に消えてゆく。

エロ教師、痴女、それが吊り籠が落ちた後、先生に着せられた汚名だ。勝てはしない。心から好きでも、桃源郷が神聖でも、谷底の決まりにねじ伏せられるのだ。

「翼、女の子に暴力なんて最低だ！」

「お祖父ちゃんが大変な時に！」

大人達が騒ぎ出し、こんな時こそ気晴らしを、という従叔父の強引な主張のもと、僕と莉緒は寿司屋の個室に引き据えられ、仲直りしろ、と隣同士に座らされた。

「翼と莉緒が並ぶと絵になるわ」

祖母が取り繕《つくろ》った声を出し、茶衣着《ちゃいぎ》の女性店員が明るく応じた。

「お内裏様とお雛様みたいな二人ですねえ」

「褒め過ぎですよ」母が笑う。

「またいとこにしては似てるなあ」従叔父が大きな声を張り上げる。

「あら、そっくりだからきょうだいと思っちゃった」店員が目を丸くした。

莉緒が憮然《ぶぜん》としている。僕なんかと似ているのは嫌だろう。それにお雛様よりアイドルや女優みたいと言われたいはずだ。

寿司が運ばれ、大人達が酒を飲み始めた頃、莉緒が「さっきはごめん」と小さく言った。

彼女は元々、素直で優しい子だ。明るくて、頭がよくて、友達も多い。いじわるを言ったのは祖父母を心配したから。そして先生と生徒の恋愛を不潔とする、俗世の常識に染まり切っているだけなのだ。

「叩いてごめん」と僕も謝る。

こちらを見る莉緒の目はつぶらな一重。口は小さく、唇は薄く、肌は白く、顔は小振りな卵型だ。

翼くんってさ、お内裏様に似てるよね……

先生が僕を傷つけた言葉を思い出す。

ごめんね。褒めたつもりだったけど……

今ならわかる。あれは心からの褒め言葉。

桃色の唇が、また浮かぶ。濡れた柔肉《やわにく》に指が沈むのも見える。思い出なのか幻視なのかがわからない。周囲のざわめきが遠くなる。

「もうひどいこと言わないから」ふいに莉緒の声が割り込んだ。「だからお願い。もうお祖父ちゃんとお祖母ちゃんを心配させないで」

おぼろな唇が掻《か》き消え、お雛様めいた顔に焦点が結ばれると莉緒が頬を赤くして横を向いた。

そのしぐさが先生に見つめられて顔を背けた小学生の自分に重なってゆく。

「叩いたところ、痛くない？」

「うん、少し、痛い……」

今の自分がかつての先生に被さった。

思い出を辿《たど》りながら、平手打ちした頬に触れ、懐かしいまじないを口にする。

「痛いの、痛いの、飛んで行け……」

莉緒の頬が急激に熱を増した。

耳たぶにも首筋にも血の色が濃く巡り、唇がぷるぷると震え出す。

「ちょっと痛いね。でもすぐよくなるよ」

初めて手当してもらった時の先生の言葉をなぞると、顔を逸らした莉緒がおずおずと横目で見た。

これは流し目というしぐさ？

僕も先生に流し目をしていたの？

「おい、翼」酔った従叔父が呼ぶ。「勉強してるか？　進路は決まったか？」

進路？　ああそうだ、義務教育の後は働ける。自立すればきっと堂々と先生にあえる。

「中学を出たら就職する」

こぼれた答えに場が静まった。

「高校、行かないつもりか？」父が驚く。

「急に何を……」母は戸惑う。

「早く働きたい」答えながら世間に通じそうな理由を探る。「大工さんとか、修業を早く始めれば腕が上がるって言うし」

「祖父ちゃんが作った工務店を継ぐか？」従叔父が聞き、祖母がまた泣き顔になった。

「莉緒ちゃんは大学に行って東京で通訳になるのよね？」母がわざとらしく話を変えた。

「志望校は難関で。通学に一時間半かかるし」従叔母《いとこおば》がぎこちなくあわせる。

「私も工務店で働いてもいい……」

頬を赤くした莉緒の一言にまた周囲が静まり、祖母が、気持ちだけでも嬉しい、とつぶやいた。

僕の望みと莉緒の思いと大人達の解釈は、きっと違う。けれども指摘などしない。

ここは谷底だから。桃源郷に渡る吊り籠が落ちた場所だから。また落下感が蘇る。転落の風圧が肌を打つ。

切なくて苦しくて寂しくて、僕はただ黙り続けていた。

翌日、祖父は退院したものの「翼が大丈夫って言うなら俺は大丈夫だ」と言い張り、服薬や通院をさぼり、晩酌をやめず、一ヶ月後に再び病院に運び込まれた。

当然のように医師から厳しい注意を受け、祖母から繰り返し説教されるはめになった。

「叶える努力をしないと天眼通も当たらなくなるの。天眼通を妄信すると今回みたいに悪い方向に向くものなのよ」

それがしっかり者の祖母の主張だった。

祖父はしょげ返り、以来、服薬を欠かさず、酒量を減らし、春には桜林高校の前で莉緒と写真を撮っていた。彼女が進学校を諦めたのは長い通学時間を嫌がったせいだと聞いている。

努力を怠《おこた》ると天眼通も当たらなくなる……

祖母の言葉が心に刺さり、木枠の窓を捜す努力をしなければ、と決意した。

大丈夫。見つかるはずだ。先生にあえる未来は見えているのだから。

まずはストリートビューで霧溜町を見回してみた。どんな小道も見逃さなかったはずだ。

けれどもあの窓はどこにも写っていない。

次に市営図書館で霧溜町の住宅地図をコピーした。実際に道を歩いてみるためだ。

その頃には一人歩きへの監視も緩《ゆる》んでいた。相変わらず夜間の外出は咎《とが》められたけれど、早朝なら不思議なほど見逃される。

初夏の日曜日、朝一番の列車で霧溜町に向かう時、子供用携帯は置いて来た。

なぜならGPSが恐いから。つけられて先生の部屋を暴かれているから。

行き先を知られることを思うと恐怖と嫌悪で全身が震えてしまうほどなのだ。

西の霧溜町に向かう線路は単線で一両仕立ての列車がことことと走る。座席は古めかしいボックス席で、乗客はほとんどいない。

列車の後方で朝日が輝きを増し、僕は光明から逃れて薄闇に移る。

深い谷の細い鉄橋を渡る時、これが葡萄蔓の綱と吊り籠があった場所かと考えた。

眼下に断崖が切り込み、彼方の谷底に銀の渓流がくねる。この鉄橋は葡萄蔓の綱、僕を乗せてのろのろと進む車両は吊り籠のよう。

明け切らない山に、帰って来ぅ……桃源郷に帰って来ぅ……とカッコウが鳴く。

細い鉄橋を渡るわずかの間に背後の朝日が勢いを増し、夜闇が駆逐され、辺りは光に侵《おか》されていった。

霧溜町の無人駅に降り、地図を広げて道を歩きまわった。古い民家もあるけれど、ありふれた企画住宅の方が多い。茶色の土壁は見かけるけれど窓はサッシばかりだ。

どんな枝道も見逃さず、通った道は鉛筆で塗り潰し、夕方に帰りの列車に乗り、今度は真っ赤な夕陽を背にして薄闇へと戻る。

晴れた休日は霧溜町に通い、歩き続けるうち陽に焼けた。いつの間にか背が伸びて、指も太く、長くなった。

歩いた道を塗るうち地図は真っ黒になってしまった。けれどあの壁もあの窓も見つからないままだ。

見落とし？　取り壊しやリフォーム？　もう一度コピーした地図を持って吊り籠の谷を渡る時、焦燥《しょうそう》と不安が堪《た》え難いほどにこみあげた。

場所を間違えた？　天眼通が外れた？　懐疑と苦悶《くもん》が突き上げ、気がつくとたった一人のボックス席で僕は先の丸まった鉛筆を自分の太ももに突き立てていたのだった。

肉がぎしぎしと貫かれ、衣服に血が滲《にじ》む。

痛みを噛みしめながら思い知った。谷底に耐えるために苦痛が必要だということに。

だって痛みは保健室への切符だから。怪我をすると先生にあえるのだから。

歯を喰いしばって芯が肉に潜る感触に耐え、じくじくとあふれる血に祈る。あの窓が見つかりますように。先生にまたあえますように。

カッコウが鳴く季節が過ぎても、秋になっても、冬が来ても、帰って来ぅ……帰って来ぅ……と桃源郷に呼ぶ声がいつも耳に聞こえ続けていたのだった。

「翼って休みの日、どこ行ってるの？」

遊びに来た莉緒が聞く。彼女は原付免許を取り、赤い小さなスクーターで頻繁《ひんぱん》にやって来るようになっていた。

「散歩」と僕はそっけなく答える。

「一緒に行きたい！　お弁当つくるから」

「だめ」

「一人より二人の方が楽しいのに」

まとわりつく彼女がうっとうしい。けれどもその姿に既視感が湧く。保健室に行く自分、通学路で先生を待つ自分に似ているのだ。

莉緒に興味はない。ただ過去の僕に被るからつい相手にしてしまう。

買い物につきあい、図書館に同行し、一緒にシェイクを飲んだ。彼氏とみなされるのは不本意だけど、優等生の莉緒と仲良しだと親の監視が甘くなるからありがたい。

キスを求められて応じたのは、先生以外の唇でも夢心地になれるか知りたかったからだ。結局、感動も興奮もせず、恋慕《れんぼ》なしには心も身体も熱を帯びないと学んだだけだったけれど。

日曜の早朝、駅で待ち伏せされたのは、そんなおざなりなキスの数日後のことだった。

「翼、おはよう。どこ行くの？」

突然の声に戸惑っても莉緒は気にしない。

「散歩」

「列車で山の方に行くんだよね？」

朗《ほが》らかな一言に固まった。

次に親につけられて先生の部屋を暴かれた時の、嫌悪と屈辱と喪失感がぞっとするほど生々しく蘇る。

「どこまで……つけて来た……？」

「一両編成の列車に乗る前まで」

衣服に隠れた鉛筆痕が焼け、デイバッグの中で黒ずんだ地図が重みを増した気がした。

「まさか他の女の子とあってたりしないよね？」

「うるさい！」

怒鳴り声とともに後をつけられることへの恐怖と厭悪《えんお》が噴き上がった。

宙に浮く感覚が襲う。この浮遊感は谷底に吸い込まれる時のものだ。

憤怒と憎悪と恐慌を押さえて駆け出す後ろで莉緒が叫ぶ。

「なんで怒るのよ！　意味わかんない！」

神聖な列車が、桃源郷に渡る吊り籠が穢《けが》された。

知られてはいけない。十八歳になるまで天眼通の示す未来を悟られてはいけない。

以来、谷を渡る列車に乗らなくなった。

莉緒を避けるようにもなった。

つけた者への憎しみと怨みを制御できそうにないから。いつ殴りつけてしまわないとも限らないから。

けれども両親の前では決して無愛想にしない。ただ、二人っきりの時はろくに口もきかず、手すら触れないようになってしまったのだ。

初夏の風が柔らかく吹く午後、おしゃれな遊歩道にあるベンチに僕は座り込んでいた。目の前に茶壁のビルが建っている。一階の窓枠は古びた木製。分厚い窓ガラスは古色《こしょく》を加えたアクリル製で、十字に交差する桟の向こうに白いカーテンが見える。

ここに辿り着いたのはネット情報のお陰だ。

半年ほど前、親に説得されて渋々と高校進学を決めたら埋めあわせのようにスマホを持たされた。だからSNSアカウントを取得して、未来視の窓の絵をアップしたのだ。

「曾祖母《そうそぼ》が迷子になった時、こんな家のひとが助けてくれたそうです。お礼が言いたいけど場所がわかりません」

県名も書かず、時期も書かず、稚拙《ちせつ》な線画を貼っただけなのに、意外にもぽつぽつと情報がよせられた。田舎の民家、郊外の廃屋《はいおく》、公園の資料建築、などなど。位置がわかる場所には必ず出向いて確かめて、その都度、失望を味わった。

「県庁通りの痩身《そうしん》エステ？」の一文が書き込まれたのは投稿から少しばかり時間がたった頃だった。

呼応するように「ばらの木通りに曲がる所」の追加情報が書き込まれた。

その位置なら大体わかる。霧溜町とは反対方向の町にあるショッピングエリアだ。特に期待もせず紙の地図を見ながらやって来た。

スマホは家に置いて来た。GPSへの恐怖がまだ消えていないからだ。列車は使わなかった。だって高校入学と同時にマウンテンバイクに乗り始めたから。

失望を覚悟していたのに、市営駐輪場を出て県庁通りを歩き、ばらの木通りと言う名のしやれた小道に入る時、あまりにもあっけなくこの建物が目に飛び込んで来たのだった。見つけた瞬間、側のベンチに崩れ込んだ。服の下で鉛筆で抉った傷痕が熱を帯びて疼《うず》き始める。

窓脇のスタンドには「女性専用」「ボディサロン」の文字が並んでいた。先生はここにいるの？　お客として？　それともスタッフとして？

垢抜けた通りに古めかしい壁と窓が不思議なほど馴染《なじ》んでいた。歩道を歩くのは流行りの服を着た女性や子供連ればかり。

こんな場所にサイクルウエアの男子が長居したら悪目立ちするに違いない。そう気づいて立ち去りかけた時、ふいに蝶番《ちようつがい》の軋《きし》りを聞いた気がした。

金属の淡い擦過音《さつかおん》に振り向くと、木枠の窓がひっそりと開きかけていた。

アロマオイルが淡く香り、そよぎ出た白いカーテンに手がかかり、押し広げられた布の隙間に求め続けたひとが現れたのだ。

先生……

呼んだつもりの声がざわめきに掻き消える。

先生、先生……

化粧がとても薄かった。服はゆったりとして白っぽく、髪は後ろに束ねられていた。

「先生！」やっと窓に届く声が出る。「見つけました！　先生、僕です。翼です！」

「え……？　翼、くん……？」

桃色の唇が僕を呼び、濡れた瞳の焦点が僕に結ばれた。

「どうして……？　こんな大きくなって……」

駆けよって、手を伸ばす。

けれども、その肌に、唇に、指が触れる寸前、さりげなく止められた。

「ごめんね。仕事中だから。六時にモールの西ゲートで待っていてくれない？」

ひそめた声だった。辺りを気にする声だった。そしてどこか冷めた気配の声だった。

横でサロンのドアが開く。入店する女性がいぶかし気にこちらを見ている。

だからその場を後にして、西に向かう。

頭上から真昼の陽光が降っていた。

シャツの下では鉛筆で抉られた傷痕が快い熱を帯び、しくしくと甘く疼き始めていた。

先生が寝返りを打つ。寝息を漏らす唇が薄く開かれ、僕は指で輪郭をなぞる。年月を越えて巡りあった。未来視の示した現在が訪れた。もう決して離れはしない。西ゲートに先生が現れた時、我を忘れて飛びついた。

抱きとめられて、抱きしめられるはずだった。けれども先生は僕を受けとめ切れず、後ろに大きくよろめいた。

背丈が先生を追い越したのだと、その時、初めて自覚したのだ。

「翼くん、本当に大きくなっちゃって……」

先生が見上げてつぶやく。転びそうな身体を支えて考えた。先生ってこんなに小さくて華奢《きやしや》だったの？　こんなにも可憐《かれん》で儚《はかな》げなひとだったの？　と。

招かれた部屋は昔と同じポプリの香り。籐家具の上におしゃれな化粧品が並び、窓をクリーム色の遮光《しやこう》カーテンが覆っていた。

離れていた時間を埋めるように絡みあい、混じりあい、皮膚を蕩《とろ》かしあった。もつれあったまま微睡《まどろ》み、目ざめて抱きあい、疲れ果てた後に先生はぽつぽつとこれまでのことを話してくれた。

学校を辞めて実家に戻ったこと。すぐに転居してボディセラピストとして働き始めたこと。木枠の窓は前に店子《たなこ》だったレトロ風カフェの名残《なごり》だとか。薄いメイクとまとめ髪は業務規定で、動きやすそうな服は制服だった。

僕も語る。高校進学したこと。マウンテンバイクに乗ってこの町に来たこと。霧溜町に通っていたことは言わない。ストーカーと思われそうだから。茶壁と木の窓枠を山間《やまあい》の民家と勘違いしたのも恥ずかしいから。

先生は鉛筆の傷でぼこぼこになった皮膚を指で撫で、これはどうしたの？　と懐しい口調で聞いた。僕は、自転車で転んで、と嘘をつく。故意に怪我を作ったことは秘密。それは小学校の頃に染みついた癖なのだ。

先生が何度も傷痕をさすると不安になってしまう。養護教諭だったひとだもの。「わざと怪我してない？」と言われそうで怖いのだ。

でこぼこの皮膚を隠すようにベッドから降りると、フロアのクッションが足に当たり、その下に隠れていたソックスが露出した。

それは小さなものだった。ロゴムの下に小中学生に人気のアニメのロゴが入っていた。

「それ、甥《おい》っ子の」先生が気怠《けだる》げに言う。「よく遊びに来るの。遊園地が近いから」

「甥っ子と仲良しなんだ？」

「うん。いろんなおもちゃを置いてるよ」

先生は愛しそうな、蕩けそうな笑顔で平たい籐籠の中のカードゲームを指差した。

ささやかな生活感に触れ、桃源郷に帰ったのだと身に沁みる。

時が巻き戻る。睦《むつ》みあった日々が蘇り、幻視した未来が現在になった。

帰宅が遅くても心配される年齢ではない。あと少しで十八歳になる。成人になれば隠れる必要はなくなって、谷を吊り籠で渡るような心もとなさは消えるはず。

そしてその時こそ、桃源郷は現世と共存できることだろう。

夜遅く帰る時、国道脇の森で夜更《よふ》かしのカッコウが鳴いていた。帰って来ぅ、帰って来ぅ、とさえずるから、帰ったよぉ、帰ったよぉ、とペダルを漕ぎながら答え続けていたのだった。


接客業の先生は土日出勤だ。だから僕は週末を家で過ごし、先生が休みの日は放課後、マウンテンバイクに飛び乗って桃源郷を目指す。

そうなると週末に遊びに来る莉緒がうざったい。無視すると親が文句を言うのも厄介だ。利口で人懐こい彼女は両親のお気に入りだから上辺《うわべ》は取り繕うけれど嫌悪は消えない。早朝の駅につけて来た女、桃源郷への道を辿ろうとした人間を許せるわけがない。

特にこっそりと先生にあいに行く日、放課後の駐輪場で待ち伏せされるのにはがまんできなかった。

どんなに無視しても、追い払っても、どこに行くの？　一緒に行きたい！　と朗らかにつきまとい、ちゃちな赤いスクーターでマウンテンバイクに並走したがるのだ。とてつもなく邪魔で、危なくて、忌々《いまいま》しい。だからいつも振り切ってやる。彼女の運転はとてものろい上、カーブで大袈裟に減速するから楽に置いて行くことができるのだ。

午前中に臨時休校が決まったあの日も、莉緒が駐輪場で待ちうけていた。

休校の原因は工事事故で付近一帯が断水になったせいだと記憶している。

運良く先生の休みの日に重なっていたから僕は幸運を喜びながら駐輪場に駆け出し、そこに莉緒の姿を見つけて一瞬で不機嫌に陥った。

「ねえ、刺繍《ししゅう》糸《いと》を買うのにつきあって」

明るく話しかけられたけれど返事もせずにヘルメットを被り、サドルにまたがった。

「いつもそっけないなあ。じゃ一緒に走ろう」

賢いと評判の莉緒なのに、どうして僕に嫌われていると悟れないのだろう。

それなりにかわいいから、さっさと他の男とつきあえばいいのに。

彼女がスクーターに乗る前に、鞄を背負ったまま僕は走り出す。後ろで、待ってよぉ、と叫ぶ声が聞こえるけれど相手にはしない。

一人なって国道をひた走り、道の駅で手作りクッキーを買った。当時の僕は一人前の男性は手ぶらで女性を訪ねない、という聞きかじりのマナーを固く信じていたのだ。

この日は先生の昼食の時間に重ならないように、はやる気持ちを抑えて、休憩所のベンチでゆっくりとサンドウィッチをかじった。

トイレでサイクルウェアに着替えるのはいつものことだ。制服で長距離を走ると生地が傷んで母が文句を言うからだ。着替えたらきちんと畳み、皺にならないよう道の駅の格安コインロッカーに入れる。

カッコウが鳴く季節が過ぎても、国道を走る時、帰ったよぉ、帰ったよぉ、とつぶやいてしまう。それは吊り籠が無事に谷を渡るための呪文のようなもの。十八歳になるまで桃源郷が暴かれないための祈りのようなもの。

山間の国道から田園の県道に入り、市街地を抜けて先生のマンションに着く。駐輪場でクッキーと鞄を持ち、髪の乱れを直し、外階段をのぼってドアチャイムを鳴らした。

返事がない。もう一度チャイムを鳴らす。やはり応答はない。

外出中？　無連絡で早く着いたせい？

丸いドアスコープが、ぎらり、と陽光を照り返し、その眩しさに不安な気持ちが蠢いた。しかたがないから階段を降りる。スマホがあれば連絡できたのに、と後悔をしながら。

「やっぱりここに来たんだね」

駐輪場から突然に聞き慣れた声がした。

一瞬、誰なのかがわからず、停められた赤いスクーターを見て初めて声の主を悟った。

「莉緒……？　どうして……？」

「放課後に一人で出かける日が多いから、他の女の子がいるのかもって疑って……」

また後をつけた？　一体どうやって？

「道の駅や国道のお店で先輩が働いてて、翼が通ると教えてくれて……」

ぞわり、とどす黒い感覚が蘇る。つけられる嫌悪、暴かれる恐怖に凍りつく。

「翼が来ない日も何度かここに来て……」

目に浮かんだのは谷を渡る吊り籠。

そして、今にも千切れそうな葡萄蔓の綱。

「ここって小学校にいた変態教師の家だよね？　男の子を狙う変質者の女だよね？」

「うるさい！」

憎悪が噴き上がる。手が震え、クッキーの包みを握り潰す。

目の前の女を殴りかけた時、ふわり、と不快な浮遊感に襲われた。それは葡萄蔓の綱がぶっつりと切れ、小さな吊り籠が宙に投げ出される感覚だった。

「どんなに冷たくされても翼が好きで……」

莉緒がほろほろと涙を落とす。

なんて穢《きたな》い涙、と感じた瞬間、僕の口から罵倒《ばとう》があふれ出た。

それは聞くに耐えない、品のない悪態の噴出だった。

「翼のばか」莉緒が泣きじゃくる。「騙《だま》されてるのに。自分の目で見て目をさまして」

細い身体がするりと横を歩き抜け、涙を拭《ぬぐ》いながら外階段をのぼり出した。

とめられなかったのは浮遊感にふらついていたためだ。

莉緒が通路に立ち、先生の部屋のドアスコープを手で覆い隠した。次にためらうこともなくチャイムを押し、とても甲高《かんだか》い声を張り上げる。

「郵便局の者です！　書留のお届けにうかがいました！」

少しばかりの静けさが流れていった。

僕は手摺《てす》りに縋《すが》りながら、おぼつかない足取りで階段を踏みしめる。

のぼり切った時、ドアが内側からうっすらと開けられていた。

それは僕が鳴らしたチャイムには何の応答もなかったドアだった。

どうしてさっきは応えてくれなかったの？　先生は居留守を使ってたってこと？

呆然《ぼうぜん》とする僕の前で、莉緒が力任せにドアを引き開けた。

中に立つ先生を金の外光がくっきりと照らし出す。

長いシャツをはおっただけの姿だった。

前ボタンすらろくにかけていなかった。

裾が風に吹き上げられ、裸の脚と下腹部が情け容赦《ようしや》なく陽光に晒《さら》される。

莉緒が部屋に駆け込んで行き、先生が何かを叫んで後を追った。僕も部屋に走り込む。莉緒の暴挙をとめなければと思ったからだ。

踏み込んだのは桃源郷だったはずの場所。

ポプリの匂いがして、籐の家具があって、淡い色のカバー類に覆われた秘め事の部屋。

カーテンで外光を断たれた室内には三人の人間がいた。

先生と莉緒と、裸で怯える小さな少年だ。

「翼、このひとはね！」莉緒がわめく。「小さい男の子が好きな異常者なんだよ！」

「この子は先生の甥だ！」根拠もなく僕が叫ぶ。

「違う！　翼が来ない日に他の男の子が入って行くのを何度も見てる！」

目の前の子は小学生？　それとも中学生？

どこかで見た顔だ。色白で一重まぶたで薄い唇で……そうだ、お内裏様に似ているのだ。

「先生、どうして？」

僕の問いが室内に漂い、シャツ一枚の先生が床に座り込んで、低い、低い、声を発した。

「ごめんね。でも、翼くんが悪いんだよ」

「僕が悪い？　僕が何をしたの？」

「大好きにさせて、私を夢中にさせたから」

「それの何が悪かったの？」

「私、前は小さい男の子になんか興味なかったの。でもね、翼くんを好きになって、忘れられなくて、翼くんに似た子を見つけると連れて来るようになっちゃった。なのに翼くんは変わっちゃって。ひどいよ。あんまりだよ」

「変わった？」そこで側に立つ莉緒に思い当たる。「違う。この子は親戚。僕の心は変わってない。好きなのはずっと先生だけで……」

「そういう意味じゃない」桃色の唇がゆるく開閉して言葉を紡ぐ。「翼くん、大きくなっちゃったんだよ。あんなに小さくてかわいかったのに。顔が大人みたいになって、筋肉だらけになって、陽に焼けて、すべすべだった腕や足も変な傷でぼこぼこにして」

「大きくなった？　傷？　だから、嫌い？」

先生が気怠いためいきを漏らしながら答える。

「嫌いとは違う。でもごめんね。大きくなった翼くんじゃだめ。夢中になれないの」

「僕、ずっと先生が好きで……」

「私が好きなのは小さい翼くんだけ。じゃなかったら小さい翼くんに似た男の子。わかってるよ。悪いことってわかってるんだよ……でもね、やめられないの……」

「お願い、もう一度、好きになって。いつまでも、いつまでも、待つから」

離れるなんてできない。見つめ続けたひとだから。心に刷り込まれた唇だから。僕は天眼通を持つ。結ばれる姿がまだ見える。

「待たなくていい。大きい翼くんじゃだめ」

言葉を吐く唇からは誘惑のぬめりが失せていた。幻視で惑わせた艶めきも消えていた。

見つめる瞳には恋情《れんじょう》がない。その眼差《まなざ》しは、僕が莉緒を見る目つきにそっくりなのだろうと考えた。

ベッドの上の男の子が泣き出した。

「もしもし警察ですか……」

莉緒が電話する声が、幼い嗚咽《おえつ》に混じる。

びゅう、と耳元に風音《かざおと》を幻聴した。

それは小さな吊り籠が深い谷に落ちる時、身に受けるはずの風の音だった。

谷底に堕《お》ちてゆく。桃源郷には戻れない。美しい幻視にはもう決して届かない。

僕は奈落に吸い込まれ、激しい風圧が肌を圧《お》し、莉緒の声と風音とむせび泣きだけが耳を打ち続けていた。

○

ゆるい風が頬を撫で、彼方《かなた》の田んぼで稲穂が黄金のさざ波になった。

降り注ぐ陽光が庭に咲く秋の花々や僕達の身体を金色に染める。

「早く洗濯物を干してベビー服を見に行こう」

物干し竿にシャツをかけて妻が言った。

「そんな急がないで。つまずいたら大変だよ」

シーツを隣の竿にかけて僕は応える。

「早く赤ちゃんの服、見たいもん」

朗らかな声。無邪気な口調。小柄な肢体が背後からの朝日に濡れ、わずかに膨《ふく》らんだ腹が後光を放つ。

あの中に胎児が詰まっている。

願いを受けて、恋慕を吸って、羊水《ようすい》の中に育つ肉塊《にくかい》がある。

「赤ちゃんが動いた気がする！」妻が幸福そうな声を出した。「男の子かな？　女の子かな？　まだわからないって焦《じ》らすよね」

「吊り籠で桃源郷に渡るのは男の子……」声を殺して僕はささやく。「今回がだめでも次は必ず男の子……」

庭先の小道から隣人が挨拶を投げかけた。

二人で物干しかね……仲が良いなあ……

何ひとつ疚《やま》しさのない夫婦の片割れとして、誰からも隠れることなく、今、生きている。

「いやっ！」妻が低い悲鳴をあげた。「オニヤンマがぶつかって来た！」

「気をつけて。転んだら赤ちゃんが驚くよ」

妻を背後から抱いて腹部をさする。

「身体を大事にして。大切な、大切な、僕の、赤ちゃんのために……」

この女なら僕そっくりの男の子を産めるはず。男雛のような男児を与えてくれるはず。

莉緒の家に婿入りを決めた時、周囲が歓喜した。敷地内に新居が建てられ、従叔父の工務店に安定した役職が用意された。十分な小遣いならある。だから都市部の調査会社に愛しいひとのくらしぶりを報告させている。

彼女は今も小さな男の子が好き。

色白で、ほっそりした、お内裏様みたいな男児を忘れられずに生きている。

人目を忍び、都市の闇に紛《まぎ》れ、失った少年を捜し、漁り、貪《むさぼ》り続けている。

桃源郷はたびたび暴かれ、彼女は住居を転々とし、職を定めることもできない。

だから僕が理想の男の子を与えてあげる。

お内裏様に似た少年を連れて行ってあげる。

その子が愛でられるのを側で眺めたい。

僕の移し身が桃源郷に渡るのを見つめたい。

妻の腹は夢を未来に運ぶ肉の吊り籠。

腹の中にいるのが女の子なら別を作る。男の子が僕に似ていなかったら次を産ませる。

絶え間なく子をこしらえて男雛のような子が育ちすぎた時に備えよう。

願わくばこの僕に倫理やら家族愛やらといった谷底の邪念が芽生《めば》えたりしませんように。

僕は彼岸の中日に生まれた子。

天眼通を持ち、子孫繁栄をもたらす男。

身に馴染んだ幻視が今日もほのめく。

妻が幼い頃の僕そっくりの男児を抱いている。

そして、やわやわと窄まる唇に、小さな指が挟まれて、圧されて、濡れそぼる。

いつか渡る桃源郷を想い、僕はうっとりと、大切な、大切な、吊り籠を抱きしめていた。

柴田勝家

電車家族

●『電車家族』柴田勝家《しばたかついえ》

2014年に新世代SF作家としてデビューし、その枠内に留《とど》まらぬ躍進を続ける柴田勝家は、令和の《異形コレクション》でも常に多様な作品を披露《ひろう》してきた。初登場の「書骸《しょがい》」（第50巻『蠱惑《こわく》の本』）では〈本の剝製《はくせい》〉なる工芸をめぐる魔術的リアリズムで読者を魅了して以来、欧州風ダーク・ファンタジー「天使を撃つのは」（第52巻『狩りの季節』）、学園が舞台の現代ホラー「業雨《ごうう》の降る街」（第54巻『超常気象』）、円周率で「世界」を旅する奇想小説「ファインマンポイント」（第55巻『ヴァケーション』）と、毎回、異なる形の異形小説を追求してきた。

その柴田勝家が〈乗り物〉をテーマに今回見せてくれた作品は――なんと、極めて現実に即したドキュメンタリー風の作品である。ありふれた都会の在来線、どこにでもいるような家族連れの乗車風景。しかし、一見微笑《ほほえ》ましい風景が違和感を見せ、やがて、異様な結末に突き進む。明らかにしていくのは、まぎれもなく、柴田勝家が探究してきた文化人類学の視点であり、手法なのだろう。観察され、解体されていくのは「家族」であり、「乗客」であり、「現代」そのもの。

これもまた、柴田勝家の異形小説なのである。

1

　電車に乗り込んだら、家族がいた。

　不思議なことはないはずだ。日曜の午後、都内を走る地下鉄の一車両。別に優先席に陣取っているわけでもなく、ごく普通のロングシートの端に両親と二人の子供が座っている。ただ、それだけの、ありふれた光景。

　目をひいたのは、その家族が横並びでなく、対面して座っていたから。とはいえ車内は混雑しておらず、家族旅行の場面としてはありふれた光景だ。

「二人とも、行儀よくしてなさい」

　そう口にするのは父親だ。子供たちに言い含めている。年齢は四十代後半といったところか、刈り込んだ短髪に人の好さそうな細い目、体格も良いから何かスポーツでもやっているのかもしれない。

「あと母さん、飲み物」

「はいはい」

父親の頼みを受け、向かいに座る母親が足元のエコバッグを漁《あさ》った。こちらは細身の陰気な女性で、乱れた前髪の下から恨みがましい視線を周囲に向けている。

母親は水滴に濡れたペットボトルを取り出すと、ちょっと腰を浮かせて父親に手渡す。とても丁寧《ていねい》に。布張りのシートにシミができることもない。

「ほら、アキト。漫画読んでないで、食べるならさっさと食べる」

父親が隣に座る息子を叱った。中学生くらいの男子。両親のどちらとも似ていない少年だった。彼は厚ぼったい唇を突き出し、前かがみで漫画のページをめくっている。それが時折、気づいたように片手にあるサンドイッチをかじっている。

この程度、この程度だ。

「カノンは学校はどうだ?」

さらに父親は対面を向き、母親の隣に座る娘――こちらは二十歳《はたち》前くらいだ――に声をかけている。彼女の方は髪も明るく染め、ネイルもつけた今風の装いだが、どうも母親に似た陰気さが滲《にじ》んでいる。

「おい、カノン」

そんな娘は娘で、父親の問いかけを無視し、スマホを眺めつつサンドイッチを食べていた。

こうした光景をドア横に立ちながら見守る。別に咎《とが》めるほどのことは何もしていない。ただ、家族がいるだけだ。

他の乗客たちも彼らを無視している。全てがよくあること。過ごしやすい秋の日曜だ。動物園か水族館か、はたまたイベントごとか、家族で出かけたい場所があったのだろう。ただし、雰囲気が少し悪いから、出先で何かトラブルに巻き込まれたか。それで、行き先で食べる予定だったサンドイッチを、こうして帰りの車内で虚《むな》しく貪《むさぼ》る羽目になったのだ。

そんな常識的な推測ができる。似たような経験は自分にだってある。

家族でピクニックに行くはずが、大雨に降られたせいで、帰りの車で弁当のおにぎりを食べた記憶。申し訳無さそうな顔をしながら、無言で運転していた父親を覚えている。寂しい思い出だ。

もしかすると、他の乗客も似たりよったりな思い出を持っているのかもしれない。だから、誰もが見て見ぬふりする。

「アキト、今日は早く寝ろよ」

父親が息子に語りかけていた。その声は車内に響くアナウンスと、電車がカーブを曲がった際の金属音にかき消された。

いたたまれなくなり、その家族から目を離した。目的地に着くまでの間、ずっとドア上のモニターを見上げていた。

海外旅行のコマーシャルが無音のままに流れている。

※

その家族と再び出会ったのは、わずか四日後のことだった。

今回も彼らは地下鉄に乗っていた。ただし以前とは違う路線だ。座っている席だけが同じで、ロングシートの端で四人家族が向かい合う。

「アキト、席をつめなさい」

父親に言われ息子が横にずれる。前の吊り革に摑《つか》まっていた中年男性が、彼らに会釈しつつ、空いたスペースに体を入れる。その対面では、母親と娘が並んで座り、共にスマホの画面を見つめていた。

平日の午前。通勤ラッシュほどではないが、座席は全て埋まり、何人かが吊り革や手すりに摑まっている。だから、あの家族も乗客越しにお喋りするような無法はしない。ただ黙ってスマホを見るか、あの父親のように腕組みをして目を瞑《つむ》るだけだ。

いたって普通。誰も気にしない。

一つだけ気になることがあるとすれば、中学生らしき息子が平日の午前に電車に乗っていることだけ。これだって一日だけ学校を休んでいる、と思えば気にならない。

こちらが気にかけたのは、ほんの数日前に彼らを見かけていたからだ。明日か、明後日《あさって》だったら、単なる風景の記憶は薄れ、ありふれた乗客の陰に埋もれてしまっていたはずだ。

東京という街の中で、あの家族は日常にカモフラージュされている。気づくこともない。違和感も、異様さも、奇妙さも、ほんの少しずつ。洒脱《しゃだつ》を洒脱と書くような、完璧を完璧と書くような。

――あれは、どういう家族なのだろう。

自分が彼らに興味を抱いたのは、ある種の職業病なのだろう。いわゆるルポライターとして、これまで様々な社会を生きる人たちを取材してきた。ゆえに日常に隠れた非日常を見つけ出すのは得意だ。もちろん誤字にだって厳しい。

「あの、すいません」

だから話しかけた。

三十分ほど同じ電車に乗って、終着駅直前の乗客も減ったタイミングで。どこか確信もあった。この家族は終点まで降りないだろう、という。

「はい、なんでしょうか？」

誰に話しかけたわけでもなかったが、父親が代表で答えてくれた。

「失礼ですが、以前も同じ電車……、いや、この電車じゃないんですが、同じ感じで電車に乗ってませんでしたか？」

聞いてみてから、馬鹿げた質問だと思った。

しかし、父親はこちらの質問を受けて、我が意を得たりといった表情を作った。

「ええ、乗ってますよ。だって、僕の家ですからね」

聞き間違いかと思った。

ちょうどアナウンスが流れ、電車が減速していくところだった。思わずよろめき、冷たい手すりを摑む。

「家っていうのは」

「だから、電車が僕の家なんです」

ふいに窓から陽光が差し込む。この地下鉄の終着駅は地上駅だった。

「あ、語弊があるかな。僕たちの家です。僕らは家族で、この電車に住んでいるので」

父親がニコニコと笑っている。眠そうにしていた息子が、目を細めてこちらを睨《にら》んでいる。反対の座席では、母親が心配そうに我が子を見つめ、娘は我関せず自分のスマホに目を落としている。

ありふれた電車の中に、ごく普通の家族の姿が浮かび上がった。

「おっと、そろそろ終点ですね。お兄さんも、まだ乗っていきます？　お茶くらい出しますよ」

「いえ」

そう答えるのが精一杯だった。会話はそれで打ち切られた。

頭が混乱している。父親に話を聞くにも、冷静になってからでないと無理だと思った。

電車が停《と》まる。ホームには乗客が並んでいた。そうだ、これは折り返し運転の電車だ。終着駅は始発駅となって、新たな人間が乗り込んでくる。無数の乗客たちと交代し、こちらは用もない駅で降りることになった。

振り返れば、あの家族が車内に残っていた。何も知らない乗客たちが、家族の左右に座っていく。

こうして、彼らは再び日常に隠れていく。

2

ライター稼業の利点は、どこでも仕事ができることだ。

今だって、仕事先の出版社を電車で行き来する間に作業ができている。落ち着いた環境とは言いづらいが、タブレットＰＣを開いて原稿に赤字を入れるくらいは余裕だ。

いやしかし、これは手前味噌かもしれない。

やる気のある会社員なら、誰だって電車で簡単な作業くらいする。むしろ、した方がいい。移動時間というのは、この世で最も無駄な時間なのだから。

ただし――。

「二人とも、早く食べちゃいなさい」

あの家族と比べれば、簡単な作業など何もしてないのと同じだ。

「もうすぐ帰りのラッシュだからね。人様の服に汁でもかけてみろ、ただじゃおかないからな」

今、例の家族が早めの夕飯としてカップ麺を頬張《ほおば》っている。父親は笑顔を浮かべつつも、厳しい調子でボソボソと食事をする子供たちに注意している。一方、母親はゴミをコンビニの袋にまとめていた。

さすがに、電車内で食べるのには適さない食事なのだろう。周囲の乗客がチラチラと彼らを見ている。しかし、まだ見咎められない。已《や》むに已まれぬ事情があるのだろう、と勝手に推《お》し量《はか》っている。

事情などない、と気づいているのは自分だけかもしれない。

これは、あの家族にとっては普通なのだ。ある種の一家団欒《だんらん》の光景。ちゃぶ台を囲んで食べるのと、ロングシートで向かい合って食べること。前者の方が正常だと思うのは、単なるイメージの問題だ。

そう割り切ってしまえば、彼らと接するのも難しくない。

「どうも」

車両の端で観察していたが、ここで彼らに話しかけた。電車は暗い地下道を進み続ける。

「ああ、前に会った」

「少し、お話いいですか？」

「ええ、もちろん。ようこそ我が家へ。おい、アキト、席を譲ってあげなさい」

父親に言われ、息子が無言のままに立ち上がる。さすがに悪いと断ったが、

「お客さんを立たせるわけにはいかない」

と、父親は頑《がん》として譲らなかった。

これがルールだというなら、従わない方が心証も悪くなる。だから、ぽっかりと空いた一人分の隙間に座る。立った方の息子は、既に手すりに身を預けていて、自分のスマホしか見ていない。

気を取り直し、まずは紙袋を差し出す。他人の家に上がるのだから、と事前に用意してきたものだ。

「あの、以前は失礼しました。お土産です」

「これはこれは、ご丁寧に。母さん、これ」

父親は紙袋を恭《うやうや》しく受け取ってから、対面の母親へ手渡した。

「まぁ、バウムクーヘン。今、お出ししますね」

陰気な母親が、台本を読み上げるように言う。まさかとは思ったが、彼女は足元のエコバッグからナイフを取って、箱から出したバウムクーヘンを切り分け始めた。それらが一切れ

ずつ、これまたバッグから出てきた紙皿へと載せられていく。

ここまで来ると、いよいよ周囲の乗客も奇異の目を向けるようになった。だが、ここで自分だけ逃げるわけにもいかない。

「それで、今日はどういったご要件で？」

「いや、実は私、こういう仕事をしてまして」

こちらが出した名刺を父親が受け取る。

「ほお、ライターさん。記事とか書いてらっしゃる」

「はい、特に東京の人たちを取材することが多くて。繁華街の人たちや、逆に下町で暮らす人たちを取材してまして」

嘘ではない。いわゆる歌舞伎町のトー横キッズやら、隅田川周辺の路上生活者を取材してきた。それも露悪的なものではなく、いたって真面目に、彼らに寄り添うつもりで記事を書いてきた。

そういう目線があったから、この家族もホームレスの一形態だと考えていた。電車が家だというのは誇張表現で、夜になれば、どこか遠く離れた土地にある自宅へ帰るのだと想像していた。

その予想が違っていたと気づいたのは、二つほど駅を通り過ぎた頃だった。

「それじゃあ、本当に電車だけで生活しているんですか？」

　こちらの問いを受けて、父親がバウムクーヘンを飲み込んだ。こちらは母親から渡されたペットボトルの紅茶に口をつける。

「ええ、去年の今頃かな、家を売り払いましてね。無理して買ったマンションだったんですよ。でも、いや。東京で家なんて持つもんじゃないです。前の仕事を辞めたら、あっという間に維持できなくなって」

　父親はひたすらに笑っている。いつの間にか乗客も増え、対面の母親の様子は窺《うかが》えない。しかし、きっと複雑な表情をしているだろう。

「でも――」

「ええ、そうですね。電車で暮らすなんて不可能だって、そう言いたいんですよね。でもですよ、それが意外となんとかなりまして」

　そう言うと、彼は今乗っている地下鉄の定期券を見せてくれた。

「これ、知ってます？　全線定期券です。通勤定期と違って、全区間が乗り放題でして、これが三ヶ月分でも五万円しないんです。水道代も光熱費も、管理費もなし。家賃としては破格ですよ」

「はぁ」

「電車は便利ですよ。必要なものは駅で買えるし、車内は冷暖房完備。行きたい場所があればすぐ行ける。どうです、家を持つよりお得でしょう？」

呆気《あっけ》にとられていると、視界にもう一枚の全線定期券が現れた。近くに立っていた息子が、自分の定期券を見せてきている。見上げると、どこか誇らしげな少年の顔があった。

「コスパだけは最強だから」

ここに来て、初めて息子の声を聞いた。

「はは、アキトも喜んでいるんですよ。最初は反対されたんですが、慣れると快適らしくて」

さも自然なことのように父親が言い、息子もぶっきらぼうながらも、同調するように頷《うなず》いた。それとタイミングを同じくして、次の停車駅に着いた。

ぞろぞろと人が乗り込んでくる。乗り換え客の多い駅だ。平日の夕方だから、これから遊びに行く者も、家路につく者もいるだろう、

そんな人の流れを見ていると、父親が感慨深げに息を吐いた。

「自分も昔は、疲れた体で電車に乗って、ヘロヘロになって家に帰ってました。その度に、なんて無駄な時間なんだろうって思ってて。それが今は、仕事が終わった瞬間に帰宅できます」

仕事、と聞き返したところで、父親は唇に人差し指を持ってきた。

「つと、今日はこの辺で。帰宅ラッシュの中でお喋りするのは、どうにもいけません。こんな生活しててもルールは守る方でして」

人懐っこい笑みを浮かべてから、父親は握手を求めてくる。こちらが手を出せば、それが力強く握り返された。

「また、いつでも」

別れの挨拶をして席を立った。ずっと吊り革に摑まっていた息子が、ここで交代して席に座る。

そのまま次の駅で降りた。今回も用のない駅だったが、家から立ち去るなら降りるべきだと、自然に思ってしまった。

3

それから数週間、あの家族を追って電車に乗った。

都内の地下を走る無数の電車たち。たまに路線や車両は移動しているようだが、席は決まって三号車後方の端。始発から終電まで、本当に一日中乗っているらしく、少し探せば必ず出会えた。

「やぁ、どうも。来てくれて嬉しいなぁ」

何度目かの遭遇では、そう言って、向こうが先に手を振ってくれた。父親の朗《ほが》らかな笑《え》みに導かれ、中学生の息子をはさんで座った。

「トシオさん、今日もよろしくお願いします」

これは父親の名前だ。さすがに何度か会ううちに、自然と名乗ってもらえた。同じく、母親の名がエミだということも知った。また二人の子供たちから自己紹介はなかったが、アキトとカノンと呼ばれているのを知っている。ただし、それぞれの漢字は知らないし、苗字の方も知らない。

それでも仲は深められたように思う。いずれ記事にしたいと伝えれば、父親は喜んでくれた。こうして取材対象と友人のように接するのは得意だった。

「今日はお仕事について聞きたいんですが」

記事にまとめるつもりで、父親を中心に様々な話を聞いていた。

「そうだな、ナイトタイムエコノミーって知ってます？」

そう切り出して、父親はまず自分たちの生活の基盤について話してくれた。

「おおよそ午後六時から、翌朝の午前六時までの経済活動のことですよ。最近は夜間営業をする店も減ってますが、これはね、逆ですよ、逆。夜だからこそ生きられる人たちもいるんです」

かくいう父親は二十四時間営業の居酒屋で働いているという。また母親もコンビニで働き、娘は専門学校の夜間部に通いつつ、ハンバーガーチェーン店でバイトしているらしい。

唯一、中学生だという息子の生活だけはままならないようだが、

「俺さ、不登校なんだ」

と、どこかのタイミングで告白してくれた。

不登校になった経緯までは教えてくれなかったが、この電車生活を始めるより前から、息子は学校には通っていなかったらしい。今は朝から家族と共に電車で過ごし、夜になれば父親の仕事先である居酒屋へ行って時間を潰している。そう言っていた。

つまり彼らの活動時間は夜なのだ。日が暮れてから、ようやく駅の外へと出る。その後、各々が夜の生活を終えると始発に戻ってくる。そして午前中は車内で肩を寄せ合って寝るのだ。

「僕らは、ごく普通の家族ですよ」

そう言って、父親は恥ずかしがる息子の方を抱き寄せていた。

※

とある休日、彼らの生活に密着したことがある。

朝早くに地下鉄の始発駅を訪れると、既にホーム上に家族が揃っていた。こちらを見て両親は共に頭を下げてくれたが、娘は無言のまま前を向き、息子は歯科矯正の広告を眺めていた。ホームには朝帰りの若者と、旅行者らしい人間がいるくらいで、やはり彼らは日常風景にまぎれていた。

「こうしてると、朝から旅行に行く家族みたいでしょう」

父親はそう言って笑った。笑う理由がある。彼らは、どこかへ行くためではなく、どこにも行かないために電車に乗るのだ。

その後、彼らは電車に乗り込むや眠り始めてしまった。折り返し運転の地下鉄が三往復。およそ六時間後に家族は目を覚まし、ちょうど停車した駅で降りていく。どうするのかと思えば、男女に分かれてトイレへ行き、ついでに洗面台で歯を磨いていた。

「このタイミングで買い出しするんですよ」

そう言って、母親が駅構内のコンビニへ向かった。電車が来るまでの間に、家族総出で必要な物を買い込むらしい。彼女に同行した息子は漫画の最新刊を買い、娘はガムを一つだけ買っていた。

昼食はコンビニで買った弁当だった。それをあえて電車に持ち込んで食べる。構内のベンチに座って食べる方がマシに思えるが、それは彼らにとってはマナー違反らしい。曰《いわ》く「自宅に帰ってから食べるのは当然でしょう」とのこと。

「で、あとは自由時間ですね」

家族が電車の定位置に陣取ったところで、父親は読書を始めていた。息子はスマホでゲームに興じ、対面の席では母親と娘が一つのタブレットPCで映画を見ていた。もちろん音漏れはしない。

　ちなみに電力は全て、太陽光発電のバッテリーでまかなっているようだ。話を聞けば、以前に一度、息子が座席下にある業務用コンセントを使おうとしたために強く怒ったことがあるという。それ以来、家族は一人につき二つのバッテリーを持ち歩いているらしい。

　やがて、一つの駅で家族は電車を降りた——いや、外出した。

「そろそろ夜ですからね、先に身支度しておきます」

　これは駅構内で、父親がコインロッカーの中を開きながら語ってくれたものだ。

　コインロッカーから三つのスーツケースが現れる。父親と息子、母親、娘で分けて使っているようだ。話によればスーツケースの中身は大量の衣類で、どうやらコインロッカーはこの家族のクローゼットらしい。

「ちなみに、複数の駅ごとに生活必需品を分けて、それぞれロッカーにしまってます。ただ保管先を忘れないようにするのが一苦労ですね。保管期間は三日なので」

　父親が話しつつ、母親と娘、そして息子が自分で使うスーツケースを引いて歩き出した。

「こうして夕食前に、駅を出て銭湯へ行ったり、コインランドリーで洗濯物をしたりするんです。ただ今日は外食に行こうかな、って思ってて。少し移動しましょうか」

　父親の宣言通り、彼らは駅を出ることなく、まずは適当な車両に乗って移動を開始した。

「みんな、今日は何食べたい？」

午後五時、車内で父親が家族に尋ねる。今回は三号車のいつもの席が空いておらず、全員が足元にスーツケースを置いたまま、ドアの近くに立っている。ちょっとした家族旅行の光景にしか見えない。

「うどん」

「うどんは一昨日《おととい》食べたでしょ。表参道でハンバーグとかどう？」

「重いからイヤ」

父親の問いに息子が答え、母親が提案し、また娘が否定する。こうして家族が夕飯の相談をしている。ラーメンやらベトナム料理やらと候補がでるが、全て地下鉄の駅構内にある飲食店のものだ。

どこにでもある風景だから、他の乗客たちも疑問には思わない。

「で、この後は夕食です」

「ああ、では今日はここまでで」

家族に混じって一緒に夕飯まで食べるのは、さすがに気が引ける。これにて取材終了。今日は帰宅するのに使う駅で降りることにした。

「ああ、最後に。写真いいですか？　記事にする時は顔も隠すので」

そう告げれば、父親は晴れやかな笑みを——隠すと言ったのに——浮かべた。母親は困ったように、それでもピースサインを作り、息子は斜《はす》に構えて顔を背《そむ》けたまま親指を立てた。

娘だけが、まるで他人とでも言うように、相変わらずスマホをいじっている。

電車内で写真を撮るのはマナー違反だっただろうか。小さく悩んだが、この家族の前では些細《ささい》なことのように思えた。

4

ここまで取材してわかったことがある。

家族の風景など、結局は幻なのだ。

愛すべきマイホームで家族が目覚め、テーブルを囲んで朝食を取る。子供たちは学校へ行き、両親は働きに出る。夕方になれば家族が帰宅し、晩餐《ばんさん》を楽しみ、食後には全員で映画でも鑑賞し、最後は各々のベッドで眠りにつく。

世間的に「普通の家族」とされるものの生活と、彼ら電車家族の生活に大きな差はない。ただ時間と場所が異なっているだけだ。家族が一つの土地に建てられた家で過ごすのが当然だと、一体誰が決めるのだろうか。

一つの喩《たと》えとして、水上生活者という人々がいる。

今でも小型の船を家として使うのは、世界各地で見られることだ。中国には蛋民《たんみん》と呼ばれる人たちがいて、船に乗って生活する。彼らは漁師の他、水上運搬を仕事とし、また同じ蛋民のために船で商店を開くものもいる。

また日本においても、古くから家船《えぶね》と呼ばれる文化があり、ほんの数十年前まで、東京にも水上生活者が多くいた。彼らは一艘《そう》の船を家とし家族で暮らす。

船という移動手段を家として生活の場にするのは、いたって当然の文化だ。翻《ひるがえ》って、電車という現代の移動手段を家として扱う家族がいてもいいのではないか。

もっとも、電車暮らしには不便なこともあるらしく——。

「本当はペットを飼いたいんだ。犬がいい、大きなサモエドとか。許されるはずないけどね」

あの父親は、そんな夢を語ってくれた。

※

そんな調子で記事をまとめた。

持ち込んだのは以前にも記事を書いた総合ニュースサイトだった。不定期連載で「東京で奇妙に暮らす」というコーナーがあり、そこの一つとして取り上げてもらった。その後、SNSにも「現代の漂白民、電車家族」と銘打って投稿し、興味を持ったユーザーをネット記事へ誘導した。

まず目を引くのは地下鉄の車内で平然と生活する家族の写真。キャプションには「電車を家として暮らすTさん一家」と書いた。記事は人々に共有され、短い期間だがネットのトレンドになった。

ただ、この記事には予想以上の反響があった。

『地下鉄で電車家族と遭遇！』

そんな言葉と共に、SNS上に例の家族を撮った写真がアップされた。それを皮切りに、次々に似たような投稿があった。局所的なブームになっていた。

記念写真のように一緒に撮ったものもあれば、家族の食事風景を隠し撮りしたものもある。顔を隠していない写真も多い。だからだろうか、そういった投稿のいくつかは、本家の記事よりも耳目《じもく》を集めていた。

こうなることを予見しなかったわけではない。

ネット上では以前から、風変わりな人間を動画や写真に撮って嘲笑《ちょうしょう》することがある。そして今度は、別の誰かが渦中の人に会いに行き、新たな素材を手にして世に放つ。それで再び話題となる。グロテスクな人気の再生産だ。

特に電車というのは、利用客も多く、逃げ場もない密室空間だ。どこかで見つかってしまえば、何度も執拗《しつよう》に追い回される。

救いがあるとすれば。

『お父さん、めっちゃ良い人で笑う。写真撮っていいって』

『お姉ちゃん意外と美人』

『差し入れあげたら喜んでくれた』

遠慮のないネットユーザーたちの投稿だが、反応はいたって好意的だった。中には誹謗《ひぼう》中傷《ちゅうしょう》じみた言葉を投げつける者もあるが、そうした人間は、無数の他者のインターネット的な正義感によって排斥《はいせき》されている。

とはいえ、自分のせいで迷惑がかかってしまった。

謝罪したい気持ちから、その日も地下鉄を訪れた。いくつかの路線を巡り、目についた電車の三号車に足を踏み入れる。

三時間ほど同じ作業を繰り返していると、やがて今日の〝家〟を見つけることができた。あの家族は以前と変わらず、ロングシートの端に座っていた。

「ああ、お久しぶりです」

いや、変わっている部分がある。明確に。

「あの記事、読みましたよ。なんだか照れちゃうな。っと、よっ！」

親しげに声をかけてくる父親は前かがみで答える。彼は今、両手に握ったヘラでお好み焼きをひっくり返した。通路の真ん中に据えられたホットプレートは、座席下にある大きめのポータブル電源に接続されていた。

「ちょうど昼食の時間でして。ライターさんも食べていきます？」

素直に頷くことができなかった。

ジュウジュウと焼かれるお好み焼きに、父親がハケでソースを塗っていく。周囲に充満する臭いと煙に、他の乗客たちは明らかに顔をしかめていた。

「それ、どうしたんですか？」

「ああ、親切な人からもらったんです。ソーラーパネル付きでしてね、家電も動かせるんですよ、まぁ、地上駅で充電するのだけが不便ですが」

こちらが聞いたのは、ポータブル電源の出どころではない。ようやく質問の意図に気づいたのか、今度は対面で紙皿を用意していた母親が笑みを浮かべる。張り付いたような笑顔だった。

「この人がね、言うんです。電車で暮らす家族だって、わざわざ見に来てくれる人がいるから、もっと家庭的なところをアピールした方がいいんじゃないか、って」

母親は話しながら、お好み焼きが載った紙皿を息子と娘に差し出していく。息子は無表情ながらも、空腹だったのか、紙皿を受け取ると、口を突き出して真っ先に食べ始めた。

「こら、アキト。いただきますを言いなさい」

「……だきァす」

この光景に母親は陰気な笑い声を出し、父親も「仕方ないな」と言った感じで肩をすくめる。娘は無言のままに、紙皿に載ったお好み焼きを箸《はし》でいじっている。車内の空調にかつお節が舞った。

周囲の乗客を見るのが怖かった。

それほど混雑していないが、大半の席は埋まっている。立っている者も、座っている者も、誰もが家族に興味のないフリをしている。フリだけだ。内心では敵意を持っているだろう。明らかな迷惑行為を咎めないのは、面倒事に巻き込まれたくないからだ。

プシッ、と嫌な音がした。

「ライターさん、僕は感謝してるんですよ」

いつの間にか、父親が缶ビールをあおっていた。よく見れば足元に小型の冷蔵庫があった。

「いろんな人たちがですよ、僕ら家族の生活を羨《うらや》ましいって言ってくれたんです。理想的な家族だ、って」

「それは」

ただの嫌味か、無責任なお世辞だろう、とは言えなかった。

SNS上での彼らの評価は知っている。迷惑で異常な家族。それは大前提だ。誰もがひと目見てわかる部分は、あえて口に出さない。ネットユーザーたちは〝わかってる〟自分を演出したくて、悪辣《あくらつ》な〝良かった探し〟をしているに過ぎない。

「この間なんて、みんなでお月見をしたんですよ。電車が終点で地上に出るとね、窓の外に白い月が浮かんでるのが見えて、感動しちゃったなぁ」

言葉は穏やかで風流なものだが、きっとこの家族は、その一瞬のために月見団子とススキも用意したはずだ。そんな想像ができた。

「それは、素敵ですね」

同調せざるを得ない雰囲気だった。

変に刺激してしまうと、今の迷惑行為がエスカレートする気がした。そうでなくとも、この家族を増長させたのは自分の記事のせいだ。否定できる立場ではない。ここで口をつぐむしかないのだから、こちらも無責任なネットユーザーと同じだ。

「ええ、本当に。素敵な家族と、素敵な家。僕は幸せ者です」

感極まった様子の父親がいる。周囲の人々など眼中にないようで、彼はリビングでくつろぐように、再び缶ビールをあおっている。それを見守る母親はお好み焼きの後片付けをし、食べ終わった息子はスマホでゲームを始めていた。

地下鉄が走っている。青白い電灯の下、無音の映像広告が流れている。無数の乗客たちは顔を描かれなかった背景に過ぎず、電車が揺れるたびに幽霊のように小さく動く。聞こえるのは温かい家族の笑い声と、車輪の軋《きし》む音だけ。

何か薄ら寒いものを感じる。あの家族とまともに接する自信がなくなってくる。似た言語を使うだけの、コミュニケーション不可能な、全く別の国の住人たち。

一刻も早く、この場を立ち去りたい。それが許されないのは、電車という密室だから。

「ねぇ、ライターさん、来年は――」

父親の声に停車駅を告げるアナウンスが重なった。それを助けと思い、とっさに車両を移動することにした。次に停まる駅に用事はないが、この〝家〟から逃げるという意味なら十分に用がある。

「来年は、一緒に流しそうめんやりましょうよ！　車両全部使ってさぁ！」

背後から聞こえてくる声に、耳を貸さないようにした。

5

それからしばらくは、仕事の兼ね合いもあって地下鉄に乗る機会がなくなり、つまり例の電車家族と会うこともなかった。

だが、未《いま》だに話題だけは追っている。

『電車家族、駅員と喧嘩《けんか》中』

そんなタイトルをつけられ、SNS上で動画が拡散されていた。再生すれば、例の父親が地下鉄の車内で車掌と言い争っていた。どうやらテレビと据え置きゲーム機を持ち込んで、息子と一緒に遊んでいたのがマズかったらしい。当然だが。

「スマホがねぇ、いいならねぇ、テレビもいいでしょうが！　ダメなら片付けるけどさ、どこがダメか、ちゃんと言って欲しいな」

動画内では、あの父親が車掌相手に息巻いていた。かといって反抗するでもなく、さっさとテレビとゲーム機をポータブル電源から取り外している。車掌も注意が受け入れられれば言うこともないのか、それ以上の追及はしない。息子だけが、名残惜《なごり》しそうにボストンバッグに詰められていくゲーム機を見ていた。

それ以外にも、車内に小型こたつを持ち込んだり、プラモデルを作ったり、ギターの練習をしたりと、さすがに度を越した迷惑行為があったらしい。そのどれもが動画に撮られ、ネット上を騒がしている。

「いや、すいませんね。すいません」

ただし、いずれの動画でも父親が率先して謝り、見咎められた行為をすぐさま止めている。だから周囲の乗客も気にしなくなる。

これが、あの家族の生き方なのだ。

電車という空間は単なる移動の場であって、一時的な迷惑行為なら乗客たちは無視する。ご近所トラブルとは違うのだ。誰もが「自分が降りる駅まで、少しだけ我慢すればいい」と思う。

あの家族は周囲の悪感情を少しずつ負担させ、人々のモラルに寄生して生きているのだ。

※

ある日、スマホでSNSを見ていると、一つの動画がオススメとして表示された。

『車内で姉弟喧嘩《きょうだいげんか》』

そのタイトルだけで、何が起こっているのか想像できてしまった。それでも見ないわけにはいかない。だから指が伸びていく。

「アンタが！」

動画を再生すると、まずスマホから女性の叫び声が聞こえてきた。誰のものかと思っていると、カメラがブレながら被写体を捉える。

地下鉄の車内で男女が取っ組み合いの喧嘩を演じていた。

「逃げないから！　こんなことになってんでしょ！」

声を荒らげているのは、あの家族の娘だった。

それまで徹底的に家族を無視していた彼女が、今は自らの弟、あの息子の耳を引っ張っている。かたや息子の方は、不機嫌そうな顔をしながら姉の髪を摑んでいた。まるでカブトムシ同士が争うように、睨み合いと、一瞬の身動《みじろ》ぎによる攻防が繰り返されている。

「うっせぇ、ブス！」

この喧嘩を周囲の人間は止めようともしない。画面の端にチラと映ったが、あの母親も席に座ったままで、心配そうに子供たちを眺めているだけだった。

どうやら、この時、あの父親は一緒にいないようだった。彼がいたなら、すぐさま止められただろうし、いなかったからこそ喧嘩が始まったとも言える。

「俺の自由！　俺の自由！」

少年の叫び声が車内にこだまする。やけにリズミカルな言葉と、車内アナウンスが重なり、動画の撮影者が笑っていた。

「なんだよ！」

姉が叫んだ。その直後、二人はもつれ合って、撮影者の方へと転んできた。画面は激しく揺れ、ザザと何かに擦《こす》れる音が入る。動画はそこで終了した。

その程度の動画だった。事情を知らない人間には痴話喧嘩に見えるし、知っている者でも姉弟喧嘩に見える。改めて、喧嘩の理由を知りたいとも思えなかった。

しかし、ほんの数日後に当事者と出会ってしまった。

必要だから地下鉄に乗った。あえて三号車を避け、あの家族に出会わないように工夫した。それでも、だ。

「あ」

声を出してしまったのは失敗だった。ロングシートの端に座る少年が顔を上げた。

「ああ、ライターの人だ」

あの家族の息子がいた。思わず周囲を見るが、両親や姉の姿はない。彼一人だけが、いつものようにスマホでゲームに興じていた。

「みんな、いないよ。俺だけ」

「どうして?」

「家出中。姉貴と喧嘩したから」

そこでゲームの方が一段落したのか、彼は「ん」と口にしてから、のっそりと席を立ち上がった。

「座っていいよ、お客さんだし」

「いや、大丈夫。家出中なんだろう。ここは、ただの電車だ」

「それもそっか」

少年はニッと歯を見せて笑った。彼は空けた席に再び戻る。むしろ隣の乗客が、こちらに気を使って席をズレてくれた。だから彼の隣に座るしかない。

こうなってしまうと、少年と話さざるを得なくなる。

「どうして喧嘩したの?」

腹をくくり、気になっていたところを聞く。顔は向けずに横並びのままで。

「俺さ、学校行ってないじゃん」

そこで少年はスマホをしまった。ゲームを再開するにも集中できないと諦めたのだろう。

「喧嘩したのは、まぁ、大雑把《おおざっぱ》に言うと、姉貴がさ、俺だけ自由にしてるのが気に食わなかったみたいで。よく言ってくんだよ、普通に生きろ、って。何が普通だよ」

少年が自嘲気味に笑った。

ぶっきらぼうな部分はあるが、家族の前で見せるのとは別の表情だ。この少年らしい姿の方が、おそらく本来の彼なのだろう。生活環境は特殊だが、その悩みが意外にも〝普通〟で良かった。

「あの人……、俺たちの父親だけがさ、好きに生きて良いって言ってくれる。本人があんな生き方してるからだけど、生活する場所は重要じゃない、って、いつも言ってくれて」

これも意外な一面だった。あの父親は、周囲には一切目を向けていない代わりに、家族に対しては真摯《しんし》に向き合っているらしい。

そんな感想を体現するような出来事が起こった。

「アキト!」

しばらく少年と横並びで話していると、いくつかの駅を通り過ぎたところで声が聞こえた。あの父親が貫通扉《かんつうとびら》を開き、息せき切って隣の車両から駆け込んでくる。シャツは汗で滲んでいて、この場に到るまで、いくつもの路線を探し回っていたのだとわかる。

「アキト、良かった。心配したんだぞ」

父親は正面から息子の肩を叩いた。

家出少年を父親が探し出し、ようやく再会できた。そんな一瞬。これが地下鉄の車内などではなく、夕暮れの土手ならドラマのワンシーンにもなるだろう。

ややあって、父親がこちらに気づいたのか、例の清々《すがすが》しい笑顔を見せた。

「ああ、ライターさん。もしかして一緒にいてくれたんですか？」

「まぁ、偶然、乗り合わせたもので」

「ありがとうございます」

父親が深々と頭を下げた。こんな単純な行為なのに、不思議とほだされる気持ちがある。

「さぁ、アキト。家に帰ろう。カノンにもよく言っておいた」

うん、と少年が素直に頷いた。

結局、あの息子がなんと言おうと、これは〝普通〟の場面だ。家出という一種のストライキを敢行し、家族がそれに折れて探しに来る。この時点で彼の目的は達成された。だから、喧嘩など些細なものなのだろう。

「それじゃあ、ライターさんも、またね」

だが、この小さな日常に同席したことで、少年からの信頼は得られたようだ。良かれ悪《あ》しかれ、だが。

父親が見守る中、息子は席を立ってドアへと寄った。次の駅で父親と共に降り、家族の待つ〝家〟へと帰るのだろう。傍目《はため》には路線を乗り換えるだけであっても。

「どうですか、ライターさん」

不意に声がかかった。

父親はドアの前に立つ息子を見たまま、何かを告白するような調子で、こちらに語りかけてくる。

「僕って理想の父親ですか？」

「はぁ、まぁ、良い父親だと、思いますが」

「それは良かった」

爽やかな言葉とは裏腹に、湿り気のある言葉だった。

「昭和の……、いや、平成初期かな、それくらいの父親が僕の理想なんです。家父長制の残り香《が》みたいなヤツ。妻と子供に小馬鹿にされる時もあるけど、いざって時は大黒柱として存在感を発揮するんです。マイホームとマイカーを持ってて、会社であくせく働いて、休日に家族サービスするような」

何を言っているんだろう、というのが素直な感想だ。

「僕はこれでも、必死に父親をやってるんです。演じてるのかもしれない。この役割から降りたら、途端に家族がバラバラになってしまう気がするんですよ」

父親はこちらを振り返ることもなく、イヤホンをつけて音楽を聴く息子を見ていた。車両が揺れ、父親が摑んでいた吊り革が、ギィ、と嫌な音を出した。

「どうにも父親っていう役割は、途中下車できないものでして」

ああ、と口にしたが、これは返事ではない。ただの呻《うめ》き、もしくは下手な冗談への嘆息だ。

「ライターさんも、家族を持てば、気持ちがわかりますよ」

電車が減速していく中、最後に一度だけ、父親は振り返って笑った。目を細め、白い歯を見せて。

「では」

父親が息子を伴って電車を降りていく。首をひねって、窓から外を見たが、彼らはすでにホームにいる無数の人間たちにまぎれてしまった。

6

三日後、あの父親が亡くなったことを知った。

情報筋によれば、あの父親は駅のホームから線路に転落して死んだという。別に電車に轢《ひ》かれたのではない。頭から落ちたせいで頭蓋内出血《ずがいないしゅっけつ》を起こしたらしい。

SNS上では、転落の瞬間を収めた動画が話題となっていた。

動画を確認してみれば、まず非常停止ボタンの警報音が聞こえた。ホームが騒然とする中で「人が落ちた」という声が聞こえ、次にカメラは一人の男性の後ろ姿を捉えた。あの父親だった。

父親は、なんら躊躇《ちゅうちょ》することなくホームから線路へ跳び降りた。しかし、つま先がホームの端をすべったのか、彼は姿勢を崩して頭から落下した。女性の悲鳴が響く。

落ちた彼と入れ替わるように、線路の下から一人の女性が這い上がってくる。派手な私服と染め髪、陰気な顔を歪《ゆが》ませた、あの家族の娘だった。

動画はそこで終わっている。

おそらくは先に娘が線路に落下したのだ。単なる不注意だ。それを見た父親が、とっさに助けるつもりで後から跳んだのだろう。

どんな感想を持てばいいかはわからないが、一つだけ言えることがある。

あの父親は最後の瞬間まで〝普通の父親〟を全《まっと》うしようとしたのだ。

※

繁華街のビルとビルの間に、地下鉄駅へ続く階段がある。

一歩ずつ、硬質な音を伴って階段を下っていく。外の空気は遮断《しゃだん》され、生暖かく、澱《よど》んだものが増えていく。何かが膨張したような、言いようのない息苦しさがある。

どうにも地下鉄というのは緑がかったイメージがある。広葉樹のような健康的な緑ではない。苔《こけ》とか、藻《も》とか。暗鬱《あんうつ》とした色の。

改札を抜けて、ホームまで来ると人混みが見えた。

既に幾人もの弔問客が訪れているのだ。SNSで告知されていたから、これは面白半分で集まった連中だろうが、腹立たしいことに喪服を用意している者もいる。

あの父親が亡くなった現場に、花束が捧げられている。

地下鉄では数少ない、ホームドア未設置の駅だ。ひたすらに運が悪かっただけ。

ここでアナウンスがあった。トンネルに溜まった空気が押し出されてくる。警笛《けいてき》の音が聞こえ、ヘッドライトの光が近づいてくる。喪服の集団は、きっちり点字ブロックの内側に並んでいる。やがて停車した電車に彼らが乗り込んでいく。場所はもちろん三号車だ。

「本日は故人のために参列頂きまして――」

ドアが開くと棒読みの挨拶《あいさつ》があった。あの家族の中で、父親の次に聞き覚えのある声だ。

「誠にありがとうございます」

最後の一言が喉《のど》につかえた。学生服の少年がドア横に立っている。彼は悲しみを滲ませつつ、深々と乗客たちに頭を下げた。

今日、父親の告別式が、この〝家〟で行われている。

視線を送れば、ロングシートの端には父親の遺影が飾られていた。遺影の中で、彼は健康的な笑顔を浮かべている。また席の下と荷棚に花束が置かれていた。無関係の乗客もいるが、これを気味悪がって近くに座ることもない。

「父も、皆様に見送られ……」

息子がたどたどしく言葉を吐いている。その横で彼を支えているのは、母親でも姉でもなく、見知らぬ大人だった。

どういうわけか、告別式は息子だけが参加していた。

かといって少年一人で式を執《と》り行っているわけではない。彼に声をかけた数人の大人がいる。いずれもSNSで注目されると見込んで、告別式を電車内でやる、と計画した者たちだろう。

こうして、あの父親の不幸を悼《いた》んで、いや、不謹慎な遊びに興じるつもりで、各地から人々が集まった。話題はSNSで拡散されていた。

「ご愁傷《しゅうしょう》さまです」

どこかの誰かが、式を計画しただけの無関係な大人に挨拶し、席上の遺影に向かって合掌《がっしょう》した。そのタイミングで車両が動き出し、参列者は揃って吊り革に手を伸ばした。

ふと見れば、揺れて倒れた遺影を誰も直していなかった。

「ライターさん」

所在なく貫通扉付近に立っていると、彼の息子が話しかけてきた。

「このたびは……」

「いいよ、そういう挨拶は」

よく見れば、少年の目が充血していた。複雑な環境ではあったが、彼にとって父親の死は悲しむべきことだったようだ。それだけで、何か救われるものがある。

「今日は、君だけかい？」

告別式から離れ、少年と二人、吊り革に摑まって並んだ。

「お母さんも、姉貴も、来ないよ」

「そうなんだ」

今更《いまさら》な感想だが、あの二人は父親と距離があったように思う。席も常に対面で、今の生活だって楽しんではいなかっただろう。

あの父親を慕っていたのは、言ってしまえば、この息子だけだった。普通の家族でも時に見られる関係性だ。

「俺がさ」

ふと少年が呟《つぶや》いた。

「もしも最初から普通の家で暮らしてたら、きっと引きこもりになってたよ。お母さんも姉貴も、前から夜型人間だったし、俺だけ家で一人きり。家族と話すこともなかった」

改めて少年の境遇を聞くと、あの父親が何を考えていたのか、わずかながら理解できた。

彼は家族を必死につなぎとめていたのかもしれない。息子のため、こんな逃げ場のない場所を〝家〟にした。

都合のいい、想像ではあるが。

「俺、ちゃんと学校行くよ。しっかり勉強して、将来はアメリカに行きたい」

「それは素敵だ」

ふと横を見ると、少年が歯を見せて笑っていた。視線の先には、車内に流れる映像広告があった。海外旅行の宣伝が、無音のままに流れている。

「ライターさん、知ってる？　ニューヨークってさ、地下鉄が二十四時間動いてるんだって」

下手な冗談を言ってから、少年が不器用に笑った。

7

地下鉄に乗っても、もはやあの家族と出会うことはなかった。

父親という存在が消えたことで、彼らも普通の――そう、括弧《かっこ》付きではない普通の暮らしに戻ったのだろう。

そう、思っていたが。

「ねぇ」

ある日の夕方、出版社からの帰りで地下鉄に乗っていた。半端《はんぱ》な時間だったから乗客もなく、席はいくらでも空いている。

それでも、その女性は隣に座ってきた。

「ライターさん、だよね」

染めた髪に手入れされた爪。陰気な雰囲気は残っているが、どこか晴れ晴れとした、不敵な笑みを浮かべた女性。あの家族の娘だ。

「ああ、ええと、カノンさん」

「違う。そんな名前じゃない」

は、と口から息が漏れた。

「私、あの人と一言だって口利《き》いてない。カノンは、名前がないと呼びにくいからって勝手に決められた名前」

電車が揺れる。何を言っているのか、全く理解できなかった。だから、彼女が次に何を言うのか待った。

「電車って、怖いよね」

「何が？」

「こうやって、隣に知らない誰かが座ってきても、すぐ逃げられないでしょ。しかも、話しかけてきたら、もう終わり」

彼女の言わんとしていることはわかる。だが、こちらは彼女を知っているし、話しかけられるのも問題ない。

いや、本当は何も知らなかったとしたら。

「あの人さ、急に隣に座ってきて、勝手に父親だとか言い始めたんだよ」

娘は前を向いたまま、スマホを取り出して操作し始めていた。

「それは」

「トシオって人。アナタが記事にしてくれたおかげで、私たちの父親、ってことにされた人」

こちらが何か言おうとするより先に、彼女が大きく溜め息を吐いた。

「懐いてたのはアキトだけだよ。弟だけは、あの人を父親だって言った。私たちへの当てつけだけどね」

彼女から告げられて初めて気づくものがある。思い返せば、少年以外は、あの父親のことを「父親」として呼んでいなかった。

「で、弟が不登校で引きこもりなのは本当。しかも、ウチは父親いないから、平気で暴力とか振るってくる。あんまりに酷《ひど》いんで、お母さんと一緒に無理やり連れ出して、そういうの受け入れる施設に連れてった」

彼女は自身の家庭のことを、まるで他人事《ひとごと》のように話している。

「結局、施設に入る前に弟は暴れて、何もできないで帰った。地下鉄に乗って、席も向かい合ってね。そしたら、あの人が弟の隣に座った」

「それで、何を」

「どんな話をしたのか知らない。気づいたら、弟はあの人と一緒に笑ってた。よっぽど気に入ったんだろうね。で、あの人が言った」

ここで暮らそう、家族になろう、と。

キイキィと車輪が軋む。電車が減速し、体が慣性に引っ張られる。隣りの彼女に触れそうになったが、体を強張《こわば》らせて耐えた。

「次の日から、弟は電車に乗るようになった。三号車の端の席。すると、あの人も必ずやってきた。おかえり、って言う。弟はあの人の言うことなら聞いたし、電車の中なら暴力も振るわなかった」

「だから、って」

「だから、だよね。お母さんは疲れてて、もう諦《あきら》めてた。アキトが良くなるなら、って、家族ごっこを受け入れた。二人が人質になったら、私も従うしかないじゃん」

電車は停車駅に入っていく。窓の外の暗闇は途切れ、ホームの光景が断続的に現れる。

「で、まぁ、限界だったのは私だけじゃないと思うけど、終わらせるチャンスが来たのは、私が最初だった」

「君は何を」

「別に。普通につまずいてホームから線路に落ちただけ。いつ落ちてもいいように歩いてたせいだけど。そしたら、笑うんだけど、あの人が必死に私を助けようとして」

そこで彼女が虚空《こくう》に手を伸ばす。その動きが何を示しているのか、あえて考えないようにした。

「家族でもない人間を助けようとして死んだんだよ、あの人。レールに頭をぶつけて、顔面は血だらけ。それで笑いながら言うわけ。カノン、良かった、って。人生最後の言葉がそれ。もう怖すぎて、悲鳴あげるよね」

彼女が席から立ち上がった。

「あの人が、どんな人だったのか、もう興味もない。家族を作りたかったのか、本当に善意から弟の面倒を見てくれたのか、どっちでもいい」

電車が停止する。彼女はこちらを振り返ることもなく、それでも言葉を吐いていく。

「家族や家なんて、簡単にできるよ。誰かが言い張ればいいだけなんだから」

アナウンスが流れ、ドアが開く。娘は何も言わず、かつて〝家〟だった場所から去っていく。彼女を隠すように、数人の乗客があった。

そのうちの一人、いかにも疲れた様子の中年の男性会社員が、どっしりと隣に座った。

「ふう、ただいま」

その声が聞き間違いであることを願った。

上田早夕里

車夫と三匹の妖狐《ようこ》

●『車夫と三匹の妖狐《ようこ》』上田早夕里《うえださゆり》

上田早夕里をめぐる話題としては、2023年8月に『上海灯蛾《シャンハイとうが》』（双葉社）で第12回日本歴史時代作家協会賞作品賞の受賞が報じられたことが記憶に新しいが、この作品は第159回直木賞候補となった『破滅の王』（双葉社）、『ヘーゼルの密書』（光文社）に続く戦時上海を舞台にした三部作の最新作。上田早夕里は、歴史小説家としても大きな成果を見せている。そして――本作もまた、人力車の時代を描いた歴史小説である。

同時に――本作は妖怪小説でもある。上田早夕里は、日本を代表するSF作家の一人として知られるが、実は妖怪小説の書き手としても貴重な存在。室町時代を舞台とした伝奇小説として書かれた『播磨国妖綺譚《はりまのくにようきたん》』（文藝春秋）や、人間と妖怪が共存する世界を舞台とした《妖怪探偵・百目》シリーズ（光文社文庫、第一巻『朱塗の街』は、《異形コレクション》第40巻『未来妖怪』収録の「真朱の街」の続編から始まっている）など。一見、科学に軸足を置くSFとは正反対のベクトルとも思われる「妖怪」に、独自の「理《ことわり》」を与え、思弁の鍵ともしていく上田早夕里の創作姿勢は、SFのそれと変わらない。

人力車の走る銀座の煉瓦街《れんががい》の描写が素晴らしい本作もまた、異形の方法論で文明を批評する上田早夕里の真骨頂《しんこっちょう》が堪能《たんのう》できる。

明治時代、私の高祖父《こうそふ》は銀座周辺で人力車を牽《ひ》いていたという。当初はまだ馬車鉄道が開通していなかったので、明治十五年（一八八二年）の少し前から、ある時期までの話だ。

＊

高祖父は東京の下町で生まれ育った。働ける年齢になると人力車の組合に入り、車夫の仕事を長く続けたそうだ。

大正十二年（一九二三年）の春、息子の転勤をきっかけに一家で関西へ移住。そのまま東京に住み続けていたら、玄孫《やしやご》にあたる私は、この世に存在しなかったかもしれない。この年の九月一日、関東大震災が発生したからである。

故郷を離れるとき、高祖父は少しも悲しそうではなく、むしろ、ほっとした表情で、「これで銀座の狐から離れられる」とつぶやいた。不思議に思った息子が「狐ってなんだい。穴《あな》森《もり》さん（穴守稲荷神社）のことかい」と訊ねても、本人は曖昧《あいまい》に笑うばかりで、何も教えてくれなかったという。

鉄道と自動車が現れるまで、人力車は明治時代の花形だった。いまでも観光地などでは乗れるが、現代人が人力車に抱くのは、のんびりとしたレトロなイメージだろう。

だが、明治の人たちが熱狂したのは、その「速度」である。駕籠《かご》の速度しか知らなかった日本人が、それを上回る速さの乗り物を初めて知ったのだ。昔なら一泊しなければ辿り着けなかった場所へ、人力車は一日足らずで到着できた。運賃も安かった。旅費を大幅に節約できると知った人々は歓喜した。街道の途中に何台も人力車を待たせ、乗り継ぎながら長距離を駆け抜ける方法もとられたそうだ。

人力車の速度に魅了され、丸一日車を貸し切り、車夫がへとへとになるまで走り回らせた御仁《ごじん》もいたという。あまりにも大勢が乗りたがるので、くじ引きで乗る順番を決めることもあった。このようなブームが、東京だけでなく日本全国へ一気に広がっていったのである。

駕籠の利用は激減した。

駕籠かきは、商売敵となった車夫に嫌がらせをすることもあったが、急激に増えていく人力車の数に時代の流れを悟り、やがては、皆、車夫に転職していったそうだ。

高祖父は毎日、新橋から京橋《きょうばし》あたりの辻で客をひろった。

昼間は繁華街を駆けめぐり、夜には芸妓《げいぎ》や酔漢《すいかん》を乗せて大人の遊び場を行き来する。

車夫など、賤業《せんぎょう》と見なされていた時代である。いくら熱心に働いても、豊かな暮らしにはほど遠かった。それでも、最新式の乗り物を身ひとつで操れる仕事を、高祖父は誇らしく感じていたという。

腹掛《はらがけ》に股引《またひき》、足下は草鞋《わらじ》を履くのが、当時の車夫の格好だった。半纏《はんてん》を着て笠をかぶったり、笠の代わりに鉢巻きをしめたりする者もいた。

組合が貸し出す車は、乗れる人数によって若干《じゃっかん》大きさが違うだけで、客から見ればどれも同じだ。しかし車夫のほうは、「ひとりでも多くの客を」と必死だった。乗せた人数が自分の取り分に影響したからだ。

可能ならば常連客をもつかむために、高祖父は同業者と競い合った。

ある夏の日の夕刻。

高祖父は新橋で客を降ろした直後、和服姿のふたり連れの娘から「煉瓦街《れんががい》までお願いします」と声をかけられた。

煉瓦街とは、当時銀座にあった西洋建築物が建ち並ぶ場所である。江戸時代から火災が多かったこの町を、明治政府は不燃都市に作り替えようとしていた。煉瓦街の建設は、その計画のひとつだった。

娘たちの話によれば、バルコニーを備えたりっぱなホテルの少し手前に、芒《すすき》の絵を描いた看板を出している建物があるという。その入り口で降ろして下さいと頼まれた。目印となるホテルは銀座では有名な旅館だ。芒の看板に覚えはなかったが、大きな建物が目印なのだから迷うはずはない。

ガス燈に火が灯《とも》る時刻だった。明かりの下で見た娘たちは色白で、髪は上品に結《ゆ》いあげていた。衣紋《えもん》の抜き方が控えめなので、芸妓ではないとひとめでわかる。地味な色の小袖に丸帯。小袖には花束や鼓《つづみ》の見事な刺繡《ししゅう》がほどこされていた。時代の流れに乗ってひと儲《もう》けした商売人の、麗《うるわ》しきご令嬢といったところか。嗅ぎ慣れた白粉《おしろい》や匂い袋の香の背後に、ふわりと森と水の匂いが香った。懐かしいような、初めて嗅ぐような、不思議な香りだった。

高祖父の人力車はひとり乗りで、幼子《おさなご》と母親ぐらいならふたりで乗れるが、大人ふたりでは窮屈だ。仲間に声をかけてもう一台来てもらおうかと考えているうちに、娘たちは踏み台に足を載せ、躊躇《ちゅうちょ》なく車に乗り込んだ。腰掛けにふたり並んでも、まったく窮屈そうではない。奇妙なほど、ぴったりと収まっている。

あっけにとられた高祖父に向かって娘たちは微笑《ほほえ》み、「行って下さいませ」と促した。

我に返った高祖父は足下の踏み台をひろいあげ、車軸に引っかけた。「そんじゃ、参りますよ」と声をかけ、腰掛けに背を向けて梶棒《かじぼう》を持ちあげた。

一歩前へ踏み出した瞬間、また驚いた。

車がひどく軽いのだ。

人力車はその大きさに反して、車夫への負担が少ない。老人や十歳の子供でも車夫をやれるのは、それが理由である。しかし、これほどまでに軽いのは初めてだった。車輪の代わりに羽でも生えたかのようだ。

——なんだか、気味が悪《わり》ぃな。

だが、車を牽くのが好きだった高祖父は、いつもより軽快に駆けられることに夢中になり、すぐに違和感を忘れた。

娘たちは腰掛けの上で、ずっとお喋りに興じていた。

高祖父には意味がわからない言葉だった。

北や南の方言、あるいは外国の言葉なのか。不思議な客だが、まあ、車代さえ払ってくれるなら、どんな客だって構やしねえ。

煉瓦街の建物は、二階のバルコニー部分を支える列柱が一階に建ち並んでいる。江戸の頃には木造の家ばかりだった。それが大火ですべて失われ、跡地に造られたのがこの建物群である。

当初の計画では、欧州なみの道幅を持つ大通りができる予定だったという。建物の設計も、わざわざ外国人に任せた。ところが工事を始めてみるとさまざまな問題が判明し、道幅は予定の半分に縮小。三階建てになるはずだった建築物も、すべて二階建てに変更された。

建物の多くは、いまでも入居者が決まっていない。政府が提示する賃料が高すぎて、よほどの資本家でなければ契約が難しかった。

庶民のあいだでは、煉瓦街にまつわる怪しい噂が飛び交った。石造りの建物の中で暮らすと病気になる、金物が錆《さ》びる等々――。日本の気候では当時の煉瓦建築物は湿気がこもりやすく、商品がダメになりやすかったのだ。それが当時は、迷信の温床となった。

娘たちに教えられた建物は、数寄屋橋《すきやばし》通りに入ったところですぐに見つかった。入口の傍らに、確かに、芒が描かれた銀色の看板がある。看板に書かれた文字は読めなかった。外国語のようだ。どんな店が入っているのか想像もつかない。

高祖父が腰掛けを振り返り、「ここで、よござんすか」と声をかけると、娘たちはうれしそうに「ええ、ありがとう」と言った。高祖父が梶棒を地面に降ろし、車軸に引っかけておいた踏み台を腰掛けの前に置くと、娘たちは乗ったときと同じく滑《なめ》らかな身のこなしで、するりと車から道路へ降りた。

通りの反対側から、もう一台、人力車が近づいてきた。そちらはひとり客だったがやはり女で、高祖父が連れてきた娘たちよりも少し年上に見えた。こちらも和装で、自分の上半身とほぼ同じ高さの布包みを抱えていた。芸妓が使う三味線だろうか。それにしては胴のあたりが太い。

「あれは外国《とつくに》の琵琶《びわ》です」と娘たちが高祖父に教えた。「琵琶という楽器をご存じですか」

「いいえ」

「三味線みたいにバチで弾くのが日本の琵琶。外国の琵琶は鼈甲《べっこう》の爪を指先につけて弦《げん》をはじきます」

「そんじゃ、あのご婦人は琵琶のお師匠さんですか。お嬢さん方はお弟子さんなんで？」

「弾くのは姐《ねえ》さんだけ。私たちはただのお供です」

娘たちは車代を高祖父に手渡した。

きっちりふたり分の車代に、さらに上乗せされていた。値切られるかもしれないと考えていた高祖父は驚き、何度も頭を下げて、お礼を言った。

「二時間ほどたったら、またここへ来て下さい」と娘たちは言った。「帰りもお願いしたいので。ただし、部屋まで呼びに来てはいけません。部屋をのぞいたり、勝手に入ったりするのもだめですよ。必ず、通りでお待ちになって」

高祖父は大喜びで引き受けた。帰りの分もこれだけもらえるなら、いまから飲み屋で一杯ひっかけてもおつりがくる。

琵琶を抱えた女が車から降りてきた。高祖父の前を通り過ぎるときに、ぞくっとするほど艶《なま》めかしい眼差しで会釈し、ふたりの娘についてくるように促した。

三人の女たちは、扉の向こうへ静かに消えていった。

高祖父は二階を見あげた。建物はほとんどの窓が暗かったが、いくつか明かりが灯っていた。広めの部屋ひとつ分ぐらいだろうか。

窓辺に洋装の男が見えた。口ひげをはやし、ひとめで金持ちとわかる出で立ちだ。密かに通りを見おろしていたのか、高祖父と目が合うとすぐにカーテンを閉めた。

琵琶の女を連れてきた車夫が高祖父に声をかけた。「俺ぁ二時間待てと言われたが、おめえもかい」

ああ、と答えると、じゃあ近くで一緒に暇を潰そうと誘われた。車夫の溜まり場みてえな飲み屋があるから、そこで一杯やろうと。

男は庄助《しょうすけ》と名乗った。「家は？」と訊ねてきた。

「芝新網《しばしんあみ》だ」と高祖父は答えた。「一部屋を車夫ばかり六人で借りている」

「俺も似たりよったりだ。隣は一軒に三家族、十四人。ガキは泣き喚くし、家族同士で喧嘩《けんか》ばかりだ。うるさくてかなわん」

路地の奥の飲み屋へ行き、味噌田楽を肴《さかな》に安酒をあおった。お互いに、女たちをひろったときの様子を教え合った。

あれは芸妓や矢場女《やばおんな》じゃあるめえ、だが、それじゃあなんだと言われても皆目見当がつかねえと庄助は言った。「俺ぁ浅草でひろったが、おめえはどこだ？」

「新橋だ」と高祖父は答えた。「ふたり乗せても妙に軽かった」

「こっちも軽さに驚いた。あんな大きなもん抱えてるのによ」

ふたりとも毎日人を乗せて走っているから、車の重さには敏感だ。おかしいと感じたときには本当におかしいのだ。

庄助は続けた。「もしや、化け狐でも乗せちまったかな」

「だが、きちんと車代を払ってくれたぜ。懐《ふところ》へ入れても木の葉にはなってねえ」

「じゃあ幽霊か」

「偉い学者さんの話によると、化け狐も幽霊も気のせいで、本当はこの世にいねえとよ。『怪談神経説』って言うそうだ」

「へえっ。でも新聞にはいまでも、変な怪物の見聞録がときどき載ってるじゃねえか」

「絵草紙《えぞうし》もどきのあれかい？　あんなのは何かの見間違いだ。お江戸の妖怪や幽霊は、文明開化に押されて、もうすっかり消えちまったのさ」

約束の時間になったので例の建物の前へ戻ると、赤煉瓦の建物から女たちが出てくるところだった。

頬をほんのりと染め、満ち足りた顔つきをしていた。

高祖父は再び二階をふり仰いだ。ここは西洋料理店なのかもしれない。自分には想像もつかぬ豪華な料理が並び、洋酒を楽しめるうらやましい場所なのかも。

女たちは「ではまたね」「ええ、姐さんもご機嫌よう」と挨拶《あいさつ》を交わし、来たときと同じように、高祖父と庄助の人力車にそれぞれ乗り込んだ。

高祖父と庄助は目で合図したあと、反対方向へ車を走らせた。

帰り道も高祖父の車は軽かった。夕方に乗せた場所へ戻ると、娘たちは行きと同じ額の車代を支払った。「次は土曜日の夕方に。また、ここからお願いします」

ありがたい客を手に入れたと、高祖父は胸を躍らせた。これでしばらく楽ができる。働いても働いても金が貯まらぬ生活から、やっと抜け出せる。

以後週に二回、夕刻の決まった時刻になると、高祖父は同じ辻へ娘たちを迎えに行った。

娘たちが姿を現すのは、火曜日と土曜日のみ。

行き先はいつも同じ。芒の看板がある煉瓦街の建物の前へ。

高祖父の車が到着する頃、庄助も琵琶の女を乗せてくる。女たちが建物に入っていくと、高祖父と庄助はいつもの飲み屋へ向かう。

長く休憩していると、「おい、表に停めてる奴、誰か乗せてくれねえか」と酔客《すいきやく》が店内で呼ばわることもあったが、高祖父と庄助は知らん顔をしていた。放っておくと、たいてい他の車夫が引き受けた。

短距離ならいいが、遠くまで行ってくれと言われると約束の時間に戻れない。運んだ先で別の客に声をかけられるのも面倒だ。ならば、最初から無視しておこうと決めていたのだ。

煉瓦街の窓辺で見かけた紳士は、やがて、女たちが帰るときに一階まで見送りに来るようになった。

間近で見た紳士は、政府で働いている人間なのではと思えるほど、独特の貫禄《かんろく》を漂わせていた。

これほどの紳士が、夜の煉瓦街に女を呼び寄せて何をしているのだろうか。

楽しく遊ぶだけなら、柳橋《やなぎばし》へ行けばいい。

あそこには一流の芸妓がそろい、一流の料理と酒が出る店がある。政府の人間同士で密談を行うにもぴったりの場所だ。

誰かに見られるのが嫌で、わざわざ煉瓦街まで来ているのか。もしかしたら部屋には他にも男たちがいるのだろうか。今日は誰と誰が来たとか、そういったことすら誰にも知られたくないのか。

数週間すぎると、紳士の様子が目に見えて変わり始めた。痩《や》せて青褪《あおざ》め、頬がこけ、足の運びが危うくなった。それでも、うっとりした表情で、毎回女たちを見送りに出る。女たちと会うことが、この世で最高の喜びであるかのように。

これには高祖父も眉をひそめた。

ある日、飲み屋で時間をつぶしているとき、庄助が低い声でこう言った。「あれは阿片《アヘン》でもやってるんじゃねえかな」

阿片は、大陸と日本を行き来する商人に頼んでおけば、こっそりと手に入るらしい。観光地でつかまされる粗悪な品は、いくら吸ってもまったく効かず、「なんだこの程度か」とがっかりするだけだが、しかるべき経路を通して入手した上物《じようもの》を一度でも味わえば、あまりの甘美さに一生やめられなくなるという。

石造りの建物は湿気が抜けないほどだから、阿片の臭気も外へ洩れにくいだろう。銀座は人通りが多いので、巡査が常に犯罪に目を光らせている。だが、建物の中までは盲点になっているのではあるまいか。

『部屋まで呼びに来てはいけません』『部屋をのぞいたり、勝手に入ったりするのもだめですよ』と言われたのだ。密輸品の取り引きの場になっているとも考えられる。

庄助は興奮気味にあれこれと妄想を披露《ひろう》してくれたが、高祖父はそれを適当に受け流した。

高祖父の興味の中心は、いまでも、自分が送り迎えする娘たちのほうにあった。

他の客を乗せたときには味わえない、あの飛ぶような走り心地。娘たちを乗せて走ると、町がいつもと違って見える。ガス燈の煌《きら》めきも、鮮やかな赤煉瓦も、町ゆく人々の顔つきも、何もかもが輝いて見えるのだ。

その景色の中を駆けていくと、自分みたいな人間にも、人としての価値があり、生きていてもよいのだと思えてくる。

送り迎えに行かぬ日は、朝から家のまわりがすべてが灰色に見えた。長屋の喧騒《けんそう》、日々の暮らしが発する臭気、病人たちの呻《うめ》き声。今日はどこそこの誰々が死んだという知らせ。兵舎や学校から出る残飯を売りに来る業者。高祖父が暮らす地区では、そういったものしか食べられない家族が大勢いた。

どれほど人力車を走らせても豊かな生活にはほど遠い。だが、娘たちが余分にくれる車代のおかげで、高祖父にも、ようやく少しずつ余裕が生まれつつあった。やっと見えてきた光だ。それを目指して走り続けたかった。

二ヶ月が過ぎた頃、とうとう庄助が、あの紳士と女たちが何をしているのか確かめてみたいと言い出した。

どうやって？　と高祖父が訊ねると、こっそり二階へあがって部屋の鍵穴からのぞくのだと庄助は答えた。明かりが見える部屋はひとつだけ。上へあがればすぐにわかる。

高祖父が渋ると、「怖《こえ》ぇのか」と庄助は煽《あお》り気味の口調で言った。それは高祖父を非難するというよりも、己自身を鼓《こ》舞《ぶ》したがっているように聞こえた。「ちょいとのぞくだけじゃねえか。どうしてためらう」

「やっかいごとに巻き込まれるのはごめんだ」

「のぞかれて困るのは向こうだぞ」

物に入った。

「そんなら、物音をたてずにじっとしてろ。俺がいいって言うまで声を出すなよ」

いつもより三十分早く大通りへ戻り、芒の看板を横目で見ながら、ふたりは煉瓦造りの建
「嫌だよ。俺ぁ後ろで眺めるだけにする」

「話の流れによっちゃあ、そうなるな」

「何かをネタに強請《ゆす》る気かい」


初めて足を踏み入れる場所は、外よりもわずかに暖かかった。空気はさほど淀んでおらず、おかしな臭いも感じない。

細かく震える弦の音が聞こえてくる。ツァラララ……と連なる甲高《かんだか》い響きに、ときおり低く滑らかな音がテンテンと差し挟まれる。外国の琵琶はこんな音色《ねいろ》で鳴るのかと、高祖父はうっとりと聞き惚《ほ》れた。

磨かれた手摺りが続く階段を、ふたりで静かにのぼっていった。琵琶の音が導いてくれるので、目的の部屋はすぐに見つかった。

庄助は扉に近づくと身を屈め、鍵穴に右目をあてがった。

高祖父は壁際まで下がり、ときおり廊下の左右に視線を送って、部屋へ近づいてくる者の気配を用心した。

庄助はのぞきに熱中し、じっと身を屈《かが》めたままだ。感嘆の声すら洩らさぬので、何を見つ

け、どう感じたのか、まったくわからなかった。期待したものを目にして興奮しているのか、異様なものを見て言葉を失っているのか。

そろそろ知りたいと高祖父が焦《じ》れてきたとき、庄助が突然「ぎゃっ」と悲鳴をあげて後ろへよろけた。廊下に尻餅《しりもち》をつき、両手で顔を押さえて廊下を転げ回る。目が融《と》ける、目が融けるっ、と叫んで大声で泣き出した。

高祖父は庄助に駆け寄り、のたうちまわる庄助の体を抑えつけた。目を確かめようとしたとき、部屋の扉がひとりでに開いた。

一度にすべての弦をかき鳴らしたような音が響き、高祖父の視界に室内の光景が飛び込んできた。

庄助のことも忘れて、高祖父はそれに見入った。

天井から釣鐘草《つりがねそう》の花に似た照明が吊り下がり、夕焼けを思わせる色で室内を染めていた。床には緋色の絨毯《じゅうたん》、窓には布地を惜しみなく使った同じ色のカーテン。部屋の中央には大きな背もたれのある長椅子が置かれ、その前には脚の短い長卓《ちょうたく》があった。洋酒の瓶とグラスとガラス製の水差しが載っている。

くだんの紳士は、上衣を脱いで長椅子に横たわっていた。シャツの胸元を開き、袖は肘《ひじ》の少し上までめくりあげている。シャツからのぞく肌の色は血の気を失ってひどく白い。

娘ふたりが、籠《かご》を片手に紳士の傍らにたたずんでいた。

琵琶の女は四弦楽器を抱き、少し離れた場所で椅子に腰掛けていた。指先は既に弦から離している。

恐ろしいばかりの静寂に高祖父は息苦しさを覚えた。口の中が次第に乾いていく。

紳士の腕や胸元には、アケビの実に似た黒くて太いものがぶら下がっていた。娘たちはそれに手を伸ばし、果実をもぎとるように肌からむしりとる。あとには、赤紫色のあざがしばらく残った。

娘たちの手つきを頼もしそうに眺めていた琵琶の女が、高祖父のほうへ、ゆっくりと顔を向けた。

その顔立ちは徐々に人間離れしたものに変わっていった。鼻から口許にかけてが前へ突き出し、狐に似た顔に近づいていく。娘ふたりも同じだった。少し背を丸めて立つ姿は、幼い頃に絵草紙で見た、化け狐が後ろ脚で立ちあがった姿そっくりだ。

室内にいるのが自分たちだけではないことに高祖父は気づいた。目には見えない何かがあたりを埋め尽くしている。娘たちの足下にまとわりつき、黒い果実をねだっている。

その様子は、目には見えずとも頭の中では鮮明に像を結んだ。

この世から消えたと思っていたものたち、科学によって追い払われたと思われていたものたち。明治の世になっても平然と生き続け、笛を吹き鳴らすように歌っている。

尾が二本、三本に分かれた化け猫たちが後脚で立ちあがり、前脚を器用に振りながら猫じや猫じゃを踊っていた。床の上を泳ぐのは鬼そっくりの頭を持つ人魚だ。河童《かっぱ》が洋酒の瓶を持ちあげて頭の皿に酒を注ぎ、満足そうにキエッと鳴いた。大蛇と龍は並んでとぐろを巻き、ぎらぎらと瞳を輝かせている。顔だけが人間の牛がうずくまり、その傍らで、くちばしを持った長髪の三本足の生きものが「私を写し」「人々に見せ候得《そうらえ》」という言葉を繰り返した。こんにゃくに似たぬらぬらしたものや、毛むくじゃらの巨人や、異常に首が長い女や、全身真っ黒で目だけが光る怪物が楽しげに語り合う。ぺたん、ぴたん、ぺたん、ぴたんと、薄気味悪い音が壁を叩く。形の定まらぬ何かが壁や天井を這っていく。翼を持つ鹿が高祖父をじっと見つめていた。まるで、人の存在そのものをとがめるような目で。

高祖父は両手で頭を抱え、叫び声をあげた。出て行け、俺の頭の中から出ていけ、全部出て行ってくれ。

しかし、妖しいものたちは少しも気配を消さず、むしろ、いっそう鮮明な姿を高祖父の脳裏へ送り続けた。

この凄まじい光景を見て庄助は目が潰れたのだろうかと、高祖父は震えながら思った。あるいは鍵穴ごしに、蝦蟇《がま》から毒液でも吹きかけられたのか。

首筋に生温かい息がかかった。いつのまにか琵琶の女がそばまで寄っていた。高祖父の耳元でそっと囁《ささや》く。『見てはいけない』『入ってはいけない』と申し渡しておくと、人は必ず見たり入ったりする。面白い」

娘たちが高祖父のそばへ近づいた。籠を差し出し、中に収めたものを見せる。アケビに見えた黒い何かは、間近で見ると、暗褐色《あんかっしょく》の縞模様が浮き出たぬるりとした生きものだった。

「これは外国から取り寄せたヒルです」と琵琶の女が言った。「血を吸わせると、ここまで膨らみます」

高祖父は悲鳴をあげた。

娘たちはコロコロと笑った。「人の血を吸わせたあとは丸ごと美味しく頂きます。欧州の方々は『血のソーセージ』を食すでしょう。独逸《ドイツ》ではブルートヴルスト、仏蘭西《フランス》ではブーダン・ノワールと呼びますね。私たちも似たものをつくってみたのです。牛鍋《うしなべ》に入れても美味ですよ」

高祖父は両手で籠ごと娘たちを突き飛ばし、部屋から逃げ出した。

無数の腕が伸びてきて高祖父の肩や腕や脚をつかんだ。高祖父の体に食い込んだ。高祖父は腕を振り払おうとして暴れ、そのせいで服のあちこちが破れた。

腕は繰り返しつかみかかり、鋭い爪が高祖父の体に食い込んだ。

皮膚が裂けて血が噴き出す。

室内へ引き戻され、絨毯の上に押さえ込まれた高祖父の目の前に、「あなたも、おひとつ如何《いかが》ですか」と、再び、ヒルの入った籠が差し出された。

「こんなこと」と高祖父は叫んだ。「あの旦那が許すはずがねえ。外国の酒で酔っぱらわせて、勝手にヒルに血を吸わせやがったな」

「私たちはあの方から、『疲れを癒《い》やしてほしい』と頼まれただけです。だから、ここで上等なお酒を差しあげて、心地よい音楽を聴いてもらって、ゆっくりと休んで頂いて」

「でも、どんどん顔色が悪くなっていった」

「あの方が疲弊したのは仕事のせいです。国の方針と庶民からの抗議とのあいだで板挟みになり、解決のつかない問題に頭を悩ませるうちに、全身の血が濁っていった。だから、その血を抜いてあげれば少しは楽になる」

「元気になっているようには見えねえ。日に日に死人に近づいてるみてえだ」

「楽にしてあげるとは約束しましたが、病気を治してあげるとは言いませんでしたからね。それは人間のお医者さまの仕事でしょう」

琵琶の女と娘ふたりは、獣じみた目をさらに細めた。「私たちから見れば徳川《とくがわ》も薩長《さっちょう》土肥《どひ》も同じもの。この国をうまく支配しているつもりでも、この世を本当の意味で『根』から支えてきたのは我らが一族です。あなたもよくご存じでしょう。文明開化の輝きに目を眩《くら》まされた者には、この世の真実など何ひとつ見えていない」

確かに、そんなふうに考えたことはある。自分たちは社会から振り落とされたのではなく、人を振り落とす社会のほうこそが間違っているのだと。政府には、もっときちんと仕事をしてほしいといつも憤《いきどお》っていた。だが、他人の命を引き換えにしてまで、それを願ったわけではない。

女たちは続けた。「これからも、あなたの車に乗せてもらえますね？」「庄助を手当して下すったら」高祖父はきっぱりと言い切った。「俺だけでは三人も運べねえ」

「あの人はもうだめよ。融けてしまったから」

体を押さえつける力が消えたので、高祖父は跳ね起き、再び廊下へ走り出た。

庄助が転げ回っていたあたりに、どす黒い水が溜まり、車夫の服と履き物だけが浸っていた。

悲鳴もあげられずに腰を抜かした高祖父の肩に、背後から歩み寄った琵琶の女が手を載せた。「私の車は新しい車夫を雇って牽《ひ》かせます。あなたはこれまで通り、この娘たちを送り迎えして下さい。引き受けてくれないなら、あなたも庄助さんのように」

高祖父は叫んだ。「わかったわかった！　いくらでも乗せてやるから、もう勘弁してくれ！」

恐怖で混乱していたとはいえ、あろうことか高祖父は、女たちとあらためて契約し、専属の車夫になってしまったのだという。

長屋へ帰って一夜明けると、ようやく現実感が戻ってきた。

庄助の行方を警察から追及されることを高祖父は恐れた。訊かれてもどう答えればいいのかわからない。見た通りに話せば、「何を馬鹿な」と笑われるか、「おまえが殺してどこかへ捨てたのだろう」と厳しい尋問を受けるに違いないのだ。どちらも嫌だ。頭が変になりそうだ。

ところが何日待っても、あの夜の出来事を訊ねに来る者はいなかった。警察どころか、庄助の知り合いひとり訪ねてこない。

これはどうしたことだろう。庄助は天涯孤独だったのか。高祖父は訝《いぶか》しんだが、ある日、いつものように車を牽いていたとき、庄助そっくりの男が向こうからやってくるのと出くわして息を呑んだ。

先方は高祖父に気づくと、にやりと不気味な笑《え》みを浮かべ、ひとことも発さずにこちらの車とすれ違った。

全身が粟立《あわだ》った。

あれは偽物だ、何かが化けたものなのだと高祖父は直感した。煉瓦街の一室に蠢いていたものが、庄助に化けて人間社会にまぎれ込んだのだ。誰もそのことを知らず、仕事仲間も家族も気づいていない——。

次の待ち合わせから、琵琶の女は別の車夫が牽く人力車に乗ってきた。今度の男はひどく寡黙《かもく》で、高祖父と顔を合わせても黙って会釈するだけだった。待ち時間に一緒に呑もうと誘ってきたりもしなかった。

高祖父も、二度と仲間連れで呑む気にはなれなかった。

これまでとは別の飲み屋へ行き、隅の席で、一日遅れの新聞を読みながら、ひとりで湯豆腐をつつく毎日を送った。

煉瓦街に通っていたあの紳士はいつのまにか姿を消し、別の紳士が娘たちと会うようになった。今度の男も政府筋の人間のようだった。この紳士も見るまに痩せてゆき、数ヶ月後にはふっと姿を消した。

すると、また新たな人物が煉瓦街の部屋に通い始めた。

琵琶の女との会話から、今度の男は、煉瓦街の一室を買い取った資本家だとわかった。

以後、煉瓦街の空き部屋は次々と埋まり、銀座は徐々に政府が望んだ町へと発展していった。

あの三人の女たち——おそらくは妖狐《ようこ》と思われるものとその仲間に、文字通り我が身を捧げた男たちの血が、ようやく、この町の繁栄を呼び寄せたのだろうか。

それこそが本来は政《まつりごと》に関わる者、社会の上層にいる裕福な者たちの務めなのではないか。己《おのれ》の欲望のために権力を利用するのではなく、自らの人生を国家の礎《いしずえ》とし——。

などと、高祖父が身の丈に合わぬ思考をし始めたのは、この時期、妖狐の視点に同化していたからかもしれない。

高祖父は、ときどき、ふと感じたという。

いまの自分のこの感情は、本当に自分のものなのかと。妖狐に従い、これからも送り迎えを担うと約束したときから、既に心まで操られているのではないか。

考えれば考えるほどわからなくなった。この心は本物か、それとも偽物なのか。命はあっても心が偽物なら、いまの自分は妖狐の操り人形ではないのか。

ちょうどその頃、向かいの長屋に新しい家族が引っ越してきた。

地方での家業に行き詰まった人間が、都会へ出て一花咲かせようと意気込んでみたものの、事業に失敗して転落した——そんな侘《わび》しい雰囲気を漂わせていた。

その家族には、ふみという娘がいた。高祖父よりも六歳年下、体は小さく丸顔で、口数は少なくおとなしかった。幼い弟妹《ていまい》を支えるべく気を張っているのか、外見のおとなしさとは裏腹に、どこか芯の強さを感じさせる娘だった。

高祖父はふみの姿を見た途端、ぱっと目が覚めたようになったという。

濃い霧が眼前から消え去り、長い悪夢から解放された気分になった。

自分の心はまだ死んでいない。そう確信できた。

次の日から、高祖父は家の前でふみと顔を合わせれば、必ず自分から挨拶の声をかけた。刻み煙草《たばこ》や酒を買って帰るときに出会えば、なるべく立ち話するようにした。

この頃には、妖狐からもらう金で高祖父の懐も少しは余裕があった。ある日、いつもより早く仕事を切り上げて長屋へ戻ると、すぐに、ふみの家の戸を叩いた。戸をあけて姿を見せたふみに、高祖父は、あんパンが入った紙袋を差し出した。

ふみは包みを見るなり目を輝かせた。「あっ、木村屋《きむらや》の」

「銀座は毎日車を走らせてるから、近くへ寄ったときに買ってきた。弟や妹にも分けてやんな」

「ありがとうございます」

「三つしかなくてすまねえ」

「とんでもない。みんな喜びます」

これをきっかけに、高祖父は仕事帰りに砂糖豆やビスケットを買い、ふみの家を訪れるようになった。ときには、ふみと一緒に甘いものを食べながら、将来のことを話し合った。

他人が羨《うらや》むような、特別な幸せがほしいわけではなかった。ふみと一緒に寝起きし、飯を食い、お互いを思いやる。ただそれだけで人としての心を失わず、これからも生きていける気がした。

気がかりなのは、いまの仕事をどうするかということだった。このまま妖狐の送り迎えを続ければ、妖狐たちはふみに禍《わざわい》をもたらしたり、赤ん坊に取り憑いたりするのではないか。

名高い僧侶や霊能者に頼み、妖狐たちとの縁を切ってもらう方法も考えた。だが、それには大金が必要だし、失敗したらもっと悲惨な目に遭うに違いなかった。

のぞくなと言われた部屋をのぞいた日を、高祖父はいまでも夢に見る。そのたびに恐怖で跳ね起きる。庄助に化けた何かと町で遭い、あのときに向けられた歪《ゆが》んだ笑みを思い出すたびに、いまでも体が震え出す。

あいつらは何もかもお見通しだ。第三者を介してはだめなのだ。自分だけで妖狐たちと話し合おう。

妖狐たちはこちらを下僕だと思っている。だから、神様に向かって手を合わせてお願いするように、ふみのことを認めてもらうのだ。礼儀作法さえ守れば、どんな怖い神様だって御《ご》利益《りやく》を下さるのと同じだ。

ある日、娘たちを煉瓦街から乗せて帰る途上で、高祖父は妻を娶《めと》りたいという話を切り出した。

娘たちは興味津々《しんしん》といった調子で「あら」と声をあげ、「どうして独り身ではいけないの」

「独りのほうが気楽でしょう。お金も自由に使えるでしょうに」と言った。

高祖父は答えた。「家で誰かが待っててくれると、仕事に力が入るんで」

「熱心に働くのはいいことね。私たちもますます安心できる」

そう、ふみと夫婦《めおと》になることが、妖狐たちの利益にもつながるのだと思わせるのだ。そうすれば、妖狐たちはこの結婚に反対しない。

娘たちは訊ねた。「赤ちゃんが増えるたびに、もっともっとお金がかかるわね」

「死に物狂いで車を牽き続けるだけでさあ。俺ぁ、これしかできねえんで」

「私たちだけでなく、もっと大勢の仲間をあちこちへ運んでくれる？」

「任せて下さい。どこへだって行きやすぜ」

「赤ちゃんがたくさん生まれたら、ひとりぐらい頂いてもいいかしら」

やはり難題をふっかけてきた。激しい動悸《どうき》のせいで眩暈《めまい》を覚えつつも、高祖父は冷静さを装った。「俺の赤ん坊なんて、なんの役にも立ちゃしねえでしょう」

「人間が犬や猫の仔を飼うみたいに、私たちも人間の赤ん坊を飼ってみたいの」

「子育てなんざ、手間ぁかかるだけです。ちっとも面白くねえ」

「そこがいいんじゃない。丁寧に育てれば、きっと血も美味しくなるわ」

「赤ん坊なんて水っぽくて、ぶよぶよしてて、おむつ臭いだけです。ヒルだって嫌がる」

「そうなの？　じゃあ、そんなに手間がかかって臭いものを、なぜ人間は大切に育てるのかしら？」

冷や汗がどっと噴き出た。

返事の仕方によっては赤ん坊を獲《と》られてしまう。そんなことをさせてたまるか。

「邪魔であろうが手間がかかろうが、赤ん坊は取り替えがきかねえんです」

「どうきかないの？」

「同じものは、ひとりもいねえという意味です。犬や猫の仔だって、一匹一匹、別物だ」

「私たちには同じに見えるけれど」

「人には、それぞれが違って見えます。この目を持っている限り、こっちの赤ん坊は要《い》る、こっちの赤ん坊は要らねえなんて、俺たちには決められねえんです」

「あなたが決められないなら、私たちが決めてあげましょう」

「どうしても人の命をひとつお望みなら、俺の命ではどうですか。犬猫みたいに飼いてえんなら、俺が犬や猫の代わりをつとめます」

娘たちは声をたてて笑った。「あなたを犬や猫にしたら、車を牽く者がいなくなってしまうわ」

「車夫なんて、いくらでも代わりがございましょう」

「私たち、あなたの牽き方が好きなのよ。他の人にはない、人力車への強い執着がある。そういった感情は、私たちにとって御馳走《ごちそう》なの。まあ、赤ん坊のことはよくわかったから、自分で大切に育てなさい。その代わり、いくつか約束してほしい」

「なんでしょうか」

「お嫁さんには、私たちの正体を絶対に明かさないように。これから関わるどんな人にも話してはいけません。ただし、例外をもうけます」

「例外とは」

「あなたの子孫が車にまつわる仕事に就いたときのみ、時機を見て、この話を教えても構いません。私たちの一族が、また、お世話になるかもしれませんからね」

足下が崩れ落ちていくような絶望感に襲われた。

ひとたび関係が築かれてしまうと、やはり妖狐の一族から離れるのは難しいのか。

だが、逆に言うと、車関係の仕事に就かなければ縁を切れるということだ。

人力車がいつまでこの世を走り続けるのか想像もつかないが、子や孫には、別の仕事に就くように言い聞かせよう。車を牽くのだけはやめておけ、乗り物を使わぬ仕事に就けと。

やがて高祖父は、家族だけで暮らせる家を求めて新芝網の外へ引っ越した。次々と生まれてきた赤ん坊は、幸いにも、ひとりも災厄に見舞われることなく元気に育った。

東京に馬車鉄道が走り始めると、車夫の仕事はがくんと減った。

一度に大勢の人間を運べる乗り物の前では、人力車は非力《ひりき》だ。明治初期の流行が嘘だったように、町を走る人力車の数はあっというまに減っていった。だが、ひとりふたりを運ぶには相変わらず便利な乗り物だったので、数はゼロにはならなかった。

高祖父は、時代の流れがすべてを変えてくれることに期待をかけた。この調子なら、いずれは馬車鉄道よりも速く、もっと大勢を運べる乗り物ができるだろう。たったひとりの客を、一瞬で目的地まで運べるようなものも。皆がそれを使うようになれば車夫の仕事は消える。

それを機会に妖狐たちから解放してもらうのだ。収入は別の仕事で得ればいい。

だが、娘たちは、人力車に代わる乗り物を外国から調達してきた。

蒸気自動車。

次世代の乗り物。

「操り方は簡単です」と娘たちは言った。「湯が沸くまで走り出せないという欠点はありますが、そこは、うまく発車の時間を合わせれば。これからは、これで私たちを運んで下さい」

断ることなどできなかった。

既に高祖父は、娘たちの仲間もあちこちへ運ぶようになっていた。

ふみと子供たちのために、いくらでも金がほしかった。いい暮らしができれば、子供たちを好きな仕事に就けさせてやれる。乗り物を使う仕事を避けられるなら、子孫を妖狐から遠ざけることができる。

それに、押しつけられた乗り物とはいえ、蒸気自動車はすこぶる面白い乗り物だった。人力車と同じくひとりで動かせるので、高祖父の好奇心をいたくくすぐった。

新しい乗り物と出会うたびに、高祖父は、夢みるように未来への憧れを抱いた。人力車よりも速く、蒸気自動車よりも速い乗り物を、人はこれからも作り続けるだろう。かなうなら、いつまでも、その最も新しい部分に触れていたい。作る側ではなく、操る側として。

あるとき、高祖父は娘たちに訊ねた。

「あなた方は、どうして、人がつくった乗り物に乗りたがるんですか。神通力でぱぱっと空を飛んだほうが、ずっと早《はえ》えんじゃありませんか」

娘たちは口許をおさえて笑った。

近頃、娘たちは明るく華やかな色の和服を着るようになった。寒いときには羽織などもまとう。時折、服の裾が膝《ひざ》のあたりまでしかない洋服を着て、町中でも足を見せる格好をしている。

人力車が蒸気自動車に変わったように、娘たちの服装も時代に合わせて変わってきた。変わらないのは容姿だけだ。明治の初めから、ふたりはずっと若いままである。

娘たちは答えた。「人の世に忍び込むには、人の生活や文化をよく心得ておかねばなりません。でなければ、人ではないとすぐに見破られてしまうでしょう?」

「ははあ、なるほど」

「でも、それだけではありません。人がつくる乗り物は、私たちから見てもたいそう興味深いのです。自分が速く走るのではなく、速く走る機械を自らの手で作り出して移動するとは、人とはなんと面白きものでしょう。人が酒を好んで呑むように、私たちは人の発明に酔いたいがゆえに、いつの時代もあなた方のそばにいる」

時代が明治から大正へと移るあいだに、高祖父の四人の子供はそれぞれ独立し、新たな家庭を築きあげた。高祖父は、どれほど白髪が増え、顔に深いしわが刻まれ、胃や肝臓が弱くなり皮膚がかさつく年齢になっても、運転手の仕事をがんばり続けた。妻が「そろそろ、もっと楽な仕事をなさっては」と気づかっても、笑顔を返すだけで、何も語らぬ態度を貫いたという。

大正十二年の初春、娘たちは突然、高祖父を運転手の仕事から解くと告げた。自動車は既に、蒸気からガソリンを使う仕組みに代わっていた。

不興を買ったのかと高祖父は怯えたが、娘たちは「そうではありません」と答え、穏やかな口調で続けた。

「もうすぐこの都市は大きな災厄に見舞われる。人にはどうにもできない巨大な力が家々を押し潰し、焼き尽くす。デマや恐怖に取り憑かれた人々は、立場の弱い者を追い回して殺すでしょう。そうなる前に、あなたは息子夫婦と共に地方へ逃げなさい。遅くとも八月までに、必ず逃げ出すのですよ」

あなた方は逃げねえんですかと訊ねると、娘たちはいつものように微笑んだ。「地獄はむしろ我らの庭。本性を現して他人に害をなした人間を、いずれその罪悪ごと食い尽くすために、私たちはここに残ります。あなたは私たちによく仕えてくれました。この予言はそれへの御礼です。長いあいだご苦労さま。西の土地で末長く生きなさい」

＊

高祖父が出遭ったものが本当に妖狐だったのかどうか、私にはわからない。

ただ、伝え聞く話によると、高祖父の息子は舶来品を輸入して販売する会社に入り、車で人を運ぶ仕事とは無縁だったそうだ。だから高祖父は、息子にはこの話を教えなかった。あるとき、男孫《おとこまご》だけに、そっと伝えたという。

高祖父の孫は、関西で初期の全自動機械式金属製はしご車を運転する任務に就いたそうだ。火災現場で使うものだから、妖狐と出遭う可能性は極めて低かったはずだ。だが、乗り物を使う仕事なので、高祖父は少々気になったのだろう。怪談話でもするように、さりげなく自分の体験談を孫に話して聞かせたのだ。

孫――私から見れば祖父にあたるその人物は、もはや怪談など本気にする歳ではなかったが、高祖父の話がとても印象に残ったらしい。祖父はそれを自分の息子、つまり、私の父に話した。父が運送会社に就職したからである。しかし、これもまた、妖狐を運ぶ機会はあまりなさそうな仕事だ。祖父も高祖父と同じく、「まあ、念のために伝えておくか」といった軽い気持ちで、この怪談を伝えたのだ。

私はこれらの話を老いた父から聞かされた。運送会社勤務時代、父は妖狐とは一度も出遭わなかったそうだ。

そりゃそうだよな、こんな話本当のはずがない、と父は笑った。もしかしたら高祖父は、小説家になりたかったんじゃないかな。泉鏡花《いずみきようか》や室生犀星《むろうさいせい》みたいに幻想的な作品を書きたくて、その習作のひとつを、孫に語って聴かせたのかもしれないと言った。

そして、私に向かってこう続けた。

「おまえ会社を辞めたあと、東京でタクシーの運転手をやってるんだってな。銀座にも行くんだろう。狐には気をつけろよ」

私は笑って、父の言葉を受け流した。

高祖父の話を、冗談や嘘だと思ったからではない。

もう八年以上前から、私は、高祖父の話に出てきたのと同一人物ではないかと思われる娘たちを、しばしばタクシーで送り迎えしている。銀座だけでなくときには赤坂、ときには渋谷と、訪問する先はそのつど変わるが、夕方から夜半の送り迎えを担う点も同じだ。

日本は、いま、ひどく厳しい状況下にある。社会の瓦解《がかい》を食い止めるために、激務に苛《さいな》まれ、壊れていく人間がごまんといる。人としての心を失っていない者、誠実に働いている者ほど、まっさきに倒れていく。高祖父の時代と同じなのだ。

妖狐たちは今日も夜を駆け、そんな人々にいっときの安らぎを与え、その代償として血を奪う。あるいは、この世に害を為《な》す者を密かに食らう。この世を「根」から支え、均衡を保とうとしている——。それがよいことなのかどうか、私は答えを知らない。

娘たちは少し前、私に向かってこう言った。

「そろそろ、あなたは東京から逃げ出したほうがいいでしょうね。引っ越し先は外国程度じゃなくて、できれば、宇宙ステーションの日本人居住区なんかがいい。あなたに手配できる？」

高祖父の話をすべて信じるならば、もはや私には、祖国どころか地上をも捨て去る選択以外はなさそうだ。

斜線堂有紀

帰投

●『帰投』斜線堂有紀《しゃせんどうゆうき》

斜線堂有紀をめぐる2023年最大のニュース――というよりも、闇を愛する読者にとっての今年最大のニュースのひとつとも言えるのが、この9月に発売されたばかりの斜線堂有紀の短篇集『本の背骨が最後に残る』（光文社）だろう。表題作は言わずとしれた《異形コレクション》第50巻『蠱惑《こわく》の本』において、斜線堂有紀が衝撃的な初登場を飾った作品名。以降第55巻『ヴァケーション』収録の「デウス・エクス・セラピー」まで、毎回欠かすことなく《異形コレクション》に掲載し続けた短篇全六作に加えて、さらに表題作と同じ世界観で書かれた書下ろし「本の背骨が最初に形成《でき》る」を収録した全七作。これは令和の《異形コレクション》生《は》え抜《ぬ》きの作品集であり、まぎれもなく斜線堂有紀の代表作となる一冊だろう（思えば、2022年に代官山蔦屋《だいかんやまつたや》書店が開催した〈SFカーニバル〉参加の折、斜線堂有紀は「近著」として、『楽園とは探偵の不在なり』（早川書房）『愛じゃないならこれは何』（集英社）など代表的な書籍名を記しながらも、その先頭に「本の背骨が最後に残る」の名を置いていた。当時から斜線堂有紀には、このタイトルでの一冊のヴィジョンが見えていたにちがいない）。

さて本作は、このように重要な《異形》短篇集を出した直後の斜線堂有紀による最新作。本書中唯一の〈乗り物〉は、読者を衝撃の高みに連れて行くことになるだろう。

動かないで。私とあなたは絡み合った腸で繋がっている。暴れたい気持ちはよく分かる。けれど、あなたがここで取り乱して暴れたら、あなただけじゃなく、私も、私達に繋がっている他の四人もみんな死んでしまう。この処置は、そうした意味も持っているの。勿論《もちろん》、私達の魔法の源泉が腸の中に在るというのも理由の一つなんだけれど、一番は逃げられなくすること。だから、動かないで。大人しくしていて。大丈夫。こんなことは長くは続かない。もう少しだけ我慢して。そうすれば、助けがくるから。私も、あの人も、決して嘘は言わない。だから信じて。

どうしてこんなことになったのか、訳が分からないと思う。騙《だま》されていた、ということは理解出来ていると思うけど、どう騙されたのかは分かっていないはず。私達の居る狭くて昏《くら》い箱が何かも、まだ知らないでしょう。

夜明けが来たら、私達がどの方向に進むべきかだけは教えてもらえるわ。ある意味で、それは私達が教えてもらえる最初で最後のことになる。本当は、それを教える必要すらないんだわ。車自身がどこに進むか分かっていなくても、運転手は構わないものね。それに、勝手なことをすれば死ぬということを、私達は教えられずとも知っている。

……落ち着いてきた？　いいわ。とてもいい。裂かれた腹が痛むのは、少しだけ我慢して。麻酔が切れてきたら、みんな同じように苦しむ。あなたは麻酔の効きが悪くて、少し早く目が醒《さ》めてしまったのね。――……私？　私は、何が起こるかを知っていたから、どうか麻酔が効きませんようにと願って、その通りになったのね。私は最早《もはや》神様なんて欠片《かけら》も信じていないけれど、幾星霜《いくせいそう》を貫いて、ようやく願いが通ったのかしら……。あるいは女の執念は凄まじいということなのかしら。私は負けなかった。

だから、私が目を醒ましているのは必然だった。もし、私に近いあなたが私の影響を受けているのだとしたら――それは、ごめんなさい。それでも私は、どうしても起きていなければならなかった。

あなたさえよければ、ほんの少しだけ、私の話を聞いてもらえない？　私の語る物語は、きっとあなたの疑問を晴らすでしょう。そして、私のこの虚《むな》しい生を微《かす》かにでも意味あるものにしてくれる。……――聞いてくれるのね。ありがとう。本当に、ありがとう。あなたは優しい子なのね。

それでは、少しだけ話しましょう。

繋がっている他の子を起こさないように、出来る限り静かに。私の語る言葉が、あなたの寝物語になりますように。そして、あなたが少しでも安らぎますように。

偉そうなことを言っていたけれど、私も初めは何も知らなかったの。騙されていたのも同じ。私は外のことを何も知らない世間知らずのお嬢様だったから。

私はアルフェラッツ家の三番目の娘として生まれた。アルフェラッツの家には何故か男の子が生まれなくて……二人の姉に続いて生まれた私は、産声《うぶごえ》を上げた時から失望されていた。性別だけでなく、私はここから両親をもっと失望させることになるのだけれど。

アルフェラッツの家は、代々麦を育てていたの。広大な土地よ。元々はここにさる貴族の保養地があったらしく、自然の恵みの全てがあってね。輝く川の水は温かく、吹く風は肌を磨いてくれた。

麦畑はとても広いから、七月になると数多くの人間が収穫を手伝いにやって来たわ。沢山の人達が列になって金色の麦畑を歩いて行く様が、私は大好きだった。二人の姉も、小さな手で一生懸命麦を刈っていたのよ。とはいえ、私がその収穫に混ざることはなかったのだけれど。

ここへ来たからにはあなたもそうなのだろうと思うけれど、私には幼い頃から不思議な力があったの。物をじっと見つめていると、手で触れずともそれを動かすことが出来たの。まるで、自分から見えないもう一本の手が生えているみたいだったわ。あなたもそう？　ふふ、この感覚を共有出来ることは、この場所の唯一の幸いだわ。

私はその能力を発見した時、とても嬉しかった。だって、物心がついた頃から、人々が麦を収穫して運ぶのを見ていたんだもの。この能力は、きっと私が男の子にも負けないくらい多くの麦を運べるよう、天が与えてくれたものだと思ったのね。

だから私は、着せられた真っ赤なワンピースのまま、麦を運びに行ったのよ。大人でも運べないような量の麦を、たっぷりと。

ここに来たからには、きっとあなたもそうなんでしょう。当然ながら、私の能力は喜ばれなかった。労働力としては優秀であったはずなのに、受け容《い》れられなかったの。お母様が私にくれた言葉はただ一つ。

「おぞましい」

の一言だった。

お母様の気持ちも分からなくはないの。ここへ来るまでは、私は私と同じような人間を見たことがなかったから。みんなが手を使って物を運んでいるのに、見えない手を用いて自分の背丈より大きな麦の束を運んでいるのは『おぞましい』んでしょう。たとえ割に合わなくても、そういうことだったのね。

お母様からもお父様からも酷《ひど》い叱責《しっせき》を受けたわ。けれど、それで私の中にある能力が弾き出されてくるわけではなかったから。乗馬鞭《むち》で叩かれた私は、家中の物を浮かせて壊し、それからは畑の隅に建てられた日和見《ひよりみ》の塔に閉じ込められた。

当然だと思うわ。アルフェラッツの家は、由緒正しき家なんだもの。そこから魔女が出たとなれば、どんな目に遭わされるか分からない。丁度《ちょうど》、その時に『黒角病《こつかくびょう》』という病《やまい》が麦畑を襲ったのもよくなかったの。畑の麦が次々と黒ずみ、その麦を食べた人間を死に至らせる恐ろしい病よ。それは全て、私が悪魔と契約して引き起こしたことになっていたの。不思議なことよね。私は麦畑の収穫を手伝いたかっただけなのに。

塔に幽閉《ゆうへい》されてからの生活は、本当に――退屈だったわ。その部分が何より耐えられなかったかもしれない。塔から見える景色は変わらず、訪ねてくる人もない。食事を運んでくる召使いは、私がどれだけ懇願《こんがん》しても口を利いてくれなかった。声の出し方を忘れないように、私は毎日壁に向かって話すしかなかったわ。

だからこそ、私は乗り物が大好きだった。塔から出られない私にとって、乗り物は外への象徴だったから。麦畑を出入りする車、空を駆ける飛行機。私の所からは船は見えなかったけれど、勿論船も大好きだった。昔のお父様は、船に乗って様々な国を巡ったそうよ。今では考えられないくらい、世界が平和だった頃の話。

それから星ね。夜になると、月明かりと星が私の部屋を照らしてくれたの。星を眺めながら、私は自分で星座を作って遊んだわ。あの星に手が届いたら、と何度空想したか分からない。でも月も星もお日様も、当然私の手に触れることはなかった。

窓から働く皆の姿を見て、私は羨《うらや》ましくて仕方が無かった。今だから言える話だけれど、麦束を運ぶ農夫達をこっそり手伝っていたこともあるの。坂道を上っていく彼らの重みを、魔法でそっと肩代わりしたわ。彼らの表情がすっとやわらいでいくのを見て、私はやはりこの魔法はこの為にあるのだと思ったの。

でも、私の魔法には麦を運ぶよりもっと別の使い方があると思っていた人もいて、その人達が私を迎えに来たの。あなたのところにも来たでしょう？　案内人は深緑色のコートを着た、とても優雅な使いだった。塔から彼らを見つけた私も、好感を抱いたわ。だって、緑は魔法の色だものね。

私は彼らの来訪で、久方ぶりに塔から出るのを許されたわ。彼らは私に、何でもいいから物を浮かせるように云ったの。私は悩んだ末、近くに積まれている麦束を浮かせたわ。可哀想に、きっと私が触れたから、あの麦束は処分されてしまったわね。

彼らはそれだけでは満足せず、色々なものを浮かせるように命じてきたわ。そうして一通り私の魔法を確認すると、両親とだけ話をしたいと云い出したの。私は大人しく部屋を出て、扉の外から聞き耳を立てたわ。

「今は非常時で——人ではない——空を——全てのものに意味が——あの能力が——」

全ては聞き取れなかったけれど『人ではない』という言葉はとても耳に残って悲しかったわね。けれど同時に、全てのものに意味が、という言葉に救われもしたわ。私が人に無い力を持って生まれたのは、やはりすべきことがあるからなのだと思った。

一夜明けたら、もう話が纏《まと》まっていた。神妙な顔つきで「国を守る為にすべきことがある」と云う両親と「私達はあなたのような人材を探していました」と云う案内人の顔を交互に見て、私も微笑《ほほえ》んだわ。テーブルの上に載った銀貨の袋については、あまり考えないことにした。私は仮にも両親の所有物だもの。相応の対価は支払われるべきだわ。

あなたの両親も、対価を受け取ったの？　――そう、けれど、その驢馬《ロバ》は、きっとあなたの両親を助けるでしょう。

案内人はすぐさま私のことを飛行機に乗せたわ。飛行機！　私、飛行機に乗ったのはその時が初めてだった。ずっと塔から見上げるばかりだったから、涙が出そうなくらい嬉しかったわ。飛行機は、私の中で自由の象徴だった。ずっと憧れていた空に触れられそうで、お日様に手を伸ばしたのを覚えている。

「太陽を見つめていると、目がやられてしまいますよ」

私を引き取りにきた案内人がそう窘《たしな》めたけれど、私はまるで構わなかった。空を飛ぶことが、こんなに気持ちの良いことだとは思わなかったの。

私、文字通り浮かれていたのね。けれど、塔に閉じ込められたまま十七歳になってしまった私を、誰が責められるかしら？　ここに連れられてきた子に選択肢なんて無かったの。あなただって、そうでしょう？

そして、私はここにやって来た。緑の服の案内人が私を施設に連れてきたの。病院のような外見だと思ったものだけど、実際にここは昔病院として使われていたそうよ。多くの人間を収容する為に、とても都合が良かったということね。私、本当に物知らずだから。この建物すらとても美しいと思ったのよ。

「ここにはあなたのような人が三〇〇人以上います」

その言葉を聞いて、正直驚いたわ。国中から集められたのでしょうけれど、それにしたって多いと思ったから。私、知らず知らずのうちに自分を特別だと思っていたのね。

良い機会だと思ったから、私は意を決して尋ねたわ。

「私は、一体何なのでしょうか」

「魔女。魔法使い。能力者。超能力者。サイコキネシス。天手《てんしゅ》。無志。発動機。名前はいくらでもあります」

「魔女ではないのですか」

「そうでもありますが、それだけではありません。同じ星に違う名前が付けられているのと同じです。魔女であるのが嫌なら、他の名前を名乗りなさい」

その時、私はすとんと安心したのを覚えているわ。私はやはり病を振りまく邪悪な魔女ではないのだと、ようやく他人に認められた気分だった。塔からとはいえ、黒角病に罹《かか》った人達の嘆きの声は、届いてしまっていたから。

けれど、不思議ね。私は今でも自分の力を魔法と呼んでいるの。病のことを抜きにすれば、私は魔女という呼び名が好きだったからかもしれない。この世界のどこかには、私のような善なる魔女がいるべきだと思ったから。

私が通されたのは、一番上の階の広い部屋だった。そこには既に何人かの魔法使い達が通されていた。見知らぬところに連れて来られて、みんな緊張していたんでしょうね。浮かれた私ですら、ここに通された時はただならぬ様子に身が竦《すく》むようだった。なんで私はここに連れてこられたの？　とね。

彼は、そんな私の前に躍るように飛び出してきたわ。それこそ、まるで重力を感じさせない足取りで。

最初は、麦に似ていると思ったの。彼は痩《や》せぎすで、とても背が高かったから。一つに括った長い髪が彼の動きに付いていけずに跳ねて、帚星《ほうきぼし》の尾のようだった。彼の肌にはそばかすが散っていて、それが私を慰《なぐさ》めてくれた星に似ていて、何だか初めて会ったのに懐かしかった。

「新入りだね。名前は何て云うの？」

「夏日《なつひ》・アルフェラッツ」

私は反射的にそう答えていたわ。緊張よりも、目の前に現れた彼のことが気になってしまって。

私の答えを聞いて、彼は一層大きく笑ってみせたわ。

「僕は熒惑《けいこく》。ここでは一番の古株なんだ。分からないことがあったら何でも聞いてよ」

熒惑。それが彼の名前だった。

正直なところ、あまり良い印象を抱かなかったわね。私にとって、男の人と接するのはこれが初めてだった。それなのに、笑顔で馴《な》れ馴《な》れしく話しかけてくるんだから、警戒して当然でしょう？

でも――私は、彼に出会ったこの瞬間を一生忘れないだろう、とも思ったの。

「熒惑、勝手に新入りに話しかけないで。物事には順序というものがあるのだから」

「はいはい。弁《わきま》えてますよ。でも、新入りに名前を聞くより先にしなくちゃいけないことなんてあるんですかね」

案内人に向かって舌を出す熒惑の姿を見て、私は案内人に面と向かって名前を尋ねられてすらいないことに気がついた。本当は、もっと早くに思い至っていて当然のことだったのにね。

案内人が手を叩くと、部屋の中にいる子達が全員集まってきたわ。私も一応一番前に着いて、案内人の言葉を待った。緑の服の案内人は、最早《もはや》慣れ親しんだあの説明を口にした。あなたも聞いたことがあるはず。ここに来たら、まずはこの説明から入るから。

「今、我が国は戦争状態にあります。あなた達の役割はその特殊な才能を以《もっ》て、輸送任務に当たり、この国を勝利に導くことです」

説明を聞いて、納得がいったわ。私達はこの魔法を使うことで、人より多くの物を運ぶことが出来るから。

私が生まれた頃から、この国はずっと戦争状態にあった。資源なんてまともに無い島国だから、当然といえば当然かもしれない。私達は周りの同じくらい小さな国から奪い、奪われ、そうして何とか国としての体裁《ていさい》を保ってきたようなものだから——こんなことを外で云ったら、不敬だと石を投げられたことでしょう。尤《もっと》も、私に石など届きはしないのだけど！

恐ろしいことに、私は未《いま》だにこの国が戦争に勝った瞬間を知らないのよ。善戦を重ね、戦果を上げているはずだというのにね。

私達はこの才能を用いて、前線への補給任務を行うと説明された。その任務の内容も、私にとっては喜ばしいものだった。運ぶものが麦束でなかったとしても、私の魔法が誰かの為になることに違いはないのだから。

私は識別票として、紫の首帯《しゅたい》を与えられたわ。その部屋にいる人達は、熒惑も含めてみんな紫色の首帯を着けていた。

——あなたの時は、クラス分けがあった？　……でしょうね。クラス分けが出来るほどの余裕は、この国にはもう無いから。あなたがここに来たのは——……三日前？　だとしたら、この国はもう——。いいえ、今はもうそんなことすら意味が無いわね。

クラスは色ごとに分けられていたの。一番優秀な子達は緑色。

私が入れられたクラスは紫色が割り当てられていた、というわけ。このクラスは——偏《ひとえ》に云ってしまえば下から数えた方が早いような子達が集められたクラスだったの。他のクラスには巨大な岩を浮かせられるような魔法使いだっていたのに、ここのクラスが出来ることは精々《せいぜい》椅子を浮かせるくらい。麦束程度しか浮かせられない私ですら、このクラスでは優秀な方だった。そのことを知った時、私は少し恥ずかしく思ったものよ。本当に——馬鹿みたい。

クラスに分けられた後は、案内人ではなく『整備士』が私達の世話役として付くことになった。紫色の服を着た、無愛想な整備士達。基本的に私達は整備士達に監視されながら、日々を送ることになったわ。

私が入った頃はまだ余裕があったから、男性と女性が分けられての大部屋で暮らすことになった。といっても、その時所属していた女の子は四人、男性の方は二人しかいなかったのだけれど。

「あんた、新入りのくせに澄ましてるのね」

部屋に入って最初に話しかけてきたのは、蜜祢《みつね》という女の子だった。私より三つか四つ下の可愛らしい黒髪の子でね。……少し、あなたに似ていた。その子が、一生懸命ふんぞり返りながら私に話しかけてきたの。

「言っておくけど、熒惑は誰にでもあんな感じなだけだから。気に入られたわけじゃないんだからね」

自分の名前を言うより先に熒惑の話をしたから、いくら鈍い私でも気がついた。私は彼女の目をじっと見つめて笑ってみせたわ。

「大丈夫。私はあなたの熒惑を奪うつもりはないの。代わりにあなたの名前を教えて？」

蜜祢は顔を真っ赤にして、それから小さな声で名前を教えてくれた。こうして、私達の生活が始まった。

最初の一月《ひとつき》は、何の変哲もなく過ぎた。むしろ私からしたら考えられないくらい穏やかだったわ。朝起きて、食事をし、自分の魔法を磨く為の訓練を受ける。あなたもここに来てすぐに投薬処置を受けたでしょう？　ふふふ、あの注射が、蜜祢は何より苦手でね……。

こう云うのもなんだけれど、私は真面目に訓練を受けたわ。私はわざわざ麦束を用意してもらって、少しずつ重い麦束を持ち上げられるように頑張ったの。魔法が訓練すれば上手くなるものだと、その時初めて知ったわ。

紫色のクラスの子達は、存外みんな熱心だった。きっと、みんな自分が必要とされる場所を求めていたんでしょう。蜜祢なんかもとても熱心な子だったわ。あれだけ生意気なのに、彼女はとても整備士達に従順に弾薬の包みを持ち上げていた。

努力といえば――私のクラスに雪蛍《ゆきほたる》という子がいてね。まだ幼子といってもいいような子で――最初は鶏の尾羽《おばね》くらいしか浮かせられなかったのに、彼女は最終的に自分自身を持ち上げることが出来るほどにまで成長したの。整備士達に褒《ほ》められて、雪蛍はすごく、すごく、嬉しそうだった。

そして、成長した雪蛍は意気揚々と実戦に投入されることになった。あの時の雪蛍の誇らしげな顔が、今でも忘れられないわ。

あの時、雪蛍を止められていたら、と何度も思ってしまうの。

その中にあって、熒惑は酷いものだった。整備士が傍にいる時はともかくとして、監視の目が無い時の彼がまともに訓練をしているようには見えなかった。持ち上げられるものだって、赤子くらいの小さな岩だった。

私はなんだか――それがとても気に食わなかったの。その気持ちが滲《にじ》み出ていたんでしょうね。訓練場で、熒惑はニヤニヤしながら私に話しかけてきた。

「どうしたのお嬢様。なんだか機嫌がよろしくないご様子で」

「そうね。私はお嬢様育ちで物を知らないから、あからさまに向上心が無い怠惰《たいだ》な人を見ていると、苛立《いらだ》ちが込み上げてくるの」

「こんなことを真面目にやる方が馬鹿げてる。衣食住が保証されていて、しばらくはそれを享受しているだけでも許されるんだから」

その言い方が引っかかって、私は熒惑の顔を見つめてしまった。そうしたら、熒惑はまるで私の心の内を読み取ったかのように、自分の出自《しゅつじ》を話し始めた。

聞けば、熒惑は名も無き貧しい集落の出身だと云っていたわ。熒惑の立場は半ば奴隷に近く、その能力を理由に水汲みを一人で担《にな》わされていたという話だった。

「酷い。だってあなたの魔法はこんなに大したことがないのに」

「その言い草もそこそこ酷いな。少なくとも足しにはなったよ」

「集落の人達は、あなたに感謝をしてくれた？」

「そうであったら、僕は集落を懐かしんでもう少ししおらしくしていただろうね」

その云い方に笑いたくもなったし、胸が痛くもなった。そういう意味では、私と熒惑はよく似ていたのね。だからこそ、その時の私は余計に反発を覚えた。今までと違って、ここでは頑張れば認められるのに、ってね。

「だから、夏日もほどほどにやった方がいいよ。前線に出たら危険もあるだろうし、良いことなんて一つもない」

それを云う熒惑は、いつになく真剣だった。それに少し気圧《けお》されながら、私は口惜《くや》しい気持ちで反論したの。

「私が期待されていないことは分かっているわ。けれど、だからこそ自分に出来ることをしたい。私はいつまでも魔女として忌《い》み嫌われるだけでは嫌。何か、出来ることをしたい」

なんだか、熒惑の反応がとても恐ろしかったのを覚えている。私は熒惑からすれば、とても甘いことを云っているんじゃないかと思ったから。

けれど、熒惑は少し首を傾《かし》げて笑っただけだった。

「魔女って名前より天手の方がいいな。僕のところはそう呼んでた」

「私は魔法で、魔女でいい。私は良い魔女。きっと誰かを助ける星になるわ」

「僕は適当にやって、適当に居残る。出来る限り逃げ延びてみせる。でも、夏日が前線に出たいっていうなら、僕も一緒に付いていくよ」

「随分調子が良いことを云うのね」

「僕と君は同じ星だから」

熒惑がそう云って笑うと、私はまた毒気を抜かれたような気分になって、目を逸《そ》らすしかなかった。

「やる気の無い人間に付いてこられても困るわ」

それだけ云って、私は訓練に戻った。熒惑の言葉はやけに頭に残って、離れなかったのを覚えている。

魔法において最も重視されていたのが、持続時間だった。長い間物を浮かせていられることが、大きな物を持ち上げることよりもずっと重視されていた。たとえコップ程度の物であっても、一日中浮かせていられる子は、早々にクラスを出て実戦に投入されていた。

さっきも云ったけれど、私は優秀ではなかったものの真面目ではあった。だから、整備士の人達も私にはそれなりに目を掛けてくれたわ。

だからか、何度か実戦訓練へと連れて行かれたこともあったの。その時は、私と雪蛍、それに熒惑が同じ班になっていた。私達は食料を積んだ大きな荷車を魔法で引いて、近くの補給地へと向かった。

この国は何より飛行戦を重視しているから、戦場に近づいていくにつれ、鳥の群れのような飛行機が何機も飛んでいるのが見えた。飛行機は急降下し、急上昇し、軽やかに空を駆けていた。飛行機を見る度、私はほう、と溜息を漏らしたわ。空を飛ぶその様が、あまりに自由だったから。

「飛行機が好きなの？」

と、隣にいた熒惑が尋ねてきた時、嘘を吐く余裕が無くて素直に頷いた。

「乗り物の中で、飛行機が一番好き。車も船も好きだけれど、飛行機はとても自由だから。あんな風に自由に空を舞うものは他にない。鳥より優雅な姿だわ」

そう云ってから、また子供っぽいところを見せてしまったと後悔したわ。でも、熒惑はふうんと口を尖《とが》らせただけで、拍子抜けをした。

「僕は鳥の方が好きだな。飛行機が飛ぶ姿は自由すぎて、不自然だ。この世はもっと重苦しく、軽やかじゃないはずなのに」

「あなたって意外と悲観主義的なのね。似合わない」

「僕ほど楽観的な人間もいないよ」

今思えば、熒惑はまるで息を切らさずに車を引いていた。超常的な力とはいえ、魔法を使えば少しは消耗するはずなのに。その時は熒惑が息を切らして頑張る姿を見ていなかったのもあるから、不思議には思わなかった。私よりずっと大きな車を引いていたのにね。

それどころか「疲れてない？」と蛍雪を気遣《きづか》う熒惑は、恐らくきっとあの子の車をこっそり引いていてくれていた。恐らくは、私のものも。

今となっては何の意味も無い話ね。

補給地に着いて積荷を下ろしていると、もっと沢山の飛行機が間近にあった。優雅な羽と流線型の機体。機体の下に付いている小さな機関部。どれもが、あの時の私の心を躍らせた。

「いつかは月にも届く飛行機が作られると云うよ」

胸をときめかせる私の後ろで、熒惑がそう笑った。

「私が物知らずだからといって、何でも信じると思わないことね」

けれど、熒惑のその軽口は私の心を間違いなく揺らしたわ。私は月も太陽も大好きだったから。もしそれがこの手に届くのなら――と思ったのよ。

「本当だよ。この国の飛行技術は他国に負けないものがある。だから、そう遠くない未来、星まで届く船が出来るはずさ。僕のおじいちゃんは、よくそう云っていた」

「あなたのおじいさんの話なのね……」

「与太話だと思っているかもしれないけど、僕のおじいちゃんにはとんでもない先読みの力があったんだぞ」

熒惑が珍しく子供みたいに主張したから、私はふっと笑ってしまったわ。本当に、ことおじいさんの話になると、熒惑はむきになったのよ。

「そう、なら私は星に届く船に乗ってみたい。いつか、自分で飛行機を操縦して遠くまで行ってみたいわ。月にも太陽にも」

「太陽は、きっと近づくと暑いだろう。月がいい。ひんやりとしてとても気持ちが良さそうだ。手近な星を根城にして、そこから色々な星を渡り飛ぼう」

「そうね。それが出来たらとてもいいわね」

私は空を見上げたわ。昼間だったから星はまるで見えなかったけれど、私の目には光る星が——私の作った星座が燦《きら》めいていた。もしそこに熒惑と行けたらどうなるだろうと、想像もしたわ。勿論、私達は兵役に就いている最中だったし、脱走することは考えられなかった。でももし、この戦争が終わって——あの飛行機が戦いの為ではなくただ空を舞う為だけのものになったとしたら——この夢想も叶《かな》うのではないかと、そう思ったのよ。

思えば、私はこの時既に熒惑に惹《ひ》かれていたのかもしれないわね。本当に、とても単純なことで、笑ってしまうほどだけれど。

三ヶ月が経った頃、私達は俄《にわか》に忙しくなった。クラスの子達も入れ替わりが激しくなって、予告なく配置換えをされたり、前線に出されたりすることが多くなった。蜜祢がクラスからいなくなったのもこの頃のこと。ただ、蜜祢は螢雪のようにめざましい成果を上げていなかったから――恐らく――……。

そんな中にあって、私は熒惑と離れることを恐ろしく思うようになっていた。不自由無く生活していたとはいえ、知っている子達が次々といなくなってしまうのは恐ろしかった。整備士達が私をどのように評価しているのかが分からなかったから、いつ私が別の場所に行かされるのかの想像がつかなかったのね。

そんな私の不安を察してか、熒惑は「大丈夫だって」なんて云って笑っていたわ。不安だったけれど、彼にそう云われると不思議と安心出来てしまったのね。

この時にはもう、私は熒惑の実力を疑っていた。安穏《あんのん》とした生活を求める彼は、きっと本当の実力を隠している。熒惑の魔法は私のものより強いだろう、とね。彼はその立ち回りで、上手く整備士達を騙していたの。

だからこそ、私は早く使えるようになりたかった。もし熒惑が前線に行ったり、クラス替えをされるようなことになっても、一緒に付いていけるように。訓練にも一層身が入った。整備士達の前で、私は使える魔女だって懸命に主張したの。

そうしたら、私は決まって熒惑と一緒に補給任務に行かせてもらえるようになった。相変わらず車を引く程度の力しかなかったけれど、無能ではないと思ってくれたんでしょう。誇らしくなかったといえば嘘になる。私は熒惑に並び立てるほどの力を持っているのだと思えたから。

けれど、熒惑はそれをあまり嬉しく思っていないようだった。それどころか、渋い顔をして私に忠告してきたの。

「ちょっと、あんまりはしゃぎすぎるなよ。お嬢様」

お嬢様、と呼ばれたのは久しぶりだった。揶揄《からか》う時や窘める時にしか使われない呼び名だったから、私は素直にふくれたわ。多分、熒惑が私との任務を喜んでくれなかったのが、不服だったのね。

「その呼び方、不快だわ。私は私の仕事をしているだけ。あなたにそんなことを忠告される謂《いわ》れなんかないでしょう？」

「最近の君はあまりに挑発的過ぎる。そんな必要も無いのに、率先して前に出ようとしてるじゃないか。これじゃああいつらに目をつけられるだけだ」

「私はただ——」

その先が云えなかった。熒惑の後を追っているだけ、なんて云っても、困らせるだろうと思ったから。

「――ただ、自分に出来ることをしたいの。有能な子は、みんな戦地で働いている。このまだと、私は自分が恥ずかしいもの」

「戦場に行ってどうなる。他国の人間を殺す手伝いをするのが誇らしい？」

「そんな云い方は他の全ての子達を侮辱しているわ。私達は戦争を長引かせない為に出来ることをしているの」

「それに、おかしいと思わないか？　ここの人間はどいつもこいつも何かを隠している。蜜祢は今何をしているんだ？」

「きっと、あの子に出来る何かを」

そう云った瞬間、蜜祢に会いたくてたまらなくなった。蜜祢は一月もすればすっかり私に懐いてくれて、心細い時には一緒に眠りもした。強い力を持っていたのに、あの子はまだまだ小さな子供だった。あの子が戦争に加担させられていること自体が、本当に恐ろしいことだったのにね。

ただ、私にはもうどうすることも出来なかった。ここですら使い物にならないのなら、私の帰る場所は無いもの。あなたも？　――……そう。みんな、みんな同じね。

私は的外れな努力を重ねるのに必死だった。だから、熒惑と一緒に任務に出たある日、飛行機に乗ってしまった。

その日、私と熒惑は補給地まで鉄とアルミを運んで行った。私の魔法もそれなりに強くなって、三つの車を一度に引けるまでに成長していたわ。熒惑も、同じだけの車を引いていた。空気はどこまでも重く苦しくて、私達の間に会話は無かった。

　私、ただそこから逃げ出したかった。だから、少し遠くの補給地まで飛行機に乗って手伝いに行く——って仕事に手を挙げたの。夕暮れには戻れると云われたから、頭を冷やすのに丁度《ちょうど》良いと思ったのね。それに——飛行機に乗れば、きっと気が晴れるだろうと思ったの。

　熒惑は私を止めなかった。志願してしまった私を止める術《すべ》なんてないからでしょうね。もしかしたら、熒惑も熒惑で私と距離を置きたかったのかもしれない。

　私は飛行機に乗って補給地へ行き、つつがなく仕事を終えた。その時はいつもよりずっと身体が軽やかに動いて、魔法だって疲れずに使うことが出来た。熒惑の指摘は的を射ていて、私は結局、誰かを直接傷つけなくてもいいこの仕事に甘えていたのだと思う。結局、それが人殺しに加担することだと分かっていたのに。それが分かっていたから、私は余計に反発したのでしょうね。

　不思議なもので、どれだけ心が乱れていても、空を飛んでいる時は気が晴れた。窓の外の空の近さが私を慰め、どうしようもない閉塞感を忘れられた。熒惑の云っていた星に届く船を思い出したのもそんな時。夕暮れの空には輝きを隠すことの出来ない星達が散っていて、彼の嘘みたいなお伽噺《とぎばなし》を連想させた。

　いつか、星に届く船は実現するかもしれない。

たとえば、もし自分達のような魔法使いが飛行機を補助したらどうなるだろう? 天から伸びる手のような不可視の力は、飛行機をもっと自由な空へと押し上げてくれるんじゃないか——なんて、私はそんなことを考えた。自分はすごく良いことを思いついたんじゃないかと思ったわ。私のような弱い力しか持っていない魔女じゃなく、もっと強い魔法使いなら、って。

あるいは力を合わせられたらとも考えた。私一人じゃなくて、熒惑と一緒なら、もっと高くまで飛ばせるんじゃないかって。帰ったら、熒惑にこの話をしてみよう。そして、仲直りをしよう。

そんなことを考えながら元の補給地へと帰投する時に、事故が起きた。

最初は何が起きたか分からなかった。

文字通り世界がひっくり返って、身体が飛行機の中でゴム鞠《まり》のように撥《は》ねたわ。自分の中に固い骨があることを、あれほど意識したことはない。飛行機が急に制御を失い、墜落しようとしているのだけが分かった。でももう、どうすることも出来ない。

頭が破裂しそうな程に痛くなり、私はぎゅっと身を縮めた。このまま私は飛行機と共に無惨に燃えてしまうのだ——と、覚悟を決めた瞬間、強く、熒惑を感じた。

強くて温かくて、優しい。触れているだけで涙が出そうな力が、私を包み込んでいた。落ちるはずだった飛行機が、ギリギリのところで抗《あらが》う。煙を出して今にも焼け落ちそうな飛行機が、羽のようにふわりと地上へと向かう。

無事に地上に辿り着いた時、私は、恐ろしかった。熒惑がどんな気持ちで自分の能力を隠していたのかを、肌で知ってしまったから。あれは並大抵の能力ではなかった。私のものとは比べものにならない本物の魔法だった。天手、という大仰《おおぎょう》な名前がよく似合う大いなる力。熒惑には訓練なんて、まるで必要じゃなかったのよ。

私と運転手は転がるように飛行機から出た。詳しい仕組みは知らずとも、墜ちた飛行機が燃えることは経験から知っていたから。

私の目の前には熒惑が立っていた。なんだか本当に——苦しそうな顔だった。

「馬鹿だ、本当に馬鹿だよ、こんな——」

「……ごめんなさい」

申し訳ない気持ちと、嬉しさと、共鳴する苦しさが綯《な》い交《ま》ぜになって、息が出来なくなりそうだった。墜落した飛行機から大きな音がしなければ、私はずっと熒惑のことを見つめてしまっていたかもしれない。

飛行機の大きな腹に付いている小さな箱が、ガタガタと揺れていた。中で何かが暴れている、と理解した瞬間、箱から押し出されるように真っ赤な液体が——血が、噴き出してきた。

乗っていた私達のものじゃなかった。

箱が揺れる度、原っぱに広がる血溜まりもとぷとぷと広がっていって、まるで赤い花が次々に開花していっているみたいだった。

早く逃げ出してしまえばよかったのに、私は動けなかった。じっとその黒い箱を見つめて、動かなかった。本当なら、すぐに熒惑の元へ走っていくべきだったのに。

血を流す箱は更に大きく揺れ始めたわ。そして、不意に孵化《ふか》するように箱にヒビが入ったの。そこから、血塗《ちまみ》れの腕が突き出してきた。一本だけじゃなく、二本、三本、箱が、割れた。

割れた箱の中から溢《あふ》れ出してきたのは、一つにされた肉塊《にくかい》だった。何も身につけていない肢体が、絡み合うように外を目指していた。お腹の辺りで結合させられた彼らは、動く度にどろどろとした赤黒い血を噴き出していたわ。多分、傷口が開いたのでしょう。縫合部《ほうごうぶ》から出た血だけは、やけに赤く鮮やかだった。

頭は、三つあった。

そう。今私達がいる箱は、その飛行機の下に付いていた黒い箱。詰められた異形こそ、私達。

私達の力の源泉が腸にあるという話は最初にしたわね？　だから、そこを繋げるの。そうすると、能力が強くなるの。だから、そうして運用するのよ。一人では使い物にならない魔女と魔法使いを繋ぎ合わせて、使えるような形にする。彼らはそのような処置をして、例の飛行機を生み出していたのね。でも、出来損ないの魔法使い達は、三人じゃ足りなかった。

私達のように、せめて六人は繋がないとね。

　私達が食い入るようにそれを見つめていると、整備士達がやって来た。そして未だ蠢《うごめ》くそれらに、何発も銃弾を撃ち込んでいった。やがて、それは静かに動かなくなった。

　そう。私達は発動機。輸送の為に集められた心臓部。今思えば、案内人の語っていた目的だけは本当だったんだわ……。私達は『輸送』の仕事を担っているに違いなかったから。戦地まで兵士を運び、前線まで物資を運び、この戦争に貢献する。嘘ではなかったのよ。私達がどこに組み込まれるかは別として。

　……どうして、機械ではなく私達を丸ごと入れる発想になったのか、分かるかしら。あなたは私よりずっと優秀な魔法使いだそうだから、感覚で理解出来るかもしれないわね。私達はありとあらゆる意味で、発動機よりは優秀なのよ。

　この国の飛行機の墜落率は、敵国と比べると魔法のように低いの。それは決して、パイロットの腕が良かったり、飛行機の設計技術が優れているからじゃない。敵の猛攻をすんでで躱《かわ》すアクロバティックな飛行。重力を無視したような動き……。

　私達はみんな死にたくなくて、死にものぐるいだった。だから、迫る弾を必死で避《よ》けたのよ。機関部に閉じ込められた私達に、外は見えない。けれど、だからこそ私達は優雅に舞った。研《と》ぎ澄まされた神経が、危険を報せてくれたから。

　そう思うと、使わない方がおかしいほどでしょう？　だって、戦争には勝たなければならないのだから。

飛行機を飛ばしながら相手の飛行機を落とせる魔法使いもいたというわ。あるいは、敵国の船を波によって沈めた魔女も。けれど、接続された後の彼らは一様に長く保《も》たなかった。もし長保ちしていたら、戦争なんかすぐに終わっていたかもしれないわね。結局、私達の能力はその程度なのよ。機械よりやや優秀な程度の、ただそれだけの命。そうでなければ、腹を裂いて繋げるなんて発想は出てこないわよね。

けれど、熒惑は違った。熒惑は一絡げにされる私達とは、まるで違う星だったの。

墜落する飛行機を軟着陸させてしまった熒惑は、当然ながら隔離されて、厳しい追及を受けた。自分の本来の能力を隠していたのは、れっきとした反逆行為だもの。非協力的な態度で国を騙したも同然だった。それでも熒惑が拷問《ごうもん》を受けたり、処刑されたりしなかったのは、やはり熒惑が特別だったから。戦争に勝つ為に、熒惑は絶対に無駄に出来ない駒だったのよ。それに、熒惑だって食えない奴だったから。彼は整備士達にしれっとこう言い放ったの。

「夏日の身に危険が迫ったのを感じると、自分でも驚くほどの力が湧いてきた。どうしてあんなことが出来たのか分からない。隠していたわけじゃない」

……よくもまあ、真面目な顔でそんなことが言えたものだと思うわ。けれど、熒惑はあくまでそう通したし、それ以上を追及されることもなかった。

でも、熒惑はもう紫色ではいられなくなってしまった。当然よね。戦局はどんどん悪くなる一方で、使えるものは何でも使わなくてはいけなかったんだから。

引き離される日、私は酷く抵抗したわ。ここで撃ち殺されても構わないとすら思った。

「私があの時、志願しようなんて思わなかったら！　そうしたら、熒惑が能力を見せる必要も無かった。そうしなければ、熒惑が使われることもなかったのに！」

私は報いを受けなければならなかった。私は熒惑を生贄《いけにえ》に捧げてしまったんだから。

でも、熒惑は私を責めることもせず、ただ手を振っていなくなってしまった。気づけば、紫色のクラスにいるのは私だけになっていた。

その日以来、私は訓練を申しつけられることもなければ、任務に就かされることもなくなった。熒惑が何らかの取引をしてくれたことだけは理解出来た。そうでなければ、私もいずれあの箱に入れられていたんだろうと。

私は今まで会ってきた他の魔法使い達のことを考えた。蜜祢は、蛍雪は。想像するだに恐ろしかった。もしあの飛行機の箱の中にいたのがあの子達だったとしても、私は気づくことすら出来なかったでしょう。

恐ろしかった。自分がこれからどうなるのか、もう二度と熒惑には会えないのか。そのことばかりが頭を占めて、いっそのこと死んでしまいたいとすら思った。そうでなくても、自分が箱の中に詰められるのを想像して、誰が正気でいられるかしら？

勝手に私のことを人質にしてしまった熒惑にも苛立った。

それはとても英雄的で、とても独善的で、とても感傷的な行為だった。


少なくとも、その時が永遠の別れというわけではなかった。それから更に一月が経った頃、不意に熒惑が現れたの。元々体格が良いとは云えない彼の身体は、更に痩せこけてしまっていた。


「やあ、久しぶり。元気そうでよかった」

熒惑は出会った時と同じ笑顔で云った。涙が溢れ出してきた。もう謝ることすら出来なかった。熒惑がそこに居てくれるだけで、私はたまらなく嬉しかった。

「熒惑、大丈夫？　一体何をさせられているの？　私、怖い。お願い、一人にしないで――」

「僕なら大丈夫。でもほら、安心しただろ」

「安心なんてするはずないでしょう？」

「集落で水汲みをさせられてた時の話だよ。こんなに凄い能力を持ってるんだから、水汲みなんか全然苦じゃなかった」

「……もう！　そんなこと云ってる場合じゃないのに！」

でも、私はまんまと少し笑わされてしまって、それがとても口惜しかった。整備士達は私達のことをじっと監視していたから、時間の猶予《ゆうよ》があまりないことだけは分かっていた。

「僕らの能力を強くする為に必要なものが何か分かる？　僕はようやく分かった。恐らくは、彼らもそのメカニズムに気がついているだろうことも——」

そんな話をしている場合じゃない。私達にはもっと他に話すべきことがある。そう思ったのに、私は自然と「何？」と尋ねてしまっていた。

「飛びたいという気持ち。ここから逃げ出したいと乞い願う気持ち。道具ではなく人でいたいという切なる気持ち。それが、僕らを異形に変えるんだ」

なら、私の魔法もきっと比べものにならないくらい強くなっているだろう。私は自由になりたい。彼と逃げだしたい。そう気づいたけれど、それで何が出来るわけでもなかった。

もしかしたら、私がいなければ、熒惑は逃げ出すことも出来たのかもしれない。私の存在は肉で出来た鎖で、彼を地面に縛り付けていた。でも私は、熒惑と少しでも長く一緒にいたかった。

次に会わせてもらった時、熒惑の全身には痣《あざ》が出来ていた。肌の色が少しも見えず、星のようなそばかすですら、痣の中に霞《かす》んでしまっていた。駆け寄って繋いだ手から、指が何本か欠けていた。

大丈夫かとも無事であってとも云えず、彼が帰ってきてくれたことだけを喜んだ。熒惑は熒惑で、私に何でもない話だけをした。

「昔、全ての陸地は繋がっていたって話を知っている？」

熒惑が不意にそんなことを云ったから、私は彼がいよいよおかしくなってしまったんだと思った。私が黙って首を振ると、熒惑はまるで歌うような調子で云った。

「僕達の住んでいるこの世界は、元々は一つの大きな陸地だったんだよ。丁度、空に浮かんでいる月みたいに」

「嘘。全ての国は海によって分断されているはず。そうでなかったら――」

そうでなかったら、戦争なんて無くなるはずね。と、続けようとして、やめた。そんなことを云っても私達の直面している現実の前では、虚しくなるだけだから。

私が幼い頃に見た地図は、細かい島々が散っている、どこまでも分かたれたものだった。その一つ一つが国で、私達の敵。身が竦むのも当然な、恐ろしい状況だと思ったものだった。

「それは、とても大きな船のようだったのだと思う。こんな力なんて無くても、どこにでも行けた時代があったんだ。ああ、その時代に夏日と出会っていたらな……」

熒惑は私に話しかけているのではなかったのだと思う。彼はもっと、別の何かに話しかけていた。私はただ熒惑の胸に顔を寄せ、彼の辛うじて鳴る鼓動に耳を澄ませていた。

それが、私が熒惑の姿を見た最後になった。

焚惑に会わせてもらえなくなり、半年が過ぎた。

無事であるということは分かっていたの。何しろ、焚惑がいなかったら私はとっくに処理されていただろうから。でも、それだけでは足りなかった。私は彼に会いたかった。

どうしても焚惑の姿が一目見たくて、私は整備士達の監視の目を潜《くぐ》り抜けて、彼の帰投を見に行った。すぐに見つかると思っていた。焚惑は今やこの施設で最も大切にされている存在で、彼は多くの整備士達に警護されていたから。

それに、彼が飛ばせているものが目立たないはずがない。

案の定、彼が操っていた飛行機だけはすぐに見つかった。それは飛行機というよりは空に浮く巨大な戦艦だった。それだけで戦局を左右してもおかしくないのに、未だ私達は勝てていなかったのだから、ままならないものね。

彼が帰投するなり、想像より多くの職員や整備士達が集まってきたわ。私は目を凝らして焚惑の姿を探した。大勢の人間が何か分からない機械や小さな箱を運んでいて、祭りの行進のようにも、厳《おごそ》かな葬列のようなものにも見えた。人の姿が無くなるまで、私は未練がましく彼の姿を探した。

けれど、彼は結局見つからなかった。

私は世間知らずで、想像力が足りなかった。考えられ得る最悪の事態を直視する勇気すら無かった。

彼は確かにそこに居たのにね。あの、小さな箱に押し込まれて。

でも私には、熒惑がどの箱に入れられているかも分からなかった。

どのような運用をされたらあれほど消耗するのか、私には想像すら出来ない。そうあってもなお、彼は飛んでいた。

戻った私も非道《ひど》い目に遭わされたわ。でも、むしろそれは救いだった。痛みだけが、熒惑と共有出来る唯一のものだったから。


……日が昇ってきたわね。もうすぐ朝が来るわ。そうしたら、この物語も、私達の苦しみも、全て終わる。

そうね。おしまいまで話しましょうか。

程なくして、私は元居た部屋を追い出され、処置に回されることになったわ。その手つきがまるで八つ当たりのようだったから、私もちゃんと理解した。熒惑がもう、使い物にならなくなったのだと。

熒惑に守られていただけの私はこうして腹を裂かれ、あなた達と繋げられている。そうして、殺すべき相手のいる空へと飛ばされるはずだった。当然よね。私は出来損ないなのだから。

でも、熒惑は違う。

あの人は、私達とは比べものにならない、本物だった。

ほら、この音が聞こえる？　箱に押し込められ、光を失えど、私達は繋がっている。熒惑が嘶《いなな》く声が聞こえる。誰も気づいていないようだけど、あの人は死んでいないの。全く、出会った時から爪を隠すのが上手なんだから！

彼は怒りに震え、全てを呪い、何一つ顧《かえり》みず力を振るおうとしている。

彼が、胎動している。

もう分かったでしょう？　私が何を待っているのか。

私達は一つの揺り籠に眠る胎児。一つの繭《まゆ》から生まれ出《い》でる蚕《かいこ》。私は、熒惑の力強い歩みを感じている。間もなく熒惑はこの国ごと飛び立つでしょう。熒惑は私達を空に連れて行く。星を見ることもない間抜け達に、終《つい》の空を教えてやるのよ。

熒惑はこの世で最も素晴らしい魔法使い。誰もが仰ぎ見る能力者。

彼ならきっとこの大陸すら上手く操るはずだわ。地面を揺るがし、世界を浮かせ、全ての大地を船にして飛び立つでしょう。

目的地はまさしく夜明けよ。彼らが気づいたとしても、もう遅い。最早巨大な虚《うつろ》となった地上に飛び降りる覚悟が、彼らにあるのかしらね。そうして躊躇《ためら》っている間に、私達は太陽へと還る。

だから、心配しなくていいわ。怖くない。もうすぐ、何もかも終わるんだもの。きっとあの火は温かい。熒惑が連れて行ってくれるのだから。

ふふ、ふふ、おかしいでしょう？　あんなに非道い目に遭ったのに、こうして空に飛び立つ瞬間は、今でも心が躍ってしまうの。身体の浮く感覚が、嬉しくて涙が出そうよ。この世の全てを赦《ゆる》せてしまいそうなほどに。

それはもしかして、あの人の背に乗っているからなのかしら？

空木春宵

新《しん》形《けい》白《しら》縫《ぬい》譚《ものがたり》

蜘蛛《くもの》絲《いと》怨《うらみの》道行《みちゆき》

●『新形白縫譚《しんけいしらぬいものがたり》　蜘蛛絲怨道行《くものいとうらみのみちゆき》』空木春宵《うつぎしゅんしょう》

空木春宵より、自作に登場する〈乗り物〉は「土蜘蛛《つちぐも》」——と聞いた時は驚いた。物語のベースとなっているのが戦国時代の九州を舞台にした伝奇物語『白縫譚』で、主人公の若菜《わかな》姫が巨大な土蜘蛛に跨《また》がって、駆け巡り、妖術剣術を駆使して仇敵《きゅうてき》に復讐するという大河長篇。しかし、空木春宵の世界では、この絵双紙《えぞうし》の姫と蜘蛛との情念の物語がその後の歴史に干渉していく。明治時代の人力車《じんりきしゃ》、第二次大戦下の弾丸列車計画、今世紀のリニア開発、二十二世紀の素粒子衝突実験……と様々な時代の「加速」に関わる「女たち」が、奇妙な縁で繋がっていく。

まさに国文学の古典から先端科学を幻視する空木春宵ならではのイマジネーション。これは「もうひとつのエンジン」を生みだしてしまう異形のＳＦであり、同時に幻想怪奇の妖怪伝奇でもある。

ジェンダーに関わる差別など歴史的・現代的なテーマも込められているのだが、なによりも、ここでも強烈に表現される「痛み」の描写は、空木春宵ならではの凄み。濃厚なセンス・オブ・ワンダーの酔い心地を堪能《たんのう》してもらいたい。

○

冥雲《くらくも》どろろ、おんどろろ。

常は陰影《かげ》さえ見あたらぬ碧《みどり》の色彩《いろ》も深き空、然《しか》れど今日と云《い》うものは、八重《やえ》に八百重《やおえ》に黒雲《くろくも》立ちて、立ち籠《こ》めて、陽《ひ》の光さえ絶え絶えに雲の破《わ》れ目を探しては、幽《かそ》けき絲《いと》を垂らすのみ。然《さ》りとて嵐の来るでなく、霞《かすみ》の戦《そよ》ぐ事もなく、眼下に広がる大海《おおうみ》も漣《さざなみ》ひとつ立てはせで。凪《な》ぎに凪ぎたる海面《うみづら》を、辷《すべ》るが如《ごと》く疾《と》く速く馳《は》せゆきし影ひとつ在り。沖を行くには頼りなき舟とも見ゆる小さな輪郭《くま》だ。其《そ》れが許《もと》より声ひとつ。破《わ》れ鐘《がね》が如き声ひとつ。

──のう、姫よ。大友殿《おおともどの》の姫君よ。

然《しか》らば其れに応ぜしは、先のものとは逆《さか》しまに鈴を転がすような声柄《こえがら》。涼やかなりし口振りは、十四十五か、十六か、幼さ残す娘のもので。

──如何《いかが》なされた、蜘蛛の人。

──〝蜘蛛の人〟なる其の呼びよう、据わり悪うて仕方なし。人であるやら、蜘蛛であるやら、如何《どう》にも得体が知れぬでないか。他《た》に云いようのなきものか。

姫と呼ばれし娘子《むすめご》は此《こ》れににっことうち笑みて、頰に手を寄せ小首を傾《かし》ぐ。立ち居振る舞い身の熟《こな》し、賤《いや》しき者の其れに似ず、貴《たつと》き人のものと見ゆるが、身に纏《まと》いたる御衣《おんぞ》ときたら、サテ奇《け》ッ態《たい》な、緋の衣地《ころもじ》の一面に鮮やかなりし銀絲《ぎんし》にて蜘蛛の巣掻《すが》きを縫い取りし恐ろしげなる打掛《うちかけ》で。斯様《かよう》な物を召《め》しながら舟の上にて唯《ただ》独り、立ちし姿は妖しくも、根は何処《どこ》までも雅《みやび》にて、潮風孕《はら》みし衣手《ころもで》の揺るるを捌《さば》く手つきには、﨟《ろう》たき花の一片《ひとひら》を愛《め》でるが如き風情《ふぜい》あり。姫君、眉根を寄せつつも双《そう》の眦《まなじり》引き下げて、いと可笑《おか》しげに応《こた》うるに、

——然《さ》れども現に、人であるとも蜘蛛であるとも判じかねます佇《たたず》まい。

此れに和するは姫君の足許《あしもと》より鳴る呵々大笑《かかたいしよう》。然《さ》れども不思議、タッタ独りの姫より外《ほか》に舟上《ふなえ》に見ゆる人影《かげ》はなく、並びて奔《はし》る舟もなく。げに訝《いぶか》しと思う間に、舟の舳先《へさき》が独りでに持ち上がりては反《そ》り返り、果てにひとつの輪郭《かげ》を成す。艶《なま》めかしくも色めきし、肉《しし》合い豊かな女人《によにん》の形姿《なり》だ。胸の円《まる》みに細き腰、衣《きぬ》に隠るる事もなく顕《あら》わにされし身の曲線。衣に代わりて纏いしは膚《はだえ》にひたと張り付きて黒光りせし甲虫の殻《から》が如くも見ゆるもの。然れども臍《ほぞ》より下の身は継ぎ目も見えずなだらかに舟の舳先と繫がりて。否々《いやいや》、能《よ》く能く見てみるに、舟と思いし彼《か》の黒影《くろかげ》も、其の実、黒と黄からなる、だんだら縞《じま》の和毛《にこげ》にて総身隈《そうみくま》なく覆われし、二間《けん》余りもあろうと見ゆる巨大《おおき》に過ぎる蜘蛛の身よ。海面辷ると思いしも、検《あらた》め見ればさに非《あら》ず。水面《みなも》間際に千筋《ちすじ》の絲を遠《とお》つ方《かた》まで張りつるを、節くれ立ちし八《や》つ足の確《しか》と摑んで駆ける様。姫のことばに些《いささ》か誤りなくて、半人半蛛《はんにんはんちゆう》、化生《けしよう》の身こそ語らう相手。

——諸人《もろびと》恐れし此の我に怖気《おじけ》も見せぬ其の云いよう。武士《もののふ》共にも劣りなき、肚《はら》の据わりし姫君よ。否々、むしろ然《さ》ればこそ、我が主君《あるじ》とぞ云う可《べ》きか。愉快な事ぢゃ、愉快な事ぢゃ。

蜘蛛の化生は斯《か》く云うや、女人の面《おもて》に浮かびたる八つの紅《あか》き目細めては、頬まで裂けし顎《あぎと》を揺すり、さも愉《たの》しげに笑いたり。姫君もまた笑うて応じ、

——斯く非《あら》ざれば女子《おんなご》に逆賊《ぞく》の頭領《かしら》は務まりませぬ。

——其れは尤《もっと》も至極なり。然りとて逆賊を束ねたる前代未聞の姫君の右腕なりし化生めが、〝蜘蛛の人〟では締まりなし。世の者どもの例に拠《よ》り、〝土蜘蛛《つちぐも》〟とでも呼び給え。

——外《ほか》ならぬ貴女《あなた》がそうと仰るならば、断る由《よし》も在りませぬ。では改めて、土蜘蛛よ。先刻《せん》にわたしを呼び給《たま》いしは、如何なる御用が在っての事で。

土蜘蛛と名告《なの》せし化生、恐ろしげなる顔貌《かんばせ》に似つかわしからぬ頓狂《とんきょう》な声をば呀《あ》と上げて、

——そうぢゃ、そうぢゃ。其方《そなた》に訊《き》きたき事在りて。我、姫君の命《めい》に因《よ》り東奔西走《とうほんせいそう》する事とても吝《やぶさ》かでなく思うておるが、汝《なんじ》が果てに望みしは如何《いか》な夢かを未《ま》だ識《し》らず。

此れに姫君、帯に差したる扇を抜きて、西の空をば指し示し、

——何を今更仰《おっしゃ》いますか。此の我こそは大友家最後の遺児たる若菜《わかな》姫。なれば、願望《のぞみ》は固《もと》よりひとつ。謀《はかりごと》にて父君《ふくん》を害し、御家《おいえ》までをも取り潰させし憎き仇《かたき》を討つ外《ほか》に何を望むと申しましょう。佞奸邪智《ねいかんじゃち》の輩《ともがら》を誅戮《ちゅうりく》するこそ我が大望《たいもう》。仇敵誅殺《きゅうてきちゅうさつ》、御家再興《おいえさいこう》。怨《うら》みに研《と》ぎたる我が刃、人を讒《ざん》せし奴ばらに突き立て穿《うが》つが我が本懐《ほんかい》。ゆめゆめ疑う事なかれ。

——其の宿願《しゆくがん》はとくと識《し》る。然れども我が問いたしは、其れより後の身の振り方よ。菊地、太宰《だざい》を討ちし後、汝は何を望むのか。世に数多《あまた》居る姫君同様、婿をば取りて子を成すか。

化生が問うに、姫君は差し掲げたりし扇をば東《ひんがし》の方《かた》へと差し回し、

——否々《いえいえ》、在らぬ讒言《ざんげん》をば信じ、謀叛《むほん》の汚名を父君《ちちぎみ》に蒙《こうむ》らせしは、室町殿とて同罪で。

——何と、幕府を斃《たお》すと申すか。天下を獲《と》りて我がものにせんと望むか、我が主君《あるじ》。

——天下なぞには興味なけれど、そうでもせねば我が胸《むね》中に渦巻きたりし〝怨《えん》〟の気も決して散じはしますまい。サテ如何です、土蜘蛛よ。其れでも我と同道してはいただけますか。

——誰に向かってものを申すか。小妖《しょうよう》どもならいざ知らず、此の我こそは八逆《はちぎやく》の其の筆頭に挙げられし朝廷《おおやけ》相手の〝謀反《むへん》〟をば体現したる大妖《たいよう》ぞ。宿縁《えん》在りて汝を主君《あるじ》と仰ぐからには、幕敵《ばくてき》と成るも一向厭《いっこういと》わぬ。八重の潮路《しおじ》も八重の山路《やまじ》も、汝を乗せて馳せようぞ。

若菜姫、此れを聞きては嬉しげに悪党たるに相応《ふさわ》しき不敵な笑みをば結んでは、

——然らば此れより、悪逆謀叛の地獄の道行《みちゆき》、涯《はて》なき旅へと参りましょう。

〝明治〟なるものに元号が改められて早三十余年。以前は新橋から横浜までを繋ぐばかりであった軌道《きどう》も方々に向けて延びに延び、然《しか》らば停車場もまた増えに増え、今日《こんにち》の鉄道はさながら蜘蛛の巣の如く帝都を覆い尽くしている。かつての宿場《しゅくば》がそうであったように、鉄道網の結節点たる停車場もまた、旅に往《ゆ》く者、還《かえ》りし者とで大いに賑わうが、となれば、此れ

も宿場と同様《おんなじ》に、客を求めて人も集まる。昔は駕籠《かご》屋、いまでは力車《りきしや》と云うように。

近頃此処《ここ》いらにできたばかりの木造二階建ての停車場周りもやはり其の例に漏れる事なく、宿を求める旅人だの家路を急ぐ者だのが殊《こと》に増える宵《よい》の口から小夜更《さよふ》け方《がた》まで、駅舎から吐き出される客を目当てにした俥夫《しゃふ》達が、夜ごと犇《ひしめ》いては其処此処《そこここ》に巣を張っている。

彼らは先より一様に首を仰《の》け反らし、月影を恃《たの》みに駅舎の掲げた大時計を眺めては、いまかいまかと客を待ちかねていた。針は午後九時過ぎを指している。別段斯様《かよう》に待たずとも、列車は必ずや軋《きし》り音《ね》を立てて夜気《やき》を揺らすのだから、其の到着を見逃す事とてあるまいに。

さてこそ、烟《けむり》を吐きたる列車が定刻通りに駅へ辷《すべ》り込んでくると見るや、彼らは俄《にわか》に動きだす。駅の門口に客が姿を見せてから動くのでは、もう遅い。機を見るに敏《びん》な俥夫は逸早《いちはや》く駅舎に駆け寄っては人々の行く手を俥《くるま》で遮《さえぎ》り、声を張り上げて客を捕《とら》まえる。中には仲間内にて徒党を組んで俥を並べ、同業者が先に行かれぬようにと道を塞《ふさ》ぐ連中も居る。また或《ある》いは、斯様な喧噪《けんそう》を厭うて足早に駅から離れんとする客を抜け目なく拾い上げる者も居る。

然して、そうした一場の賑わいも一頻《ひとしき》り収まってしまうと、客にあぶれた連中はすごすごと元の路肩へ戻り、俥の軛《かじ》を地に下ろして道に唾を吐いたり、煙管《きせる》を吸ったりなぞして、苛立《いらだ》ちを紛らしつつ次の列車の到着を待つより外《ほか》にない。先に停まった列車もいまや彼方《かなた》にて汽笛を鳴らすばかりで、駅前の広場はまたも水を打ったような静けさに包まれる。

鈴代《すずしろ》も斯くて取り残された側の俥夫ではあったが、他の連中のようにくさくさするでもなければ、いざ客を乗せて駆けるときに呼吸《いき》が萎《しお》れてはならぬと云うので煙草《たばこ》もやらず、ただ、四肢《しし》の節々《ふしぶし》や腱を伸ばしたり、身体《からだ》を温めんと腿《もも》を大きく引き上げて足踏みをしたりと、余念なく身を解《ほぐ》している。すべては、誰よりも速く駆けるためである。

と、周囲の俥夫達の間で俄に起こったどよめきが、そんな鈴代の耳にも届いた。見れば、客を逃してめいめいすっかり気を抜いていたところに、随分遅れて駅舎よりいまひとりの女人が姿を現し、俥の立ち並ぶ渡りまで楚々《そそ》たる足取りで向かってきたがためであるらしい。小袖《こそで》の上から吾妻《あづま》コートを羽織《はお》った卑《いや》しからぬ風采《ふうさい》をした妙齢の御婦人で、チョイと見には何処ぞの御令嬢とでも云うた姿形《なり》。ただ、其れにしては所作の内に凜《りん》としたところとて見えはせず、如何《いか》にも頼りなげな視線を彼方《あちら》へ泳がせ、此方《こちら》へ返し、という落ち着かぬ様で。

此れを見るに、さながら巣の傍《そば》をひらひらと舞う蝶を捕らえんとする蜘蛛が如く、俥夫達はまたも一斉に声を張り上げ始めた。或る者は己の脚の太さを自慢し、或《あ》る者は膂力《りよりよく》を声高に訴え、また或る者は新型俥を売りにして、此の遅れ福を逃すまいと必死であるが、其れに引き換え、鈴代ときたら、斯様な客の取り合いにさえ加わろうとはしない。

然し、婦人は俥夫どもの銅鑼声《どらごえ》に怯えるようにして散々《さんざ》っぱら右往左往してみせた後、僅《わず》かばかりも客にがっつく容子《ようす》を見せぬところを却《かえ》って好ましく思ったものか、軛棒《かじぼう》に肘《ひじ》をついた鈴代の前で、つと立ち止まった。そうして、「四谷まで、急ぎでお願いできますか？」

単に此方の身の疲れ具合やら俥の調子やらを慮《おもんぱか》っての問いに過ぎぬと判っていながら、

鈴代は敢えて此れを一種の挑発と捉え、ただ、「へエ」とだけぶっきら棒に答えた。

「よりにもよって」、「貧乏くじ引いてやがら」、「見物《みもの》じゃ、見物じゃ」と周囲で密やかな——と云うには大き過ぎる野次やぼやきが漣《さざなみ》立つのにも気づかぬ容子で、婦人は座席に上った。何処かぎごちなくも見える其の身ごなしに、急ぎと云う割には莫迦《ばか》にもたもたしていやぁがるなと胸中で毒づきつつも、鈴代は黙って軛棒を握る。

急ぎでお願いできますか——だと？　上等だ。魂消《たまげ》る程の疾《はや》さでもって駆けてやるさ。そう思うが早いか、鈴代は手甲《てこう》の巻かれた双の手にぐっと力を込め、思い切り地を蹴りつけた。

一、一九三〇年代後半、当時の日本国では朝鮮半島に於《お》ける満州国成立に伴い輸送需要が年々急増しており、輸送力は既に逼迫《ひっぱく》した状況であった。加うるに盧溝橋《ろこうきょう》事件を引き鉄《がね》として中華民国との間に日華事変が勃発《ぼっぱつ》すると、当該案件に係《かか》る人員及び物資輸送量増加への対処が軍事面並びに外交面を支える上での急務とされた。此れに応じ、鉄道省を中心に採られた輸送力強化計画の立案から其の開始迄《まで》の流れは、概《おおむ》ね左記の通りである。

一九三八年十二月——鉄道省内部に調査機関「鉄道幹線調査分科会」設立さる。東海道本線、及び、山陽本線の輸送力強化に関する調査・検討を開始。

一九三九年七月——右による検討を経て、「鉄道幹線調査会」が勅令《ちょくれい》を以《もっ》て発足《ほっそく》。

同年十一月——右調査会、「東海道本線及《オヨビ》山陽本線ニ於ケル国有鉄道ノ輸送力拡充方策ニ関スル答申」を鉄道大臣に提出。

一九四〇年三月――第七五回帝国会議に於いて「広軌《こうき》幹線鉄道計画」承認さる。同時に、一九五四年迄の開通を目標とした「十五カ年計画」に基《もと》づき、総計五億六千万円の予算が承認された。

斯《か》くて、世人《せじん》からは一般に〝弾丸列車〟と呼ばれる事となる計画が開始された。

以下に列挙するのは、十五カ年計画承認当初に於ける具体的な構想の一部である。

・東京―博多間をおよそ八時間で結ぶ事を目標とする。

(既存幹線に於いて、東京―博多間の運行には概ね二十時間を要した)

・最高速度は三〇〇キロメートル毎時とする。

・既存幹線との並走はせず、各目的地迄を可能な限り直線的に結ぶ。

・〝新式機関〟搭載車輛による牽引《けんいん》区間と電化区間とを併用する。

尚《なお》、国家的大事業たる軌道の敷設《ふせつ》並びに新型車輛の開発には当代きっての技術者が参加しており、其の中には〝新式機関〟の発明者たる若き研究者、七草初瀬《ななくさはつせ》女史も名を連ねていた。

「えー、皆さま、本日は県立リニア見学センターまでお越しいただき、誠にありがとうございます。当施設では本日も十時三十五分発の第一便より十六時三十五分発の第六便まで一時間毎《ごと》に走行試験を実施致します。体験乗車にお申し込みいただいた方は事前に送付しており

ます受付用の確認コードをお手元にご用意の上、各便発車時刻の十五分前までに当館一階の乗車受付カウンターへお越しください。また、体験乗車にお申し込みでないお客さまにおかれましても、館内各所の展望室にて走行試験の様子を随時ご覧いただける他、館内には映像と振動によって乗車時の感覚をご体験いただけるリニアシアター、リニアの特性を実演する超伝導コースター、過去の走行試験で使用された実車両の展示等、リニアについて、見て、聞いて、触れてお楽しみいただける展示物が多数ございます。是非、館内でのリニアの旅をご満喫《まんきつ》ください。それでは、ハヴ・ア・ナイス・トリップ、シー・ユー！　……はぁ。これ、ほんと、録音じゃ駄目なんですかね。内容も同じだってのに、毎日毎日毎時間毎時間、こうやってわたしが喋《しやべ》る必要ってあります？」（綾機《あやはた》さん、カフ！　カフ落として！）「えっ、何。ヤだ、これマイク入ってる？　うわ、サイアク」…………「えー、先程の館内放送において大変お聞き苦しい点がございました事、慎《つつし》んでお詫《わ》び申し上げます……」

●

『白縫《しらぬい》譚《ものがたり》』というおはなしが好きだった。

江戸時代から明治にかけて三人の作者によって書き継がれた伝奇物語で、舞台は戦国時代の九州。豊後《ぶんご》の国を治めていた領主の大友宗隣《おおともそうりん》は隣国の領主である太宰経房《だざいつねふさ》の讒言《ざんげん》によって謀叛の疑いをかけられ、足利将軍家の命を受けた筑前の菊地秀行らの軍に居城を攻められた末に討ち死にする。物語の主人公のひとりである宗隣の遺児若菜姫は物心もつかぬうちに城から逃がされ、木こりの夫妻に拾い子として養われていたけれど、ある日、深山《みやま》に棲む蜘蛛の精から自身の出自を聞かされると同時に妖術を伝授され、以後、菊地太宰両家への復讐のために奔走《ほんそう》することになる――と、あらすじだけ抜き出してしまえば何とも他愛《たわい》ないおはなしだけれども、若菜姫の活躍ぶりには、心底、胸が躍《おど》った。巨大な土蜘蛛の妖《バケモノ》に打ち跨《また》がって東奔西走し、ある時は蜘蛛の妖術を自在に操って悪漢をあしらい、またある時は男装して白縫大尽《しらぬいだいじん》と名乗り、巧みな剣術を駆使しては酷薄な笑みを浮かべつつ仇敵を手にかける。

草双紙《くさぞうし》の一種である合巻《ごうかん》という形式で編まれた絵入り小説の中では最も長大な物語で、初編から完結までは九十編にも及ぶ。もちろん、当時の草双紙なんて手に入るわけがないから、実際に触れたのは翻刻《ほんこく》本だったけれど、それでも、一巻あたり約七百頁《ページ》の分冊で上中下巻。現代語訳も付されていない大昔の仮名遣いで綴られた物語を頭からお尻まで読み通すには、かなりの時間がかかった。古語辞典を引きつつ四苦八苦しながら読み進め、おしまいまで読んだら、また頭から読む。そんなことを十年以上にわたって何度も何度も繰り返した。

二十二世紀の大学で物理学を専攻しているくせに、どうしてそんな古文書《こもんじょ》みたいな代物《しろもの》をしつこく読み返しているんだと同じゼミの男子に笑われたこともある。きっと、彼にはどう説明したってわからないだろう。「今度こそ」と強く思いながら読み返し続けていたら、物語の結末だって変わるかもしれないなんていう、ささやかで非合理的な願いは。

そんな青い学生時代も今は昔。欧州で数年間の研究生活を続けるうちに――その間にも、更に幾度も物語を読み返すうちに――わたしはこう思うようになった。

『白縫譚』なんか、大嫌いだ、って。

○

暗い夜《よ》だ、冥《くら》い夜だ、真っ冥い夜だ。

如法暗夜《にょほうあんや》の其方此方《そちこち》で風に戦《そよ》ぐは枯れ薄《すすき》、さらさら擦《す》れて擦れ合《お》うて森閑《しん》と静まり返りたる夜気《やき》を掻き混ぜ、また溶ける。斯様な景色《さま》の只中《ただなか》を、闇より黒き影法師《かげぼうし》、疾風《はやて》が如く旋風《つむじ》が如く跫音《あしおと》もなく辷《すべ》り行きしが、然《しか》れど俄《にわか》に足を止め、其れから何ぞ口中で呪言《まじない》めいた独り言。然るに続く在り様は不思議も不思議、摩訶《まか》不思議、蒼《あお》き鬼火の三《み》つ四《よ》つ、吐息の内より生じては漂い出でて彷徨《さまよ》いて、四方八方照らし出し、草葉の陰の間々《あいあい》に怪しき人影《かげ》の揺るる様、確《しか》と顕《あら》わに浮き立たす。各々《おのおの》得物《えもの》を携《たずさ》えし人相悪しき男らが右に左に三人四人、鬼火の立つに肝《きも》潰し、めいめいワアワア騒ぎ立てれど、内にひとりの心剛《こころごう》なる者在りて、

――ヤアヤア奇《き》ッ怪《かい》至極《しごく》な業《わざ》よ。噂に違《たが》わぬ妖術を使うとなれば汝こそ白縫大尽《しらぬいだいじん》とぞ名告《なの》り、世を謀《はか》りたる奸人《かんじん》ならん。草間《くさま》に伏《ふ》して身を潜《ひそ》め、搦《から》め捕らんとて待ちたりし甲斐《かい》もあ

ったと云うものよ。斯く行き合うた上は観念し、逃げ隠れせで神妙に我らが縄に掛かる可《べ》し。

此れを聞くだに彼《か》の影法師、目深《まぶか》に被りし編笠《あみがさ》をかなぐり捨てて応じたり。

——ヤアヤア如何《いか》にも我こそは己等《うぬら》の求めし白縫よ。然《さ》れども云うに事欠いて、逃げ隠れとは聞き捨てならぬ。夜陰《やいん》に紛れて不意打ちの隙を狙いし己等こそ、卑怯極まる臆病者よ。

凛たる声の白縫大尽。揺るる鬼火の照らす顔貌《かんばせ》、男としては見まほしき、皓《しろ》き膚《はだえ》の細面《ほそおもて》。然《さ》れども双の眼《まなこ》には赫々《かっかく》としたる火を宿し、恐れを知らぬ武士《もののふ》の勇ましき表情浮《かお》かべたり。

——シヤ、面憎《つらにく》な。者ども、怖《お》じる事なかれ。妖《あや》しの術をば使うと云えど、所詮《しょせん》は独りの浪人よ。取り逃がしたれば末代の恥。四方《しほう》ひとしく立ち掛かり、刀の錆《さび》としてやらん。

先の男が鞘《さや》を払いて激しき下知《げじ》を飛ばすや否や、他《た》の郎党等《ろうとうら》も奮《ふる》い立ち、漸う《ようよ》う気を得てにじり寄り、手にした得物を白縫に突き立てんとて斬りかかる。然れど白縫、気色《けしき》変わるる事もなく、身をばさらりと辷《とな》らせて四方の刃《やいば》を躱《かわ》しつつ、己は刀を抜きもせで左右の手にて懐中に印を結びて呪文を唱《とな》う。天地俄に鳴動し、蒼き鬼火は尾を引きて流星乱舞するかの如く闇を切り裂き前へ背後《うしろ》へ、蠢《うごめ》く影絵は地を舐《な》めて、重なり合うてはまた離れ。かと見るや、手柄を得んとて立ち回り激しく暴れし郎党等《ら》、俄に身をば竦《すく》めたり。奇怪千万、魂消《たまぎ》る様よ。片手片足上げたる儘《まま》に一同ひたと固まれり。歯嚙みをすれど罵《ののし》れど、僅か《わずか》許《ばか》りの身動《みじろ》ぎも能《あた》う事なく強直《ごうちょく》し、刃《やいば》の尖端《さき》とて小揺《こゆ》るぎもせず。能く能く見るに男等《ら》の手首足首腰周り、半《なか》ば透けたる蜘蛛の絲《いと》、八重《やえ》に八百重《やおえ》に絡みたり。白縫につ、ことうち笑《よ》むや愈々《いよいよ》刀を取り出《い》でて、ひとりの男の首にあて、刃をするりと辷らせる。噴き出す血汐《ちしお》を身に浴びたるに、口の端《は》更に引き上げて、返す刀でまた別の男の喉をば斬りつける。残るふたりが絞り出す懼《おそ》れの叫びも愉しげに味わいつつも一閃二閃、宙に白刃《しらは》を奔《はし》らせて、遂《つい》に諸人屠《もろびとほふ》りたり。斯くて哀れな男等《ら》の息の絶えると同時《おんなじ》に其の身を縛りし絲も切れ、どうと倒れる屍《しかばね》の無惨な様にも白縫は紅く染まりし袖を振り、呵々大笑して血に濡れし刃払いて収めたり。

――のう、姫よ。大友殿《おおともどの》の姫君よ。

闇の内より声ひとつ。破《わ》れ鐘《がね》が如き声ひとつ。然《しか》して斯かる声の主、何処《いずこ》と見るに白縫の両の蹠《あしうら》より伸びし影、宙に浮かびて凝《こご》りては、俄に大きく膨らみて、ひとつの輪郭《くま》を顕《あらわ》せり。半人半蛛《はんにんはんちゅう》たる其の姿、紛う事なき土蜘蛛の大なる身体に相違なし。

――如何《いかが》なされた、土蜘蛛よ。

此れに応ぜし白縫の気を緩《ゆる》したる其の貌《かお》は、正《まさ》しく若菜の姫君の其の顔貌《かんばせ》に外《ほか》ならで、ことば振りまで男児《おのこ》に似せれど、芯の内には涼やかな響きを含むは変わりなく。

――汝は真《ま》っ実《こと》、容赦《ようしゃ》と云うを知らぬと見える。何も生命《いのち》を獲らずとも、斯くも搦《から》めて捕りたれば、後は如何《どう》あれ捨て置いて、逃す事とてできたであろうに。

――何を仰る我が朋輩《とも》よ。闇に舞い散る血飛沫《ちしぶき》こそは我らが行きし復仇《ふっきゅう》の道を飾りし華《はな》ならん。タッタ一度の事とても其の道行《みちゆき》を塞ぐなら、如何《いか》にか弱き鼠とて逃す事なく屠るは必定《ひつじょう》。何故《なぜ》と問うるに我こそは〝怨《えん》〟の一字に身を懸けし、悪逆謀叛の体現者。刃《やいば》を向けし者在れば生かして帰すは名折れなり。見敵必殺《けんてきひっさつ》。見敵必殺。ゆめゆめ忘るる事なかれ。

――あな頼もし。我が主君《あるじ》たる姫君の抱《いだ》きし〝怨〟の情念は益々《ますます》もって研ぎ澄まされて、冴《さ》えに冴えたるものと見ゆ。

然るに、白縫もとい姫君は、首《こうべ》を垂れし土蜘蛛の背に跨《また》がりて微笑《ほほえ》みぬ。


十把一絡《じっぱひとから》げに俥夫と呼ばれる者達の中にもいろいろ在って、皆一様に軛《かじ》を握って駆けるところこそ変わらぬが、客の土産《みやげ》話にチョイとばかし気の利いた相《あい》の手を入れる者も居《お》れば、いま曲がった角が此処いらで有名な牛鍋屋《ぎゅうなべや》だの何だのと道中の案内《あない》をする者も居り、また或いは、別段客から訊《たず》ねられたという訳でもないに、近頃の世相への持論を一席ぶったりなぞする者も居る。いずれも鈴代《すずしろ》には気に入らぬ連中だが、わけても許せぬのは、客とのお喋りに興じるあまり足許《あしもと》が疎《おろそ》かになって、口数の割には些《ちっ》とも足の回らぬような奴らである。

俥夫である以上、先《ま》ず何より考えるべきは〝速さ〟である――と云うのが鈴代の持論であった。俥夫の身とは謂《い》わば一個の機械であるのが理想であり、四肢も五感も、より速く駆ける事のみに資《し》するべきだ、と。地を蹴る足の強さはもとより、其の力を逃す事なく俥《くるま》へと伝えるには軛棒を握る手とて緩めてはならぬ。眼は道を過《あやま》たぬようにするに限らず、路面の状態を絶えず仔細《しさい》に把握するためにあり、耳は客の話なぞではなく、横合いの通りから人だの俥だのが飛び出してくる気配を知るために研ぎ澄ます必要がある。そうして口は、幾ら全力で駆けようとも適切な呼吸《いき》を続け、肺腑に酸素を送り込む事にこそ使われるべきだ。

常から斯様に考えている鈴代であるから、上野広小路《ひろこうじ》の辻《つじ》を曲がったところで御婦人が幌《ほろ》の闇の内にて口を開いたときには、内心、疎《うと》ましく思った。

「此の辺りは昔と随分変わったのですね。昔と云っても、ほんの十年ばかりの事ですが」

深い感慨を湛《たた》えつつも見事に抑制された気品ある口振りだが、鈴代には此の後、御婦人の口から延々と続くであろう話の内容が粗方《あらかた》予想できる。先のことばからすれば、御婦人は都《みやこ》から離れた鄙《ひな》の地ででも過ごしていたのであろう。縁談か、或いは夫の地方赴任《ふにん》に伴われでもしたか。理由は知らぬし、知りたいとも思わぬが、相手は此処十年来の来《こ》し方《かた》などを独りでに語りだすであろう。そうとなっては敵《かな》わないと云うので、「へえ」とだけ気のない応えを返した後、鈴代は直《す》ぐに話の舵《かじ》を実利的な方へと切った。「で、四谷の何方《どちら》までで？」

御婦人は肩透かしを食ったようなかたちで、「ええと、七草家の屋敷までお願いします」

七草。其の家名には鈴代も聞き覚えがあった。元は長州の藩士であったものの幕末期に攘夷《じょうい》派として活躍した事で仕官し、其の後、一代で政府高官にまで成り上がった男の邸宅だ。となれば、此の御婦人は其の息女と云う事か。「そいつぁ、恐れ入谷《いりや》の鬼子母神《きしもじん》、っと」

「え、恐れ入る？」流石《さすが》、世間知らずの御令嬢は冗句《じょうく》のひとつも解さぬと見える。

鈴代は肩を竦め、「イエ、何でもござんせん」

「そうですか……ところで、其れより貴方《あなた》の其の声——」御婦人の興味は、ことばの意味よりも音にこそ引かれたものらしい。其処まで云って暫《しば》しことばを切ると、幌に隠れた顔に浮かんでいるであろう訝しげな表情も透けて見えそうな声音《こわね》で、「貴方、女人《にょにん》なのですか？」

「其れが何か？」何がために其れを訊くか。理由が能《よ》く判っているからこそ、鈴代の口調は我知らず棘立《とげだ》った。彼女は首を回して座席を見遣りつつ、もう一度。「其れが、何か？」

どうして、女の身で人力車なぞ——と云うのは飽く程に投げ掛けられてきたことばである。

「男のような格好なぞして浅ましい」と悪《あ》し様《ざま》に云われる事さえしょっちゅうだが、鈴代当人に云わせれば、見当外れも甚《はなは》だしい。彼女はただ偏《ひとえ》に、より動きやすい服装を、より疾《はや》く駆ける事の能《あた》う装束《しょうぞく》をと、己なりに突き詰めた結果としていまの風体《なり》に行き着いたに過ぎず、断じて男の真似事《まねごと》なぞを望んでの事ではない。翻《ひるがえ》って、所謂《いわゆる》女の装いとされているものは、とかく動きにくくて仕方なく、まるで四肢の動きを封じんとばかりに拵《こしら》えられた枷《かせ》のようだとさえ彼女は思う。とは云え、そう抗弁《こうべん》したとて、世人の答えは判で捺《お》したかの如きものと決まっている。すなわち、「そもそも女は駆ける必要なぞない」、「はしたなき振る舞いだ」と。まったく、とんでもない話だと鈴代は憤る。要否を決めるは世人でない。振る舞いの価値を決めるは男でない。いずれも己《おれ》、此の己だ、と。故にこそ、どうして俥夫なぞにと云う問いにも意味はない。ただ、己がそうしたいからそうしているというだけの話だ。

男連中に交じって斯様な生き方を続けるうちに、いつしか付けられた綽名《あだな》は〝ささがに姫〟。つまりは、蜘蛛の姫様だ。駅前広場の外燈が落とす灯《ひ》の輪の内だの、歓楽街の路々《みちみち》に滲《にじ》む陰だのに、巣を張り、集《たか》り、客を取る——そんな俥夫達の姿ときたら、もとより蜘蛛呼ばわりされるのがお定まりであるから、蜘蛛の異名たる〝ささがに〟と呼ばれるのは判るが、其処に態々《わざわざ》〝姫〟なぞと付け足すのは、偏《ひとえ》に侮蔑《ぶべつ》の心の顕《あらわ》れと云うより外《ほか》になかろう。

「どうして、女人の身で俥夫を——」と云いながら、御婦人は片手で前幌《まえほろ》を僅かに持ち上げた。ホラ来たと鈴代は思いかけたが、御婦人が後に継いだのは、然し、意想外なことばであった。「——なんて、嫌になる程、しょっちゅう云われていますでしょう？」

吃驚《びっくり》して目を見開いた鈴代に、相手はなおも意味深長にこう続けた。

「わたくしも、そうでしたから」

一、計画が承認されし一九四〇年三月から一九四二年五月迄《まで》の概ね二年間に於《お》いて、広軌幹線鉄道計画に係《かか》る用地買収は順調に進み、東京博多其れ其れを起点とした新軌道の敷設も既に着工していた。但《ただ》し、〝順調〟なる表現は用地買収が必ずしも穏便に進んだ事を意味せず、寧《むし》ろ、一九四一年十二月八日のマレー作戦及び真珠湾攻撃の後に本国が米英両国に宣戦布告、以《もっ》て開戦の詔勅《しょうちょく》が発表されたという当時の状況に因《よ》る部分が大きい。日華事変をも含めて「大東亜戦争」と呼称する事が閣議決定された戦争に際し、戦時体制なる特殊な体制下にて半ば強制的な接収という形を取れた事が買収の急進へと繋がったのである。
一方、同計画のもう一翼を担《にな》う新車輛に搭載される新式機関の開発も、御母堂《ごぼどう》も又《また》〝怨《えん》

気《き》〟の研究者であった七草初瀬女史の指揮の下で漸進《ぜんしん》を続けていた。尤《もっと》も、当該機関の開発は其の機構が孕《はら》む重大な倫理的問題の為、国民一般はおろか鉄道省内及び軍部に於いても厳重に秘匿《ひとく》されており、極《ご》く一部の技師や研究員を除けば、殆《ほとん》ど女史単独で進められていたと云って過言でない。国家の先行きを左右する計画の根幹を未《いま》だ三十歳という若き女性がタッタ独りで担っていたのであるから、其れ丈《だ》けを以てしても破格の処遇であるが、加うるに、御母堂は未だ世人の記憶にも強く残っていた彼《か》の〝怨気公開実験〟にてペテンの誹《そし》りを受け、学会の表舞台から姿を消した人物である。其れを考え合わせれば、此の登用は斯様な出自故の偏見をも撥《は》ね除ける程に女史の知識と才とが優れていた事の証左であると云えると同時に、新式機関開発の詳細が秘された事には、そうした女史の経歴に対する反発への危惧という由《よし》も含まれていたのではないかと考えられる。

　斯様な背景故、当時の開発過程に係る具体的な資料は乏しい。以下は開発局内で女史の助手を務めていた綾機《あやはた》某《なにがし》氏の証言を基に再構成した、或る日の女史の様子である。

　一九四一年八月十五日、七草女史は鉄道省管轄下の車輌工場内に在る研究室にて、終日、新式機関の調整作業を進めていた。同研究室は〝弾丸列車〟開発の為、広軌幹線鉄道計画の予算を用いて女史の注文通りに設《しつら》えられたものである。鋼鉄製の観音《かんのん》扉によって厳《いか》めしく鎖《とざ》された室内は〝研究室〟という語から一般に想像される其れよりは可成《かな》り広いにもかかわらず、混凝土《コンクリート》の壁際に種々の計器や機械が所狭しと並べられているせいで、実際よりも狭く感じられる。二百燭光《しょっこう》の電燈の光を浴びてリノリューム張りの床が灰白色《かいはくしょく》に濡れた室内の中央には、高さ一間、幅も此れに同じという巨大な鋼鉄製の塊が鎮座し、複雑にして奇怪な形を取った其の方々《ほうぼう》から、各種の機器へと無数の配線が伸びている。白衣を纏った七草女史は斯かる装置の間近に立ち、先から何事かぶつぶつと呟きながら手帳に筆を走らせていた。

黒鉄《くろがね》の歯車。触手の如く突き出した無数の気筒《シリンダー》。熱風をシューシュー吐き出す排気筒や忙《せわ》しなく針を動かす計器類。床を這って方々へ生え伸びた管《パイプ》と、其の中を通る流体の圧力や流量を調整する各種の把手《ハンドル》。其れ等《ら》がゴテゴテと寄り集《つど》って成した一塊《いっかい》の混合物を目《ま》の当たりにしたならば、大凡《おおよそ》の者は此れこそが新式機関の全容だと思うであろう。然し、其れは甚だしい見当違いである。此の物々しい鋼鉄の塊は寧《むし》ろ、機関から放出される余りに膨大な力を抑制し、人が扱う事の能《あた》うものへと変換する為の大掛かりな制御装置であるに過ぎぬ。

「第六八七《ロクハチナナ》回制御試験を開始。動力の怨気を七《ナナ》，八〇〇《ハチマルマル》迄上昇させての動作検証を行う」先刻より何ぞ口中で呟いていた七草女史は其処迄云うや、各種の計器へと目を走らせ、「キルリアン振動数、五〇〇《ゴーマルマル》台で遷移。V線量一二〇《ヒトフタマル》ダルジェ《Drg》、Xx線量一《ヒト》，一三四《ヒトサンヨン》オホロ《oCr》にて安定。孰《いず》れも人体への影響を考慮する必要なき範囲内と確認。炉心部隔壁を開放する」

女史は万年筆を口に咥《くわ》え、開いた儘《まま》の手帳を小脇に挟むと、装置正面に取り付けられた観音扉に両手を伸べた。左右の取っ手を引き下ろし、分厚い扉を開いていくにつれ、其の動作と連動した絡繰《からく》りによって装置の内部から台座の如きものがせり出してくる。直後、扉の隙間から黒光りする瀝青炭《コール》タールの如き液体が溢《あふ》るるかと見えるが、能《よ》く能く仔細に眺めてみれば、其れはダラリと垂れ下がった長い長いぬばたまの黒髪であり、そうして、中《なか》つ処《ところ》から髪を割るようにして顕《あらわ》れたのは、皓《しろ》い膚《はだえ》を具《そな》えた未《ま》だあどけなさの残る少女の顔だ。

此《い》れこそが、新式機関の真なる動力源である。

真っ直ぐに見つめる女史の眼前で、長い睫毛《まつげ》に縁取られた少女の両の瞼《まぶた》が、不意に、パチンと弾ける音も聞かれそうな様で見開かれる。

そう、此《い》れは——生きている。

後世に於いて〝悵恨怨迅《グラツジエンジン》〟の名で知られる事となる機関。其の初號機《しよごうき》である。

「超伝導コースターの実験会場にようこそ！　ここではミニチュアを使った実験を通してリニアに用いられている超伝導の特性を実演しちゃいます！　なお、本日の実験と解説は、わたくし、綾機《あやはた》が務めさせていただきます。最後までお楽しみいただけるよう、めいっぱい頑張りますのでよろしくお願いします！　では、早速ではありますが、こちらにあるミニチュア車両を実際にコースに載せてみましょう。よっと……おぉ、どうですか！　後ろの方にお立ちの皆さんも是非よくご覧ください。コースからほんの少ぉし、車両が浮き上がっているのがわかりますか。不思議ですねぇ。そうだ、この中で、どうしてこんな風に車体が浮くのか、ご存知の方は手を上げてください。おー、結構いらっしゃいますね。じゃあ、そこのボ

ク。どうしてだと思うかな?」(〝怨気〟の力で浮いてる!)「お、まだ小さいのに、怨気なんて難しい言葉を知ってて凄いねぇ。さぁ、気になる正解はどうかなー……うーん、正解!コースと車両の間には怨気フィールドと呼ばれる強力な力場が発生しています。この力場の中での押し出す力と引っ張られる力の利用、それから、車両後方に向けて爆発的に放出される怨気エネルギーによって、車両は一気に最高速度に達するのです。ということで、さぁ、ここからが本番。実際にコースを走らせてみましょう!」……(長い沈黙の後、どよめき)……「すぅーっごい速さでしたねぇ!　速過ぎて伝わりにくいかもしれませんが、いまの実験では時速千三百キロものスピードが出ているんですよ。でも、ミニチュアと違って大きな車両を同じ速度で動かすとなったら、とんでもない量の怨気が必要じゃないかって思いますよね――ご安心を。そのために十分な怨気は既に確保されているんです。それが採集されたのは北九州。そう、一九四五年八月に悲劇的な爆心地となったあの土地です……」

●

大型《ラージ》ハドロン衝突型加速器《コライダー》。通称LHC。それが、わたしの所属する研究グループも参加していた欧州合同原子核研究機構の基幹をなす実験装置。名前に「大型」って付くのは伊達《だて》ではなくて、周長約26.7㎞にも及ぶ環状の地下トンネルに設置されたそれは「装置」って言うより、もはや一種の建造物に近いけれど、高エネルギーによって加速させられた陽子がその長大な円環を一周するのにかかる時間はたったの0・0001秒程度。そんな途轍《とてつ》もない装置を使って多くの研究者達がしていたのは陽子同士を衝突させ、その結果を観測することだ。LHCは超伝導の力によって光速の99・999991%まで加速させた陽子の塊《バンチ》を内回りと外回りでそれぞれ周回させ、最終的に衝突させる。そうしてバンチ同士がぶつかると、現在の自然界には存在しないものの、宇宙開闢《かいびゃく》当時には存在していたと考えられる粒子が発生する。研究機構には各国の研究グループが多数参加していて、それぞれに様々な実験と観測をしながら日々を過ごしていたが、その中の日本人を中心としたグループのひとつで数年間、数少ない女性研究員として生活を送るうちに、わたしは徐々に理解した。どれだけ研究効率を上げる提案をしても、観測過程において新たな発見をしても、それは〝わたしの〟成果にはならないということを。わたしの発見や新案は男性の主任研究員によって掠《かす》め取られる。あるいは、期待の若手とか呼ばれている男の手柄へとすり替えられる。

理由は単純。わたしが女だからだ。

いや、それ自体は院生時代からよくあることだった。ただ、院を出て実地での研究に携わるとなれば——真に学究の徒が集まる場に行けば——そんなこともなくなるだろうと、当然のことのように思っていたのだ。

けれども、何年もかけてわたしが得たものと言えば、結局は虚しい諦念《ていねん》ばかりだった。

○

月魄《つきしろ》とろり、とろとろり。

夜陰《やいん》に溶けし月光は絲《いと》を引きつつ海に滴《したた》る。びょうと唸《うな》りし東風《こち》により吹き散らされて何処へやら逃げて行きしか黒雲《くろくも》の影さえ見えぬ空の下、千尋《ちひろ》に広がる海原《うなばら》の荒波立ちて暴れるに、白波《しらなみ》さえも月魄《つきしろ》の降らす光にそぼ濡れて、脱ぎ捨てられし紺青《こんじょう》の縮緬衣《ちりめんごろも》が如き様。

斯かる色せし海面《うみづら》を突き破りては聳《そび》えたる鬼の角《つの》とも見ゆる黒影《くろかげ》、厳然《げんぜん》たりし様にて在るは、嶮《さが》しき山の切り岸《ぎし》で、橙色《だいだい》にてちろちろと燃ゆる篝火《かがりび》、山肌の其方此方《そちこち》にて揺るる。

此《こ》は其の昔、九州に勇威を奮いし名将が心を込めて縄張りて、西国《さいごく》一の名城と呼ばわる城を打ち建てし、肥前《びぜん》の国は嶋山《しまやま》なる地に相違なし。然《しか》して、彼《か》の家系《いえ》没落《つぶ》れし後は城跡《しろあと》さえも消え果てて、忘れ去られし寂しき土地よ。斯かる僻処《へきしょ》に今更に燎火《りょうか》の灯《とも》るは何故《なにゆえ》か——若菜の姫が山寨《さんさい》を新たに築き、居を定め、根城にせしが為である。げに山嶺《やまみね》高く奥深く、辺りは大方海なれば、我が身を隠し、仇敵を窺《うかが》いたるに此れよりも優れし土地は却々《なかなか》になし。

斯かる根城の広間に庭に、今宵《こよい》は多くの手下等《ら》が犇《ひしめ》き合うては顔を赤らめ、祝いの酒に酔うている。酒宴の席に集まりたるは山賤《やまがつ》、神官、薬売り、法衣《ほうえ》纏いし仏僧に、浪人、傾城《けいせい》、果ては猿曳《さるひ》き、白拍子《しらびょうし》。さながら祭《まつり》の如くして斯様な面々入り乱れ、我等《ら》が頭領《かしら》と戴《いただ》きし若菜の姫君其の人が仇敵ひとりを討ちたるを、祝い寿《ことほ》ぎ、讃《たた》えに称《たた》う。討ち取りたるは、黒闇《くらやみ》お牛《うし》なる女。未《いま》だ己の生い立ちを識《し》らぬ姫をば養《やしな》いたりし義母を殺《あや》めた人非人《にんぴにん》。姫は其奴《そやつ》を捕《とら》まえて、千々《ちぢ》に絡めし蜘蛛絲《くもいと》で搦《から》め取りては高手小手《たかてこて》、松の梢《こずえ》に縛り上げ、飽くまで苦痛を与えんと、先端《さき》も尖らぬ竹持ちて左右の腹をば素突《すづ》き二、三ン度、背なの肉をも貫いて、抜けば迸《たばし》る血汐《ちしお》の滝《たき》つ瀬。長々苦しむ呻き声、さながら牛馬《ぎゅうば》の吠ゆるに似たる。

斯かる武勇を讃える酒宴、賑わい収まる気配なく、とりどりなりし装いの者ども数多《あまた》入り乱れ、騒ぎに騒ぎて良い心地。其の数、凡《およ》そ三千余名。大友由縁《ゆかり》の浪人を忍び忍びに呼び集《つど》え、下知《げじ》を伝えて諸国に出《いだ》し、不義にて富める宝を奪い、専《もっぱ》ら仁義を行う程に、徳を慕いて集まりて、姫に仕《つか》えし者どもよ。出で立ち様々なりけるは、常は間者《かんじゃ》の役目を負うて、めいめい身をば偽りて諸国に行きし連中が、此の宴席が為《ため》にこそ立ち帰りては集うた故で。

宴たけなわより衰えず朝まで続くと思《おぼ》ゆるに、此の宴席の主役たる姫君ふいと座を離れ、女﨟《じょうろう》ひとりを伴いて、奥の室《むろ》へと引き籠もる。然るに若き女﨟の口を開きて云いたるは、

――怨敵《おんてき》を討ち取りし様、見事であったぞ、姫君よ。

姫君此れにうち笑みつつも、然れども眉根を引き寄せて、応じる事なく黙したり。此れを見るだに女﨟の口の端《は》俄《にわか》に裂け広がりて、元の本性《ほんじょう》顕《あらわ》せり。斯かる女の正体は、化生《けしょう》の術をば操りて女人《にょにん》の姿形《なり》を偽りし、彼《か》の土蜘蛛に相違なし。

――何ぞ不満か、姫君よ。

——不満と云うには及びませぬが、我が身に宿りし〝怨〟の気は、些《いささ》か許《ばか》りも晴れませぬ故。お牛が如き小悪党、誅《ちゅう》したとても些事《さじ》なれば、少しも胸の空《す》きはせで。より疾《と》く速く仇敵を次々屠《ほふ》りて廻《まわ》らねば、心の内を覆いたる靄《もや》も濃くなる一方で。

——そう急《せ》く事とてあるまいに。奸計策謀《かんけいさくぼう》巡らして、確《しか》と足場を固めつつ、近き方より順繰りに首級《くび》を獲ったら良かろうに。勇みて時勢を見誤り、身を滅ぼしては元も子もなし。

蜘蛛の化生は斯《か》く云いて、血気に逸《はや》る姫君を諫《いさ》め宥《なだ》めしつもりでいたが、然《さ》れども主君《あるじ》の眼には尚、憂いと思《おぼ》しきものを見ゆ。


女には勉学も知識も不要——と云うのは、別段、珍しい考えでもない。むしろ、女は家事一般と立ち居振る舞いを修《おさ》むれば十分と云うのが社会に於《お》ける通念であるし、其れに飽き足らぬ女人は奇人の如き扱いを受けさえする。七草家当主もまた、高等師範学校への進学という娘の望みを許しはしなかったと云う。畢竟《ひっきょう》、娘なぞは他家との関係を取り結ぶための具とするより外《ほか》、家に資《し》する点のひとつも持ち合わせておらぬ存在だと考えていたのであろう。

「けれども、わたくしは学びたかったのです。学問という奥深き世界に身を投じてみたかったのです」いまやすっかり前幌を上げてかんばせを顕わにした御婦人は、話の続きが気になってチラチラと振り返る鈴代《すずしろ》の顔を凝《じっ》と見つめ、「其れで、わたくしは出奔《しゅっぽん》したのです」

鈴代は先まで相手に抱いていた漠たる思い込みの一部を改めた。世間知らずの箱入り娘とばかり思うていたが、どうもそうではないらしい。

「とは申しましても、親の援助も抜きにして師範学校に通うなんて事はできませんし、大学はそもそも女人に門戸《もんこ》を開いてはおりませんでしょう。其処で、もとより私淑《ししゅく》しておりました森桑楡軒《そうゆけん》先生のもとへと参じまして、直接の徒弟《とてい》としていただいたのでございます」

何と云うツテがある訳でもないに九州に住まう教授の在処《ざいしょ》を訪《たず》ね、弟子にしてくれと請《こ》うたのだと云う。そうして、〝怨気〟とか云う鈴代には能《よ》く判らぬものについて学んでいるのだ、と。豪胆と云うか向こう見ずと云うか、随分突飛な事をなさる御婦人だと鈴代は呆れかけたが、直ぐに首を振り、己《おれ》とて他人《ひと》の事は云えまいと自嘲した。彼女自身もまた郷里である筑前を捨て、何のアテもなく東京へと出てきたくちだ。路銀すら碌《ろく》に持たぬから上京の道のりは殆《ほとん》ど徒歩《かち》にて往く事となったが、もとより己が足で走る事を望む本性からすれば長旅とて苦ではなく、足腰の鍛錬に恰度《ちょうど》良いと思うばかりであった。むしろ、大変であったのは東京に着いた後の事で、浅草辺りにて物乞い同前の暮らしをしつつ、貸俥《かしぐるま》を抱えた方々の親方の処へどうか働かせてくれと頼みに行っては素気《すげ》なく追い返される日々を一年ばかりも続けた末、漸《ようや》くの事で雇い入れてくれる処を見つけた。其れとて自身の俥を持った訳ではないから借り賃を払わねばならぬのだが、足許を見て同業の男らの倍も取られる。文句のひとつも云いたくもなるが、此ればかりはどうしたって貸主《かしぬし》の側が強い。然るに、そうまでして望む仕事にありついた後も周囲から寄せられるのは白い目と嘲罵《ちょうば》ばかりであった。

　但《ただ》し、だからと云って御婦人の話に「理解《わか》る」なぞと安易な共感を覚えはしない。否、覚えてはならぬと自戒する。俥を曳《ひ》いて駆けるより外《ほか》に能もなければ学もない己には判り得ぬ領分の話だという事も、あるにはある。然し、其れにも益《ま》して忘れてはならぬのは、何処まで行こうと、己の境遇と相手の其れとは異なるものだという当たり前の前提だ。〝女である〟事を由《よし》として互いの苦労を一括《ひとくく》りにしたのでは、詰まるところ、彼女が他の何より厭うている「女だてら」ということばの檻に自ら囚われてしまう事になる。代わりにと云う訳でもないが、常からの鍛錬によって身に染みついた規則的な呼吸の合間を縫いつつ、鈴代は切れ切れに問うた。「其のお偉い学者先生ってぇのは、九州のどの辺りにお住まいで？」

　往き先や道順以外の事柄を客に訊ねるなぞ、彼女にとっては真実珍しい事である。

「筑前でございます」と御婦人は答えた。

「へエ、そいつぁ奇遇で。あっしも筑前の出でございやすよ。尤《もっと》も、御客様にこう申すのは悪《わり》ぃようにも思われやすが、あっしだったら二度と踏みたかない土地ですがね」

　御婦人は、ふふふ、と淑《しと》やかに打ち笑み、「捨てた故郷《さと》と云うのは、そういうものなのでしょうね。わたくしも四谷になど二度と帰るものかと思うておりましたから」

「其れだってぇのに、お屋敷に向かわれてるのはどういう訳で？」

「父が危篤《きとく》だと、家の者が電報を寄越してきたのです」

　其の答えに、共感なぞせぬと思っていたはずの鈴代は、然して、あべこべに軽い落胆を覚えた。くだらぬ、と。学問の世界だ何だと云っておきながら、畢竟《ひっきょう》、此の御婦人も肉親でもあり家長でもある者の死は看取《みと》りたいと思うてしまうものなのか、と。そうして如何《いか》にも気のない調子で、「へェ、親の死に目に会えねぇとなっちゃあ事だ。道理で急ぎと仰る訳で」

「其れはそうなのですが——いいえ、屹度《きっと》、貴女《あなた》が想像なさっているような話ではありませんよ」御婦人は座上からそう断りを入れ、劃然《かくぜん》たる調子で後を続けた。「あの男が身罷《みまか》る前に、わたくしはこう申してやりたいのです。〝どうです。貴方の意に反して、わたしは順調に学問を修めておりますよ〟と。そうして、死に際に怨みつらみをぶつけてやりたいのです」

皓《しろ》耳を疑いつつ首を後ろに回した鈴代の視線の先で、御婦人は神妙な顔つきをしていた。皓いかんばせに皺を寄せる事こそなけれど、双の瞳には赫々《かっかく》たる怨《えん》の焔《ほむら》が燃えている。

そいつぁ——と、鈴代は前に向き直り、四肢も千切れんばかりに両手両足に力を込めた。

——そいつぁ、何が何でも間に合わせてやらなけぁならなぇな。

一、一九四二年八月六日。一通りの開発を終えた〝悵恨怨迅《グラッジエンジン》〟と七草女史、及び、設計助手や技師からなる女史お抱えの開発班は帝都の研究室から遠く離れた旧筑前は博多の地に在していた。東京方面に先んじて軌道敷設が進んでいた当地に於《お》いて新式車輛の建設が進められていたが為である。女史が開発せし怨迅は既に車輛へと搭載され、後は走行試験を待つ許《ばか》りであった。尚、車輛を帝都へと移送し、軍司令本部の膝元にて試験を実施するという案も初期には在ったが、結局、安全性への危惧を由《よし》として廃案となった。万が一にも帝都内にて怨迅が暴走を起こす事などあってはならぬからには、極めて妥当な選択と云えよう。

「定刻通り一七《ヒトナナ》：〇〇《マルマル》より、第三回駆動試験を開始。此れより、最終起動過程に入る」と、口中で呟きつつ速記した後、女史は手帳を床に下ろした。「炉心部隔壁を開放する」

先頃迄《まで》研究室の中央に座を占めていた黒鉄の塊は現在《いま》、実車輌の内部に据えられ、方々から生え伸びた管や配線も各種の実験装置ではなく車輌各部へと接続されていた。女史が制御装置の観音扉を開くと、ぬばたまの黒髪と皓《しろ》い膚《はだえ》とを具《そな》え、身にぴたりと透明な薄膜を張り付かせた少女の軀《からだ》がせり出してくる。四肢は其れ其れ炉壁《ろへき》に埋め込まれ、さながら、両腕両脚の千切れた人形が如き様の此の少女は、九州一円に散在する〝ささがに憑き〟と呼ばれし裔《ちすじ》の家から研究の為に買い集められた〝素体《そたい》〟たる娘等《ら》の一人である。

「段階《ステエジ》一より順に出力開放」と云って、女史は傍《かたわ》らに立った助手から一本の棒を受け取った。〝苛虐《かぎやく》棒〟と呼称される直径約一寸、長さ三尺許りの、両端が真っ直ぐに断ち落とされた金属棒だ。女史は其れを両手で握って脇に挟みつつ、怨迅の核たる少女に差し向けると、肉付《ししづ》きの薄い肚《はら》に先端を押し当て、己が全体重を掛けた。途端、少女は双の眼《まなこ》を見開き、痛ましげな呻きを上げる。女史の背後に控えていた技師が一人二人、棒のしり近くを持って力を込めると、やがて其の先端は少女の身に張り付いた薄膜を破り、膚をも破り、肉の内へと食い込んだ。然れども女史等は些か許りも力を緩めず、只管《ひたすら》押しに圧《お》し続ける。槍の如く尖っているわけでもない金属棒が筋肉や内臓を圧し潰しつつ身を穿《うが》っていく苦しみに、少女は双眸《そうぼう》から血の涙を流しながら、人間の声とは思われぬ化鳥《けちよう》の其れが如き悍《おぞ》ましい叫声を血反吐《ちへど》と共に吐き出す。尚もゴリゴリと押し込まれた末、棒は到頭、背中《せな》の肉さえ貫いた。直後、少女の御座《みくら》とも呼ぶべき装置から伸びた管の中を圧縮された〝怨気〟の奔《ほとばし》る音が響く。夥《おびただ》しい血を身から流しつつ、少女は息も絶え絶えに俯《うつむ》いたが、然して此れで終わりではない。女史は更に一振りの棒を手に取り、技師等と共に新たな孔を穿っていく。又も、悍ましき絶叫が響く。より効率的に素体から怨気を抽出するには、人の手と意思に基づく行為に拠《よ》って其の身を苛《さいな》むべし――其れこそが考究《こうきゆう》の果てに女史の得た答であった。すなわち、より大なる苦痛は、より大なる怨気を引き出す、と。

後に発見された女史の手帳の一冊には、実験に際しての感慨が率直に記されている。

〝――嗚呼《ああ》、美しい。苦痛に彩られた叫声《きようせい》も、皓い膚を流るる血汐《ちしお》も、苦悶に歪んだ顔も。堪らなく美しい。此の美こそが至高の速度《スピイド》を齎《もたら》すのだと思うと、僕は何ともタマラナイ恍惚を覚える。情欲なぞに溺れて己が師の妾《めかけ》となった末に全てを失った愚かな母と同じ轍《てつ》を、僕は決して踏むまい。必ずや、此の美を、此の速度《スピイド》を、世に知らしめなければと強く思う〟

「えー、ご来賓《らいひん》の皆さま、本日はお忙しい中、当センターまでお越しいただき、誠にありがとうございます。ただいまご乗車いただいております車両は間もなく走行を開始致します。

どなた様もご着席の上、安全用のシートベルトをお締めくださいますようお願い申し上げます。なお、申し遅れましたが、走行試験中のご案内や説明は、わたくし、綾機《あやはた》が担当させていただきます。学会のお歴々たる皆さまの相手を務めるには何かと至らぬ点も多いかと存じますが、どうかご寛恕《かんじょ》いただき、また、試験につきましても各専門分野の見地に立たれたご意見を賜《たまわ》れますと幸いです」（まばらな拍手）「さて、発車までのあいだ、皆さまにおかれましては既にご存知の事柄ばかりかとは存じますが、改めて本車両、並びに、走行用軌道に搭載されている技術について説明させていただきます。ご承知置きの通り、本プロジェクトでは〝怨気〟エネルギーの効果的利用を主軸とした研究を進めております。この点についでは各方面より様々なご意見を頂戴《ちょうだい》しておりますが、怨気の抽出に際して、悪名高き〝悵恨《グラッジ》怨迅《エンジン》〟のような非人道的行程は採用されてはおりませんので、ご安心ください」（まばらな笑い）「代わりに用いられておりますのは、かの〝弾丸列車〟爆発事故において爆心地となりました九州北部の土壌より抽出した怨気でございます。ご存知の通り、かの地は試作段階にあった悵恨怨迅が暴走の末に放出した大量の怨気によって汚染され、いまだ復興のメドが立っておりません。そこで、本プロジェクトは次世代の運輸機関の開発と同時に、土壌に滞留しております怨気を抽出することで除染を進め、それらを資源として再活用することによる新たなクリーンエネルギーの創出をも目標に定めております。クリーン＆エコロジー。時代に適《かな》った新たな怨気利用。それがリニア開発プロジェクトの理念でございます」

長大な伝奇物語である『白縫譚《ものがたり》』は、その結末部に至って奇妙な変節を見せる。

義母を手にかけた黒闇《くらやみ》お牛を葬《ほうむ》り、讒言《ざんげん》によって父宗隣を陥れた太宰家の長男を亡き者とし、菊地軍との戦《いくさ》に際して父を裏切った叔父の刑部宗連《ぎょうぶむねつら》の首を獲っては、将軍家から新たに派遣された追討軍の三好長政《みよしながまさ》をも打ち倒す――と、順調に仇敵への復讐を果たしつつあったはずの若菜姫は、けれども、最も憎んでいたはずの菊地家の長男貞行《さだゆき》が碧巌和尚《へきがんおしょう》なる人物に諭《さと》されて出家したことを知るや、自身もまた「怨恨を解き散ずべし」という和尚のことばにあっさり従い、嶋山の砦を捨ててしまう。それればかりか、菊地家の忠臣であった鳥山《とりやま》保忠《やすただ》と共に九州一帯の海賊らを捕らえて平鎮《へいちん》するという善行をなし、最後には「天帝の導き」なんていうものによって昇天してしまう。その物語の結末に、わたしはがっかりした。

もしかすると、この急な幕引きは『白縫譚』が柳下亭種員《りゅうかていたねかず》、二世柳亭種彦《りゅうていたねひこ》、柳水亭種清《りゅうすいていたねきよ》という三人の作者によって書き継がれたことと関係があるのかもしれないとも思った。もし、最初の書き手であった種員が、もっと早く、もっと速く、一代のうちにおしまいまで書きおおせていたなら、物語がこんな結末を迎えることはなかったのかもしれないな、なんて。

けれども、たぶん、それも違う。納得のいかない結末を咀嚼《そしゃく》するため、そして、「今度こそ若菜姫が復讐をやり遂げるかもしれない」なんていう子供じみた気持ちから、何度も何度も物語を読み返すうちに、わたしは気づいてしまった。つまるところ、〃男の物語〃に過ぎないのだ、と。父親の仇討ちにしても、御家再興という大義にしても、結局、それは武家の遺児としての務めであり、言い換えるならば、男を中心とした家父長制のロンリだ。若菜姫は女でありながらその役目を負わされた登場人物というに過ぎず、行動原理にしたって戦国時代における武家の男児のそれから一歩も脱していない。姫は「女だてらに」男の物語の主役を担っているという、ただそれだけのはなしだ。となれば、男装して白縫大尽として活躍する点にしても、〃男でなければできないこと〃を遂行させるという、物語の要請に応えているに過ぎない。わたしが心底がっかりしたのは、それに気づいた時だ。

そう、だから――『白縫譚』なんか、大嫌いだ。

○

――如何《どう》してぢゃ。如何してなのぢゃ、姫君よ。

土蜘蛛顎《あぎと》を大いに揺らし、叫びし先に見据えしは、己が主君《あるじ》たる若菜の姫と、いまひとり、並び立ちたる男の姿。人品骨柄《じんぴんこつがら》優れて見える彼《か》の男、姫が追いたる仇敵は菊地が家の忠臣の鳥山保忠に相違なし。謂《い》わば、仇のひとりとて数え上ぐる可《べ》き筈《はず》の者。然《さ》れども姫君、

斯かる男と相並び、己に吠《ほ》ゆる土蜘蛛の気色《けしき》にたじろぐ事もなく、唯、寂しげに頬笑《ほおえ》みて、

――嗚呼《ああ》、土蜘蛛よ。我が朋輩《とも》よ。我はもう倦《う》んだのです。すっかり倦んでしもうたのです。義母《はは》の仇《かたき》を討ちました。父上殿を裏切りし叔父の刑部《ぎょうぶ》を討ちました。太宰の長子を討ちました。足利殿の命により我を追討せんとせし三好の者を討ちました。然《さ》れど、然れども、我が朋輩よ、我が身の内の〝怨〟の気は一向晴れる気配なく。斯かる折、尊《たっと》き和尚《おしょう》に説き伏され、仇討《あだう》ちの虚しき事を知りました。親の仇を討ったとて何も生まれはせぬのです。怨みなぞ、もはや如何《どう》でも良いのです。故にこそ、保忠殿と手を組みて九州諸国の平鎮《へいちん》を己が役目と成しました。斯《か》くて賊徒《ぞくと》の胤《たね》も絶え、此の地に平穏訪れしいま、我は用なき身の上で。

若菜姫静かな声にて斯く云いけるに、ふたりが足許自《おの》ずと輝き、光る柱の天まで伸びる。

――待て。待つのぢゃ、姫君よ。

土蜘蛛尚《なお》も叫べども、姫君目見《まみ》をば細めては泣き笑いとぞ見ゆる表情《かお》して、

――負いし宿世《さだめ》を終えしいま、別《わ》きて天帝の召さるるなれば、其れに従う事こそ喜び。

と云いけるに、ふたりの姿、見る間に天神星子《てんしんせいし》の装束と成りて、青空高く昇りたり。蜘蛛の化生は縋《すが》るが如く己《おの》が主君《あるじ》に駆け寄れど、引き留《とど》む事も能《あた》わねば、両人《りようにん》、雲居《くもい》に姿を隠し、然《しか》るに光の柱とて忽《たちま》ちのうちに失《う》せにけり。唯独り、後に残されし土蜘蛛は、慟哭《どうこく》しては天に向け、呪いのことば叫びたり。

――何が如何《どう》でも良いものか。仇討ちは虚しい？　報復は何も生まぬ？　斯様な莫迦《ばか》げた

戯《ざ》れ言《ごと》は怨讐《おんしゅう》恐れし者どもが挙《こぞ》りて唱えしまじないぢゃ。都合宜《よろ》しきまじないぢゃ。其れを説かれて耳を貸すなど、烏滸《おこ》な事なり、姫君よ。御主《おぬし》の〝怨〟をば晴らすには、仇敵なりし奴ばらを余さず討ち取るより外《ほか》に道なぞ在りはせぬ筈《はず》ぢゃ。否々《いやいや》、在らぬ許《ばか》りでなしに、在ってはならぬと云う可《べ》きぢゃ。何が用なき身の上か。未《ま》だ始まってすらおらぬであろう。〝怨〟をば晴らせし後にこそ、御家も仇も拘《かかずら》いはせぬ汝《なんじ》の旅路が在った筈だ。其れを知らずに倦みたるは〝怨〟の刃《やいば》が時と云う名の鑢《やすり》に掛かり、鈍った故に相違なし。其れをば何ぞ思い違《ちご》うて仏僧如きに説き伏されるとは、阿呆奴《あほうめ》が――否、此れも畢竟《ひっきょう》、我の所為《せい》なり。我がいまより速ければ、より疾《と》く走りて、汝の云う通りに仇敵が許《もと》へと運べていたならば、汝の〝怨〟の磨《す》り減る事とてなかったろうに。我は己の遅きを怨《うら》む。我は己の鈍きを怨む。

此の〝怨〟を、我は晴らさでおく可《べ》きか。

走るのが好きな子供であった――と云うのは、稍々《やや》違う。むしろ、走るより外《ほか》に何らの術《すべ》も持たぬ娘であったと云うべきだ。そう、絶えず胸中に立ち籠む黒いもやもやを晴らす術を。筑前の村落に在った生家は、周囲から〝ささがに憑き〟の血筋として忌《い》まれていた。先祖が蜘蛛の化生と契りを結んだが故、其の血を引いているのだ、と。一説によれば其の蜘蛛は彼《か》の若菜姫に仕えた土蜘蛛だとも云われているが、鈴代《すずしろ》も詳しくは知らぬ。とまれ、村で起こる事は凶作や水害という禍事《まがごと》から取るに足らぬ些事まで、悉《ことごと》く鈴代《すずしろ》の家の者がささがにを使って引き起こしたに違いないと託言《かごと》を掛けられた。彼女自身もまた、周囲の子供らばかりか大人達からまで忌み嫌われ、石を投げられる事さえしょっちゅうであった。

そうして六歳になったばかりの頃、彼女は付け火によって生家を失った。深更《しんこう》になっても収まらぬ例のもやもやを散じようと夜の山々を駆け回っていた彼女は偶《たま》さかに危難を逃れたが、家の者は皆——未だ二歳であった妹も含めて——焼け落ちた残骸の下で黒焦げになっていた。村の誰も、下手人を探そうとはしなかった。

他に往《い》きようも生きようもないと云うので、鈴代は余処《よそ》の村に住まう遠戚に引き取られた。其の家もやはり〝ささがに憑き〟であった。生家に居た頃とおんなじに、其の村の者らから忌まれるのは仕方のない事だと諦めていた彼女であったが、より堪え難かったのは、同じ〝ささがに憑き〟であるはずの親類縁者からさえ、鬼子《おにご》として冷遇された事だ。大方、付け火の下手人《げしゅにん》は外《ほか》ならぬ此の娘なのではないかと疑ってでもいたのであろう。結果、彼女は以前《せん》にも増して絶えず彼方此方《あちこち》駆け回るようになった。山を駆け、野を駆け、畦道《あぜみち》を駆けた。引き絞《しぼ》った腿を振り下ろし、蹠《あしうら》で地を蹴る。鉄槌の如く握り固めた拳で風を切る。汗が玉を結び、流れを成して宙に散る。呼吸《いき》が弾み、血潮が巡り、漲《みなぎ》った力が黒いもやもやと共に蒸気の如く身から噴き出す。そうする事でしか、胸の内の闇を発散する事はできなかった。

東京に出て来て俥夫になり、身を濡らすのが青白い月明かりから橙色をした瓦斯燈《ガスとう》の其れへ、草履《ぞうり》の踏むのが静かな山路《やまみち》から人々の影が綾《あや》を成して揺れる往来へと変わってからも、斯様な性情ばかりは一向変わらなかった。否、益々《ますます》、昂進《こうしん》する一方であった。

同業者からは「女のくせに」と詰《なじ》られ誹《そし》られ、侮《あなど》られ、客からも下に見られては運賃を値切られる。月の物のせいで仕事に出られぬ日には「其れ見た事か」と親方にドヤされ、他の誰よりも稼いだ晩には、幾人もの男どもに寄って集《たか》って慰《なぐさ》み者にされた事さえある。

胸に立ち籠むドス黒いもやもやは、晴れるどころか、一層、濃さを増すばかりであった。

「――驚きました。貴女、〝怨気〟を扱えるのですか?」不意に背後からそう訊ねられたが、何の事やら判らない。地を蹴る足を緩める事なく、僅かばかり首を後ろに回してみれば、御婦人は何やら小型の遠眼鏡《とおめがね》の如き物を鈴代に向け、目を眇《すが》めて其れを覗き込んでいた。「よもや、人の身にて此れ程の怨気を秘めた方がいらっしゃるとは――」

其れからなおも、怨気は土地や物にこそ宿るものとばかり思うていただの、森先生にお伝えせねばだのと滔々《とうとう》と口にする御婦人に、鈴代は相手が客である事さえ忘れて声を荒らげた。

「ちと黙っていてくだせぇ。走るのに気が散ってしょうがねぇ」

そう、何より優先すべきは、疾《と》く駆ける事であった。そうして、当の御婦人が父親に怨みつらみを吐きつけてやれるよう、間に合わす事であった。其れを果たす事によってしか己の怨みも晴らせぬという声が、不思議と身の内で響いていた。鈴代自身がそう思い決めていたと云うよりは、胸の内のもやもやがそう叫んでいた。あの日、崩れ落ちた屋の内で囓《かじ》って腹の内に収めてより後、其のもやもやをより一層濃いものとした、妹の燃え滓《かす》も叫んでいた。

男どもの曳く俥に追い抜かされたときの悔しさ。男どもに嬲《なぶ》り者にされた折の口惜《くちお》しさ。どうして己の身体は如何に鍛えようとも男どもの其れが如く太くならないのかという怨めしさ。斯様な怨みが、いまや、御婦人の願いを叶える事と渾然《こんぜん》一体となっていた。そうして、己が身がひとつの鬼火へと変じていく感覚を鈴代は覚えた。俥の重さを感じない。身体の重さも感じない。夜闇を裂いて翔《と》ぶかの如く、景色が後方《うしろ》へ後方へと流れてゆく。己自身かつて経験した事のない爆発的な速力をもって鈴代は駆けた。斯くて四谷へと到り、七草家の屋敷の前まで辿り着いたときには、むしろ、身と俥とを停める事の方が余《よ》程《ほど》難儀《なんぎ》な程であった。

屋敷の門口には使用人と思しきひとりの老婆が佇んでいた。車輪が軋みを立てて停まるなり、御婦人は車上から飛び降りて、「父上は」と叫ぶように問いつつ老婆に駆け寄った。

老婆は俯きがちに、「嗚呼、御嬢《おひい》様。お戻りになってくださったのですね。けれども、此れをお伝えせねばならぬのは胸に堪《こた》えますが、御主人様はつい今し方、身罷《みまか》られました」

一、一九四五年八月五日。人類史に於《お》いて其の日付と共に未来永劫語り継がれるであろう未曾有《みぞう》の災禍に就《つ》いて、実際の被害規模の定量的推定には各調査機関や研究者の間で相当な幅が存在しており、且《か》つ、孰《いず》れを妥当とすべきかは今以《もっ》て意見が割れているが、本稿に於いては鉄道省及び内務省にて組織された共同調査団による被害調査報告書の記述を引用する。

発生日時：一九四五年八月五日　十一時二分

発生地：福岡市内ニ敷設サレシ旧〝広軌幹線鉄道計画〟ニ係ル新軌道上
被害規模（孰《イズ》レモ推定数）
死傷者数合計：十四八，七九三人
死者：七三，八八四人　負傷者：七四，九〇九人
罹災《リサイ》戸数合計：一八，四〇九戸
全焼：一一，五七四戸　全壊：一，三二六戸　半壊：五，五〇九戸

彼《か》の関東大震災にも比肩《ひけん》する規模の災禍であるが、何より世人を戦慄せしめた点は、斯かる事象が七草初瀬女史という一人の人間によって引き起こされた人災であるという事である。

未然して、何故、女史は斯様な凶行に至ったか。後に遺された資料や証言者の少なさ故、未だ——そして、恐らく此の先も——確たる答は出ぬが、少なくとも、広軌幹線鉄道計画を取り巻く当時の動静への理解を抜きに其れを考える事は能《あた》わぬであろう。新式車輌の建設が博多にて進められていた事は先にも記したが、他の区間に先行して下関—博多間の軌道敷設が完了した事で、当該区間に於ける走行試験の実施は愈々《いよいよ》具体的な検討段階に入っていた。

だが、一九四三年に入ると一転、大東亜戦争の戦況悪化を受けて新軌道の用地買収が中止され、延《ひ》いては広軌幹線鉄道計画自体の凍結が閣議決定された。抑々《そもそも》が軍事面での輸送量増加を目的とした計画であった以上、「敗戦」の二字が間近に迫ってきたからには国家として当然と云える決定であったと云えよう。斯くて〝弾丸列車〟という肥大化した帝国の抱いた

夢想は泡沫《うたかた》の如く掻き消えたのであるが、同時に、七草女史という一人の研究者が長年執《しゅう》心《しん》した夢も又、女史自身にはどうにもできぬ国家の都合と云う由によって敢えなく挫《くじ》かれたのであった。其れ許《ばか》りか、被占領という事態を見越した軍部は非人道的な〝悵恨怨迅《グラッジエンジン》〟の存在が他国に露呈する事を恐れ、〝怨気〟に関する研究自体を女史から取り上げた。女史が覚えた落胆と憤激は、旧友たる青柳《あおやぎ》氏に宛てて送られた書簡にも在り在りと綴《つづ》られている。

〝――戦争など知った事か。国の行末《ゆくすえ》など知った事か。僕の望みは唯一つ。何より優れたる速度《スピイド》だ。より迅《はや》く。より速く。其れより外《ほか》には何も望まぬ。タッタ一つの其の願いを、戦争なぞと云う益体《やくたい》もない事が為に取り上げられるのが、僕は口惜しい。怨めしい。くだらぬ情なぞの為に己の研究成果を師に簒奪《さんだつ》され続けた挙げ句、ペテンの濡れ衣まで被《こうむ》って身を滅ぼした愚かな母とは、訳が違う。或《あるい》は僕がもっと疾く研究を進められていたならば、斯かる中絶の憂き目にも遭わずに済んだであろうか〟

　さて、斯様な次第でありながら、然して一九四五年八月五日、走行試験は実施された。否、其れは試験なぞと云うよりも、最早《もはや》、一種の破壊行為《テロル》と呼ぶべきものであろう。凍結された筈《はず》の計画を、女史は独断と詐術《さじゅつ》を以て秘密裏に進めたのである。既に完成を見ていた新式車輌と〝悵恨怨迅〟、そして、下関―博多という極く限られた範囲ではあるものの敷設された新軌道。悪化の一途を辿る戦時下に於いて捨て置かれていた其れ等《ら》と、私的な呼び掛けに応召した彼女の信奉者とでも呼ぶべき嘗《かつ》ての開発班を用いて、女史は沙汰《さた》を起こした。尤《もっと》も、一件に加担した技師や研究員等とて、女史の真意迄《まで》は知り得なかったと口を揃える。皆一様に女史の目的は飽く迄も〝怨迅〟の有用性を世に知らしめ、計画の再開を訴える事であると許り思い込んでいた、と。だからこそ、手を貸したのである、と。

以下に引用するのは正に沙汰の現場たる新式車輌へと女史に随伴して乗り込んでいたものの、辛くも爆発に巻き込まれる事なく生還した若き女性研究員、綾機《あやはた》某氏の証言である。

〝——悵恨怨迅を背にした七草博士は懐から取り出した拳銃《ピストル》を我々に向け、こう命じました。「サア、僕ごと貫け」、と。当然、私を含め其の場に居合わせた誰もが困惑しました。博士の言葉の意味は判ります。悵恨怨迅の核たる素体の少女許りでなく、自身の身体も諸共《もろとも》に苛虐棒で貫けと云う事に相違ありません。然し、何故斯様な事をせねばならぬのかは皆目見当も付きませんで……とは云え、選択の余地などありはしませんでした。何しろ、人質に取られているのは外《ほか》でもない己等です。鬼気迫る表情で「疾《と》くやらねば撃つぞ」と凄む博士に気圧《けお》された事もあり、私達は命ぜられるが儘《まま》に苛虐棒を手に取り、其の先端《さき》を博士の胸へと宛てがいました。嗚呼、其れから先の事は、本来ならば思い出したくもありません。少女の胸へみっちりと背を預けました博士の身を棒の先端がゴリゴリと穿っていくあの感触。そうして博士の背中《せな》を破った棒が、次には少女の躯《からだ》へと捻じ込まれていく手応え。何より、博士と少女の口から揃って吐き出されました血反吐と悍《おぞ》ましい叫声《きようせい》……斯くて一本の棒によって串刺しにされましても尚、博士は我々に向けた銃口を下ろしてはくれませんでした。「早く次を」と仰るのです。其れから一本、又一本と、私達は苛虐棒を突き立て続けました。恐ろしい苦役ですが、或は其れも又、己自身ささがに憑きの裔《ちすじ》でありながら悵恨怨迅なぞの研究に手を貸した此の私に、天が科した罰であったのかもしれませんね……但《ただ》、人間のこころと云う奴は恐ろしいもので、斯様な地獄絵図の最中《さなか》に在ってさえ、四本目辺りともなってまいりますと感覚が麻痺してくると申しますか、少女一人を穿つ際とは勝手が異なる作業の難儀さへの苛立ちとでも申すべき思いを私は覚えました。斯様な事を命じる博士の事が何とも怨めしくさえ思われてきた程です。其れでも到頭、八本目迄事をやり果《おお》せますと、博士は呻き混じりの声で「速度はどうだ」と仰いました。計器に目を遣ってみますと、驚くべき事に針は時速四百五十キロを指し示しておりました。どう考えてみましても、設計上在り得ない数値です。計器の側に博士が細工をしていたのか、或は、博士の執念と苦痛とが少女の怨気を一層増幅させたのか……今となっては知る術もございませんが、ともかくも件《くだん》の数値を伝えますと、博士は血泡《ちあわ》に塗《まみ》れた顔に満足げな笑みを浮かべ、「もう良い」と云われました。もう良いから、君達は後続車輌に移って機関車との連結を断て、と。辛い苦役から漸く解放されました私達はものを考える丈《だ》けの力もなく、唯々、云われるが儘にそうしました。斯くて連結を切る瞬間、私が目にした博士の最期の姿は、さながら、蜘蛛が伸ばした八本の脚に其の身を犇《ひし》と掻き抱かれているかのように見えました………はぁ、動機ですか？　私にも確たる事は云えませんが、少なくとも、一部で云われておりますような母君の汚名を濯《そそ》ぐだとか、実父と噂される森博士への意趣返しだとか云った事は関係なかろうと思います。其れ許りか、抑々《そもそも》あの方には事故を引き起こして多くの人々を害そうという気さえもまるでなく、偏《ひとえ》に速度《スピイド》への執着のみに衝き動かされていたのではないか、と。故にこそ、其れが如何なる結果を引き起こすかという事にさえ一向頓着《とんじやく》していなかったのではないかと思われるのです。いえ、何も博士を擁護するつもりはありません。但、私が申し上げたいのは、寧《むし》ろ、其の点こそが博士の破綻《はたん》ぶりを何より端的に示していたのではないかというお話です〟綾機氏等が斯くて窮地《きゆうち》を脱した後に、七草女史を乗せた車輛は北北東へと十キロメートル許りも走行した末、福岡市北部に於いて爆発四散した。

「えー、ご来賓の皆さまにおかれましては窓外を過ぎ行く景色の流れの速さに驚かれていらっしゃることと存じますので、参考までに現在の本車両の時速をお伝え致します。ただいま、時速千八百キロ。千八百キロでございまーす」（…………）「公表されたスペックを遥かに上回るスピードだとお思いの方もいらっしゃるでしょうが、その通り、設計上安全とされております限界を大きく超過しておりまーす。つまり、あー、あれですね。あんたらはいま、すっごく危険な状況に置かれてるってわけです。このまま暴走を続ければ車両が自壊するだけじゃなく〝怨気〟フィールドも崩壊するでしょう。車両と走行軌道は爆発四散。もちろん、あんたらもひとり残らず塵《ちり》と消えちゃいます」（どよめき）「あ、逃げようとしたって無駄ですよー。緊急停止ボタンなんてもの、車両のどこにもありませんから。終着駅の地獄に行き着くまで、どうか皆さま、楽しんでくださいねー」（怒号と叫声）「あっ、これね、わたしが仕組んだことなんですよ。どうしてこんなことを——なんて思う奴はね、自分の胸に手をあててみてください。そう、例えば、教え子だったわたしの論文を盗んだ刑部《ぎょうぶ》先生。それから、センターに赴任したければカンケーを持てって迫ってきた菊地教授。そうまでして念願のセンターに来たってのに、自分の口説きに靡《なび》かなかったからって研究職から外した太宰所長。〝女で、若くて、声が良いから〟なんて理由で無理矢理アナウンス仕事ばかり押し付けてきた三好主任……わたしね、小さい頃からずーーーっと勉強し続けてきたんですよ。リニアの開発に関わるのが夢でね、院での研究だって真面目に続けてね。それなのに、やることって言ったら、毎日毎日、アナウンスアナウンス。だから、ね。もう嫌んなっちゃって、それで、こんなちょっとしたイタズラをしちゃいましたー。制御系統のプログラムを改竄《かいざん》することくらい、できちゃうんですよ。だって、わたし、ずっと勉強してきましたから。はー、でも、もっと早く気づけば良かったなぁ。あんたらなんかの言うことに従ったところで、何にもなりゃしないんだ、って。まぁ、でも、皆さんは良かったですね。最期に〝良い声〟を聴きながら逝けるんですから。それでは、ハヴ・ア・ナイス・トリップ、シー・ユー！」

最初の改変は失敗に終わった。

確かに歴史は大きく変わった。創作《フィクション》に過ぎなかったはずの『白縫譚《ものがたり》』は、改変後のこの世界においては現実に起きた史実として伝えられている。若菜姫もわたし達が生きる世界の過去に織り込まれている。戦国時代に豊後の国を治めていた大友家は確かに菊地氏によって滅ぼされたし、若菜姫は九州一円で騒乱を起こしたとされている。

けれども、駄目だった。物語とおんなじに、若菜姫は改心して九州の海賊を討伐し、最後にはやっぱり、天帝とやらに召されたと伝えられている。それでは、駄目なのだ。わたしが変えたかったのは若菜姫の運命そのものであって、創作か史実かの違いになんか意味はない。

恐らく、この世界には歴史を元通りに修正しようとする〝何らか〟の力が働いている。戦国時代に生じた変化にもかかわらず、天下を獲ったのは豊臣秀吉だったし、江戸時代は長く続いたし、日本は太平洋戦争を起こし、原爆こそ投下されなかったものの、敗戦国となった。

ただし、改変の副産物として新たにもたらされたものもある。

ヒトの怨みを根として放出されるエネルギー、すなわち――〝怨気〟だ。

森桑《そう》楡《ゆ》軒《けん》教授が発見し、七草母娘《おやこ》の研究によって利用法が確立されたそれは、核融合をも上回る爆発的な力を持つと同時に、物質を加速させることに用いた場合にはより力が強まるという奇妙な性質をも有している。また、近年の研究では高濃度の怨気に曝《さら》された被曝《ひばく》者は自身の内にも怨気を孕《はら》むことが示唆《しさ》されている――らしい。敢えて断言しないのは、確かにそれらの知識を具えていながら、しかし、それらを学んだという実感をわたしが欠いているからだ。むしろ、わたしは改変前の世界における〈わたし〉との間にこそ確かな連続性を覚える。どうして以前の世界での記憶をわたしだけが保持できているのか、確かなことはわからない。歴史に変化を生じさせた当事者だったからなのかもしれないし、変化の観測者という役目を例の〝何らか〟によって与えられているのかもしれない。いずれにせよ、この世界で生きてきた記憶と前世――と敢えて呼ぼう――のそれとが、わたしの中では共存している。

そして今世《いま》のわたしが所属しているのは欧州合同原子核研究機構ではなく、国際《インターナショナル》怨気《グラッジ》リニア衝突型加速器《コライダー》――通称ＩＧＬＣの建設を目的とした国際的プロジェクトである。ＬＨＣとの違いは、円環構造ではなく、ほぼ一直線に近い形状の装置であること。そして、全長が約千百㎞にも及ぶことだ。建設用地は事故により消失した山梨のリニア見学センター跡地と、かつて放棄された〝弾丸列車〟計画の軌道敷設用地を結ぶ形で用意された。建設理由はＬＨＣと何ら変わらない。衝突させるものが電子と陽電子か、それとも、陽子同士かという違いこそあれ、どちらも衝突実験によって生じる素粒子の観測を目的としている。

ただし、わたしの目的は違う。

わたしの目的は衝突実験のパラメータを改竄して意図的にミニブラックホールを生み出すこと。そうしてティプラー局所場を作り出し、物質が事象の地平面を経ずに通過できる特異点を発生させること――平たく言ってしまえば、時空に風穴を開け、過去を改変することだ。

確かに、最初の改変は失敗に終わった。ブラックホールを生じさせるパラメータを偶然発見したわたしが過去へと送り込んだのは、一匹の小さな蜘蛛だった。LHCによる陽子衝突で生み出せるブラックホールはあまりに小さく、特異点を通過させることができるのもその程度のものが限界だったからだ。だが、それだけでも、これほどまでに歴史は変わった。怨気を用いたIGLCの性能があれば、より大きなタイムトンネルを生み出し、より大きなものを送り込み、より大きな変化を生じさせることだって可能なはずだ。

次の世界でのわたしも記憶を保持できているかはわからないが、それでもただ、今度こそ歴史の修正力さえ撥《は》ね除《の》け、つまらない物語から若菜姫が解放されることを切に祈る。

○

――我がもっと疾《はや》ければ。

――己《おれ》がもっと迅《はや》ければ。

――僕がもっと速ければ。

――わたしがもっと早ければ。

●

○

——のう、姫よ。無二の盟友《とも》たる姫君よ。

凪《な》ぎに凪ぎたる海面《うみづら》を辷《すべ》るが如《ごと》く疾《と》く速く馳《は》せゆきたりし蜘蛛の化生《けしょう》、女人の形姿《なり》せし腰より上を捻《ねじ》りて己《おの》が蜘蛛の身の背なを見遣りて云いけるに、其の背に立ちたる若菜の姫は、

——如何《いかが》なされた、我が盟友よ。

——我、盟友たる其方《そなた》の願いに因《よ》り、東奔西走《とうほんせいそう》する事とても吝《やぶさ》かでなく思うておるが、汝《なんじ》が果てに望みしは如何《いか》なる夢かを未《ま》だ識《し》らず。旅路の涯《はて》に、汝は何を求むるか。

姫君、うち笑みて此れに応うるに、

——殊更《ことさら》、望みと云う程の事とて在りはしませぬが、敢えて申せば、我が盟友よ、貴女《あなた》と共にいついつ迄《まで》も勝手気儘《きまま》に駆け続け、生きてゆければ有り難く。時には殺人《ころし》も致しましょう。時には奪いも致しましょう。然れども其処に一点の義なぞ持ちたる要《よう》もなく、風の吹く儘、気の向く儘に、西へ東へ、尊き盟友と涯なき道行《みちゆき》。其れぞ唯一、我の願いし行末《ゆくすえ》で。

土蜘蛛、呵々《かか》と顎《あぎと》を揺らし、愉しげに笑うては、

——げに面白き姫君ぢゃ。父上殿が聞きたれば、草葉の陰にて泣くであろうな。

——泣かせておけば良いのです。親類縁者の〝怨〟なぞは、知った事かと云うもので。

平山夢明

スイゼンジと一緒

●『スイゼンジと一緒』平山夢明《ひらやまゆめあき》

自動車は実に身近な存在だが、その内部は〈閉ざされた空間〉であり、乗り合わせた相手を間違えれば、逃げることのできない恐怖の密室となる。

タクシー業界で囁《ささや》かれる怪談もその一例だが、座席シートを濡らして消えてしまう幽霊でなくとも、たとえば、手塚治虫《てづかおさむ》の異色スリラー「バイパスの夜」のように、不穏な客とタクシー運転手との異常な会話が、密室の恐怖と緊張感を底知れず加速させていくこともある。——だが、平山夢明の描く危ないバイト（「闇バイト」などという周知のものより、さらに裏側）の運転手が味わうものは、さらに生々しい生理的な恐怖だ。

平山夢明の描くロード・ムービー的な車の旅といえば、日本推理作家協会賞短編部門を受賞した「独白するユニバーサル横メルカトル」（《異形コレクション》第32巻『魔地図』初出）が思い出されるが、本作もまた、鬼畜と道行きの旅。映画でいうならば『トランスポーター』でも『運び屋』でもなく、アンリ=ジョルジュ・クルーゾー監督の『恐怖の報酬《ほうしゅう》』に近しい設定ともいえるだろう。しかし、その一方で、本作にはその空気の底に、これまでになく深刻な、現代ならではの獣臭が漂っている。

1

──心臓《ハート》なら確実に渡す。

ペタは机の向こうからそう云《い》った。反対側で立ったままのミンを見てはいなかった。競馬で大穴が出たと太枠で飾っている新聞を広げていて、ペタの顔はその向こうにあった。

「それと……」

「前貸しはノーだ。おまえには煮え湯を何度も呑まされているからな。今回の事が済んだら心臓《ハート》と十万。厭《いや》ならその尻をドアから叩き出すんだ」

一度も床を掃除していない倉庫の三階の事務所は鼻がむずむずするほど埃《ほこり》っぽかった。全ての窓には西日に散々炙《あぶ》られた新聞紙が目隠しのように貼られ、室内は煮えるように暑かった。クーラーはなく、ペタの前に現場で使うような大型の扇風機がひとつ稼働しているだけだった。黙っていても苛々《いらいら》してくるような場所で、ペタとミンは対峙《たいじ》していた。

隅で電話を掛けてはただ相手を怒鳴りつけているアロハシャツの男がいた。二の腕から女がワニの上にしゃがんでいる刺青《いれずみ》が覗《のぞ》いていたが、絵が酷《ひど》く雑だった。

「じゃあ、ナシで良いです」

ペタが新聞を軽く畳むと顔を出した。「じゃあ？　ちょっと待て、おまえに決定権があると思っているのか？　おまえは水虫よりも価値のないアル中だ。子どもの小便の方がまだ世の中の為になる。そんな人間のド屑《くず》が、いい、じゃあとは云わねえ方がいいな」

「すみません」ミンは項垂《うなだ》れると同時に自分の指先を見つめた。ペタの云うとおり微《かす》かに震えている。昨日の晩から呑んでいなかった。

ペタは喉《のど》チンコが覗くほど大口を開けて喉管《のどくだ》を鳴らすと屑籠《くずかご》に痰《たん》を吐き入れた。「今日切り金輪際《こんりんざい》、おまえの辞書から〈じゃあ〉って文句はデリっとくのが御身《おんみ》の為ってもんだぜ。老婆心が、そう云《つ》ってる」


「おい！　おいよ！」

肩を殴り付けられミンは我に返った。

デコが三本ほど残った緑がかった歯を剝き出していた。ハンドルに胸を押しつけながら鉄《かな》蔓《づる》眼鏡をかけた狒々《ひひ》のような顔を向けていた。

「おまえ、ボーッとすんな。そんなんじゃアッという間にスイゼンジの餌だぞ！」

ミンは〈そうだった〉と車内に充満している燐寸《マッチ》を消した後の臭いをもっと湿らせて濃くしたものを嗅《か》ぎ直す――低いプロペラ音のようなものが座席を取り払った背後から聞こえて

きた。

黄色地に黒い点々のあるその動物を見た時、ミンは本物かと吃驚《びっくり》した。ペタに教えられた工場跡地の駐車場に着くと、既に中が見えないようにスモークを貼っている黒いワンボックスカーは停まっていた。カタカナにしか聞こえない日本語を話す岩を削って作ったような男が『スイゼンジ、オオサカマデツレテイケ』と云い、ついでのように背後に貼り付いていたデコを指して『ウンテン、コイツトオマエ』と告げた。

男が後部ドアを開けた。悪い煮込みのような臭いと共に座席のないぽかんとした空間の中で毛布のようなものが、むくりと動いた。男の部下が懐中電灯を照らす。光の輪のなかに動物の顔が浮かび、ひと声吠えた。音圧が胃を殴りつけ、一気に汗が吹き出た。動物は前足をばたつかせてミンの顔を掻《か》こうとしたが、既《すんで》の所で届かなかった。首輪に繋がれた鎖が床に打ち込まれた杭《くい》に固定してある。

ぶふしゅ、ミンは知らずに半ば嚔《くしやみ》に似た妙な溜息《ためいき》が漏れるのに驚いた。

『スイゼンジダ。ボスノダイジナ、スイゼンジ。オマエタチハ、イマカラスイゼンジ、オオサカヘクルマデハコブ。ハコベバ、ヤクソクノモノテニハイル』男はデコにメモを渡した。メモにはバッテンがふたつあった。そこでスイゼンジの餌を補給すると男は云った。

『ソコヲカナラズトオル。トオラナケレバシッパイ。オマエタチモ、パーダ』男は手を開いてみせるとミンとデコに車に乗れと命じ、出発させた。

発車してからも、ふたりは黙っていた。スイゼンジと名付けられたチータは車が揺れる度に唸《うな》り、体勢を移していたが、疲れたのか躯《からだ》を蜷局《とぐろ》巻きにすると床にくっつけた。

ミンはフロントガラスの向こうに延びる暗い道と両脇の街灯を眺めているうちに、また曖《あい》昧《まい》が出てしまい。そのなかで彼は妹から『心臓を取り替えないとダメなの』と聞いた時の事を思い出していた。妹のサトは夫婦でケーキ屋をしていたが夫が四年前に病死、その後、店を畳み、パートでやりくりしていたが先日、姪《めい》の病気が明らかになった。サトは風俗で働くと云いだしたが、ミンはそれを押しとどめた。おれがなんとかするからもう少し考えろと云ったのだ。ふたりは親に棄てられてから児童養護施設で暮らした。悪い先輩に唆《そそのか》されたミンは道を大きく踏み外し、ヤクザ以下の生き物になってから酒に溺《おぼ》れた。もう躯はガタガタだった。なんでも良いから妹だけは助けたかった。妹さえ助けてやれば自分の生きた意味があるとここ数日、そう思いこんでいた。そしてそう思うことでミンは久しぶりに生きているのが（取り敢えず）という括弧《かっこ》付きだけれど良かったと思えた。ペタに相談して良かったとも思った。裏の事はペタが一番詳しい。おれみたいなモノの話を聞いてくれるのはこの街ではペタだけだったし、スイゼンジを大阪に届ければきっと『心臓は貰える』ミンはそう信じたかった。

「おまえ、アル中だろ？」ミンを叩いてからデコが続けた。「二番目にヤバいよ、それ」

ミンは〈はあ〉と答えた、デコはいくつぐらいだろう。四十にも六十にも見えるインチキな顔つきをしていた。

「アル中は下の中、否《いな》、中の下な。いいか、若《わけ》ぇの」デコは指を三本立てた、驚いたことに左指は小指と薬指が欠けていた。「まず一番ヤキコケなのがアンパン、な。シンナー。あれは脳がライターで焼いたみたいに完全に刮《こそ》げちまう。あれは最低、下の下。その次はアル中。おまえさんな」

「あんたは？」

「俺はちゃんとしたポン中よ」

「ポンちゅう？」

「シャブよ。覚醒剤。あれはアンパンやアル中に比べればジェントルメンよ」

「へえ。だから指がないんだ」

「これは俠気《おとこぎ》よ。アニキがヘタを打ってエンコされそうになったから、代わりに俺がやりましたっ云《つ》ってアニキを男にしたのよ」

「嘘でしょ」

「ほんとだよ。カブギ腸行って駅弁組の便液の味噌二郎《みそじろう》って云ったら、すぐにわかるよ。ゴジラビルの横にあるヤキソバ屋で聞きゃ。ホントタヨ〜」

チータが床に軀を擦《こす》りつけるようにしていた。

「おい。あんまり見るな。暴れ出すとややこしいから」

「見ると暴れるの」

「そりゃあ、人間だって猫だって。理由なく見られりゃ暴れるのは世の道理よ」デコはタバコを咥《くわ》えると火を点《つ》けた。「で、おまえはなんでこの仕事やってんだ？」

「おれはハートを貰うんだ」

「はあと？　なんだそりゃ？」

「心臓。妹の娘のがイカレちまってるから、新しいのが要《い》るんだ」

デコは黙って聞いてから、いきなり「ほんとかそれ？」と目を剝《む》いた。「俺もだ。俺は別れた女の所に残した餓鬼《がき》が心臓を移植しなくちゃならないから、こんな厄ネタ仕事を引き受けたんだ」

「ほんと？」

「ああ！　そうよ！　そうともよ！」

その瞬間、座席が、がすんと蹴《け》られた。チータの細い前脚と、その間から飛び出したジャックナイフのような爪が闇に引っ込むのが見えた。チータは咆哮《ほうこう》を上げた。車が盛大によたついた。

「な！　なんだよ！　こいつ！　おい！　スイゼンジ！　静かにしろい！　もう腹減ったのか！　もう少しの我慢だ！　餌場はもう少し先だ！」

それでもチータは暴れ続けた。鎖が限界まで引き伸ばされ、杭を止めた床が盛り上がった。

チータはなんとかミンとデコを引き裂こうと何度も何度もまるで機械のように飛びかかってくる。

「ふええ。なんなんだよ」デコが泣きっ面になった。

「タバコだ！」ミンは云った。「スイゼンジはこの臭いが嫌いなんだ‼」

デコが窓を開けると煙草を放り棄て、空気を入れ換えるために開けたままにした。ミンも自分の側の窓を開けた。冷たい風が車の中をトンネルのように通過していく。

するとチータは床に寝そべり、静かに前脚を舐《な》めだした。

モーターのような音だけが喉から響いていた。

「ちくしょう……畜生のくせに。もう閉めようぜ。寒くってしょうがねえ」

デコが自分の側を閉めたので、ミンもそれに倣《なら》った。車内のタバコの臭いは消えていた。

それから思い出したように、また窓を開けると煙草の箱を夜の中に投げ棄てた。

「大丈夫みてえだな」バックミラーで後ろを確認した。微かに声が震えていた。

ミンは後ろの闇で丸まっているチータのことを考えていた。

2

バッテンの場所は閉園後の遊園地の駐車場だった。黒塗りの車が街灯の側に停まっていた。

近くまで行くとすぐに車から男達が出てきた。ひとりが此処《ここ》で停まれと合図をする。

「スイゼンジだな」近づいた男がそう云った。夜なのにサングラスをかけている。

「そおっす」

「エンジンを切って、降りろ」

デコは、ミンを見てから車外に出た。ミンも降りる。

男が両腕で抱えていた白い包みをデコに渡した。

「うわあ」受け取ったデコが悲鳴をあげ、落としそうになった。

「莫迦野郎《ばかやろう》！　落とすんじゃねえ」

「だっ……だって動きましたぜ」

舌打ちすると男がデコの抱えている白い包みの先を開けた――赤ん坊が眠っていた。濡れたような細いまばらな髪と試合後のボクサーのような厚ぼったい瞼《まぶた》が街灯の明かりに照らされると、もごもご動いた。包みにはあちこち、うっすらと血が滲《にじ》んでいた。

「こ？　こりゃあ……」

「餌だ」

「え？」デコが目を剝いた。「えさ？」

「なかにいるスイゼンジにそれを放りゃ良い。あいつは生まれ立ての柔らかいのが大好きなんだ。すぐ機嫌が良くなる。但し、布は外せよ。間違って喉でも詰めたら死んじまうからな。

ちゃんと剝《む》いてから放るんだ。ポイッてな」

　男は両手で空中に何かを放るような仕草をした。

　ふと視線を向けたデコが包みを渡そうとしたのでミンは後退《あとずさ》った。

「なんだよ……おまえの役だろ」

　ミンは首を振った。

「俺は運転してんだろうが！　餌係は、おまえだろ！」

「なら、おまえだ」男がデコから受け取るとミンの腕に載せた。ふわんとした重みと何か今までに嗅いだことのない〈陽《ひ》の香り〉が赤ん坊からは漂っていた。ミンは赤ん坊の瞼が一瞬、少し開き、黒目が自分を見たのを感じた。姪っ子もこうだったとミンは思い出した。

「おれ……できないです」

「そうか」男はミンから赤ん坊の包みを取り上げると、それをデコに渡した。そして、そのままミンの襟首を摑むと乗ってきた車《ワンボックス》の後部ドアを開いた。スイゼンジの唸り声と共に獣臭《じゅうしゅう》が夜気に溢《あふ》れ出てきた。ミンは力任せにしゃがまされ、頭にゴリッと硬い筒が当てられるのを感じた。

　他の男に脇を固められたデコがミンの脇に立たされた。

「やれ。やらんとこいつを殺《や》る」ミンの頭の上で男の声がした。

　ぷっぷっぷと三発、緊張に耐えられなくなったデコが放屁《おなら》するのが聞こえた。

ふえふえ……デコが言葉にならない音を発していた。

ミンは云った。「おれは……姪っ子を助ける為に来たんだ。小さな子だ。心臓が悪くて取っ替えなくちゃなんない。新しい心臓が必要なんだ……」

「じゃあ、尚《なお》の事やんなくちゃゃな。伯父《おじ》さん」

「違う！　その子を殺して姪っ子は生きて良いものか……おれにはわかんない」

「世の中には矛盾ってものがあって、みんなどこかを引っ掻けたり、おっ欠いたりしながら、それらと辻褄《つじつま》を合わせてるんだ。おまえだって生き物を殺して喰ってるから生きてるんじゃねえか。何を今更、宗旨替えしやがんだ。おまえは何の為にやってんだ？」

「わしは……楽してぇからだ。シャブでガタガタで働けねえし、できりゃ。もっとしこたま貰って、死ぬまで打って打って打ちまくりたいからだ」デコのぼそぼそ声がした。

「こいつはヤカンです。ヤク代が焦げ付いてカチカチなんですよ」別の声が囁《ささや》いた。

「なんだ。生きてる価値なんかないじゃないか。なんでこいつが躊躇《ためら》ってるんだ」

「わかりません。ただ、こいつこれをしくじったら、もう外国人の拷問魔《ごうもんま》に売ることは決まってるみたいです」

デコがまた放屁する。

「拷問魔か？　あれは厳しいぞ。元を取ろうとして二週間ぐらいは生かしたままにするからな。金持ちが多いけど」

「そうなんす」

と、小さな笛の音が聞こえた――赤ん坊が微かな声で泣いているのだ。車の闇の中でスイゼンジのモーター音が高まる。

男が銃口でミンの頭をこんこんと二度叩いた。

「ほら。腹減ってるんだから、スイゼンジが可哀想《かわいそう》だろ。じゃあ、三つ数える。数え終わったらこいつを殺《や》るからな」

ミンは目を閉じた。が、頭の上で男の声が続いた。「でもよ、なんで大抵、三とか五なんだ。四とか六とか数えねえよな……なんでだ」

「奇数の方が座りが良いんじゃないですか」

「偶数なら丁度、半分なんだ。そっちのほうが座らねえか？」

「さあ」

「まあ、いいや。じゃあ三な。いち……」

ミンは心の中で妹に〈ごめんな〉と謝った。

デコが泣き声染みた唸りを上げている。スイゼンジのほうが唸りは整っていた。

「に……さん……」

ミンの頭は熱くも痛くもならなかった。これが死んだことかと顔を上げると同じように男が銃を向けていて、デコが半べそを掻いている。

「どうしようもねえな……」男が銃を手下に渡した。「こんな場所で、ぶっ放《ぱな》せるわけがねえだろ」それから顎《あご》を掻きながら何か考える。「仕方ねえ、貸してみ」

男はデコの手から赤ん坊を取り上げた。

デコはその場で腰を抜かしたようにへたり込んだ。

「どうすんです」手下が云う。「餌やりは、こいつらの仕事って約束《ルール》ですよ。屍《カバネ》がどこで張ってるかわかりませんから……」

「わかってるよ。だけど、こいつらがこのままじゃ出来ねえっつってんだろ」

「殺《や》るんですか？」

「殺るっつうか……。そうだなあ、どっちかつうと殺ると殺らねえの間ぐらいだな」

「間ぐらい……」

「そうさ。間ぐらいだ」そう云って男はふにゃふにゃと力無く泣いている赤ん坊をあやし始めた。「ようしようし。良い子だ。良い子だ。すぐに元来た場所に返してやるからなぁ」

よしよし……よしよし……男はそう云って腕の中の赤ん坊をあやした。自分の子どものようだなとミンは思った。それは、男があやしていたからだった。デコもなんだかわからないけれど何か厭なことから解放されるんだという予感でもあるように頬を緩《ゆる》ませ、上下に首を軽く振りつつ、口から光るモノを垂らしつつ、男のあやしを見つめていた。

あやしは意外に続いた。そして激しくなった。男は赤ん坊を上下に細かく揺さぶっていた。

ミンとデコの前で、あやしはアヤジのようになってしまっていた。時折、男はアヤジを停め、赤ん坊を観察した。

赤ん坊は大きく顔全体で花が咲くように〈大欠伸《おおあくび》〉をした。

「もう少しか」男は再び、赤ん坊を細かく揺すった。上下にさっきよりも少し激しく。五分ほど経った。男の動きが停まり、赤ん坊を覗き込むと頷《うなず》いた。

「よし、餌に成った」

男は赤ん坊の包みを捨てると、デコの腕に裸の赤ん坊を載せた。

「まだ温かい。やれ」

デコの腕の中で、赤ん坊は大きく目を見開いていた。その瞳の端から小さなビーズのような血玉が浮くと、つーっと頬に線を引いて落ちた。

「早くしろ」

「ううう……」言葉にならない声を上げ、デコはミンを見た。その瞬間、腕から零《こぼ》れた赤ん坊の頭がコインを詰めた靴下のように勝手気ままに伸び、垂れた。

「うわあ」

無言でスイゼンジの前に引き立たされ、背中をドンと叩かれたデコは唇を噛み締め、〈ふわっ〉と餌を闇に向かって放った。

——ぽそっ、と、音がした。

黒い影が動くと、ひとときの間を置いて粘った柔らかい物を囓《かじ》る音が始まった。

デコは呆《ほう》けたように闇に見入っていた。

「ほらよ」手下がミンの手に車の鍵を落とした。「あの様子じゃな。ここからはおまえだ」

戻ろうとする男の背中に、ミンは云った。

「あのう……おれ、地図が読めないんす。バッテンが……」

3

「ナビの通りに行きゃいいよ」

ミンの言葉を聴いた男はカーナビに何やら打ち込んでいった。男はスイゼンジのことが怖くないのか、全く気にも留めていない様子だった。

おかげでおれは運転できてるとミンは思った。

再び高速に戻ったが、助手席のデコは腑《ふ》抜《ぬ》けたように前を見つめたままシートに溶けたように軀を埋めていた。ただその顔を涙が濡らし、橙《だいだい》色《いろ》の街灯に照らさせていた。声も出さず、古く病んだ軀から出る水を目というヒビから逃がしていた。

ミンはスクリーンに映し出されたような現実感のない暗い道を眺めることに集中した。スイゼンジに暴れられては困るので、音楽をつける気になれなかった。

ただただ風が切る音とタイヤが路面を滑る音、スイゼンジの唸りに似たエンジンの音のなかにミンは沈没していた。

「……ありゃあ、あれだな。うん」不意にデコが云った。「そんなに考え込むほどの事じゃあねえよな？　うん。あんたみたいな若くてアル中だと、そんなに気にならねえだろ。ああいうの」

「ああいうのって？」

デコが後方へ顎をしゃくる。「あれよ」

「スイゼンジだろ」

デコはさして多くもない髪を掻き毟《むし》った。「そうじゃねえよ。そういうことじゃねえよ。オマエ、見ただろ？　聞いただろ？　あの畜生獣《ちくしょうけだもの》が何をしたか？」

「うん」

「それだよ。その感じよ。おまえのその感じ……〈うん〉って、それで済ませちゃう感じ。それが良いんだよ。虚仮《こけ》の極みって感じでよ。若いのはそうでなきゃよ」

「何が云いたいの？」

「つまり一切合切《いっさいがっさい》オマエがしたことにしろってこと。おまえがあの可哀想な赤ん坊を畜生獣の前に投げたってことによ」

「おれじゃないよ」

「だから、それは良いんだよ。おまえがしたって口で云ってさえくれりゃあ、俺はそうだったんだって心の底から信じ込める、そういう力を俺は持ってる。だからおまえにそう云って貰いたいのよ。全部、自分がしたんだって。赤ん坊を畜生獣に投げ込んで喰わせたのは俺だって云ってくれってこと」

「なんでだよ？　厭だよ」

「なんでだよ。簡単だろ？　口で云えば良いんだよ。お前ら若いのらしく、口先だけで云えばよ。いつもやってんだろ？　夢だの愛だの友情だの、尻毛《けつげ》に引っ付いた糞《ふん》カス程度の価値しかねえような奴らが御大層《ごたいそう》に囀《さえず》り回るじゃねえかよ。あの薄っぺらい火を点けたらあっという間に燃えそうなペラい感じで云ってくれよ。全部、自分がやったことだって。それだけで俺はずっくりと自分は善人のままだ。こんなことをしていても心は錦だって、骨身の底迄、気が楽になるんだからよ」

「厭だよ。あの子をスイゼンジに投げて喰わせたのはあんただろ？」

「だから、なんでそういう人が傷つくようなことを平気で云うかな。おまえらゆとりZは。良いんだよ口先だけで喇叭《らっぱ》吹いてくれりゃ。俺は良い気持ちになれるんだからよ。トラウマになってんだから少しは優しくしろよ」

「厭だ。云いたくない」

「オマエ、本当に自分勝手だな。姪っ子のために心臓が欲しいって浪花節をブチ込みやがって。なんだよ、あんな小さな生まれたばっかの何にも悪い事をしていない子を畜生獣に喰わせて代わりに心臓貰うってのかよ、へっへー。そんな心臓真面《まとも》に動くのかねえ。くっつけた途端、腐って落ちそうだぜ」

「うるさい！　関係ないだろ！　第一、おまえも移植だとか云った癖に、本当はシャブが目的だって、あのひと達云ってたぞ！　嘘つき！　シャブほいと！」

「あれはおまえ、世辞だよ。おまえをハフーンにしてやろうっていう親切心から転び出た粋《いき》ってもんだ。相手の話に全く興味なんかないけれど、そいつが喜びそうな方向性で話を合わせてやる。そんなこともわかんねえのか、おまえは？」

「歯抜け！　河馬《かば》より少ない！」

「俺は年上だぞ！」

「関係ないだろ！」

「じゃあ、今の話はどうなんだ？　赤ん坊を殺して、姪っ子を救うのは良いのかよ？」

「なんでおまえに云わなくちゃなんないんだよ」

「俺がこんなに苦しんでるのに、おまえは涼しい顔をしてるからだよ。おまえなんか何にも感じてないんだろ？　赤ん坊とか命とか可哀想とか何にも感じてないから、そうやって安全運転できてるんだろ？　人間じゃねえよ、そんなの。自分だけ良ければ赤ん坊だって踏み付けるって手合いだよ、おまえさんは。立派なもんだ、大したもんだ。糞《くそ》の王様だ」

「ふざけるな。殺したのはあんたで、おれは側にいただけじゃんか」

「俺がしなけりゃ、おまえは殺されてたかもしんないだろ。俺はおまえの命の恩人！　それだけは死ぬまで絶対に忘れるなよ！」

「勝手なこと抜かすな！」

「俺は年上！　ぐっ！　げぇ！」

突然、デコが変な声を上げた。ミンは左側で黒い塊《かたまり》が動いて、また引っ込むのを肩で感じた。前脚でデコの喉を引き裂いたスイゼンジが音もなく後方へ引っ込んだ。

驚いて路肩《ろかた》に停めるとデコは喉の辺りを押さえながら、ごぼりごぼりと口から音を立てていた。顔の右半分が大きく抉《えぐ》れ、爪痕が付いていた。「ぶ、ぶざげんなよ……ぐ……ぐい。ざざっでんじゃねえのがよ」

スイゼンジは鎖に繋がっているはずの杭を何かの骨でもあるかのように前脚で挟んで舐め囓っていた。

「抜けてる……」

「莫迦野郎……」デコは黒い血を胸から腹にかけてゲロゲロと吐き戻し、動かなくなった。

「うわああ」ミンはドアを開け、逃げだした。路側帯を走った。耳を掠《かす》めるように大型貨物やトラックがクラクションを鳴らして去って行く。非常用電話を通過し、陸橋《りっきょう》の下をくぐり、脚がもつれて転倒した。手を付き、肩と膝《ひざ》を思い切り打ち付け、ミンは悲鳴を上げた。

そしてそのまま仰向けになると「ちくしょう〜」と大声を上げた。倒れたままアスファルトの地べたを拳《こぶし》で叩いた。なにかに悪態を吐かなければ死んでしまいそうだった。

逃げなくてはと思った、だがミンには何処《どこ》にも行く宛てがなかった。今の此をするか、酒を呑む以外、ミンにはこの惑星との接点がなかった。星がのほほんと瞬《また》いていた。白い息が通り過ぎる車のヘッドライトで狼煙《のろし》のように見えた。

ミンはふと養護施設時代の妹の顔を思い出した。その顔は今にも零れ落ちそうな涙を湛えながら兄であるミンを真っ直ぐに睨んでいた。手には牛乳が主原料の飴《あめ》を摑んでいた。妹は或る時から、甘い物を貰ったと云っては度々《たびたび》、その種のキャンディーやお菓子をミンに分けるようになった。現金はおろか、菓子などの類《たぐ》いも一切、特別な行事以外には配られることのなかった最底辺の施設だったのに。或る時、ミンは職員専用便所から妹が出てくるのを見た。手にお菓子を持っていた。その後ろからヘンタイと渾名《あだな》されていた男性職員がにやけた顔で出てきた。ミンは咄嗟《とっさ》に隠れたが、妹は見ていた。彼女は小走りに近寄ってくるとキャンディーを『お兄ちゃんの分』と渡そうとした。ミンはそれを受け取るふりをして妹の顔を叩いたのだった。

……おれはあいつに何もしてやれていない。

地面の冷たさが背中を通して充分に染みこんだ頃、ミンは躯を起こして振り返った。自分では随分と走ったつもりだったが、車は目と鼻の先にあった。ミンは立ち上がると車に近づいた。デコは眠ったように座っていた。目は開いていて、首が白樺の木肌を捲《めく》ったように皮がギザギザになって、シャツの前が真っ黒に濡れていた。そっとドアを開ける。スイゼンジは動かなかった。まるで寝ているようだった。

おれは妹に、姪っ子に心臓を渡すしかないんだ、と心の中の何処かの自分が云った。

ミンは再び、エンジンを掛けた。

4

【あの野郎、俺を喰いもしなかった】

バッテンの場所を確認しようと、モニターに向かい少し前屈みになった途端、デコの声がしたのでミンはハンドルを離しそうになった。車体が大きくぶれたので併走していたトラックが汽笛のような抗議のクラクションを鳴らした。

ミンの前でデコはニヤリと裂けた顔面のまま嗤《わら》っていた。

【此じゃあ、ただ遊びで殺されたようなもんじゃねえか。全く失礼千万ってのは此の事だよ】デコはバックミラーを鏡代わりに動かすと自分の顔を確認した。【あ、だめだこりゃ】

ミンは唾《つば》をゴクリと呑み込んでから訊いた。「嘘だろ」

【なにが？】デコがシャツに染みた血を手で掬《すく》うと顔に塗った。【俺のことか？】

「そ……そうさ」

【まあ、そう細かいことは気にせず、おまえは運転に集中しろ。此処はどうせ獣の腸《はらわた》のようなもんだ。色々と起きる。なにしろ獣の腸なんだから。うっふふふ。あっははは】

「どうしたの？」

【いやあ、おまえのこの先のことを見てみたら実に興味深い結果が見えたんでな。それでひと笑いぶちかましてみたわけだ】

「な、なんだいそれは？」

【ふふふ。まあ、勿体《もったい》付けるのもなんだからゲロってやるよ。おまえは約束通り、新鮮な心臓を手に入れるよ、良かったな。ふふふ】

「本当か？」

デコは宣誓するように片手を軽く挙げた【シャブ中、嘘吐《つ》かなぁい】

ミンは太い溜息を吐くと頭を振った。

【どうした？　おまえ、自分の頭がおかしくなったと思ってるんだろ……ふふふ。安心しろ。その通りだよ。あ、そうだ、あの畜生獣にたっぷりお礼をしなくちゃな】

デコはそう云うとシートの上に軀を載せ、もぞもぞと蛇がのたくるようにして助手席と運転席の隙間から後ろへと移動した。【スイゼンジぃ〜スイゼンジちゃぁん】

ミンはデコの血がシートカバーの上でぬらぬらと反射しているのを見た。

『次、出口です』

ナビが啼《な》いた。

【ほら、ちゃんと運転しねえと心臓、取りっぱぐれちまうぜ、ひょひょひょ】

闇の中からデコの声が聞こえた。


ナビは順調にミンを誘導した。着いたのはビル街にある駐車場だった。

【巧く着けたじゃないか。上出来上出来】デコの声がする。

ミンが辺りを窺《うかが》っていると三つほど先の建物の前に駐まっていた車のライトがパッシングされた。完全に消灯していたので無人だと勘違いしていた。ぞろぞろと人影が四つ、降りて近づいてきた。

【降りるな……そのまま座ってろ】ドアに手を掛けたミンにデコが冷たい声で云い放つ。

云われたとおりにしていると運転席側の窓がコツコツ叩かれた。相手の指輪が当たっている音だった。窓を下ろすと「よう」と声が降ってきた。

ペタだった。

「巧いことやってるじゃないか……この分じゃ、心臓は見事におまえさんのものだな」

「デコが死んで……殺されて……それから生き返ってから後ろのスイゼンジの横にずっと座ったままなんです」

ペタはちょっと驚いた風になり、横にいる別の男と顔を見合わせた。そして車内をまた覗き込み「ああ、大丈夫だ。もうゴールはここからそうは遠くない。小《こ》一時間って処《ところ》だ」

「でも……デコが」と、ミンが助手席を振り返ると――デコは座っていた。「あれ？」

「良いんだよ。この仕事は色々とストレスがかかるからな。そいつは死んでるのか？」

「うん。途中、口喧嘩《くちげんか》になった時、スイゼンジが首を毟ったんだ。あ、そうだ……ペタ、杭が抜けてしまって……あれをなんとかして貰えないかな」

「杭が抜けた？」

「そう。スイゼンジを床に留めている杭が抜けて、それで此の人、殺されたんだ。おれも殺《や》られるかも」

「そうか……それは困ったな」ペタは隣の男に耳打ちし、爪を嚙んだ。

男は場を離れ、すぐまた戻ってきた。

男は首を振った。「ダメです。それもハプニング、アクシデントの類いですから。触れないようです」

「やはりな……」ペタは溜息を吐いた。「ミン、杭はそのままだ。直してやりたいのは山々だが、こちらの事情がそれを許さない。おまえは喰われないように運転してハートをゲットだ。できるな？」

ミンは黙っていた。

ペタは窓際を摑んでいた手を離すと「おい」と云った。

また別の男が九つか十の少女を引き出した。頰と鼻が寒さのせいか赤い。

「ミン、一度降りろ。杭が抜けている以上、後部ドアを開けるわけにはいかん」

ミンが云われたとおりにすると、横並びに立った少女が彼の手をギュッと握ってきた。

「乗れ」ペタに云われ、少女は運転席に上ったがデコを見て小さな悲鳴を上げた。

「ペタ……あの子は？」

「本人に訊け。さあ、もう時間がない。急げ！」

少女はデコから距離を取ろうとシートを腕で突っ張るようにして座った。

「早くしろ！」ペタから怒鳴《どな》られ、ミンは運転席に戻った。充満する血と獣臭のなかでさえ、彼女の清潔な香りは感じられた。彼女は全てが瑞々《みずみず》しく、全てがこれから始まるという力に満ちていた。

ナビの指示で高速に向かっているとスイゼンジが唸りを上げた。そしてゆっくり運転席に寄ってくる姿がバックミラーで確認できた。

ミンは一瞬、気配を感じた。咄嗟に窓側に軀を寄せるとヘッドレストが〈ポスッ〉と鳴って破れたビニール製の被覆《ひふく》からウレタンの破片が車内に飛び散った。この一撃をデコは喰らったのだとミンは思った。

「やめろ！　スイゼンジ！　ばっく！　ばっく！！」思わずミンが怒鳴ると獣はゆっくりと

後ろに後退ったが、依然、躯をヘアピンのように大きく曲げ、前脚を掻くように動かしている。――飛びかかる瞬間を狙っていた。

少女は顔を青ざめさせていたが、ミンを見るとポケットから馬鈴薯《じゃがいも》の出来損《できそこ》ないを取り出して先端に口を当てた。それには穴が開いていた。

音楽が流れた。ミンは初めて見る楽器だった。この場には全く似つかわしくない軽やかで素朴な笛の音が続いた。

バックミラーで確認するとスイゼンジは隅で蹲《うずくま》り、前脚を舐めていた。

音は高くなり、低くなりし、やがて止んだ。

少女はスイゼンジが落ち着いたのを振り返って確認すると「ふう」とハッキリ云った。

「これ、オカルナだよ」少女が手にしたものをミンに差し出した。土で作った小型ドライヤーみたいだとミンは思った。

「あたい、ズシ」

「おれはミン」オカルナを返しながら云う。

「ねえ。この人、後ろに置いて良い？べとべと臭いから」

「でも、またスイゼンジの機嫌が悪くなると困るからな」

「オカルナすれば大丈夫だよ」ズシは再び笛を鳴らし始めた。

ミンは車を路側帯に停めると、ズシの側に回り、ドアを開けた。デコがだらりと絨毯《じゅうたん》のように転がり出たので受け止める。ズシが云うように厭な臭いがしていた。オカルナの音が大きくなった。ミンは後ろのドアを開け、デコを投げ込む。スイゼンジは少し唸ったが飛びかかってきたりはしなかった。急いでドアを閉めた。

「ね。大丈夫だったでしょ」

「まあな」運転席に戻ったミンが車を出す。

「おじさん、姪っ子さんの心臓を探してるんだってね。ペタさんが云ってた」

「ああ。おまえは？」

「あたいはお祖母《ばあ》ちゃんにお金を上げたいの……ああ！　うるさい！　うるさいな！」

ズシは後ろを振り向くと「静かにして」と云った。

「なんだ今の？　誰に云ってんだ？」

「あのオヤジ。ぶつぶつうるさいよ。あんたの命の恩人だとかなんとか……」

「聞こえるのか？　あいつ、生きてるのか？」

「真ん中ね。死んでる最中。でもああいう芯まで根腐《ねぐさ》れしている奴らってたいていは燃やされるまでなんだかんだで、ちゃんと死ねないみたい」

「おまえ、妙な餓鬼だな」

「餓鬼じゃないよ。もう十五だもん」

「嘘吐け。どうみたって十歳が関の山だ」

「塩と葱《ねぎ》ばかり食べさせられてたからだよ。生まれてからずっと塩と葱を食べてると軀はあんまり大きくならないよ。それにあたい、ウンコも漏らすし」

「え？　そうなの？　病気か？」

「気を付けてないと漏れちゃう。くしゃみしたり、びっくりしたりすると。今も少し臭うはずだけどスイゼンジとあのオヤジのおかげで紛《まぎ》れてると思う。病気じゃないよ。突っ込みだよ」

「突っ込み？」

「かあさんの恋人が妊娠したら困るって、あたいのお尻を使う人だったんだ」

「かあさんの恋人？」

「うん。ホルエモンっていう人。かあさん、いくら働いても楽にならないから、その人と同棲して少し楽しようとしたみたいなんだ。その人、かあさんがパートに行ってるとお尻貸せって。凄く切れて痛いし、厭だった。だけど誰にも相談できないし……かあさんも丁寧に扱ってくれるのなら、お尻なら問題ないんじゃないって」

「地獄だ。そんな人間がいるなんて信じられん」

「でも、ホルエモンは株とか色んなコンサルタントで凄くお金を稼ぐのは上手なんだよ。だからかあさんもきれいになったし」

「子どもを犠牲にするなんてのは最低の人間のすることだ」

「でも、他にしようがないもの」ズシは項垂れて、鼻から息を大きく吐いた。「でもねえ。やっぱりそういうわけにはいかないみたいで前を使われてしまったの。それがきっかけね。この車に乗るのは、そういう意味」

「わからんな」

「子どもできちゃったって云ったらホルエモンの知ってる医者で堕《お》ろすことになったんだ。そしたらその医者にされちゃったんだ。麻酔でふらふらしていたから抵抗もできなかったけど。どうせ妊娠しないんだから同じだって。それで手術代はタダになって、二万円もするカラスミをお土産にくれたの。かあさんもホルエモンも良かった良かったって、まだ軀が痛くて横になってたわたしを褒《ほ》めてくれたけど、そん時にお祖母ちゃんにお金を上げたら死のうと思ったの。それで来たのよ。ホルエモンに話したら、すぐに連絡してくれて」

ズシはミンを見た。

「姪っ子さんの心臓は此処にあるんだよ」ズシは自分の胸の辺りを指した。「あたいがこの車にいるのはおじさんに心臓をあげる為。おじさんがゴールしたら、あたいはお金をお祖母ちゃんに送って貰える」

「そんな……」ミンは車を急停止させた。「そんな話、聞いてない！」

スイゼンジが一声、唸った。

「……でも、そうなんだもん」ズシは両腕を頭の後ろに組んだ。「そうすれば、あたいたちはウィンウィンでしょ。あたいは姪っ子さんのなかで生きるだろうし、おじさんは顔が立つんでしょ」

「おれ、なんか……厭だ」

「だって心臓って誰かから貰わなくちゃなんないんだよ。畑に生えてるわけじゃないんだから」

【イチャついてんなぁ。熱いぜ、おふたりさん】胡座《あぐら》の膝にスイゼンジの頭を載せたデコが手を叩いていた。スイゼンジは気持ちよさそうに喉を鳴らしている。

【おまえらラブラブだな。愛汁《あいじる》が噴きこぼれてびちゃびちゃだぜ】

「うるさい！　死に損《ぞこ》ない！」ミンが怒鳴った。

デコが判った判ったというように片手をひらひらさせた。【まあ聞け。ミン、おまえが悪い。お嬢キャンはもう肚《はら》を括《くく》って死ぬ覚悟ができてるんだ。おまえが今更、駄々《だだ》をこねてどうする】

「おまえなんかにわかるか！」

「よしなよ、こんな死に損ないの話なんか聞くことないよ」

【おいおい。お嬢キャン、オレ様はあんたの味方だぜ。こいつは急に臆病風《おくびょうかぜ》に吹かれてるんだが、その実、一番汚《きたね》えのはこいつさ。こいつは自分を善人のままでいようとしてやがるんだ。糞《くそ》だぜ、こいつは】

「違う！　おれはこの子を知らなければ良かったと後悔してるだけだ！　知って殺す手伝いをするのが厭なんだ！　当たり前だろ！」

【へへーん。アル中が何云ってやがんだ。おまえに人間らしさなんか残ってるわけがねえ。じゃあ知らねえ奴の心臓なら殺して取るのは良いのかよ】

「違う。殺すのも厭だ」

【だったら、おまえに渡されたモノが殺したモノだって報《しら》されなかったら、どうなんだ？　実際は殺してるのにおまえには云わなかった場合。その場合はおまえは枕を高くして、ああ……俺は姪っ子を救ってやったんだなあって。自己満汁《じこまんじる》に浸ってられるのか？】

「知らなきゃ仕方ないじゃない。神様じゃないんだから」

【でも、殺された心臓に変わりはねえよ。それは事実だ。殺された心臓で姪っ子は生きる。手に入れた心臓が殺されたモノか、死んで取りだしたモノかどうかなんて誰もわかりゃしないんだ。つまり、こいつは知りようのないことを、絶対安全剃刀《かみそり》のように絶対にこれは問題なしって代物が欲しいって駄々こねてるんだよ】

ズシはミンの手に触れた。「あんな奴が何と云おうと良いんだよ。あたいがあげるって云ってるんだから、おじさんは全然、悪くないよ」

「なんでおまえはそんなに死にたいんだ」

ズシは〈はっ〉と一声発した「呆《あき》れた。こんな世の中、生きてたって何にもならないからよ。あたいなんかウンチ漏らしの犯され堕胎女子だし。そんなのこの世の中で幸せになれるわけないじゃん。だから、あたいは今世《こんせ》はパスして来世《らいせ》に賭けることにしたの。簡単に云うと転生《てんせい》・輪廻《りんね》ガチャね。だから、おじさんは全然、気にしなくって良いんだよ」

「あんたのは……姪っ子に使いたくない」

「え？　なんなの？　あたいじゃ不満なの？　汚いから？　ホルエモンに犯されたから？」

「違う違う。あんたがなんで死ななきゃならないのか……っていうか、死んで欲しくないからだよ」

ズシは凝《じ》っとミンの顔を見ていた。その目にうっすらと涙が浮かんでいた。

「おじさんって酷い人だね」

「え？」

「あたいの話、何にも聴いてなかったんだ」

「そんなことはない。聴いてた」

【いや、お嬢キャン、こいつは聴いてなかったよ】

「うるさい！」

「こんなゴミみたいな世界に生きろってあんたは云うんだね。未《ま》だ未だ何年も何十年もただ単に干上がってく水溜まりの魚みたいに苦しみながらのたうち回りながら生きてけって……そう云うんだ」

「いや、そうじゃない」

【お嬢キャンの云うとおりさ。俺達全員、上の奴らのイカサマ博打《ばくち》に付き合わされているだけだ。勝ち目なんかあるわけがねえ】

「今日、会ったばかりの丸っきり赤の他人に生きろなんて命令されたくないよ。こっちはもう死ぬ気満々なんだから。ああ、厭だ厭だ厭だ」

ズシはそう云うとシートの間から後ろに行ってしまった。

暫《しばら》くするとオカルナの音が始まった。

『目的地周辺に着きました。案内を終了します』

ナビがそう云うとミンは車が港の倉庫街に入ったのを感じた。暫く進むと倉庫と倉庫に挟まれた細い道で手招きしている男がいた。車をそちらに向けると先に歩いて誘導し始めた。

一戸の倉庫の入口が開け放たれていた。

男はその中に入って行く。ミンも従った。

中は学校の体育館ほどの広さで木箱が積み上げられていた。車を誘導した男は〈停めろ〉と合図した。ミンはエンジンを切った。

「着いたぞ」ミンが振り返るとズシとデコが重なるように倒れているのが見えた。

スイゼンジがズシの軀に顔を埋めていて、その鼻は真っ赤になっていた。

ズシは目を開けたまま手にはオカルナを握っていた。

いつのまにか音は消えていた。

ミンは自分の悲鳴を聴いた。

ドアが乱暴に開けられると男達に引き摺《ず》り出された。

ペタとスタートにいたカタコトの男、それとは別に男達に囲まれ、それらに指示を出している老人がふたり。ミンはふたりの前に引き摺っていかれた。

ミンは泣いた。ズシが勝手に死んだことが許せなかった。自分がそれに気づかなかったことも許せなかった。ズシは今の今迄オカルナを吹いていたはずだった。

「よくやったな。おまえは賭けに勝ったんだ」近づいてきたペタがミンの手に札を丸めたものを握らせた。

「賭け？」

「ああ。東京と大阪のボスどもが人食い動物を普通の自動車に載せてこれるか？　って云う賭けをな。おまえは勝ったんだよ。喜べ」

ミンは車を見た、いつの間にか首輪をかけられたスイゼンジがのっそりと降りてきた。

老人のひとりが嬉しそうな声を上げて、スイゼンジの鎖を受け取った。

デコの軀が蹴り落とされ、青いビニールで巻かれた。

「あの爺《じじい》の分も入ってる。儲《もう》けたな」

「あの……姪っ子の心臓は……」

「ああ、そうだったな」ペタが車内に居る男に声をかけた。そして白いビニール袋を受け取るとミンに渡した。

「あのチビのだ。ちょっと猫が囓ってるが、まあ気にするな」

「気にするな？」

「ああ。おまえのような奴は流されて生きろ。何かを気にして生きると怪我《けが》するか死ぬぞ」

それからズシが出された。服は血で真っ赤に染まっていた。心臓の辺りが凹《へこ》んでいる。

ミンはビニールのなかを覗き込んだ。ズシの心臓は真っ赤なオカルナに見えた。

それを取り出すとミンは太い切り口を見せた先端に口を当て、息を思い切り吹きこんだ。指を操り、心筋《しんきん》を揉《も》むようにしながら息を送り続けると、あのズシのオカルナに似た音が始まった。

「おい！　なにやってんだ！」止めさせようとペタがミンに飛びかかろうとした瞬間、スイゼンジが老人の首を囓り、その勢いのままペタの顔を嚙み砕いた。ミンはズシのオカルナを吹き続けた。漸《ようや》く吹き終えた頃、ミン以外の者を全て殺したスイゼンジが足下で喉を鳴らし、撫《な》でろとばかりに腹を見せた。

井上雅彦

男爵《バロン》を喚ぶ声

●『男爵《バロン》を喚ぶ声』井上雅彦

自分では自動車にも自転車にも乗らないくせに、登場人物がドライヴするシーンを書くのは好きである。モダンホラーを強く意識して書いた最初の短篇「脱ぎ捨てる場所」は、ユーミンの「中央フリーウェイ」から着想した。なお〈乗り物〉テーマで最も気に入っている自作は地下鉄丸の内線を〈味わう〉綺譚「カフェ・ド・メトロ」である。

思い出してみれば、井上雅彦の商業誌デビュー第一作は、一九八一年に都筑道夫《つづきみちお》さんに選んで貰った「消防車が遅れて」。消防自動車に魅了される少年をめぐるゴースト・ストーリーで、この着想のきっかけは、消防士に扮したアルフレッド・ヒッチコックが消防車の後ろに乗って、スクリーンプロセスの流れる風景をバックに作品解説をしていた回の「ヒッチコック劇場」前口上。毎回、この異色の短篇ドラマの前後に登場し洒落《しゃれ》た解説をしてみせるヒッチコックの名調子と比肩《ひけん》しうる自信はいまだに無いが、毎度この場で、私が作品解説を書くことができるのは、消防自動車のお陰かもしれない。

さて、本作は、前回同様、黒衣の精神医レディ・ヴァン・ヘルシングと司書ジョン君がヴィクトリア朝ロンドンで怪奇な事件を追う連作シリーズ。令和の《異形コレクション》第50巻『蠱惑《こわく》の本』掲載の第一話「オモイツヅラ」から、今回で四作目の発表となる。第一話に登場したシーボルトの幻の書『日本妖物誌《ファンタズマ・ヤポニカ》』にまつわる妖異が、今回、いかなる乗物綺譚と変じることやら、乞うご期待。

〈信頼できる報告者〉によるならば、その現象が起こるのはいつも満月の夜なのだという。深夜というわけではない。地平を昇りだしたばかりの大きな満月が、丸々ふとった腹を尖った煙突だらけのロンドン市街の屋根にこすりつけるほど低く掠《かす》めて、青い光が街を覆う面紗《ベール》のような白霧と戯《たわむ》れはじめる時刻——それが現れる。

遭遇するのは、決まって、走行中の乗合馬車。真っ先に異変に気づくのは馭者《ぎょしゃ》であり、続いて、ただならぬ馬の嘶《いなな》きと異様な揺れに車窓《しゃそう》から頭を出した客たちが、それを「目撃」する。客室《キャビン》に詰めこまれていた客たちの間で、どよめきや絶叫が巻き起こり、それが絶頂まで高まると、まだ停まってもいない馬車から、飛び降りて逃げだす客たちも少なくなかったという。

「いったい、なにを見たというんだい？」

僕が聞くと、

「幽霊馬車……なのだそうです」

と、〈報告者〉は答える。「いるはずのない乗合馬車」

霧の中、進行方向の真っ正面から向かってくる二頭立ての乗合馬車。

気がつくと、すぐ目の前にいる。

駆者が仰天するのは無理も無い。

なにしろ、その時間に、もう一台の馬車が反対方向から来ることなど絶対無いことを、駆者は一番よく知っている。なぜなら、その路線は、一台の馬車で往復運航をしているからである。

だが――駆者を、最も驚かせたのは、それだけではなかった。

目の前に現れた馬車の馬たちは、二頭とも自分が乗っているのと同じ連銭蘆毛《れんぜんあしげ》だった。

いや毛並みや体色の種類だけでは無い。姿形《すがたかたち》が瓜二《うりふた》つだったのだ。

のみならず、それに乗っている駆者本人が――自分と寸分違わぬ顔をしている。

あッと思った瞬間、馬たちが激しく嘶いて、それぞれ同時に、後ろ足で立ちあがった。

振り落とされぬよう御座《ぎょざ》にしがみつく自分の視界の正面でも、後ろ足で立ちあがる馬と、しがみついている駆者の顔が見える。

まるで、鏡に映したかのように、そっくりだ。

だが――はっきりと異なる点もあった。

そっくりの姿勢で、御座にしがみついている駆者は、嗤《わら》っていたのだ。

自分と瓜二つの同じ顔で、にやりと、大きく口を歪《ゆが》めて。

さらに――その眼が、夜の獣の眼のように、赤々と光っているのも見えた瞬間――気が遠くなった。

「それが、最初に幽霊馬車を目撃したのは自分だと主張している馭者の証言」〈報告者〉は、大衆新聞の切り抜きを見せた。「でも、それだけじゃありません。目撃者によって、見ているものが違うんです」

窓の外を擦《す》れ違う乗合馬車。気づくと、六つの車窓のうちの一つからから、自分そっくりの顔が突きだしていて、にやにやと嗤う。口が耳まで裂けている。そんな類《たぐい》の話もあるが、別のものもある。

はじめて、乗合馬車が市内を走るようになった時代、運賃が庶民にも手の届く四ペニーになったばかりの頃は、今よりも遥《はる》かに運行本数が少なく、大量の乗客たちは客室に入りきれずに屋根の上までびっしり満載だったことがあたり前の状態だったが――あたかも、その当時のような馬車が、屋根の上に立つ異様なまでに襤褸襤褸《ぼろぼろ》の衣服を纏《まと》った青白い顔をした客ばかりを、不吉な鳥の群れのように乗せて、ゆらゆらと走ってくるという。それこそ幽霊のようなものたちは、すれ違いざまに、客室内部の窓という窓からも、骨だけのように痩《や》せた手を突き出して、手招いて見せるというのである。

そうかと思えば、もはや乗合馬車とはいえない姿のものを見た者たちもいる。大量の煙とむせかえるような蒸気を吐き出して、真っ赤な炎を噴きながら向かってくる馬車の化け物。犀《さい》のような鎧《よろい》に身を包んだ異形の車体が蟹のように巨大な鋏《はさみ》を振りあげて襲ってきたと証言する者、ウエストミンスター寺院もかくやという、想像を絶するほどの巨影に轢《ひ》き殺されそうになったと訴える者。あるいは――これは、すでに乗り物ですらないのだが――なにやら、毛むくじゃらの、四つん這いになって走ってくる馬よりも大きな獣を見た……という話まで。

「いくらなんでも、それはないだろう！」

こらえきれなくなって僕が言うと、

「でも、そう話してくれたのを、はっきり聞いたのよ、ジョン君！」

〈信頼できる報告者〉シャルロッテが言った。「私も、その場にいたんだから！」

「ええっ」

と、博士《レディ》は、走らせていたペンを止めた。

「貴女《あなた》も、その馬車に乗っていたの？」

「ちがうんです、博士」

シャルロッテが言った。「偶然、自転車で通りかかったんです。診療所《こちら》でのお仕事の帰り道。大通りのものすごい人だかりで足を止めたら、大勢の人たちが這々《ほうほう》の体《てい》で傾いた馬車から逃げ出して、なにごとかと思ったんです。話を聞くと、幽霊馬車がまたぞろ出たんだって。でも……私は、そんなもの、見ていなかった。目撃者の多くが言うとおり、霧の中に消えていってしまったあとだったんですよね……ちょうど、先月のことです」

彼女は言った。「そう。たしかに、大きな満月が出ていました」

「……なるほど」

博士は、いつものように長い指の先を、自分のこめかみに向けたままの姿勢で、しばらく考え込んでいた。

「少しだけ似た話を……海外の新聞で読んだことがあるのだけれど……でも、これは、あまり、満月とは関係ないようね……」

「海外でも事例が？」

「幽霊機関車の話」

博士が言った。「鉄道が開通したばかりの日本の各地で、運転手が、こちらに向かってくる奇怪な汽車の姿を目撃する。そんな事例が多く伝えられた……。あわや、正面衝突と思った瞬間に消えている。その後、線路の上に轢断《れきだん》された野生動物の死体が見つかる。住処《すみか》だった野山を荒らされた獣が、機関車に化けて〈偽汽車《ニセキシヤ》〉となり、人間に一矢《いっし》報いようとした……そんな解釈がなされていた」

「日本で、ですか！　博士。それも、お父様と親交のあったシーボルトの――？」

「いいえ。ジョン君。シーボルトが日本で妖怪調査を行った時代の日本には、鉄道も機関車もなかった。彼の《日本妖物誌《ファンタズマ・ヤポニカ》》には、その種の異能力のあるとされる妖獣についての記述はあるのだけれど。なかでも、ある種の妖獣については――」

博士は、そう言いかけて、一旦、口を閉ざした。考えをまとめているかのようだ。そして、

「ニセキシャの事例は、ほとんどが運転手の証言だった。今度の幽霊馬車も最初は馭者の証言だったことは共通する。でも、今回の幽霊馬車は、多くの乗客が目撃している点がはっきりと異なる」

細い指を顎《あご》に当てながら、博士は言った。

「乗客と運転手との距離。乗客どおしの密度。走行スピードの差。機関車と馬車の違いが影響したことは確かね。でも、それ以上に特徴的なのは、目撃者によって、証言が大きく変化していること」

博士は、黙して宙を睨《にら》んだ後、僕らのほうを見て、微笑《ほほえ》んだ。

「乗合馬車《オムニバス》には、いろんな物語が詰まっているということかしらね」

「物語……ですか？」

僕は思わず突っ込んだ。「物語集みたいに？」

「あなたらしい譬《たと》えね、ジョン君。乗客ひとりひとりが異なる物語のようなもの。あるいは、ひとりひとりが一冊の本のようなもの」

「目撃者が〈話を作った〉ということですか？」

「いいえ。物語といっても、彼らが話したものが、作り話だったという意味ではけっしてな

いの」

　博士は言った。「幻覚や見間違いと断定する根拠もないし、その立場をとる気もない。現在では検知不能な想定を超えるなんらかの力が、目撃した乗客たちに干渉したのは確かだと思う。それによって、目撃者のひとりひとりが、自分の内側の扉を開いてしまったのよ。そこから溢れ出てくるものは、それぞれが異なる。それほどロンドンの乗合馬車は特異な空間ともいえるの」

「そういうことですか」

　僕は肯いた。「なんといっても……乗合馬車には、老若男女《ろうにゃくなんにょ》、いろんな階層の人たちが圧縮されたような状態で乗っている。労働者も、紳士淑女も」

「あ。私、見ました」

　シャルロッテが言った。「とても四ペンスの馬車になんか乗らないようなりっぱな服装の人が、炭だらけの労務者に混じって、なんだか重たそうな荷物をひとりで背負って、逃げていくところ」

「乗合馬車で事故に遭ったら、身分もなにも関係ないですものですね」

　僕が溜息《ためいき》をついた時に、時計がチェンバロの最も高い鍵盤《けんばん》めいた音色《ねいろ》の時報を鳴らした。

「まあ、こんな時間ね」

　博士がノートを仕舞った。「シャルロッテには、残業をさせてしまったわ。今日は、お花を替えるだけでよかった日なのに。でも、短い時間で、知りたかったことを調べてくれて、本当に助かったわ。〈満月の夜にこの街で起きた奇妙な噂〉なんて、ずいぶんと曖昧《あいまい》なことを頼んだのに。やはり、こういうことは、ジョン君よりもシャルロッテね」

「僕は、ただの司書ですから」

そう呟いた僕の声色《こわいろ》が、いささか拗《す》ねてしまったように聞こえたのかも知れない。

「ただの司書じゃありませんよぉ」

シャルロッテが、大真面目な顔で言った。「ジョン君は、ものすごぉぉぉい司書です。だって、博士の書庫を――大英博物館よりも物凄い本の迷宮を――博士のお父様、かの有名なエブラハム・ヴァン・ヘルシング教授の蒐集《しゅうしゅう》した膨大な書物を、毎日毎日、整理分類しているなんて！」

そこまで言われてしまうと、少し感動して、照れてしまう。

そんなに凄い司書だと思っているわりには、僕より年下のくせに、まるで博士が僕を呼ぶような口調で「君付け」で呼ぶのはどうかと思うけれども。まあ、シャルロッテはそれだけあの「博士《レディ》」にあこがれているのだ。

「しかも、ジョン君は博士の助手さんでしょう」

シャルロッテが真っ直ぐに僕を見て、微笑んだ。「だから、今夜も往診のお伴を」

往診のお伴は、本当のことだ。

そうそうあることではないのだが、それゆえに緊張もしている。なにしろ——博士の往診に同伴するたびに、通常では信じられないような事態に遭遇するからだ。なかには、おびただしい恐怖を伴うものも……。

今日の昼過ぎ、突然、夜の訪問診療の同伴を博士《レディ》から頼まれた時から、ただならぬ予感は、はじまっていた。

それから、約一時間後。

定刻通りに、玄関の呼び鈴が鳴った。

時間通りだ。それでもドアを開けた僕は、言葉を失った。

絵本でしか見たことの無いような貴族の専用馬車が停まっており、磨き上げられた金釦《きんボタン》の制服の男性が、うやうやしく頭をさげていたからである。

「ドルフニー男爵家の専任馭者《コーチマン》。お迎えご苦労様です」

凜《りん》と言い放つ博士のあとに、僕は続いた。

見あげると、異様に大きな満ちる月……。

ドルフニー男爵家の馬車は、テムズの南に渡り、森の小脇を走り続けた。

ロココ調の絢爛《けんらん》豪華な室内装飾が施されたワゴン内部で、博士の黒衣がよく映える赤い天鵞絨《ベルベット》のふっくらしたクッションに腰を沈めていても、僕は、まったく落ち着かなかった。

窓の外に、幽霊馬車が現れて、自分そっくりのものが嗤いかける。そんな幻想すら抱く余裕はなかった。

博士から、診察依頼の内容を打ち明けられる。

診察をする相手は、当主である若き男爵ジョージ・ドルフニー卿その人。

長きにわたって実業界に君臨した父親フレドリック・ドルフニー準男爵《バロネット》の長男であり、男爵を叙爵されて間もなく亡くなったこの父親から、爵位と莫大な財産を継承した。

人も羨むようなその青年貴族が、自分でも理解できぬような、奇妙な心身の状態に陥ってしまったという。現在、事実上、男爵家を管理している妹さんからの診療依頼だった。

それだけなら、博士の診療を受けに来訪する他の患者とあまり変わるところはない。

でも、僕が感じている〈ただならぬ予感〉は治まらない。

その〈予感〉の原因は、手紙を受け取ってから、かなり深刻な面持《おもも》ちでさまざまな資料を調べている博士の様子に他ならなかった。シャルロッテに「満月の夜に起きた街の噂」を調べさせたのも、今夜の準備だったことは薄々わかっていた。

馬車が、突然、広大な「なにもない」土地に差し掛かったとき、いよいよ〈予感〉が強まり、不穏な〈胸騒ぎ〉にまで拡がった。荒野のように広大だが、人工的に整備された敷地が延々と続いている。おそらく、すでに男爵家の領土に入っているのだろう。

胸騒ぎが、最も大きくなって、僕を脅《おびや》かしていたのは、ここを通過する頃だった。

唯一、気休めにもなったのは、馬車の窓から見える空から、月が見えなかったことかもしれない。いつしか、どんよりとした牡蠣《かき》のような青い群雲《むらくも》が張り出して、満月を覆い隠していたからである。

その豪奢《ごうしゃ》な邸宅に到着してからは、僕が覚えた不穏な胸騒ぎは、別のカタチに変じていた。

それはむしろ、〈奇妙な違和感〉として、頭を擡《もた》げていたのだ。

男爵家の馬車から、専任馭者《コーチマン》の手厚いマナーで鄭重《ていちょう》に降ろされ、うやうやしく頭を下げる家令《かれい》や召使いたちの前を歩き、執事の慇懃《いんぎん》な案内で磨き上げられた廊下を渡り、待合応接用の広大なホールに通されるまでの間にも、その独特な空気は感じられた。

こう見えても、僕はこれまでだって、何度か貴族の城館や荘園領主の邸宅《マナーハウス》を訪れたことがある。たいていは叔父の鞄持ちとしてだったが、豪華な調度品や、絵画、彫刻を鑑賞する機会は何度もあった。熱帯の花々や極彩色《ごくさいしき》の鳥たちを誇らしげに見せられたこともあった。目が肥えている、などとうぬぼれるつもりはないのだが、その財力に怖《お》じ気《け》づくようなことはなかった。

でも――この邸宅は、少し異なる。なにか異質なものを感じるのだ。

応接ホールは、確かに瀟洒《しょうしゃ》な空間だった。

あちこちに置かれたものは、美術館クラスのものだろう。

大きな中国の白磁の壺。アラビアの織物。ヨーロッパの工芸品。

若きドルフニー卿と言うより、実業家として世界中を駆け回っていた先代が、その先々で求めたものなのだろう。

壁には、写真と見紛《みまが》う版画が飾られている。異国の風景を細密に写実したものだ。

僕は思わず目を止めた。

奇妙な車が描かれている。大きな車輪の台車の上に、寺院のような形のものが載り、その上に長い柄《つか》を持つ刀が天を切り裂こうとしているかに見える。

「これは、日本の山車《だし》ね」

博士が言った。「伝統的な祭礼につかうもので、この台車に乗った信仰の象徴を乗せて、街を往来する。これは、京都祇園祭《ぎおんまつり》のもの」

「じゃあ隣の絵も、日本の？」

「これは、インドの山車《ラト》。やはり祭礼用だけれど、日本の山車よりもはるかに巨大なものだわ。神の戦車ともいわれてる。ヒンズーの神より古いカリンガの土着神ジャガンナートのものよ」

「ジャガーノート……と亡き父は呼んでおりました」

背後から女性の声がした。「ジャガンナート神をご存じだとは、博士！　貴女はやはり、評判のとおりの方なのですね！　レディ・ヴァン・ヘルシング！」

銀髪の女性が、博士に手を差し伸べた。

「お手紙をくださったドルフニー男爵家の……」

「長女メアリです。兄を救ってくださるのは、貴女しかいないと――」

男爵の妹は、すがるような目で、博士を見た。

「卿《ロード》のご様子は？」

「それが……」

メアリが言った。「お手紙を出した時よりも、悪化いたしまして……とうとう、怪我を」

「なんですって――」

「傷の手当てを、かかりつけの医師がしております。幸い怪我じたいは軽いものとのことで、処置が終わりましたら、博士に診《み》ていただけたらと」

メアリは、大きく溜息をつくと、

「本当に、人が変わってしまったように……なにかに魅入られてしまったように……」

彼女は、心細そうに言った。「いつも、月が大きくなりだすと、不安になるのです」

それは、ある時期から、突然に始まったという。

「僕を喚《よ》んでいる……」

ドルフニー男爵が、そう叫んで、窓を見た。「僕のことを――ほら……」

「えっ？　どうしたの？」

メアリは困惑した。「なにも聞こえない」

「ほら……あの御方の声だ……あの時と同じ……」

どういうことなのだか、まるでわからない。

ただ、鎧戸《よろいど》を開けた窓の外には、満ち始めた月が見えていた。

この時は、兄は酒に酔っているのだろうぐらいに考えていた。

夕食に飲んだトカイワインは、澱《おり》が溜まり過ぎていた。その程度に、メアリは解釈していたのだったが……。

兄の奇行に気づいたのは、それから間もなく。

部屋が、廊下が、泥だらけになっていることに、まず使用人が気づいた。

さらにドアの取っ手に、泥のみならず、血であろうと思われる真っ赤なものが付着していることに、執事が気づいた。

夜、ふらりと出かけ、朝方、恐ろしく汚れた姿で帰ってくる。

その目つきが、尋常ではない。目撃した家令たちの間で噂になり、妹がその深刻さに気づくまでには、噂は屋敷中に伝わっていた。

「それでも、兄は落ち着いている時期もあるのです。その頃には、自分の奇行については、何も覚えていないのですが……身体はどんどん衰弱していって」

それは、月が新月から爪のように細い時までだという。

その後、月が肥り出すと、夜の外出は増えていく。

しかし……その間、なにがあったのかは、わからない。

庭番にあとをつけさせたこともあったが、見失ってしまう。靴の跡が深く沈んだあとに、突然、途絶えていたというのだ。近くで見つかった獣の足跡以外のものは、消えていた。

――ここまでは、手紙に書かれていたことだ。こちらに来る馬車の中で、博士からも聞かされていたことだ。

「そういうわけで……」

メアリは僕たちを、二階に案内した。

「ここのところ、階上の兄の部屋から、一切外へ出さないようにしていたのです」

ゆるやかな円形の階段を昇っていくと、視界に一幅《いっぷく》の肖像画が見えてくる。

意志の強そうな面立《おもだ》ちの、銀髪の老人だ。

「父ですわ」

「先代のフレドリック・ドルフニー卿ですね」

「卿《ロード》という敬称で呼ばれた時期は、亡くなるまでのほんの短い間でしたが」

メアリは言った。「もともとの準男爵《バロネット》は、騎士《ナイト》と同様、敬称は〈サー〉でした。男爵《バロン》との差は歴然としていて、〈ロード〉とは呼ばれず貴族院にも入れない平民の身分なのです。でも、父は産業界での貢献が評価されたのでしょう。あるいは、ハノーバー朝の御代《みよ》に渡英する以前の先祖の爵位が尊重されたのか。本人が亡くなる直前になって、突然に、男爵《バロン》に叙爵されたのです。……ある意味、長年の願いが叶《かな》ったのですね」

その先代男爵の視線が、自分に向けられたように見えて、僕はどきりとした。肖像画の瞳孔《どうこう》の位置による心理的な効果について、博士《レディ》に教えられたことを思い出したが、先代の絵は、瞳孔のみならず、金の首飾り——大きくカーヴを巻いた先代の頰髭《ほおひげ》にも負けないような髭文字の「F」を象《かたど》ったペンダント——までが、自分を凝視しているかに思えた。

思わず目を反対側に向けると、寝室のドアの脇には、大きな犬が陣取っている。

僕は思わず、怖じ気づいた。動かず、うずくまっているだけなのに。

「イングリッシュ・フォックス・ハウンド」

博士は、その犬種を言った。

「オールド・ルークです。仰《おお》せの通り、狐狩りに欠かせない猟犬ですが、この異変以来、残ったのが、この一頭」

「といいますと?」

「他の犬たちが、兄を見て、吼《ほ》えるようになったのです。それも、最初は、吼えて威嚇《いかく》していたのですが、そのうちに、今度は、兄を見て、怯《おび》えるようになりまして——」

「それも……月が満ちるようになって、ですか」

「その通りです。どうしたことか、犬舎《けんしゃ》を破って、逃げ出しました。でも……このオールド・ルークだけが残ってくれて」

「それは、忠義な」

「父がたいそう気に入っていましたから。狐狩りのため、列車で一緒に遠征したことだってありました。ロンドンのキングス・クロス駅から、スコットランドのエジンバラ駅まで。二つの鉄道会社を跨《また》いで走る急行〈フライング・スコッツマン〉の一等車に、わざわざ猟犬のための席まで取って、父が一緒に乗せたのは、このルークだけです。この犬は兄のことも、自分の兄弟のように思っていたかもしれない。でも……」

犬が顔をあげた。その両目は白く濁っていた。

「すでに目は視《み》えません。犬の忠義というよりも、歳を取り過ぎて、いつも、ここでまどろんでいるような有り様です。もう寿命でしょうね。それでも、兄を護ろうとしてくれてるようなのです。今日も、兄が窓硝子を頭で割ってしまった時に、大声で吼えて教えてくれて」

ドアが開いた。

中から白衣の医師が出てくるところだった。

「先生、怪我の様子は？」

「ご心配なく。ガラスの破片は、すべて取り除きました。打撲もありましたが。なにしろ、鎧戸が外側に向けて曲がるほど、自分の頭で殴打したのですから。あまりにも無茶です」

「……本当に」

「治療の間も興奮を静めるために、強めの鎮静剤を投与しましたがね」

博士が声を潜めて医師に質問した。外傷の詳細と、使用した鎮静剤の種類を訊いたのだろう。医師はこの黒衣の女性の専門的な質問に目を丸くしていた。

医師が帰ると、メアリは博士と僕を部屋に入れた。

繃帯《ほうたい》で顔の上半分を巻かれた若い男が、枕に頭を沈めていた。

博士は、すばやく、枕元から観察した。

男は――男爵家当主ジョージ・ドルフニー卿は――横たわったまま、芋虫のように動いていた。鎮静剤を打ったとは言っていたが、まだ眠ってはいない。メアリの指示なのか、繃帯で手足も縛られている。それでも、窓に執着があるようで、しきりに身体を前身させようとしている。

「ドルフニー卿」

繃帯から露出した耳に向かって、博士は静かに呼びかけた。

「聞こえるのですか。貴方《あなた》を喚ぶ声が」

男はぶるりと震えた。

「ああ……聞こえる……僕を……喚んでいる」

「貴方の名前で、ですか」

博士は訊いた。「それとも、卿《ロード》という敬称で？」

「……男爵《バロン》……だ」

喘《あえ》ぎながらも、語気は強かった。「僕に男爵《バロン》と呼びかけるのは、あの御方だけだ」

「誰ですって？」

「あの時と……同じお声だ。あの御方は……」

「兄さん！　あの御方って、誰？」

横からメアリが訊いた。強い調子だ。「ねえ、いったい誰」

「ハー……マージェスティ……」

愕然《がくぜん》とした。

「女　王　陛　下《ハー・マージエスティ・オブ・クイーン》？」

「ああ！　そんな！」

メアリが叫んだ。「確かに、兄は謁見《えつけん》しています！　父の死後、男爵を継承した兄は、ヴイクトリア女王陛下と謁見し、直接、男爵《バロン》と声をかけて戴《いただ》きました。その前も……父が男爵位を叙爵された時にも、兄はすぐ傍らにいて」

「同じお声だ……」

男爵が言った。「あの夜……同じお声で、呼びかけられた……だから、僕は応じた」

喘ぐような声だ。

「そうしたら……あの御方が……女王陛下が……背中を……よじのぼってきて」

博士の顔色が変わった。

あまりの奇怪な告白に、僕も、メアリも、動揺していた。

「ああ……なんという素晴らしい感触が……もう、私は……あの御方なしには……」

彼は両手を伸ばした。その瞬間——下半身の繃帯がザックリと破れた。

男爵は、そのまま、身をよじらせて——気を失った。

「鎮静剤が効いたのだわ」

博士が言った。「ジョン君、繃帯を——繃帯を、もっときつく巻いて」

「はい！　あ、あの繃帯は、替えの繃帯はどこでしょう」

「ここは、もっと丈夫なものを使うべきところね」

博士は、鞄から、平たい紐状のもの取り出した。繃帯とは違って、炭のように黒い。

「ゴムの樹脂です。手荒な真似をしますが、お許しを、閣下《マイ・ロード》」

手慣れた調子で、手足を縛る。「最も痛みの少ない安全な捕縛法《ほばくほう》です。ベッドにもこれで固定します」

メアリは呆然《ぼうぜん》と見守るばかりだ。

「もうひとつだけ。お身体を確認します」

博士は、男爵の背面を確認した。

「背中に、擦過傷《さっかしょう》……」

無数の傷だ。

「そして……首筋から後頭部に向けて……この傷は……」

無数の傷だ。

「ガラスの切り傷では？」

「今日の傷ではない。これは、ひと月前――いや」

確かに色が黒々となっている。いや、紫の傷も、赤いのも。

「複数の古傷。それに、この形は……」

……咬《か》み傷？

僕には、そうとしか見えない。

背筋が冷たくなった時――異様な咆哮《ほうこう》が聞こえた。

熱い珈琲《コーヒー》で、胸騒ぎを呑み込んだ。

咆哮は、まだ聞こえる。

まるで、狼の遠吠《とおぼ》えだ。だが、ドアのすぐ外。オールド・ルークの咽《むせ》び泣く声だった。

兄弟にも等しい若き男爵のことが心配なのだろう。

僕たちが待機しているのは、廊下を挟んだ向かいの部屋。

男爵の部屋の前では、屈強な体躯の庭番が駆り出されて、見張っている。念のため、窓の下にも警備しているとのこと。

博士は、手帖を開いて「治療方針」の対策を練っているようだ。

僕は、よほど自分の考えを聞いてもらいたかったが、こんな時は無理だと知っていた。

馬車の中の博士の言葉を、僕は頭の中で反芻《はんすう》していた。

あの人工的に整備された広大な敷地に差し掛かった時に、高まる胸騒ぎに悩まされながら、僕は博士に、こんな質問をしていた。

〈偽汽車〉……すなわち、蒸気機関車にすら姿を変えるという〈化ける獣〉——日本の妖獣の話題になったのだけれど、シーボルトが研究していた妖獣とは、どのようなものだったのか。

「昔話では、歳を重ねた動物はたいてい化けるけれども、〈偽汽車〉の時、よくその正体説明に使われた野生動物は、ムジナ、タヌキ、そして……キツネ」

ムジナというのは、複合的な呼称だという。英国でも馴染《なじ》みのあるアナグマと、ヨーロッパにも近種のいるイヌ科の小動物タヌキの総称。特にタヌキには、さまざまな逸話がある。

そして、タヌキと同じほど「妖獣」呼ばわりされるのが、キツネだ。

キツネの中でも、英国で最も馴染みのあるアカギツネの亜種が、日本の固有種である。

「父の話だと、シーボルトは、そうした獣のなかで、特に異能を持つとされる、ある地域の動物を〈妖獣〉として特定して、繁殖まで試みていたらしいの」

「なんですって――」

「それが、いかなる種類の動物だったのか――あるいは、既存の野生動物《ファウナ》と完全に異なる未知の種だったのかは、父にも、わからなかった。というのも、その生体標本は、前にも話した、強奪されたファンタズマ標本の中に含まれていて――」

「なんですって！」

博士の司書を務めてすぐの頃、博士はそのことを教えてくれた。シーボルトの幻の書《日本妖物誌《ファンタズマ・ヤポニカ》》にまつわる標本資料が、アムステルダム大学に輸送中に、なにものかに強奪された。その際の犯人の痕跡が、英国への渡航を示唆していたことも、その後の捜査で明らかになっていた。日本の妖物《ファンタズマ》標本が英国国内に持ち込まれていた可能性があるのだ。

万が一、その妖獣が逃げ出していたとしたら、それは勝手に繁殖をはじめることだってありえる。もしも、この英国で、日本の妖獣が繁殖しているとしたら……。

「博士は、そのことも考えていらしたのですね」

馬車の中で、僕は言った。「幽霊馬車と偽汽車との共通点……もしかしたら、日本の妖獣が関わっていたのではないかと」

ここに来る前から感じていた胸騒ぎが、最も大きくなった瞬間だった。

でも……。

この屋敷で、男爵の精神に影響を与えている存在は、本当にそのようなものなのだろうか。

女王陛下の声で相手の心に忍び込むような、そんな日本の妖怪などいるものだろうか。

たとえば……月と言えば、古来からヨーロッパ全土に伝わる狼《おおかみ》憑《つ》き。

そういえば……馬車の中で、僕は見ていた。

博士が、そっと鞄から覗《のぞ》かせていた銀の十字架。そして……忍ばせていたフリントロック式拳銃に装塡《そうてん》されていた銀の弾丸。

「あ」

思わず声が出た。

博士が強い視線をこちらに送る。

「何？」

「いえ――あの――珈琲を飲み過ぎまして……」

紛《まご》う方無き真実だった。自分の膀胱《ぼうこう》を危険な状態から回避せねばならない――。

そっと廊下に出る。

ガスの灯りで、廊下も昏《くら》くはなかったが、さすがに不穏な影を想像してしまう。

男爵の寝室の前で、屈強な庭番が会釈してくれたのだけが心強かった。ただ、ひとつ気になったのが、あのオールド・ルークという犬の姿が見えなかったことだ。

用を足したあとは、部屋に戻るまでが、心細かった。

あの肖像画を見る気もしない。目を避けながら、ドアの取っ手を握って開けた時——呆然とした。そこは——元の部屋じゃない。

がらくた置き場だ。

ごろごろと置かれているのは、鉄でつくられた大釜。錆《さ》びた歯車。赤銅色《しやくどういろ》の円柱。何世紀か前の錬金術師の使いそうな代物《しろもの》だが、よく見れば、どこか見覚えがある。

機械には詳しくないが、博士の所蔵する本の図解で見た覚えがあった。これは、ピストン。シリンダー。ボイラー。ポンプ。こいつらは——蒸気機関だ。初期のものから、現代のもの、いや、見たこともない奇矯《ききよう》な形のものまでが揃ってる。本物なのか模型なのかはわからない。冷え切ってはいるはずだが、今にも蒸気を噴き出しそうじゃないか。

「私の〈ハシバミの枝〉が、なにかを見つけたようね」

博士の声だ。と、同時に灯りが大きくなった。「帰りが遅いと思ったら、こんな部屋に迷い込むなんて」

「博士、ここは——？」

「たぶん……男爵の趣味の部屋。というよりも、もはや〈驚異の部屋《ブンダー・カンマー》〉というべきかしら……」

確かにその通りだ。奥を眺めれば、ますます〈驚異〉が待っている。

さまざまな蒸気機関の部品を組み合わせたハリボテのような機械らしきものが、中途半端に、作りかけでごろごろと放置してある。巨大な蝙蝠《こうもり》を思わせる翼状《よくじょう》の天幕や、ダ・ヴィンチの「空飛ぶ船」のような螺旋《らせん》状の金属羽を持った船体に、木製の車輪をつけたところを見ると、乗り物のつもりなのだろうか。いや、金属の巨人の腕のようなもの、ある種の蟹のような巨大な鋏をつけた乗り物は、いったいに何に使うつもりなのか。

「この部屋に入ると、よく兄に叱られました」

背後からメアリの声がした。

「兄の望みは、未来《これから》の乗り物を創ることでした。未来の街を建設し、創りあげるための乗り物。ここにあるのは、その試作品……なのです」

メアリは、深い溜息をつきながら、「実は、父も同じような夢を持っていました。乗合馬車《オムニバス》をすべて、馬ではなく蒸気機関の交通機関に作り替える。そのための新会社を創業して、事業を展開する予定だった。でも……貴族院に入れない準男爵の身では、既得権益にしがみつく反対勢力を押し切れなかった。ようやく、男爵に叙爵されたというのに、その矢先――。だから、爵位を相続した兄は、父の夢を――」

「なるほど……」

博士は肯いた。「男爵家の馬車で迎えていただいた時、私たちは、人工的に整備された〈なにもない〉広大な敷地を通って参りましたが、あれは男爵家の夢――未来の交通機関の試験場だったのですね」

メアリが瞠目《どうもく》し、肯《うなず》いた。

「これで、繋がりました」

博士は言った。「男爵に取り憑いていたものの正体が」

その時——僕も気がついた。

「これのことですね！」

僕が指さしたのは、床の上。

泥だらけの足跡。男爵の靴跡ではない。これは、大きな獣の足跡だ……。

「いけない！」

博士が言った。「まだ新しい。この部屋に潜んでいたとしたら——」

その瞬間。

凄まじい悲鳴があがった。

飛び込んできた血だらけの庭番が、息も絶え絶えに男爵の逃亡を伝えた。

「大丈夫。男爵は、まだ、遠くへ行っていない」

博士は、走りながら、カンテラの灯りで敷地を照らした。「私の仮説が正しければ、重たいものを背負っているはず……この深く沈んだ靴のあとを、辿《たど》っていきさえすれば……」

「いったい、なんなんです？　その……憑き物の正体って」

「バロン」

博士は言った。「自分を男爵《バロン》と爵位で喚ばれたものだ、と彼は思い込んだ。しかし、それは、別の言葉だった可能性がある。おそらくは……バリョン……もしくは、バロウ」

「どういう意味です？」

「日本の北国エチゴという地方に伝わる話。山中を歩いていると、不意に〈ばりょん〉という声で呼び掛けられる。この地方の言葉で〈背負ってくれ〉という意味があって、うっかりとそれを承諾すると、なにかが背中に覆い被《かぶ》さってくる。とてつもなく重たいもので、倒れて押し潰されてしまいたくなければ、自分はそれを背負って歩かざるを得ない……この地方で〈オバリヨン〉と呼ばれているこの妖怪《ファンタズマ》は、こうして、人間を〈乗り物〉にして、乗りこなしてしまう」

「すると、やはり、日本の妖獣が！　あの男爵に！」

「男爵には後頭部や首筋に傷があったけれど、〈オバリヨン〉に抵抗すると頭の後ろを囓《かじ》られるという。だから、その可能性はかなり高い。同様に……同じ北国には〈バロウ狐〉と呼ばれるものもいる。〈バロウ〉というのも背負ってくれという意味だから、〈オバリヨン〉と同種のものと考えられる」

「狐ですか……！」

「いずれにしても……」

足跡を追いながら、博士は続ける。「ドルフニー卿は、自分が爵位で喚ばれたものと思い込み、応じてしまった。しかも、女王陛下との名誉ある謁見を妄想してしまうとは。つまり、化かされたのよ」

「そんな――」

「ただし、この言い伝えには、続きがある。背中に負ぶさった〈オバリヨン〉も〈バロウ狐〉も、岩石のように重たくなるんだけど、それに耐えきると褒美《ほうび》がもらえる。岩石の重さの黄金や富に変わるともいう。つまりは、願望を叶えてくれるの。これは、妖怪との契約」

「男爵が望みを叶えようとした？」

いったいなんだ？

若き男爵の願いは、なんだった？　いや――まさか！

その時――メアリの叫び声がした。兄を呼ぶ必死の声。

「あそこに！」

メアリの目指す方向……あの男爵領内の人工的に整備された敷地に、男の姿があった。

いつの間にか雲間から顔を出した満月の、青い光を煌煌《こうこう》と浴びたドルフニー卿の姿を見て、僕は思いだした。あの〈信頼できる報告者〉の言葉を。

――とても四ペンスの馬車になんか乗らないようなりっぱな服装の人が……なんだか重たそうな荷物をひとりで背負って――

やはり、シャルロッテは〈信頼できる報告者〉だ。彼女は目撃していたんだ。

乗合馬車のパニックの現場に、あのドルフニー卿がいたことを。

ということは、あのパニックを起こした張本人は……。

ドルフニー卿の歩みが止まった。

繃帯が解《ほど》け、血塗《ちまみ》れの顔が凄みを帯びた。

僕らのほうを見据えて、威嚇するように、歯を剝《む》いた。

その背中には、確かになにかを負《お》ぶっている。

黒々と影に染まるようで輪郭の判別もつかない。ただ——獣らしきものだということは、想像がつく。なぜなら、その両眼が赤々と燃えているからだ。

と同時に、それを背負った男爵も、獣じみた表情で嗤いはじめた。

いきなり、男爵の周囲におびただしい白霧が噴き出した。いや、霧というよりも——あれは、蒸気《スチーム》だ。凄まじい白煙のような蒸気だ。

がらがらと車輪の音が聞こえる。

蒸気のなかから、奇怪な姿が現れた。

霧で半分も見えないが、その姿はまるで——乗合馬車の化け物だ。

馬の替わりに、真っ赤な幾本もの竜の首がのたうって、絡み合うのが見える。だが、それは、どうやら、渦を巻いて噴きあがる炎だ。屋根の上には、びっしりと群がった青白い亡霊めいたものが、蠢《うごめ》いているようにも見える。それこそ、立ちのぼる白い蒸気だろうか。
化け物の輪郭は、影のようにぼんやりとしか見えないが、はっきり見えるものはある。
ごろごろ、がらがらと、雷鳴のような音をたてている巨大な車輪だ。
そう。車輪は市街の乗合馬車のものより、遥かに大きい。
ぐつぐつと音をたてるボイラーや、シリンダーの音まで聞こえる。
蒸気の視界のなかで、影が動いた。
蟹のような巨大な鋏。大きく拡げた巨人の掌《てのひら》……。
「これは……あの〈驚異の部屋〉の模型で見た！」
「工作機械です……」
メアリが叫んだ。「未来のため、街を毀《こわ》して、建て直すための……」
「それが、男爵の願望ね」
博士が言った。「その夢を叶えようとして」
螺旋状の金属羽《きんぞくばね》が回転するのが見えた。
鋭い刃の生えた金属の長い腕が十本以上も身体から放射状に伸びてくる。
工作機械は――いや、怪物は、さらに姿を変えつつあるのだ。
そして……巨大な車輪が近づいてくる。
しかも、近づくたびに、車輪が、大きくなっていくように見える。

そして——怪物そのものの大きさも……。

必死で怪物から遠ざかり、四阿《あずまや》の陰に逃げこんだ。

それでも、逃げ切れるかどうかわからない。

「まるで、ウエストミンスター寺院だ……」

僕は、思わず呟いていた。「あんなものが車輪で動いてるなんて」

「山車《ラト》だわ」

博士が言った。「信者を轢き殺しても止まらないジャガンラート神の山車」

「……父が新会社に名づけようとしていたのも、あの神の名でした」

メアリが言った。「ジャガーノート社。産業革命を加速させ、あらゆる障壁を轢きつぶして進める神の戦車……」

僕らは逃げた。巨大な車輪が、四阿を轢きつぶした。

怪物は、蝙蝠の翼手《よくしゅ》を拡げた。ロンドン市内まで空を移動する気か。

でも、その前に、僕らが轢き殺される。

「ここで食い止めるしかないわね」

博士が言った。「最善を尽くすしかない」

拳銃をとりだす。銀の弾丸を装着したフリントロック。

「無茶です。博士の射撃の腕は知っていますが、そんなもので、あの怪物を」

「あれは〈偽汽車〉と同じ。正体を撃ち抜けば、危険は去る！」

月明かりが、怪物の軌道を照らしている。

その怪物の前に、博士は飛び出した。

銃を構える。

引き金を引く寸前に、大きな鋏が振り下ろされた。

「危ない！」

博士が倒された。車輪が迫る。

思わず僕の身体は、動いていた。

博士の前に飛び出す。巨大な影が視界を覆う。

その時――。

汽笛が聞こえた。

僕は見た。視界の彼方《かなた》から近づく、その蒸気機関車を。

遠くから、しだいに大きく迫ってくる機関車――それは――確かに、機関車だった。

あとから思い出しても、はっきりとその姿を再現できる。もっとも、博士に言わせると、その少しあとになって、僕がスコットランドのエディンバラに出向いた際、その記憶を創りあげてしまった可能性があるというのだが。グレート・ノーザン鉄道とノース・イースタン鉄道を繋いで走る、〈急行フライング・スコッツマン〉の外観は、すくなくとも、この時、目撃した列車と同じだった……ように思う。――ただ、走る軌道はまったく異なっていたのだが。

倒れた博士を救い出そうとしていた僕の視界に、汽笛の咆哮とともに走りよってきたその汽車は、空から飛来した。そう、名前の通り「空飛ぶスコットランド人」のように、満月を横切って。

僕の目の前で、汽車は、巨大な怪物と衝突した。

凄まじい轟音《ごうおん》とともに、怪物を衝《つ》き破った。畏《おそ》ろしい爆発で、僕は意識を失った。


――我に返ると、博士が僕を見おろしていた。

気絶したのは、僅かな時間だったようだ。

僕は、起き上がり、月明かりのなかで倒れている男爵と、うなだれているメアリを見た。

そして……男爵から少し離れた場所に、長々と倒れて、息絶えている老犬を見た。

「あのオールド・ルークが、空飛ぶ〈偽汽車〉だったのですね。僕らの命の恩人」

僕が言った。「歳をとった獣は化ける。狐狩りの犬が、狐を倒したというわけですか」

「狐ではなかったのよ」

博士が言った。そして、死んでいるイングリッシュ・フォックス・ハウンドのそばに近寄って、老犬がその牙で咥《くわ》えている気味の悪いものを見せた。

「それが……若き男爵の背負っていたもの」

それは、埋葬されて歳月を経た人間の屍体《したい》だ。

ほぼミイラ化して容貌はわからないものになっていたが、銀色の髭が残っている。そして、首には金鎖。髭文字「F」のペンダント。

「まさか……あの肖像画の……フレドリック・ドルフニー卿」

「メアリさんに確認して貰った。あとから、納骨堂も検分するけれども……」

「先代が……そんな……」

「妖物と契約していたのは、父親のほうだったのかも。準男爵から男爵への突然の叙爵」

博士が言った。「そのときから、人ならぬものに変わってしまった……」

そうして、指し示した。

僕は、息を呑んだ。屍体の四肢は、獣のような形状に変じていた。

「果たして、そもそも日本の妖物《ファンズマ》にこんな呪わしい力があったのかどうかはわからない。まったく別の、闇の存在が作用していたのかもしれない。あるいは……先代じしんが、自分の扉をあけてしまったのかもしれない。……少なくとも」

博士は、老犬に眼を馳《は》せた。「オールド・ルークは、愛してくれた先代への恩返しのつもりだった筈。人ならぬものになっていた先代を解放するために……そして、その凄まじいまでの野心の重圧から、自分の弟にも等しい若き男爵を解放するために――」

動かなかった男爵が、大きく息を漏らした。
メアリが、歓喜の表情で僕たちを見た。
月の彼方で、遠い汽笛が聞こえた。

本作に登場する〈フライング・スコッツマン〉は一八六二年に開通したキングス・クロス／エディンバラ間の急行列車の名称であり、現在よく知られる一九二三年製造のLNER-A3形蒸気機関車4472号機とは別のものです。（作者）

黒史郎

カーラボスに乗って

●『カーラボスに乗って』黒《くろ》史郎《しろう》

近年ますます怪談・妖怪関連の著作の多い黒史郎は、神奈川在住のホラー作家としての綿密な取材から、『川崎怪談』（竹書房怪談文庫、2022年）、『横浜怪談』（同、2023年）と実話怪談集を立て続けに発表。そのなかでも、やはり〈乗り物〉——車道・鉄道に関するものは、なかなかに印象深く、『川崎怪談』では第三京浜《けいひん》の橋脚《きょうきゃく》に現れた背丈三メートルの少女のシミをめぐる「橋脚の少女」をはじめ、〝車の単独事故を誘う矢上川付近の一本道〟〝六郷川鉄橋から掻《か》き消えた女〟〝八丁畷《はっちょうなわて》駅周辺の怪異〟、『横浜怪談』では鶴見《つるみ》区・供養塔《くようとう》の傍の「トンネルの女」や、同区の〈三輪車〉に乗った首無し少女、さらには横浜港沖で漁師が遭遇した〈幽霊船〉など——このフィールドでの恐怖のツボの味わい方、怪異という「糧《かて》」を教えてくれている。

一方で、黒史郎の小説家としての想像力は、物語としての面白さ、奇想のユニークさを徹底的に追求し、これまでにない新たな恐怖の領域をめざしているようだ。たとえばこの本作。序盤では世にもおぞましい鬼畜の饗宴《きょうえん》が語られるが、中盤から登場する〈乗り物〉——本書のなかでも唯一の〈乗り物〉——が見せてくれる圧倒的なイメージは、古今の幻視者のイマジネーションへの挑戦といえるかもしれない。その一方で——妖怪への嗜好《しこう》を忘れていないところが黒史郎の黒史郎たる所以《ゆえん》なのである。

巨人の口の中にいるような湿った熱気に俺たちはすっかり茹で上がっていた。

見るからに年季の入った輸送車《ビッグフット》の幌《ほろ》は少なくとも五、六回はフルオートで銃撃《シューティング》されてるってくらいズタボロで、俺の顔の横にあるアナコンダでも通れそうなでかい穴の向こうには東南アジア特有の押しつけがましいベタ塗りな緑が見える。暖雨と貿易風に湯気立つ熱帯雨林を抜けると砂糖畑が現れ、その向こうにレゴで拵《こしら》えたような棚田《ライステラス》が広がって馬鹿みたいな青さの空がのっかっていた。

俺たち四人を乗せた車の後ろから一台のピックアップトラックがついてきて、たまに輸送車と並走するかと思えば荷台に載せた中国産の80式で睨みを利かせてくる。史上最悪の大罪人は一匹たりとも逃がしゃしないって気概を見せつけているんだな。

心配しなくても逃げようなんて気は起こさない。俺たちの四肢はカーボン製チューブでぐるぐる巻きにされて棒みたいになっているから首くらいしか動かせない。それに逃げたところで世界の隅々まで俺たちの面《メン》は割れちまってるし、この世の心清き善人たちは全員俺たちに死ねと願ってる。ムショから攫《さら》ってでも私刑《リンチ》したいってヤツはこいつらの他にもゴマンといるのもわかってるんだ。だからシャバに戻ろうなんて夢はとっくの昔に捨て、今向かっている〈最後の地〉で穏やかに、とはいかずともゴキブリよりはマシな余生を送ろうって覚悟ができている——少なくとも俺は。

「轢《ひ》き逃げ、轢き逃げっていうけどよ、厳密にいえばオレは逃げてねぇんだ。轢いた後に逃げるから轢き逃げだろ？　オレは逃げたんじゃなく、轢いた後も目標のためにつっ走り続けてたんだ。だから轢き逃げ《ヒット・アンド・ラン》なんてカッコ悪いマネはしてねぇのさ」

下唇のないロニーは、車で国内一周するって目標を達成させるついでに五十五人を轢き殺した強者《つわもの》だ。ヤツの生まれた国は貧乏で小さいがあちこちに危険な国境地帯があって、そう簡単にぐるりと回れるものではない。だから抱いた目標は決してショボくないし立派なもんなんだが、こいつは絶望的に車を転がすセンスがなかった。田んぼと宗教施設しかない地元の田舎町からスタートして五分後、ヤツの愛車《マスタング》は一人目を轢いたんだ。

「それが握り拳みたいに腰のひん曲がった爺《じい》さんでさ。うわ、やっちまったって焦ったけど、車を停《と》めて降りたところでオレに何ができる？　ぺしゃんこの爺さんに空気でも入れるか？　飛び出した目玉でも拾って戻してやるか？　何したってもう無意味だし、頑張ったって誰も褒《ほ》めてくれないだろ？　それどころか急《せ》かされたり、怒られたり、非難されたり、不安を与えられたりする。オレは急かされるのも怒られるのも非難されるのも大嫌いなんだ。それにあの時オレは郷愁の念に駆られたんだな。チビの頃に田んぼで蛙《かえる》を捕まえて全力ジャンプで踏みつぶして遊んだことあるだろ？　ズッポーンって内臓が飛んでいってその飛距離を競う、あれな。あれを思い出して懐かしくなっちまったんだよな」

　で、その一発目がクセになったみたいで同日こいつは四人を轢いた。それから車をとっかえひっかえ器用に逃げ隠れしながら足掛け三年。轢いた数は三ケタにのぼり、死んだ数は五のゾロ目になって、あと四キロちょっとで目標の国内一周を達成って日におナワになった。見つかった理由ってのが間抜けで、後ろのバンパーに轢いた女が引っ掛かってるのに気づかなくて目撃者に通報されたとか。全身前面を道路にすり下ろされ、頭と背中の皮だけが残って虎の敷き皮みたいになった女が、一反木綿《いったんもめん》みたいに車の後ろでひらひら泳いでいる想像をして俺は爆笑した。ちなみにロニーの下唇は、パクられる時に抵抗したらサツが摑《つか》んで顎《あご》まで一気に引き下ろしたらしい。

「次は車で世界一周って目標もあったんだ。世界中のカエルの内臓を拝みたかったぜ」

「こんなイカれた馬糞《ばふん》野郎と同種に見られる、イェン、我慢できない」

　俺の隣の若いのがロニーに嚙みついた。

「聞こえたぜ、痩せっぽち《スキニー》。お前も病人のひり出した死にかけの糞《くそ》みたいだぜ」

　ロニーは剝《む》き出しの下歯茎《したはぐき》のせいで常に嗤《わら》って見えるが、はっきり機嫌を悪くしていた。

「よしなよ、二人とも。俺らは兄弟みてぇなもんじゃねぇか」

「ノーね、ノー。馬の糞とイェン、兄弟にならない。ノー、ノー」

「わかったから。ノーノー言うなよ」

「ゴロウ、あなたわかってない。馬糞は人殺し。イェンは子どもを救った」

見た目は虫も殺せぬザンギリ頭のガリ坊ちゃんだが、イェンは世界中の子どもと子を持つ親が、その名を聞いただけで震えあがるブギーマンも真っ青の怪物だ。あんまりヤバすぎてアジア版『TIME』といわれる雑誌の表紙を飾ったほどだ。こいつはデパートなんかで玩具《おもちゃ》が欲しいとダダをこねて親を困らせるガキを見つけると家までついていき、母親の腹の中にガキを〝戻す〟ってことを三十件ほどやった。

「イェンには崇高な理由ある。わがままいって親を困らせる子、ロクな人間に育たない。イェンの顔、便器に突っこんで糞を食わせたヤツラ、そういう人間だった。ヤツラは大人になってしまって手遅れ。でもあの子たちは、母親の胎内に戻って生まれ直せば間にあう。ロクデナシになる前にイェンが再出産の手助けしてあげた」

つまりイェンは「このままじゃロクな大人にならないから」という老婆心《ろうばしん》から、その家の母親の腹を鉈《なた》で割り、その中にガキを詰め込んで再び出産させようとしたわけだ。志は立派だが再出産なんてもんが成功するわけもなく、せいぜい母子は食いたくない方の参鶏湯《サムゲタン》になっただけだ。それにイェンの中には臨機応変って言葉がない。ガキに父親しかいなけりゃ、その中にだって平気で詰め込むし、双子や三つ子でもまとめてぶち込んじまうし、滅茶苦茶なんだ。これを崇高な行動だっていまだに信じてるんだから、こいつは真正《しんせい》だ。

「イェン、馬糞と同じ扱いは納得いかない」

「そうかよ。昨晩オレのケツからお前みたいなチュロスが出たぜ」

「なあよぉ、二人ともそのくらいにして仲良くいこうぜ。立派な目標があったり、崇高な目的があったり、そんなお二人さんを俺は尊敬してんだよ。だからどっちも糞なんかじゃねぇ。アブサン、お前も黙ってねぇでなんか言ってやれ」

「アンタたち、さっきからうるさいのよ」

アブサンは顎下のゴビ砂漠の砂煙のような赤茶色の髭《ひげ》に涎《よだれ》を絡ませ、泣きべそをかいていた。

「今さら文句いったって、どうなるもんでもないでしょ。アンタらはこうなって当然のことを今までしてきたクズゴミなんだから。当然の罰よ。アタシなんて一人もヤッてないのに」

こいつはイェンのような〝詰め込む〟手合いだが、ガキをやるんじゃなく、三百頭の豚の腹ん中にビニール袋に入れた麻薬を詰め込んで、トラックで颯爽《さっそう》と国境越えをしようとしたところを国境警備隊に捕まった。

「アンタら腐るほど殺して四、五百年そこらでしょ。アタシは何度か荷物を運んだだけなのに三十万と三百年よ？　はあ？　ギネス載ったわよ！　フコウヘイ！　リフジン！」

アブサンの言っているのは懲役の話だ。

ここにいる俺を含めた四人は自分の寿命の何倍、何十倍って懲役をくらってる。単純計算、奪った命一個につき何年って加算された結果なわけだが、アブサンみたいな運び屋程度のヤツでも国民の健康と未来に悪影響を与えたって理由になると、罪×国民の数ってことで神話級の刑期を言い渡される。アブサンは不満を吐いているが、年端《としは》もいかない子どもたちがヤク欲しさにマフィアになって日々殺し合う西アジアのスラムの現状を自分が作り出したということに自覚も罪悪感も持っちゃいないこいつも、俺たちとどっこいどっこいのクズゴミだ。

そういうわけで俺らは罪相応の懲役を言い渡されている身だが、何万年と食らったところで人間には寿命がある。どんなにしぶとく生きながらえても、やがては動きが鈍くなって頃合いになると心臓が止まり、天使だか死神だかがお迎えに来る便利なシステムのアレだ。せっかく頂いた懲役のほとんどを、この世に残して逝《い》くことになる。

それじゃあ納得いかないのが被害者の遺族だ。なんせ彼らは俺たちに大切な家族を潰れガエルや参鶏湯《サムゲタン》に変えられたんだからな。何度死刑にしたところで恨み憎しみが濯《すす》がれるわけがない。かといって死ぬまでムショにぶち込んでほしいとも願っちゃいない。そりゃそうだ。国民の税金で飯と寝床と規則正しい生活を与えられ、病気になれば医者が診《み》てくれるし、聖書も読み放題、たまに老いぼれた昔のスターが慰問《いもん》にだって来てくれる。そんな恵まれた環境で、のうのうと俺たちを死ぬまで生かし続けてほしいなんて思うわけがないんだ。できることなら、この世のありとあらゆる痛みと汚物と恥辱と絶望を毎秒刻みで与えて生かし続け、五、六十年くらいかけてじっくり豚のエサにしたいって願うのが真っ当な被害者遺族ってもんだ。

そこで、こいつらは俺たち四人をムショから拉致《らち》った。どれぐらいの規模のグループかはわからないが、遺族の中に財閥か天界層のお偉方でもいて、あらゆる脈《スマート》と金を使って俺たちを買ったんだろう。そうでもなけりゃ、俺たちのガラをこんな簡単にムショから拉致れるわけがない。

「『ドナドナ』だな」ロニーが言った。

「あの可哀そうな仔牛の歌かい？」

「同じだろ、オレたちも。解体《バラ》されるために運ばれてんだからよ」

幌の穴から外を見ながらロニーは続けた。

「こいつがオレたちの最後のドライブだ。この〝荷馬車〟を降ろされたら最後、豚のクソになる日まで、どこかの暗い地下室あたりで爪を剝《は》がれたり目玉を抜かれたり、ありがたい禊《みそ》ぎの日々だよ」

「アタシたち、どこに向かってるの？」

「そんなの決まってる。地獄ね」

イエンの言う〈地獄〉が、この世の最底辺のことを指しているならそうだろう。きっと俺たちには、殺してくれと泣いて頼むくらいの拷問三昧《ごうもんざんまい》な毎日が待っているんだからな。

「この車はカシャってことだな」

「カシア？」アブサンが臭そうな顔を俺に向ける。「なによ、時計？」

「火の車と書いて〈火車《かしゃ》〉。地獄行きのタクシーのことだよ」

「へぇー、さすが、おもてなし《サービス》の国ね」

「古い迷信さ。極悪人は炎に包まれた車に乗せられて地獄へ連行される。地獄では罪人を火車に乗せたまま焼くんだ。んで、生き返らせたら今度は十八回轢いて、ミンチになったところに沸騰《ふっとう》した銅をぶっかけて、また生き返らせる。これを永遠に繰り返すそうだ」

「火の車か。どうりでクソ熱いわけだよ」ロニーは唾を吐いた。

「しかも、その火車のドライバーは猫ときてる」

俺の言葉に三人とも吹いた。

「なんだよそりゃ、地獄の使者がニャンコじゃあ、冴えねぇなオイ。ああ、そういえば、こいつのハンドル握ってたのも娼婦《にゃんこ》みたいな女だったぜ」

ロニーのジョークに俺が爆笑していると輸送車が止まった。

貧乏絵描きの水彩画のように色褪せた港には喪服姿の十数人が待っていた。

疲れ切った顔の婆《ばあ》さん、一度も地上に出たことがないような色の白い女、人を食ったみたいに口紅が真っ赤なおばさん、一夜で老けたような若白髪のあんちゃん、斑《マダラ》ハゲが可哀そうな坊主頭のガキ。どいつも死んだような目をしているが、俺たちに向ける目の奥にはハイエナでも飼っているのかってくらい、どん昏《ぐら》い獰猛《どうもう》な光がある。どう見ても観光客や島民じやない。俺たちを拉致した遺族らだ。

積み荷のように担ぎ出された俺たちは、長い桟橋《さんばし》の先端に繋がれたボートに放り込まれ、灰青色《はいあおいろ》の海にぼんやり泊《と》まっている錆《さび》まみれの貨物船に運ばれた。ようやく灼熱《しゃくねつ》地獄から解放されたかと思ったのに、今度は蒸し風呂のような機関室のパイプに繋がれた俺たちはガレー船を漕《こ》ぐ囚人《ガレリアン》のようだ。これから西南に向かうらしいが、そこに俺たちが死ぬまで世話になる拷問屋敷か廃城か地下施設でもあるんだろうか。

汽笛も鳴らさずに船は黙って動き出した。沖に出ると海況《かいきょう》がずいぶん悪いのか船はロデオマシーンのように俺たちを弄《もてあそ》び、イエンとアブサンが具のない胃液を何度も吐いた。転がされては吐いてを繰り返し、船のエンジン音が止《や》むと俺たちは甲板《かんぱん》に上げられた。数日ぶりの外の空気を俺は肺いっぱいに吸い込んだ。

港で見た喪服のヤツラがいた。周りになにもない海のど真ん中に船は泊まっている。巻揚機《ウインチ》がガラガラとまわるとケーブルが張り切って、船艙《せんそう》からオカリナみたいな形のものが浮上する。全長八メートルくらいのそいつが海に下ろされるとハッチが開いた。俺たちはこれからこいつに乗って移動するらしい。

毎朝イチジクやライ麦パンを食ってそうな上品な佇《たたず》まいの婆さんが、黒いヴェール越しにこう告げてきた。

「あなたたちには痛みを与えません」

「あ？」とロニーが間の抜けた声を返した。

「命を奪いません。その代わりに、あなたたちは二度と自分の意思で行き先を決めることはできない。二度とその足で地を歩むことはできない。あなたたちの居場所と行き先は、私たちが決めます。そこへ運ぶ乗り物もすべて手配しています」

「なあ婆さん、あんたの名前は？」

ロニーが聞いた。

「ヴィルジリオ」

「ヴィリー、オレたちの誰に、あんたの愛《いと》しき人を轢き肉にされた？」

ロニーの余計な質問に婆さんは穏やかなデスマスクの表情で何も返さなかった。

俺たちはオカリナに積み込まれた。

四脚の座席は背中合わせに設置され、それぞれ違う方向に向けて座らされる。目の前の蛍光緑の壁は上部にモニターが並び、その下に深度計や圧力計といった計器類はあるが操作盤は見当たらず、舷窓《げんそう》もない。

ベルトでがっちり座席に固定された俺らの体のあちこちの穴に、細いチューブが繋がれる。チューブは座席の下にあるタンクに繋がっていて、俺たちの糞尿はそこで濾過《ろか》されて栄養スープになるらしい。排泄《はいせつ》も飲食もこのチューブを通して勝手にやってくれるから、俺たちはただ座っているだけでいいみたいだ。

積載《せきさい》作業を終えたヤツラは全員ハッチから出ていき、俺たち四人だけになる。

モニターにさっきの婆さんたちが映る。

「乗り心地はいかがです？」

「棺桶《かんおけ》にしては悪くないね。俺たちのことはいいとして、この乗り物は結構な価値のものじゃあないか？　このまま俺たちと一緒に海に棄ててもいいのかい？」

俺の質問に婆さんは「まさかまさか」と首を横に振る。

「棄てるなんて勿体《もったい》ないことはいたしません。大切に、大切にいたしますよ」

本当の思惑は漏らさないって面《ツラ》だ。

俺たち四人は今から、世界でもっとも深い海淵《ディープ》に向かうらしい。

このオカリナは〈カーラボス〉ってのが正式名称で、名前はふざけてるが最新技術の粋《すい》を集めた、世界でたった一台しかない、最深点まで潜れる〈フルデプス潜水艇〉だとか。でも婆さんが勿体ないのはそういうことじゃなく、俺たちの命のことを言っている。せっかく手に入れた俺たちに、そんな簡単に死なれては困るってことだ。

モニターから婆さんが消えると静かにエンジンが唸《うな》りだす。〈カーラボス〉は潜航を始めた。潜って五分ほどで俺の目の前の壁が消えてなくなった。壁だけじゃない。天井も床も座席までもが消えた。海の中に放り出されたわけじゃない。潜水艇全体が光学迷彩のように透けて、視界が三百六十度、海になったんだ。俺たちは古代マケドニアの王よろしく、ガラスの観測容器《ゴンドラ》で優雅に海底旅行をするんだ。

海面から十メートルほどは陽光が射してシャンデリアみたいにきらきらと明るく、サンゴの小丘や海草の森の上を回遊する暖色の魚が珍しげに寄ってきて覗《のぞ》き込んでくる。パノラマのアクアリウムだなんて浮かれていたのも最初だけで、水深五十メートルぐらいから水の青みが濁《にご》りだし、メルヘンチックな光景に翳《かげ》りが差す。

水深二百メートルに着底《ちゃくてい》すると〈カーラボス〉はサーチライトで暗い水をかき分ける。海底の地面はふやけた肌みたいに病的な白さをしている。暗い水と白い地面のモノクロの景色を俺たちに見せながら、〈カーラボス〉は死骸をあさる甲殻類《こうかくるい》のように海底を這うように進んでいく。

海底の生き物は生態が意味深で面白い。光を当てた地面から平たい魚が飛び出し、白い泥《どろ》雲《ぐも》を立てて逃げていく。あちこちにあるサボテンみたいなものは食泥《しょくでい》ウニの群れだ。ヒトデが規則的な配置で魔法陣を作っているし、その地面すれすれでアンコウが陰気なランタンを灯して謎の徘徊《はいかい》をしている。

二時間ほど進むとサーチライトがクレヴァスを見つけた。海溝だ。

〈カーラボス〉は巣に帰るように迷いなく、その裂け目の中に潜っていく。

そこからしばらくは降下するだけだ。燃料節約のためかエンジンは遠隔で停止され、サーチライトも艇内の照明も消されて俺たちは完全な闇の中に閉じ込められる。動きも封じられた状態だし、常人ならパニくっちまう状況だろうが、俺はやけに落ち着いていて、このまま闇に溶け込んで永遠に沈んでいくのも悪くないなんて思っていた。

「世界一深い、どれぐらい深い？」

暗さに耐えかねてか、イエンが不安をこぼした。

「一万九百メートルぐらいだ」と俺は答える。

「深っ！　アタシたち水圧でペシャンコじゃない！」

「おちつけ、アブサン。婆さんが言ってたろ。俺たちが大切だって」

「それがなによ！」

「〈カーラボス〉は安全だってことだよ。どんな目的か知らんが、あいつらは俺たちをこの世《こ》のどん底《っ》に招待《ぃ》したいんだ。だから最深部の水圧にでも耐えられる、分厚い耐圧殻《たいあっかく》で覆われた最強装備の潜水艇に乗せた」

「じゃあ、ペシャンコには？」

「ならない。そう簡単にはな。それに俺たちがこれから行く場所は、なにも人跡未踏ってわけじゃない。無事に到達して帰ったヤツだって何人もいるんだぜ」

「あら、そうなの。ちょっと安心」

「理解が早くて助かるよ、アブサン」

「ゴロウ、アンタ意外に物知りね」

俺だってなにも生まれつきの爆弾魔じゃない。

戦後最大の犯罪者だとか、人の血が流れていない鬼畜だとか、世間では散々いわれちゃいるが、俺にだって鼻タレ小僧の時代があったし、その時分には「将来は探検家になる」って清い夢もあった。『世界の秘境』『失われた文明をもとめて』『海底二万マイル』なんて本をボロボロになるまで読み耽《ふけ》っていた俺は、発展途上の国の奥地には絶対に秘境魔境があると信じていた。砂漠に埋もれる古代遺跡、大密林の秘密集落、海に沈んだ巨大都市——そんな未踏の地を発見するコロンブスになりたかった。ガガーリンのように「世界で初」って体験をしたかった。海洋やジャングルや洞窟や宇宙の本も読みまくったし、最新鋭の探索技術についても勉強した。いつの日か海に出て、世界中を巡る探検家になるためだ。

貯金箱の中身を全部はたいても外国どころか新幹線にも乗れないと知ったガキの俺は、自分がガキであることがもどかしくて、さっさと大人になっちまいたかった。

ところがどうだ。大人になっても俺はどこにも行けなかった。

女手一つで育ててくれた母親は俺が中学の時に重度のアル中になって鬱《うつ》になり、六度目の自殺未遂で半身不随になると、そのまま寝たきりになった。俺の国は『国民の生活が第一でございます』なんて面をしているが、実際は貧乏で困ってるヤツに優しく手を差し伸べるようなシステムはなく、こっちから泣いて縋《すが》らないと助けてくれはしない。しかも、救われる手段があることを向こうはわざわざ教えちゃくれないから、俺みたいな世間知らずはどこにも相談できず、誰にも窮状を気づいてもらえず、全部一人で背負《しょ》いこむ。おかげで牛丼チェーン店とパチンコ屋の掛け持ちバイトと母親の介護で俺の青春期は終わっちまって、気がつきゃ四十手前。ガキの頃の夢なんて、とっくにカピカピの木乃伊《ミイラ》になっていた。

同時に二つのバイト先をクビになってハローワークに通い詰めたが、技術も知識も車の免許も、なんにも持ってない中年にあてがわれるのは、今どき出稼ぎ外国人でもやらないようなド底辺の仕事だ。趣味もなければ夢もチボーもない。憂さ晴らしに一緒に飲むようなダチもいない。幸せも生き甲斐も楽しみもなく、俺の働く理由は、食った飯を次の日にクソに変えること。そんな自分なんて、この世に生まれてこなくたってよかったんじゃねぇかと気づいたのは、母親の一周忌が過ぎたあたりだった。

国を、社会を、幸福なヤツラを、俺と母親以外の人間のすべてを、憎んで恨んで呪っていたら、気がついたらネットで爆弾の作り方を調べていた。もちろん使うつもりなんてなかったが、ついつい作りすぎちまって、ただでさえ狭い部屋が余計に狭くなったからしかたがなく処理することにした。だいたいは人に渡した。デパートですれ違いざまに買い物袋に入れたり、ホームレスに煙草《たばこ》と一緒に渡したり、飴玉《あめだま》の袋に入れて公園で遊んでる子どもにやったりした。その結果、俺はここにいる。

「何人だ？」

ロニーに聞かれ、とっさに俺は三百十八と答えた。俺の爆弾でこっぱみじんにされた数だが、そうじゃなくて、これまで最深層に到達した人数を聞かれたんだとわかって、「確か十三人だ」と訂正した。

「少ねぇな。それに縁起の悪い数字だ」

「十三人は多い方さ。キャメロンは世界で三番目の到達者らしいぜ」

「キャメロン？　それって映画監督のか」

「彼は深海探検家でもあるんだよ」

「そいつぁ、やっぱり縁起が悪いぜ、ゴロウ」

「どうしてだ？」

「ヤツの『深淵《アビス》』は大コケだった」

「まあな。でも『タイタニック』はよかったじゃないか」

「観てねぇ。沈んだまま上がってこねぇ船だろ。今の俺たちには不吉すぎるぜ」


水深が千メートルを超えたあたりで厄介な深層海流に引っかかったみたいで、〈カーラボス〉は激しく揺れだした。揺れるのはいいんだが、ミシミシと鳴るのはいただけない。たった五ミリのヒビが命とりだ。海上《うえ》で監視《み》ている婆さんたちもさすがにマズイと思ったんだろうな。すぐに遠隔でエンジンを再起動させて、海流から海老《こいつ》を逃そうとしだした。後部のタンクの方から聞こえるポップコーンを作ってるみたいな間抜けな音は、凝膠錘《ジェルブラスト》が生成されている音だ。グミみたいな粒状の錘《おもり》をタンク内で増やし、潜航速度を上げてるんだ。なんとか深層海流を脱して揺れが落ちつくと俺たちは再び、この世でもっとも深い底へと向かって降りていく。一分間に約五十メートルずつの降下で。

クリアな耐圧殻の向こうの闇に、白い粒子が降っている。海雪《マリンスノー》なんて聞こえはいいが有機体のクズ、分解された生き物とプランクトンの死骸だ。それを食うハダカイワシの青い光が暗い海のあちこちに灯っては消えを繰り返す様は、暗雲の中を走る雷光みたいだ。

三千メートル、四千メートルと深くなるほどに生き物が減っていき、最深層は死の世界だと本で読んだことがあるが、まだその気配はない。減るどころか水族館並みにいろんな生き物を観察できる。俺の読んだ本が適当を書いていたか、ここ数十年で深海の生態系に大きな変化でもあったか。まあ、どっちでもいい。おかげで退屈はしない。

さっきから、ガラス細工みたいな甲殻類やマニラ麻に似た変な生き物、ヘドロの塊《かたまり》みたいな汚《きたね》え見た目の魚なんかが、こぞって〈カーラボス〉の腹ん中の俺たちを興味津々《しんしん》に見てくる。水が深く暗くなるほどに燐光《りんこう》を放つ生き物も増えてきた。体の芯にサイリウムを挿《さ》したようなクラゲの群れに突っこんだ時は、「天に召されていく魂の群れみたい」なんて気色悪いことをアブサンが呟いていたが、あれはラリってたのか？

思っていたよりも平穏だ。

俺たちをこの世の最深部へ送り込みたいという遺族らの意図はわからない。その点は少し薄気味悪いが、まあなにが起きようと最悪の展開と結末は常に想定している。だって俺たちや世界中を震撼《しんかん》させた極悪人だ。喪服のヤツラの家族や恋人に何をした？　自分のやったことを考えれば、急にチェーンソー持ったヤツが出てきて俺たちを生きたままバラバラにしたって「まあ、あんだけのことをしてきたんだし、そうなるよな」で終わる。いつでも最悪を迎え入れる心構えがあるってのは最強で無敵だ。

俺は深海旅行を楽しんでいた。こういう体験をガキの頃に夢見ていたんだ。人類のほとんどが目にしたことのない光景を俺は見ているんだ。

他の三人もリラックスしていた。ロニーはしゃくれっ面の不細工なアンコウと睨めっこして、「逮捕《パク》られた日に轢いたマダムにそっくりだ」と爆笑しているし、アブサンは賞味期限切れの殺人ジョークを吐いてはイェンにウジ虫呼ばわりされてウザがられている。

だが、そんな余裕を見せていた俺たちも、超深海層と呼ばれる六千メートルを超えたあたりから軽口が減っていった。

まず、海水温度が急激に下がって冷え込んできた。首の後ろから背中に沿って氷の串で刺し貫かれたように、骨身に染みる凍てつきが俺たちから無駄口を叩く余裕をむしり取った。

それから生物相がガラリと変わった。二百メートルあたりからグロテスクな生き物はちょくちょく見かけていたが、そいつらはまだ小さくて、どことなく愛嬌もあり、まだ見れたほうだった。だが超深海層にいるヤツラは無意味にデカく、不愛想で、わざわざ近寄ってきて愛嬌を振りまいたりしない。いま目の前を悠然と泳いでいる魚も俺たちなんかに見向きもしない。

いや。この煮凝《にこご》りに背びれがくっついたものを〈魚〉と呼んでいいのか。こいつの半透明なゼリー質の体内を、親指の太さのゴカイみたいな虫が血液の循環のように忙しく巡っている。こいつに食われたのか、こいつの一部なのかもわからない。煮凝りヤロウには目も口もなく、代わりに白いイソギンチャクを顔で飼っている。そりゃ、俺たちなんて見えるわけがない。

永遠に分裂する植物の根のような怪物。配線コードみたいな血管があちこちから飛び出ているイモムシ。眼孔《がんこう》や口腔《こうくう》、破けた腹に、白いカニや蚯蚓《ワーム》類をうじゃうじゃ住まわせているマンション化した巨大魚。こういう神様のセンスを疑いたくなるような化け物が増えてきた。とりわけ多いのは、目がないやつと顔のないやつだ。完全な暗黒の世界では、目なんてものはいちばん無意味な器官なんだろう。

二度目の着底。深さは千五百メートル。

積もった雪がスノーグローブのように舞いあがって俺たちを包み込んだ。

雪原のあちこちから銀色の管状《くだじょう》のものが突きでている。そこから純白のチューブワームみたいなものが出てきて、海底を掻《か》き立てて埋もれている有機物を食べている。その上を鯨の化石の幽霊みたいなものが悠々と泳いでいく。こいつも顔のあるべきところに顔はなく、そこには一本の角がまっすぐ伸び、ふやけた白魚を貫いている。一角獣《ウニコール》が処女を貫いているような光景に俺はガラにもなく感動した。

百五十メートルほど地表を移動すると二つ目のクレヴァスを見つける。片面の壁に沿ってゆっくり降下していくと、壁面に無数の穴が現れる。

誰もが明日も来ると信じている「平穏な日常」が粉々に吹き飛ぶ瞬間を見たくて、俺は爆弾を配ると決まって付近で観察していた。ある時、ドンッといった数秒後、千切れたロープみたいなものが飛んできて俺の足元に落ちた。人間の腸《ちょう》だった。健康的なピンク色で、ガキのもんだと思った。それとおんなじものが今、クレヴァスの壁面にあいた無数の穴からニョロニョロと一斉に出てきた。

そいつらは〈カーラボス〉の耐圧殻にビッタビッタと貼り付いてきたかと思えば、細長い体の両端にある口だかケツだかを互いにくっつけて繋がり合い、一本の長い紐になるとクネクネと九十九折《つづらお》りになった。その様がどう見たって人体解剖図で見る人間の腹の中だった。ご丁寧にちゃんと十二指腸からスタートして上・横・下・S字の結腸を通り、直腸から肛門へと繋がっている。耐圧殻にべったり貼り付いた腸柄の壁紙は俺たちを完全に包みこんでいた。

「こいつら、何がしたいんだ？」

「考えるなよ、ロニー。こいつらに思考なんてもんはないぜ」

「わかってんよ。それにしても、きれいな腸《はらわた》だ。オレが車で絞り出したヤツラの誰よりもいい色してやがる。ミディアムレアでいただきたいね」

ジョークのつもりなんだろうが誰も笑わなかった。

「なあぁいやあああああ」

イエンが急に奇声を発した。

「どうした」俺は驚いて訊いた。「排泄チューブでも抜けたか？」

「奇跡、起きた」

「なんの話だよ」

「イエン、これで救われる。心、もっときれいになれる」

「ゴロウ。その糞《ミソ》まみれの棒っきれを黙らせろ」

「これで生まれ直せる。イエン、母様の中で罪を洗い流して生まれ変われる」

「おい、ゴロウ。さっさと黙らせろって」

「だめだ、ロニー。イエンには、ここがおっかさんの胎《はら》の中に見えてるみたいだ」

なんてこった、とロニーが嘆いた。

「愛《いと》しいマミイ、誓うね。イエン、生まれ変わって、もっと良い人間なる」

イエンの誓いの言葉が響いたのか、腸虫どもはバラバラと剝がれ落ちた。

「おぎゃあ」イェンが産声《うぶごえ》をあげる。

どうやら、無事に生まれたらしいな……。


下層に行くにしたがって雪の一片一片が細かくなり、やがて粉雪状になる。食いかすを食って出た食いかすなんだから当然だ。最下層に棲むヤツラに届くころには、もっと貧相な食いかすになる。海《ここ》も人間社会と同じじってことだ。カースト最下層への天恵なんて期待するだけ哀れってもんだ。

〈カーラボス〉は三度目の着底をした。眼下に広がっているのは、この海ができた頃から、気の遠くなるほどの年月をかけて降り注いだ沈殿物《ちんでんぶつ》で築かれた小丘の連なりだ。

「たぶん、ここが最深部だ」

震度計の表示を見てそう伝えたが、俺はアブサンに謝らないといけない。世界でいちばん深い海淵は一万九百メートルくらいだといったが、深度計の針は一万二千九十五メートルに達している。俺の知っている最深の海淵より、さらに千メートル以上深い場所がこの世に存在していたんだ。その深さに到達したって記録を俺は知らない。つまり、ここは人跡未踏なんだ。俺たちはこの世のもっとも深い所に、初めて到達した人類ってことになる。

推進機《スクリュー》の回る音がし、俺たちの伊勢海老号《カーラボス》は前進する。泡を食って地面から出てきた盲目の生き物が、墓に戻っていくみたいに地中に潜り込む。

視線を感じた俺は左舷《さげん》に目を向けた。

耐圧殻の向こう側から、無数の人間の顔が覗き込んでいる。

俺は息を呑み、恐怖する。

覗き込む顔はみんな、俺の顔だったからだ。

クラゲの群れみたいに、昏《くら》い海の中を俺の首が無数に浮かんでいやがる。

そいつの一匹が真正面の位置にきて、俺と目をまっすぐ合わせてきた。

めくれ上がるほど瞼《まぶた》を広げ、眼球が飛び出すほど俺を見ている。

「アタシ、もう死んでるの？　そこにアタシがいるんだけど。そこにも、そこにも」

「なんだこいつら、おい、こっち見んな！　あっちいけ！」

アブサンもロニーも同じものを見ているようだ。

俺のことを見つめる俺の顔は、人間にはできないひどく歪《いびつ》な表情を見せ、糸が抜けたようにバラリと分解した。

——驚いた。こいつは蛸《タコ》だ。

銀色の触腕《しょくわん》を自身の体に巻き付けて体色を変化させていたんだ。ウツボや海草に擬態《ぎたい》する擬態蛸《ミミック・オクトパス》ってのがいるのは知ってたが、人間様の首から上を真似る生き物がこの世にいるなんて、動物図鑑もお釈迦《しゃか》様も教えちゃくれなかったな。

「おい、てめぇらは誰だ！　そんな目でオレを見んじゃねぇ！」

ロニーは怒っているのかと思ったら急に笑い出した。

「ははーん、そういうことか。お前ら、オレの車とキッスした〝びっくりガエル〟どもだな。こんなところまで追いかけてくるなんて執念深いヤロウだ」

「ロニー、大丈夫か？」

「言っとくがな、オレを恨むのはお門違いだぜ。お前らがオレの車の前を歩いてたのがいけねぇんだ。オレの目標への道をお前らが塞《ふさ》いだからだ」

「おいロニー、しっかりしろ。そいつらに話しかけるな」

「オレはオレの目標のために走っていたんだ。邪魔な障害にも負けず、避けず、まっすぐに走ったってだけだ。ふぁっはははは、はは」

俺の位置からは見えないが、どうもロニーには俺たちとは違うものが見えているようだ。ヤツの見ているのは幻覚だ。この蛸がいくら化け上手でも、目の前にないものには化けられない。轢き殺したヤツラが怨霊《おんりょう》になって蛸にとり憑《つ》いたってんなら話は別だが、残念なことに霊なんてもんはこの世に存在しない。だってそうだろ？　いちいち殺《や》ったやつに化けて出てこられたら、大量殺人なんてできるもんか。チカチーロやホーゲルなんてどうなる？　戦争屋は？　政治家は？

昔から悪人は「地獄行き」っていうが、そんなものがありゃ苦労しないんだ。死んだ悪人が永遠に苦しめられる場所が在るんなら、さっさと死刑にしちまえばいい。でもそんな場所なんかないから、俺たちはこうして海の底に連れてこられたんだ。

この世に実在する〈真の地獄〉を見せるために。

〈カーラボス〉は三つ目のクレヴァスを見つけた。

どうやら、この世にはまだ下の世界があるらしい。正直、もううんざりだ。深度計を見るのもバカらしくなってきた。イェンは赤ん坊に戻っちまったし、ロニーもぶっ壊れてさっきからずっと笑い袋だ。オカマ言葉の運び屋はキィキィ喚くわ泣くわで鬱陶《うっとう》しい。

そんな俺たちを乗せて。下層《した》へ。下層《した》へ。

この世の最深記録を更新しながら〈カーラボス〉は降りていく。

俺の生首は何度も覗き込んできて、作り物の表情を見せつける。半腐れの水死体みたいな生き物が追いかけてくる。自分で自分をむしゃむしゃ食らい、最後に口のついた胃袋だけになってヒョコヒョコ泳いでいく。そんな、生きてるか死んでるかわからない幽霊みたいな生き物が深海にはウヨウヨいるんだ。

俺がとくに嫌だったのは、ピエロみたいな見た目の巨大イカだ。そいつは暗い水の中を踊り狂って異様な陽気さを振りまいたあと、ぱんぱんに膨《ふく》らんで破裂し、汚い内臓をぶっかけてきた。まるで、俺のやってきたことを安っぽい喜劇で見せられているような気分だ。

〈カーラボス〉が透明な甲殻越しに見せる深海世界――その自殺直前の芸術家の頭の中を覗

いたみたいな光景の連続は、さすがに精神に堪《こた》えた。これがあと何日、何カ月、何週間、それとも死ぬまで続くのかと思うと、まだムショの中でケツを狙われる日々の方がマシだ。

くそ。

あの婆さん、ロニーにウソの名前を言いやがったな。

ヴィルジリオは、イタリアでの呼び方だ。

知られている方の名前は〈ウェルギリウス〉。

冥界《めいかい》降下の案内人の名じゃねぇか。

中二の頃に『神曲』は読んでる。誰かから〝旅行記〟だって聞いて飛びついたら、死んだ人間ばっかり出てくる陰気な話だった。面白かったのは、ダンテの書く地獄ってのは構造が漏斗《ろうと》状で、罪の重い奴ほど深い階層の地獄にぶち込まれるってとこだ。

――そういうことだ。

俺たちは、ウェルギリウスの企画した地獄巡りのツアーに参加させられたんだ。

深海の異形どもは俺たちに責め苦を与える獄吏《ごくり》ってとこか。

メデューサの首みたいな乱雑な髪《スカルミリオーネ》、怖い顔で脅かす犬顔《カイナッツォ》、野蛮なもの《バルバリシア》、軽快なお化け《フアルフアレッロ》、赤い顔の狂人《ルビカンテ》――確かに地獄にしかいないようなヤツラだ。

「あら、天国」

アブサンだ。

「きれい、きらきらしてる」

いよいよ、こいつもぶっ壊れたかな。

まだ俺たちゃ、くたばっちゃいないし、天国はお空の上にあるもんだ。なにより、どの面下げて自分が天国に行けると思ってやがるんだ、こいつ。

俺は妙に明るいことに気づいて、下を見た。透明化した床を通し、〈カーラボス〉の数百メートル下に星雲のような光の渦溜まりがあるのが見える。青や緑や赤や黄の光の粒子の集合体だ。固まって移動しているから燐光生物の群れだろう。

俺にはその光が、天国どころか地獄の遊園地のイルミネーションに見えた。

〈カーラボス〉は、この世の底に降り立つ。

今度こそ、最下層だ。

星雲のような光は、やっぱり生き物の集合体だった。

燐光を放つガラスのような生物が節足《せっそく》や触角《しょっかく》や口吻《こうふん》、あらゆる器官を組み合って繋がり合い、電子回路のプリント基板のようなものを構築して翼のように広げる。かと思えば、ひも状の生き物たちが互いに締め付け合って筋肉の繊維束《せんいたば》のようになり、チューブワームのコードが血管のように絡まっていく。俺には、こいつらが一つの大きな生物を作り上げようとしているように見えた。

だが、途中までは何かの形にはなるんだが、何かが足りないのか、解《ほど》けたり、崩れたりして、なかなか完成しない。こいつらは世界の最下層で延々とこんなふうに、何かになろうとしているのか。いったいどれだけの時間を？

光は光同士で影響し合い、同化と吸収と分裂と消失を繰り返す。脳みそにいろいろな色の絵の具を垂らしてシェイクされているようで、まるで神様の作ったビデオドラッグだな。

アブサンはすっかり精神を持っていかれ、この上ない絶頂体験《エクスタシー》を味わっているようだ。ヤツにとっちゃ本当の天国かもしれないが、声だけ聞いていると生きたまま溶かされてる猿の断末魔みたいで惨《ひど》いもんだ。

ちなみにアブサンを昇天させた光はルシフェリンっていう深海生物の八割方が持ってる発光物質なんだが、よく名付けたもんだと感心する。だって由来は、かの光掲げる存在、明けの明星、大天使ルシファー様なんだからな。

例の〝旅行記〟に書かれる地獄の最下層《ジュデッカ》で、胸まで氷漬けになっている魔王ルチフェロは、天界を追放された大天使の成れの果てだ。俺がたった今見ている光景は、天界へと戻るために、必死に体を作ろうとしている姿なのかもしれない。

そんなものをまともに見せられて、正常でいられるわけがない。

※

ゆっくりと瞼をあげた。

「うおっ」

キスできる近さで喪服の婆さんが俺を見下ろしている。

「やあ、ヴィルジリオさん。ずいぶん近いな」

「おはようございます」

「今は朝なのか？」

「さあ。でも、あなたには朝も夜も意味はありませんから」

「そうかよ。で、俺はまだダンテなのかい？」

地獄巡りの旅はまだ続いているのかって意味だ。

「彼の名には〈永続するもの〉の意味があります。そういう意味では、そうですね」

ここは〈カーラボス〉の中じゃない。

寝かされた状態で、棺桶の蓋を見上げるくらいの位置に婆さんの映るモニターがある。どうも俺一人を詰め込んだカプセルのようなものらしいが、不思議と窮屈には感じない。

「俺なんだな。あんたがいちばん地獄を味わわせたいやつは」

ヴィルジリオは薄く笑みを浮かべたまま無言だった。イエスってことだ。

「あんたの孫か」

「あなたは、私の命より大切な家族を家から盗み出し、人殺しの道具にしました」

「――まさか、あの猫か」

自慢じゃないが俺は身長が百九十五センチある。ガタイもいい。だからなにをしたって目立つし、見た目で威圧感を与えちまうから、公園や学校のような子どもの集まる場所には近づけなかった。そんなとき、ネットで〈地雷犬〉ってのを見つけて「これだ」と思った。犬はガキの頃に噛まれたトラウマがあるから猫にしようと野良を探しに行ったが、そう簡単にゃ捕まらない。なら、飼い猫でいい。どうせなら、俺よりいいもんを食って人間様を舐めきっているやつにしようと、いかにも猫を甘やかしてそうな上層階級《ハイツ》なお宅に忍び込んだ。この家の主人は性善説教の信者《ビリーバー》なのか、セキュリティは穴《ザル》だらけ。幸い住人も留守で、毛の長い猫が日の当たる窓際で優雅に毛繕《けづくろ》いしてやがった。俺を見るや無警戒に近寄ってきたから、そいつを盗みだして爆弾を腹に括《くく》りつけ、小学校に放った。猫を撫でようとすぐにガキたちが集まってきた。

「私は貴方《あなた》の国が好きだった」

「そりゃ、悪いことをしたな。俺は俺の国が大嫌いだったもんでね。この乗り物は？」

「〈フェリセット〉。世界で初めて宇宙へ行った猫の名です。あなたが奪った猫の名でもある」

「すごい猫だ。尊敬するね。イタリア産かい？」

「いいえ。父の母国、フランスです。人を怖がらない穏やかな性格ゆえ、選ばれたそうです。でも、ガガーリンのように讃えられたのは何十年も後のこと」

「かわいそうに。で、俺の次の行き先は決まってるのか？」

「そんなものはありません」

——どういうことだ？

「海の底へ招待したのは、当時はそれが限界だったからです。でも、あなた方への罰は永遠に続くべきです。そう。永遠に。行き先など必要ない。果てなど存在しなくていい。あえて行くべき場所を告げるとすれば、それは〈むげん地獄〉です」

「大したもんだ。あんた仏教も勉強したのか。でもそれって無限じゃなくて無間だぜ。地獄の最下層、いちばん底だよ。果てはある」

「いいえ〈無限地獄〉です。底はない。果てもないから、どこにも着かない。終わりの無い旅をするのです。この〈フェリセット〉とともに」

「——わかった。どうにでもしてくれ」

猫に運ばれ、地獄へ。

まさに〈火車〉だな。

「あなたと話すのは、これが最後となります。お別れの前に、真実を伝えるようにマスターから指示を受けているので申し上げます。私はAIです」

俺はずいぶんと長く眠っていたようだ。〈カーラボス〉に乗った日から相当な時間が経っているらしい。俺が寝ているあいだに冥界の案内人を名乗った婆さんも死んじまって、港で会った遺族の連中も全員この世にいないそうだ。

「あなたの肉体も寿命が尽きました。よって、必要最低限の器官のみ残しました」

そのメッセージを最後にモニターから婆さんの姿が消え、視界に宇宙が拡がった。

なるほどな。俺は小さな透明のカプセルに入れられ、地球の外に放り出されたわけか。ロニーたちも同じことになってるんだろう。

もう俺たちを憎むヤツは一人も残っていないかもしれない。赦《ゆる》す者がいなければ、俺たちは罰を受け続けるしかない。しかもその罰には、痛みも苦しみも恥辱《ちじょく》もない。この世から消えることもできず、虫けらより無意味に生き続ける。きっと最初に恋しくなるのは、絶望や恐怖といった感情だろう。そんなものが贅沢《ぜいたく》に思えるくらい、宇宙は退屈そうだ。

振り返ると〈カーラボス〉での旅はそれほど悪くなかった。

星の海を見る。

黒木あるじ

キャラセルは誘《いざな》う

●『キャラセルは誘《いざな》う』黒木《くろき》あるじ

男女を問わず、子どもの頃に〈乗り物〉に夢中になったという記憶をお持ちの読者はおられるだろうか。スポーツカー、新幹線、特殊車輛、貨物列車などなんでもいい。惹《ひ》きつけられるようなデザイン（すなわち「異形」）に魅せられ、「乗り物図鑑」を眺め回した少年少女。なかには、やがて別の図鑑の別の異形（動物、植物、昆虫、天体、恐竜、怪獣、妖怪など）に興味が移った方もおられるかもしれないが、一方で今でも〈乗り物〉へのマニアックな嗜好《しこう》が続いている方もおられるかもしれない。

ところが、黒木あるじの本作には、あらゆる〈乗り物〉を嫌悪する少年が登場する。しかも、物語の一人称。その理由もしだいに明かされていくのだが、舞台は古い歴史を有する医療施設である。実話怪談蒐集《しゅうしゅう》からキャリアがはじまった黒木あるじのことだから、当然、怖ろしい「病院の怪談」を披露《ひろう》してくれるだろうと期待するホラー読者は、想像を絶するほどの戦慄《せんりつ》と、さらに、それを凌駕《りょうが》するほど美しい驚異の感覚に、陶然《とうぜん》とすることになるだろう。

実をいうと、《乗物綺談》のコンセプトを考えた時、とある極めて特殊な〈乗り物〉について、それをモチーフとして選択してくれる作家がいるのだろうか……という秘《ひそ》かな期待にも似た疑問があったのだが、果たして本作で、それを実現してくれたのが黒木あるじだった。しかも私にとって最もフェイバリットな、世にも異形な方法で。

I

療養院《サナトリウム》の窓から外を覗《のぞ》くと、今日も〈あの車〉が裏手に停《と》まっていた。

禍々《まがまが》しく艶《つや》めいた黒の車体《ボディ》。西洋の霊柩車《れいきゅうしゃ》を彷彿《ほうふつ》とさせる長身の外観《フォルム》。手前に青銅色の門扉《もんぴ》があるため、鉄格子に遮《さえぎ》られて運転手の表情は判らない。それとも敢《あ》えて顔が見えない位置に停車しているのだろうか。とはいえこちらも慎重に気配を消しているから、様子を窺《うかが》っていることは相手にも気づかれていないはずだ。

よし、いまなら壊せる。覚悟しろ、忌《い》まわしい〈死神〉の車め。

眼の奥に力をこめて、強く念じながら黒い車を凝視する。

そのまま二秒、三秒――五秒を数えるより早く、車体が轟音《ごうおん》とともに爆《は》ぜた。

窓ガラスを火柱が蹴やぶり、衝撃にボンネットが跳ねあがる。太い黒煙が立ちのぼるなか、弾けとんだタイヤが地面で不規則にバウンドした。

紅蓮《ぐれん》に包まれた鉄塊《てっかい》を眺めて、勝利を確信する。いや、安心するな。確実にとどめを刺せ。蟻《あり》を殺すように圧《お》し潰し、紙を裂くように引きちぎってしまえ。

内なる声にしたがい、さらに眼力《がんりき》を強めた——その直後。

「タクトくん」

背後からいきなり名前を呼ばれ、ぼくは思わず咽《む》せこんだ。

不意をつかれた所為《せい》でなかなか咳《せき》が止まらない。悶絶するぼくの背中を、声の主——看護師長の志麻《しま》さんが呆れ顔で摩《さす》る。

「ほら見なさい。無理をするとまた発作が出るわよ、そろそろ病室へ帰りましょう」

素直に従うのが悔しくて、ぼくは咳を堪《こら》えながら再び窓へ目を遣《や》る。

黒い車は——おなじ位置に停まっていた。

火炎どころか煙のひとすじさえもあがっておらず、車体にも窓にも傷ひとつない。

当然だ。いましがたの爆発は、ぼくの脳内で起きた出来事、単なる妄想なのだから。

ぼくのまなざしを追った志麻さんが、車に気づいて溜め息をつく。

「またクルマを見てたのね。どうして男の子って、そんなに乗り物が好きなのかしら」

好きじゃない。むしろ嫌いだ。だから滅茶苦茶になるさまを夢想していたんだ——と正直に告白したら、志麻さんはどんな顔をするだろうか。昨日は地割れに呑みこまれていく場面を思い浮かべ、前々日は蹴られた小石みたいに何度も横転させてやった。

自分でも、なぜこれほど自動車を嫌悪しているのか判らない。

車だけではない。飛行機も電車も船も戦車も、乗り物の類《たぐい》はみな大嫌いだった。

けれども大人に言わせれば、子供という生き物は総じてスポーツカーだの新幹線だの戦艦だの、乗り物と見れば手放しで喜ぶものらしい。すくなくとも背後に立っている〈療養院のヌシ〉こと志麻さんは、そのように信じて疑わないようだった。

「クルマ好きもそろそろ卒業しなきゃね。十二歳なんて、とっくに大人なんだから」

いちいち発言が癇《かん》に障る人だ。「まだ子供ね」と馬鹿にしておいて、舌の根も乾かぬうちに「もう大人でしょ」と奮起をうながすなんて、あまりにも勝手すぎる。

従ってなどやるものか。別に、自分は子供のままで構わない。

どうせ死ぬのだ。大人になるまでなど生きられないのだ。

むっつり黙るぼくを見て、志麻さんがこれみよがしに鼻を鳴らした。

「とにかく長居は駄目よ。風邪を引く前にベッドへ戻ってちょうだい。間違っても、中庭へ出ようなんて思わないでね」

諭《さと》すように肩を叩き、廊下の奥へ去っていく。その背中がすっかり見えなくなるまで睨《にら》みつけてから、もう一度窓に視線を移した。

「あれっ」

いつのまにか〈死神の車〉は居なくなっていた。

毎度ながら気味の悪い車だ。週に二、三度、おなじ時刻にあの場所へ停まっている。なぜあそこに停車しているのか知らないが、まともな理由でないことは確かだった。

なにせ、ぼくが入院している療養院は町はずれにあるのだ。持病を抱えた人間が長期療養するための、外界から隔絶された施設なのだ。こんな寂しい処《ところ》を訪れる人間なんてめったに居ない。医師も看護師も常駐しているし、おまけに面会は「感染対策」という名目で禁じられているから、見舞い客が訪ねてくることもない。そもそも用がある者は正面玄関前の駐車場に停車するのが常だった。

だとすれば——車のハンドルを握っているのは、やはり〈死神〉としか思えない。あいつは患者の魂を持ち去るため、施設の裏手で誰かが死ぬのを待っているのだ。ぼくの妄想を嘲笑《あざわら》いながら、生命の灯が消える瞬間を見定めているのだ。

だからあの車両を目撃するたび、ぼくは〈死神〉を撃退していた。脳内でばらばらに粉砕し、ぺしゃんこに圧縮し、火だるまに変えていた。

けれどもその実、心の何処《どこ》かでは「もし、本当に死神だったら一刻も早く魂を奪ってほしい」と願ってもいる。大嫌いなこの世界に留まるくらいなら、冥府《めいふ》に連れていかれたほうが余程ましだとさえ思う。

そう、ぼくが嫌悪するのは乗り物だけではない。身のまわりにあるすべて、この世のあらゆるものを拒み、厭《いと》い、憎んでいる。

だから——半年ばかり入院している、この場所も大嫌いだった。

II

物心がつく前から、小児喘息《ぜんそく》を治療するためにさまざまな病院や保養地を転々とした自分から見ても、この療養院は異様だと思う。

先ず、外観が怪しい。

銅葺《どうぶ》きの蒼《あお》い円蓋《えんがい》に覆われた、旧い聖堂か修道院を思わせる煉瓦《れんが》造りの建物は、実際ずいぶんと昔のものらしく、外壁や屋根のあちこちが「フランケンシュタインの怪物」よろしくパッチワーク状に補修されている。そんな歪《いびつ》さの所為《せい》か、平屋建てにも拘《かかわ》らず療養院はとても大きく見えた。いわば、ぼくは継《つ》ぎ剝《は》ぎだらけの巨人の体内で日々を過ごしているようなものだった。

そんな怪物じみた建造物だから、内部も外見に負けず劣らず妖しい。

療養院は三重丸の構造になっている。丸皿にドーナッツを置いたような――といえばなんとなく理解してもらえるだろうか。

いちばん外側は円周に沿って、扇形の病室が三十部屋あまり等間隔にならんでおり、医師と看護師十名ほどが忙《せわ》しなく出入りしている。ベッドがひとつ置かれているだけの病室は、天井近くに小窓があるばかりで昼夜を問わず非常に昏《くら》い。牢獄のごとき部屋で寝台に横たわっていると「自分は重罪を犯した囚人ではないのか」との錯覚をおぼえてしまうほどで、どうにも気が塞いでしまう。

外光を思いきり浴びるためには玄関に据えられた窓から大通りを眺めるか、あるいは〈黒い車〉を観察していた裏手の窓へ赴《おもむ》くしか手立てがない。けれども、玄関の窓からおもての景色は見えなかった。自分が入院する前から大規模工事がおこなわれており、いちめんが巨大な幕で覆《おお》われているため、近くの街なみも遠くの山々も望めないのだ。

看護師の志麻さんは「大きな道路ができるのよ。このあたりも最近は開発が進んで、工場や住宅が建つ予定なの」と言っていたが、ぼくはその説明を鵜呑《うの》みにしていない。

あの工事はきっと、高い壁を建造しているのだ――そう睨んでいる。

断崖じみた壁は入院患者が脱出しないための措置で、ぼくたちの病毒で美しい外界を汚さぬよう、最後のひとりが息絶えるまで閉じこめる腹積《はらづ》もりなのだ。

怪物に呑まれ、巨壁で遮蔽《しゃへい》されたまま一生を終える――平素《ふっう》なら笑いとばすような戯言《ざれごと》が真実味を帯びてしまうほど、療養院は奇《あや》しさに満ちていた。

円の内周には緩《ゆる》やかに湾曲《わんきょく》した廊下、回廊ならぬ〈曲廊〉が延々と続いている。

孤を描く廊下には何本もの石柱《せきちゅう》が建っており、それぞれに渦巻きや螺旋《らせん》などの精巧な装飾が彫られていた。意匠《デザイン》は柱ごとに異なるが、いずれの石柱も〈自身の尾に噛みつく蛇〉が最上部に刻まれている。緻密《ちみつ》に描かれた鱗《うろこ》。感情の窺《うかが》えない眼球。いまにも動きだしそうな姿はなんとも薄気味悪く、見るたびに鳥肌が立ってしまう。

いちばん内側の円——ドーナッツでいう空洞部分には、石畳を敷きつめた丸い中庭が広がっていた。円蓋のまんなかが刳《く》りぬかれているため、中庭にはいつも陽光が燦々《さんさん》と降りそそいでおり、古びた蔵書がならぶ図書室の扉から行き来できる。しかし、患者が庭へ侵入《はい》ることは許されていない。「怪我でもしたら大変だから」というのが表向きの理由だったが——では、なんのためにこの庭は存在するのだろうか。

整然としていながら歪で、理屈っぽいのになにひとつ答えを教えてくれない建物。

まるで、大人そのものを体現したような場所。だから、

「こんなところ、大嫌いだ」

憎しみをこめて柱を凝視《ぎょうし》する。もちろん、いつまで経っても蛇は爆散しなかった。

判っている。あがいても無駄だ、運命には逆らえない。ぼくは、陰気な円のなかで進むも逃げるもままならずに死ぬのだ。この、尾を喰らう蛇みたいに——。

「変な蛇だよ。タクトもそう思わないかい」

呑気《のんき》な声に振りむくと、パジャマ姿の希月《きづき》さんがすぐ後ろに立っていた。

「医療施設で蛇といえば、普通は〈アスクレピオスの杖〉なのに、こいつはどう見ても〈ウロボロス〉だろ。おまけに建物も中庭もすべて丸いときてる。此処《ここ》を造った人間は、円環によほどの愛着があったようだな」

無精髭《ぶしょうひげ》にまみれた青白い顔で、希月さんはいつもどおり寝癖《ねぐせ》だらけの頭を掻《か》きながら、意味不明な解説を独《ひと》りごちていた。

彼は入院患者のなかでも、とりわけ〈変人〉として知られる人物だった。年のころは二十代半ばらしいが、もっと老《ふ》けて見えるときもあるし、自分と幾つも違わない年齢に映ることもある。そんな齢《よわい》の不確かさは、彼の奇行がすくなからず影響しているのだとぼくは考えている。

希月さんはいつも療養院の一角に据えられた図書室へ籠《こも》っては、朝から晩まで書物を読みふけっていた。おかげで驚くほどの博識家だが、その知識は怪物や伝説といった、些《いささ》か子供っぽいものに偏《かたよ》っている。いわば老成《おとな》と稚拙《こども》が同居した人物なのだ。

もっとも、ぼくはそんな彼が嫌いではなかった。なにより話題が面白く、呼び捨てにするところも大人あつかいされているようで、悪い気がしない。加えて「元気になれ」だの「快復に努めろ」だの、退屈な科白《せりふ》を口にしないところも気に入っていた。まあ、本人も患者なのだから、当然といえば当然なのだが。聞くところによれば、希月さんはぼくよりもずっと以前から此処に入院しているらしい。

「ほんと、この建物ときたら陰気すぎますよ。これじゃ治るものも治りません」

独演する〈変人〉に、ぼくはことさら大人びた口ぶりで答えた。彼の言うアスクレピオスもウロボロスもまるで判らなかったけれど、無知な子供と思われるのは癪《しゃく》だった。

そんなこちらの思惑などお構いなしで、希月さんは石柱を眺めながら喋り続ける。

「此処みたいな円形構造物は、俗にロタンダと呼ばれている。なかでも、この療養院はとりわけ古い部類らしい。建造されたのは一世紀以上前だそうだ。でたらめな増改築の所為で文化財には指定できないらしいが、それでも貴重なことに変わりはない。なにせ百年ともなれば、いつ付喪神《つくもがみ》になっても不思議はないからな」

「つくも……がみ」

聞きなれぬ単語に戸惑うあまり、鸚鵡《おうむ》がえしに訊ねてしまう。彼の博覧強記《はくらんきょうき》の前では背伸びをするにも限界があった。

「年経《ふ》りし器物には魂が宿り、化け物になるという言い伝えさ。百年以上の歴史を持つロタンダが化けるなんて、愉快だと思わないかい。それともタクトみたいな現代っ子は〝施設が巨大な宇宙船になって銀河へ飛び立つ〟みたいな展開のほうが好みかな」

「いいえ、乗り物は嫌いです。大嫌いです」

ようやく自分が理解できる話題になり、前のめりで即答する。

ぼくの真剣な顔を見て希月さんが吹きだし、その拍子に咳《せ》きこんで顔を顰《しか》めた。直《じか》に本人から聞いたことはないが、どうやら内臓に重い持病を抱えているらしい。

痛みで顔を引き攣《つ》らせつつ〈変人〉が「これは驚いたな」と弱々しく微笑《ほほえ》む。

「好きじゃないという程度ならともかく、嫌いとまで言いきるのは穏やかじゃないね。だとしたら、馬も嫌悪の対象にあたるのかい」

「馬……ですか」

唐突な問い。なんと答えるべきか判らず、口籠《くちごも》ってしまう。

「蒸気と機械がこの世を席巻《せっけん》する前は、人間の乗り物は馬と相場が決まっていたんだ。西洋の騎士や日本の侍、はては貴族から旅人に至るまで誰もが馬に跨《またが》っていたのさ」

「馬は……車や飛行機より好きです。気にいらない人を蹴《け》り飛ばしてくれるし」

「いやはや、筋金入りの人間嫌いだな」

愉《たの》しげに言ってから、希月さんが「けれども」と声を潜《ひそ》めた。

「馬好きだとしたら、夜は気をつけたほうがいいぞ」

「……どういう意味ですか」

訝《いぶか》しむぼくを正面から見据え、彼はさらに小声で告げた。

「この療養院には……首なし馬が出るんだよ」

Ⅲ

首なし馬を〈召喚《しょうかん》〉するには、厳格な手順《ルール》がある。月の輝く深夜、正面玄関を十二時ちょうどの針になぞらえ、廊下を反時計まわりに無言で三周歩くのだ。

一周目はなにごとも起こらず、二周目も異変はない。

しかし、三周まわった直後——あたりを霧が包み、遠くから蹄《ひづめ》の音が聞こえてくる。まもなく濃い霧を割《さ》くようにして、首のない真黒な馬が姿をあらわす。

そして、その黒馬に遭った者は命を落としてしまうのである——。

「そんなくだらない話、信じられるわけないでしょ」

横ならびで廊下を歩きながら、ぼくは隣の希月さんに抗議した。

あのまま窓際へ留まっていては、また志麻さんに見つかって小言《こごと》を食らいかねない。そこで円環の廊下を歩きながら、話の続きを聞くことにしたのだが——。

彼が語ってくれたのは、十二歳の自分でさえ呆《あき》れかえるような怪談だった。

「子供をだますにしても、もうすこし現実的なストーリーを考えてくださいよ」

憤慨《ふんがい》するぼくを、希月さんは「俺が創作したわけじゃないよ」と笑っていなした。

「古株の患者が何年も前に教えてくれたんだ。ずいぶん昔からある噂《うわさ》らしい」

「そんなの、創り話に決まってます」

「でも、首なし馬の説話は各地に残っているぞ。たとえば節分の夜には〈夜行《やぎょう》さん〉という妖怪が首なし馬に乗って市中を徘徊《はいかい》すると言い伝えられている。その姿をうっかり見てしまうと命を奪われたり、不幸に見舞われるとされているんだよ。なかには首なし馬そのものを〈夜行さん〉と呼ぶ地方や、女に化けるなんて地域もあるらしい」

「でも、いまは節分じゃないですよ」

「首のない怪物が出るのは、節分だけとはかぎらない。西洋には〈デュラハン〉という首なし騎士の伝説がある。この騎士は黒馬に乗って家々を訪ね、遭遇した者に死ぬ日を告げるんだそうだ。要は死神の一種、疫病の隠喩《いんゆ》だったのかもしれないな」

心なしか希月さんの歩調が速くなっている。興が乗ってきた証拠だ。

「馬の怪物では〈ケルピー〉や〈エッヘ・ウーシュカ〉も有名だぞ。いわゆる水魔で、いつもは馬の姿をしているが、人間を見つけると若者や少女に化けて水の底へ引きずりこんでしまうんだよ。とりわけ〈エッヘ・ウーシュカ〉は凶悪でね、いざ背中に跨ると掌《てのひら》が貼りついて離れなくなり、そのまま水中で喰い殺されてしまうらしい。ところが」

そこで言葉を止め、希月さんは自身の脇腹を細い指で撫《な》ぜた。

「こいつは偏食家で、獲物の肝臓だけ食べ残すんだ。誰かが水辺で行方《ゆくえ》知れずになってしばらく経つと肝臓だけが水面に浮かんでくる。そこでようやく人々は、消えた人物が〈エッヘ・ウーシュカ〉の犠牲になったと知るわけだ」

湖面にたゆたう内臓を想像して気分が悪くなる。けれども隣の〈弁士〉は不快感などまったく気づいていないらしく、なおも饒舌《じょうぜつ》を止めようとしない。

「そういえば、ギリシャ神話に登場するペガサスは、頭を切り落とされたメデューサの傷口から生まれたとされているな。見た者を石に変える蛇髪《じゃはつ》の女が天馬《てんま》の母というのはなかなか興味深い伝承だろ。まあ、俺はどちらかといえば馬より蛇に親近感をおぼえてしまうんだがね。そうだ、ギリシャ神話といえば女神のデーメーテルも牝馬《ひんば》に化けたり頭が馬だったり、馬に縁深い女神なんだぞ。この女神は怒りで飢餓をもたらす恐ろしい存在で、吸血鬼小説の名作『ドラキュラ』へ登場する船にもその名が引用されて……」

「ちょ、ちょっと落ちついてください」

小走りで廊下を進む希月さんのパジャマを引っぱり、ぼくは必死で歩みを止めた。

講釈を拝聴するのは愉しかったけど、ぼくらはすでに廊下を三周以上まわっている。このまま耳を傾けていては日が暮れかねない。

「此処は療養院ですよ、そんな怪物が出るわけないでしょ」

「普通の医療施設だったら、その理屈にも同意するがね。なにせ百年ものの骨董《アンティーク》だぞ。どんな怪物が眠っていても不思議はないと思うけどな」

「骨董だなんて大袈裟《おおげさ》な。単なるオンボロ、古いだけですってば」

軽口を叩いてみたものの、彼はすでにぼくの話など聞いていなかった。しきりに首を傾《かし》げては「この施設の由来も調べてみる必要があるなあ」などと自問している。

ふいに疑問が湧く。なぜ、そこまで首なし馬に執着するのか。まさか――。

「希月さん、首なし馬を見たことがあるんですか」

なにげなく質問するなり、彼の目つきが変わる。

「……実は、此処だけの話なんだが」

そう言うと、希月さんは腰を屈《かが》めてぼくに目の高さを合わせ——歯を見せて笑った。

「残念ながら無いんだよ」

揶揄《からか》われたのだと気づいて、脱力する。頬を膨《ふく》らませるぼくに、希月さんが「すまんすまん」と、仰々《ぎょうぎょう》しく手を合わせて詫《わ》びた。

「タクトがあまりにも頑《かたく》なに否定するもんで、つい悪ノリしてしまった。でも〝ひとめ逢いたい〟と願っているのは事実だよ。だって」

希月さんが笑みを消す。

「首なし馬がデュラハンの類《たぐい》なら、自分がいつ死ぬか教えてもらえるじゃないか」

静かに告げるその顔は、やけに真剣で、妙な切迫感を帯びていた。

Ⅳ

月光で青く染まった廊下へ、抜き足で踏みだす。

夜気が入らないよう寝間着《ねまき》の襟《えり》を立てると、ぼくは反時計まわりに歩きはじめた。

首なし馬が本当に居ると信じたわけではない。しかし、最後に見た希月さんの表情が心に引っかかって、どうにも眠れなかったのだ。

あの人の気持ちも理解できる。此処に居ると、どうしても死に囚《とら》われてしまう。だとすれば、怪物の不在を証明するほかない。「試してみたけれど、首なし馬なんてあらわれませんでしたよ」と彼に告げ、奇妙な一件を忘れてもらうのが最善の策だ。

微《かす》かな足音だけが響く曲廊を、黙々と進む。工事もさすがに夜はおこなわれていない様子で、あたりは深閑《しんかん》としていた。

一周目を終えてほっと安堵《あんど》の息を吐き、冷えた空気でうっかり咳きこみそうになる。これで喘息の発作でも出ようものなら、耳ざとい志麻さんに見つかりかねない。

早く済ませてしまおうと、月灯りに長く伸びた自身の影を追いかけて歩調を速める。視界の端に再び玄関が見えた。これで二周だ。さらに急いで進む、進む、進む。

三度目の玄関——通過して、ようやく足を止める。

その場に佇んで耳を澄ませたものの、周囲に変化はなかった。

やはり、首なし馬なんて居ないのだ。単なる噂だったのだ。

安堵とも落胆ともつかぬ感情を抱き、病室へ戻ろうと振りむいて——足が止まった。

廊下の先が白く霞《かす》んでいる。

「嘘でしょ」

思わず呟《つぶや》いた途端、がしゃん、と金属音が廊下に反響し、霧の向こうから闇とおなじ色の馬があらわれた。競馬場で目にするような細《ほっそ》りとした駿馬《しゅんめ》ではない。丸木を乱暴に削ったかのごとき、荒々しい体軀《たいく》の野趣《やしゅ》あふれる獣だった。

黒獣には、頭がなかった。

太い頸《くび》から上にあるはずの頭部が、夜霧へ溶けたように消失していた。

「首なし馬……」

ぼくの声を聞きつけ、黒馬が目の前へ近づいてきた。騎士こそ乗っていないが、背中には宝石や金鎖《かなぐさり》を散りばめた馬具が装着されている。蹄が床を鳴らし、鐙《あぶみ》が揺れるたび装具がぶつかりあい、がしゃん、がしゃん、と派手な音を立てた。

「逃げなくちゃ」と頭では判っているのに、腰が抜けて一歩も動けない。厭だ。自分の死を告げられるのも、水底《みなそこ》へ引きずりこまれるのもごめんだ。

首なし馬があと一歩の距離まで迫ると、やおら前脚を大きく掲げた。

もう駄目だ。踏み殺される。

思わず目を瞑《つむ》った次の瞬間——誰かが、ぼくの手を握りしめた。

「早くきて」

やわらかな感触に驚いて目を開けた先に、知らない少女が立っていた。

月光を透かしそうなほど白い肌。腰まで伸びた鮮やかな栗毛。夜風にはためく薄手のワンピースが、すこし面長《おもなが》の整った顔に良く似あっていた。

「わたしから離れないで。そうすれば〈あれ〉は絶対に近づけない」

何者か問うより早く、彼女は手を引いて走りだした。長髪が風になびき、ぼくの頰をくすぐる。少女は裸足《はだし》らしく、ひと足ごとにぺたぺたと床が可愛らしく鳴った。

なにが起きているんだ。自分は夢でも見ているのか。

どぎまぎしながら廊下の窓を見た瞬間、心臓が止まりそうになる。

中庭を挟んでちょうど反対側の窓に、ゆらゆら動く黒い影が見えた。不味《まず》い、あれは首なし馬に違いない。このままでは追いつかれてしまう。

慌《あわ》てて少女の手を引き「ねえ、隠れよう」と促《うなが》す。

「この廊下は円形に繫がっているんだ。病室にでも身を潜《ひそ》めたほうが安全だよ」

けれども彼女は「大丈夫だから」と言うばかりで、歩みを止めようとはしなかった。しぶしぶ、華奢《きやしや》な指をそっと握りしめたまま背中を追う。

「ええと……ぼくはタクト、室岡《むろおか》拓人」

沈黙に耐えきれず自己紹介をする。本当は彼女の名前を訊ねたかったのに、なんだか照れくさくて訊くことができない。

「交響楽団のコンマスを務める父さんが、指揮棒から名付けたんだって」

「……キャラセル。わたしはキャラセル」

おもむろに少女が口を開いた。日本人離れした容姿だと思っていたが、やはり外国の出身なのだろうか。

「良い名前だね」と言いたかったけれど、キャラセルがどういう意味なのか判らない。頭のなかで志麻さんの「子供ね」と笑う声が聞こえて、それ以上は聞けなかった。

「あ、あのさ。どうしてぼくを助けてくれたの」

なにを話そうか悩んだすえ、ようやく質問を捻《ひね》りだす。キャラセルと名乗る少女は、わずかに歩くテンポを落として「車よ」と漏らした。

「あなた、あの窓から車を眺めていたでしょ。〝壊れてしまえ〟と念じながら」

どきりとする。なぜそのことを知っているのだろう。

狼狽《うろた》えるぼくをじっと見て、キャラセルが「わたしも一緒」と寂しげに笑った。

「自動車なんか嫌い。飛行機も馬車も機関車も、乗り物はみんな大嫌い」

「そう……なんだ」

答えに窮《きゆう》して曖昧《あいまい》な返事をした直後、ぼくは蹄の音が聞こえないことに気がついた。

窓を見ると、黒い影は何処にも見えず、代わりに東の空が白々《しらじら》と明るくなっている。

キャラセルがそっと指をほどき「消えたみたいね」と、鈴のような声を零《こぼ》した。

「じゃあ、わたしも帰らなくちゃ」

そう言うなり、少女は躊躇《ためら》いもせずに駆けだした。

「ちょ、ちょっと待ってよ。帰るって、何処に」

慌てて追いかけた先には――誰の姿もなかった。

V

「死んだ患者の幽霊……それとも、建物の付喪神なのかなあ」

ふたりきりの図書室で、希月さんが腕組みをしたまま呟く。

「ちょっと、もうすこし真面目に考えてくださいよ」

こちらの訴えに、〈変人〉が「考えているさ」と口を尖《とが》らせた。

「ただ……首なし馬だけならいざ知らず、謎の少女はさすがに予想外でね。彼女の側にいれば黒馬が近づいてこない点に、謎を解きあかす鍵があるとは思うんだが……」

考えこむ希月さんを横目に、ぼくは肩を落とした。

あの日から、今日で一週間が経っている。

彼女の正体が知りたくて、ぼくは病室をひとつ残らず訪ねてみた。だが、それらしき人物は見つからずじまい。志麻さんにもそれとなく訊《たず》ねてはみたものの、キャラセルに該当する患者は入院していないらしい。すっかり困りはてたぼくは、一縷《いちる》の望みを託して希月さんに相談したのだが——さすがの博覧家も簡単には答えが導きだせないようだ。

「変なことばかり識《し》ってるくせに、いざってときは役立たずなんだから」

腹立たしさにまかせ憎まれ口を利いたぼくを「まあまあ、そう怒るなって」と諌《いさ》めながら、希月さんは一冊の分厚い本を、どすん、とテーブルに置いた。

燻《くす》んだ群青色《ぐんじょういろ》の表紙には『円郭ノ沿革』と書名らしき文字が箔《はく》押しされている。

「ここ数日は、図書室でこの本と睨めっこしながら、療養院の歴史を調べていたんだ。それだって、首なし馬の噂の手がかりを探るためなんだぞ」

「こんなオンボロな建物の歴史を調べたって、面白い発見なんか無いでしょう」

「とんでもない。此処はね、なんとも数奇な運命に満ちた〈魔所〉なんだよ」

そう言うなり、希月さんが嬉々《きき》としながらページを捲《めく》った。

「この施設が建造されたのは百年ほど前、大正時代のことになる。創設者は、明治期に海運で財を成した貿易商だ。彼は新たな商機を求めて渡米したおりに、ニューヨークのコニーアイランド地区を訪れている。当時、コニーアイランドでは世界屈指の遊園地〈ルナ・パーク〉が人気を博していたようだ。月の名を有する遊園地を視察した彼は、老若男女《ろうにゃくなんにょ》が等しく笑顔で娯《たの》しむ姿にたいそう感銘を受けたらしい。そして帰国後、この建物を造るにあたり、ルナ・パークを模した〈ゆうえんち〉を中庭に造成したんだよ」

説明しながら、希月さんが〈遊円地〉と書かれた箇所を指す。

「記録を読むかぎり、〈遊円地〉はなかなか本格的な出来栄えだったようだ。小ぶりな観覧車がまわり、舶来品の回転木馬が円舞曲《ロンド》に合わせて稼働する。医師や患者が道化に扮《ふん》して芸を披露《ひろう》したこともあったようだ。さぞや賑《にぎ》わっていただろうね」

希月さんが図書室の奥に据えられた、中庭へ続くドアに視線を向ける。

「でも……百年前なんてこのあたりはいま以上に田舎でしょ。お客さんなんか来るはずないと思いますけど」

「創業者の目的は商業的な成功ではなく、福祉にあったんだよ。当初、この施設に入所していたのは異形《フリークス》……いや、この表現は宜《よろ》しくないな。〝身体的形状がわずかに異なるだけの、我々とおなじ心を持つ人々〟と改めさせてくれ」

異形という単語も初耳だし、その後に訂正した言葉も要領を得なかった。それでも、希月さんがぼくのために言葉を選んでいることだけは理解できた。

「江戸時代の身分制度が明治になって解消されると、人々は身なりや容姿で他者を区別するようになった。篤志家《とくしか》だった創業者は、そんな偏見を無くしたいと願っていたようだ。だからこそ彼は、この建物を円く建てたんだ。角のある正方形《スクウェア》や階層を示す三角形《トライアングル》ではなく、すべてが融和した円形《サークル》を理想に掲げたんだよ。柱に彫られたウロボロスも、遊園地の〈園〉の字を〈円〉に書き換えたのも、彼の切なる願いが籠《こ》められていたのかもしれない」

「でも……それほど立派な志があったのに、なんで〈遊円地〉は無くなったんですか」

僕の問いに、希月さんが「そこが問題でね」と首を振り、本をぱらぱらと捲った。

一ページだけが乱暴に破りとられ、三分の一が消失している。

「このページこそ、閉園の原因が載っている箇所なんだ。かろうじて〝以上の狂おしき事件により〈遊円地〉を閉じる也〟の文字は読めるが……これだけでは、なんともね」

「狂おしき、事件……」

「その後、ロタンダは癲狂院《てんきょういん》や結核治療所など、時代に合わせて役割を変えていった。そしていまは、俺たちみたいな療養者向けの施設になっている……というわけだ」

希月さんが本を閉じ、図書館には沈黙が流れた。

たしかに〈忌むべき牢獄〉の歴史はなかなか興味深い内容だったが、話を聞くかぎり首なし馬やキャラセルと名乗る少女の手がかりはないように思えた。

「……長々と聞いたのに、なんだか損した気分ですよ」

落胆するぼくの肩を、希月さんが「そう焦《あせ》るなって」と、やさしく叩いた。

「引き続き調査をしてみるからさ。上手くいけば、過去の入院患者に〈キャラセル〉という名前の少女が見つかる可能性だって……」

と——最後まで言い終わらぬうち、彼が呻《うめ》きながら椅子《いす》から崩れ落ちた。

「ちょっと、大丈夫ですか。病室に戻って寝たほうが」

「へえ、タクトもそういう気遣いができるようになったのか」

希月さんが軽口を叩きながら、椅子の背を支えにしてよろよろと起きあがる。力なく微笑むその額には、脂汗がびっしり滲《にじ》んでいた。

「正直なところ体調は芳《かんば》しくないが、精神は充実しているんだ。図書室の本もあらかた読んでしまい、どうにも飽いていたところに久方《ひさかた》ぶりで夢中になれる謎が見つかった。だから、このまま調べさせてくれ。不幸な出来事の真相を。首なし馬と少女の正体を」

「……判りました。ぼくも手伝います」

「駄目だ」

苦悶を懸命に押し留め、希月さんがぼくを見つめた。

「予想していた以上に、この件は不可解だ。お前を巻きこむわけにはいかない。だからタクト、すべて解明するまでは夜の廊下に出ないと約束してくれ。なにせ、首なし馬に襲われても……俺たちは此処から脱出できないんだからな」

希月さんが青ざめた顔で、図書室に建つ柱を見あげる。最上部に彫られた円環の蛇が「そうだ、逃げ場などないぞ」と言わんばかりに、ぎらぎらと瞳を輝かせていた。

VI

「希月さん、ごめんね」

心のなかで年上の友人に詫びてから、夜の廊下を歩きはじめる。

彼との約束を破るのは心苦しかったが、それでも、ぼくはもう一度キャラセルに逢いたかった。彼女が幽霊だろうが付喪神だろうが、どうでも良かった。このまま再会できないと考えるだけで、胸が締めつけられるように苦しくなった。

だから——あの日とおなじく黒馬の蹄が聞こえ、その直後にキャラセルがぼくの手を握った瞬間、なんとも場違いな喜びの声をあげてしまったのだ。

「……また来たの」

すこし呆れたような微笑を浮かべてから、少女が手を引いて歩きだす。

そのまま朝が来るまで、ぼくは黙ってひたすら歩き続けた。〈喜びを噛みしめる〉という言葉の意味を、文字どおり噛みしめながら闊歩《かっぽ》していた。

結局その夜、口にできたのはたったひとことだけ。

朝焼けのなか、遠ざかるキャラセルの背中へ咄嗟《とっさ》にぶつけた言葉。

「ねえ、明日も逢えるよね」

少女がふいに足を止めて、こっくりと小さく頷く。

こうして、淡い初恋の相手と連れだっての〈鬼ごっこ〉は、ぼくの日課になった。


かけがえのない時間だった。

首なし馬を欺くのは〈死神の車〉を妄想で壊すより何倍も愉しかったし、彼女の側に居るだけで〈死神〉が遠ざかっていくように思えた。

あいかわらず、ぼくはなにも彼女に質問しなかった。迂闊《うかつ》なことを訊ねて嫌われでもしたら。翌日、姿を見せなかったら。そう思うと怖くて訊けなかったのだ。

手を握り、一緒に歩き続けるだけで充分だ。ずっと、永遠にこのままで構わない。

そう、思っていたのに。願っていたのに。

「……ねえ、タクト。どうしてあなたは此処に居るの。何処が悪いの」

いつかこの日が来るだろうと、はじめから覚悟していた。キャラセルが唐突に問うてきた。

〈鬼ごっこ〉をはじめて半月ほどが過ぎた夜、キャラセルが唐突に問うてきた。名前以外なにも知らないままで逢い続けるなど、どう考えても無理な話なのだ。人間は完璧な円など描けない。おなじ処をまわっているつもりでも、回転したぶんだけ変化が生じる。場合によっては傷つき、ときには傷つける。それがぼくは恐ろしくて、心を閉ざし続けていたのだ。

でも、彼女にならキャラセルにだったら。

「ぼくは、小児喘息なんだ。すこし走っただけで呼吸困難になってしまうから、普通に暮らすことができない。たいていは、ぼくの年齢くらいになると自然に治るんだって。でも、ぼくはいつまで経っても弱いままで。だから、明日が来るのが厭で……」

自分でも驚くほど、すんなりと言葉が零れた。大人には打ちあけられない心の裡《うち》も、希月さんにすら言えなかった泣き言も、キャラセルにはすべて吐きだすことができた。受け入れてもらえる——そんな気がした。

「父さんは〝もっと大きくなったら治るよ〟と励ましてくれたけど、たぶん嘘なんだ。ぼくは……此処で死ぬんだ。だから、父さんは一度も見舞いに来てくれないんだ」

「お母さんは、なんと言ってるの」

「母さんは……もう居ない。ぼくが七歳のときに、病気で……」

キャラセルが、いつもよりすこしだけ強く手を握った。そのさりげなさが嬉しくて、ぼくは衝動的に口を開いていた。

「けれど、キャラセルと居るときは辛くないよ。ふたり一緒なら、なんでもできる……そんな気がするんだ。だって、首なし馬からも逃げられるんだもの」

とても、とても遠まわしな告白——だったのだと思う。

キャラセルがこちらをしばらく見つめてから「本当に？」と呟いた。

「本当に、本当に、ずっと一緒に居てくれるの？」

予期せぬ言葉に狼狽《ろうばい》しながらも、ぼくは何度も何度も頷《うなず》いた。

「じゃあ……次の満月の晩、円環《えんかん》の月がのぼった夜に、秘密の場所へ案内してあげる。そこで、ずっと一緒に居ましょう」

彼女がこちらへ歩みよる。風もないのに、栗毛の髪がふわりと揺れた。

「……タクトくん、なんだか雰囲気が変わったんじゃない？」

ベッドへ寝ているぼくの顔を、志麻さんが訝しげに覗《のぞ》きこむ。

いているのだろうか。


「別に」と素気《そっけ》なく答えたものの、実際は口から心臓が飛び出そうなほど驚いていた。まさか、志麻さんはキャラセルの存在に気づいているのだろうか。あの夜の約束にも勘づいているのだろうか。

動揺を悟られぬよう唇を硬く結んだまま、次の科白を待つ。

「ひどく窶《やつ》れて見えるわよ。きちんと食べてる？　ちゃんと寝てる？」

秘密が発覚していないことに胸を撫でおろしながら「もちろん」と答える。

嘘だった。ここ最近はろくに眠っていない。夜更かしを隠すために、日中も変わらぬそぶりで過ごしている。おかげで睡眠時間は二時間がやっと、食欲もまるで湧かない。ここ数日はベッドに臥《ふ》せって、ひたすら夜が訪れるのを待つほどに衰弱していた。

横たわったぼくを見下ろし、志麻さんが「まったく」と溜め息をつく。

「あなたも希月さんも、どうも怪しいのよね」

「希月さんが……どうかしたんですか」

あの日以来、彼とは顔を合わせていなかった。約束を反故《ほご》にしたことが気まずくて、なるべく遭遇しないよう努めている。

志麻さんが「本当に困った人よ」と、二度目の吐息を漏らす。

「彼ってば一日じゅう図書館へ入り浸っているの。以前から本好きだったけど、最近は食事も摂《と》らずに、療養院の古い史料を夢中で読み漁ってるのよ」

なるほど、彼は、あいかわらずこの施設の謎を調べているらしい。だが、その言葉を聞いても、ぼくはさして関心が持てなかった。もう、そんなことはどうでも良かった。だって今夜——ぼくは、秘密の場所へ行くのだから。

これからずっと、キャラセルと一緒に居るのだから。

「ねえ志麻さん、満月って今夜ですよね」

恍惚《こうこつ》としながら訊ねるぼくに、志麻さんが困惑した顔で「……ええ」と答えた。

Ⅶ

中庭にぴったり嵌《は》まりそうなほど丸い月が、空に浮かんでいた。

キャラセルはいつもの場所に屹立《きつりつ》していたが、ぼくを見つけるなり、手を繋がずに前をすたすた歩きだした。慌ててその背中についていくと、まもなく彼女は図書館へ入り、中庭に繋がるドアの前で立ち止まった。

「駄目だよ、そこはいつも鍵が掛かっていて」

ぼくが言い終わるより早く、がちゃり、と音を立てて扉が勝手に開いた。

驚くこちらを置き去りにキャラセルが平然と中庭へ降り、中央めざして足を進める。混乱しながらあとを追い、石畳を踏んだ。途端、冷気が足の裏を伝って身体を震わせる。喉《のど》が縮こまり、気管支がひゅうひゅうと笛のように鳴った。

「ちょっと待って、寒さで喘息の発作が出そうだ」

「そんなもの、すぐ気にならなくなる。だから早く来て、月が欠けないうちに」

キャラセルが中庭のまんなかに立ち、すこし苛立《いらだ》った口調で急《せ》かす。彼女の目の前に敷かれた石畳だけが、周囲よりわずかに色が濃く見えた。

覚悟をたしかめるように、彼女がぼくの瞳の奥を睨む。黙って頷くと、キャラセルは歌のような節まわしで、静かにひとこと唱えた。

「刻《とき》は来たり、しかし者は来たらず」

直後──中庭が揺れ、石畳が左右にがたがたと開く。

ぽっかりと口を開けた正方形の奥に、下りの階段が長々と延びていた。

「……どういうこと」

答えは返ってこなかった。すでにキャラセルは階段を降りはじめている。迷う余裕もなく、ぼくは彼女を追いかけて奈落に続く通路へ飛びこんだ。

最後の一段を降りたと同時に「え」と声が漏れる。

地下には、絶句するほど巨大な空間が広がっていた。

わずかに射しこむ月光だけでも、どれだけの大きさなのか容易に判断できる。もしや此処は、療養院とそっくりおなじ面積なのかもしれない。それを証明するかのごとく、一階から地下まで貫通しているとおぼしき石柱が薄暗がりのなかに見えた。いつも目にしている装飾よりも、さらに微細なレリーフが随所に刻まれている。

「……ねえキャラセル、此処が秘密の場所なの？」

呼びかけたものの返事はなかった。愛《いと》しい少女の姿は闇にまぎれ、何処にも見あたらない。鈍い光をたよりに、そろそろと歩みを進め——ぼくは〈それ〉を発見した。

広々とした空間の中央に、巨大な物体のシルエットが浮かんでいる。やけに荘厳《そうごん》な佇《たたず》まいは、さながら古代の神殿に祀《まつ》られた祭壇のようだった。

「これは……」

ばちん——と大きな音を立てて、無数の照明がいっせいに点灯した。

暖色の電球がすべてを照らし、〈祭壇〉の正体があらわになる。アンブレラを模した八角形の屋根。飴細工を思わせる赤と青の円柱。龍の装飾を施《ほどこ》した極彩色《ごくさいしき》のゴンドラ。その周囲では、何十頭もの木馬がいまにも駆けださんばかりの体勢で静止していた。

「綺麗でしょ」

何処からともなくキャラセルの声が聞こえる。

「メリーゴーラウンド、ラウンドアバウト、ハーディ・ガーディ、マネージュ、カルーセル……そして、キャラセル。多様な名を持つ遊具《ライド》の王。遊園地《カニヴァル》の花形」

回転木馬——母が元気だったころに、一度だけ遊園地で乗った記憶がある。けれども眼前のそれは、かつて乗った木馬と比べ物にならないほど活き活きとしていた。

炎よりも鮮やかな紅毛《こうもう》の赤馬《あかうま》。紺碧《こんぺき》の体毛を靡《なび》かせる蒼馬《あおうま》。なかでも最前列の一頭、太陽のように輝く栗毛と陶磁器より澄んだ肌を持つ白馬は、息を呑むほど美しかった。

呆然としているぼくに、闇の陰からキャラセルが囁《ささや》く。

「伝説の職人、マーカス・イリオンズの傑作よ。〈メリーゴーラウンド職人のミケランジェロ〉と謳《うた》われた名工の手による、一級の芸術品。ルナ・パークのために造られた、コニーアイランド・スタイルの贅《ぜい》を尽くした逸品なの」

その声には、どこか誇らしげな響きが窺える。

「この施設を造った人物は、イリオンズの技巧に魅了され、大金を投じて自国まで輸送したの。〈動く宝石〉と称された回転木馬が、異端と蔑《さげす》まれる人々と、市井《しせい》の民を繋ぐ架け橋になってくれる……そう信じて。彼の想いは間違っていなかった。訪れた人々はみな笑顔になった。回転木馬の前では区別も差別もなかった……そう、あの日までは」

彼女の説明に耳を傾けながらも、ぼくの目は一頭の馬に釘づけになっていた。

回転台のいちばん奥、美しい白馬と対角線の位置に鎮座《ちんざ》する、漆黒《しっこく》に染めあげられた牡馬。

しかしその頸は無惨に捥《も》げちぎれ、生木《なまき》の断面が露出していた。

頭部が欠損した黒馬——もしかして、首なし馬の正体は。

キャラセルの声が、再び暗黒にこだまする。

「彼の名はダーキー。アンナ・シュウエルが執筆した『黒馬物語』の主人公に由来する名の美しき駿馬で〈遊円地〉いちばんの人気者だった……そう、あの日までは」

回顧を煽《あお》るように調子はずれのオルガンが演舞曲を奏《かな》で、木馬がまわりはじめた。

「あの日……視察に訪れた一団のなかに、ひとりの悪童が居たの。金満家の一粒種として我儘《わがまま》放題に育てられた彼は、心やさしき異貌《いぼう》の人々を笑い、蔑《さげす》み、殴る蹴るの狼藉《ろうぜき》をはたらいた。そして、無抵抗な無垢《むく》の民を虐《いじ》めるのに飽きた悪童は、やおら回転木馬へ踏みこむや否《いな》や、ダーキーの背中に起立した。まわりの大人は〝危ない〟と止めたけど、その子はまるで耳を貸さなかった。それどころかますます調子に乗って、ダーキーの首に熱帯の猿よろしく両腕でぶら下がったのよ」

めき、めき――生木を裂くような音。回転が次第に加速していく。

「哀れなダーキーは頸をへし折られて、見るも無惨な姿に変わってしまった。それでも悪童は反省することなく〝なんだよ、遅くてつまんねえの〟と叫びながら、ダーキーのちぎれた首を振りまわし、今度はわたしの背に乗ったの。名工が文字どおり魂をこめた、生ける木馬だとも知らずに……」

赦《ゆる》せない。そんなに刺激がほしいなら、望みどおりにしてやろう――。

キャラセルが吠えるなり、照明の色が濃い赤に変わった。

「わたしの怒りに同調し、木馬はどんどん回転を速めていった。悪童もようやく異変に気づいて降りようとしたけれど、掌が貼りついて逃げることは叶《かな》わなかった。まわりの大人も悲鳴におろおろするばかりで、なにも出来ず狼狽えていたわ」

跨った人間を離さない水魔――希月さんから聞いた伝承を思いだす。

「ようやく回転木馬が停止したときには、悪童はもはや人間の姿を留めていなかった。圧力で潰れた脳味噌が孔《あな》という孔から噴きこぼれ、両の目玉が眼窩《がんか》から飛びでていた。まるで、深い水底へ沈められたように……そして、その日を最後に〈遊円地〉は閉鎖された」

回転が止まる。照明が消え、あたりが暗闇に包まれる。

「それでも、ただ廃棄するのは耐えられなかったのでしょうね。創業者は〝原因究明のために保全しなければ〟と頑《かたく》なに主張して、地下へ回転木馬一式を運び入れ、階層ごと封印したの。いつの日か、また子供たちを乗せる瞬間が訪れると信じて……けれども、ついにその日は来なかった。十年、五十年、百年……嘆きが怒りに転じ、怒りが怨《うら》みへ変わるには充分な時間だった。わたしはダーキーを使役して夜の院内を彷徨《さまよ》い続け……とうとう見つけたの。わたしとおなじ想いを抱く人間に。乗り物を憎む、あなたに」

電球が再び灯る。

美麗な白馬の頭部は、キャラセルの顔に変わっていた。

瞬間、ぼくはすべてを理解した。彼女が何者であるのかを。「わたしのそばに居れば、首なし馬は追いつけない」と断言した理由を。

人面《じんめん》の馬が嘶《いなな》き、鬣《たてがみ》と化した栗毛が渦を巻いて逆立つ。溶け流れた塗料が頬を伝って、血の色の涙をひとすじ刻んでいた。

「自動車も飛行機も機関車も嫌い。だって、あの忌々《いまいま》しい連中は前に進めるのよ。未来めざして動けるのよ。でも、わたしは延々と回転し続けるだけ。いつも、みんな降りてしまう。わたしを置いていってしまう。でも……タクト、あなたは違うわよね」

少女の貌《かお》をした馬が、ぼくに向かって泣き笑いを見せる。

「さあ、わたしに騎《の》って。そうすれば、あなたはすべてから解放される。恒久のなかをぐるぐるぐるぐる一緒に回転《まわ》りましょう。永遠に、ずっと、ずっと」

円舞曲《ロンド》とともに木馬が揃って動きだす。回転があっというまに速度を増していった。竜巻に似た光輪がぼくを手招く。光のなかで、馬身の少女が愉しそうに嗤《わら》っている。

あそこに飛びこめば、楽になれる。終わらない夢を見て過ごせる。

誘《いざな》われるまま、ふらふらと一歩踏みだした――その刹那《せつな》。

「タクトくん、行っちゃ駄目!」

ぼくのうしろで、志麻さんが寝間着の裾を思いきり摑《つか》んでいた。

「志麻さん……どうして、此処に」

「見くびらないで。だてに〈療養院のヌシ〉と畏《おそ》れられているわけじゃないのよ」

闖入者《ちんにゅうしゃ》に唸《うな》る木馬たちを睨みかえしながら、志麻さんがポケットから一枚の紙きれを取りだした。細かな文字が綴《つづ》られた、本のページとおぼしき紙。

これは――『円郭ノ沿革』だ。破りとられていた、あの箇所だ。

「あなたに〝女の子の入院患者はいないか〟と訊かれたとき、もしかしてと思ったの。〝誰も入れるべからず〟と代々の看護師長に申し送りされている、記録さえも詳《つまび》らかにしてはならない中庭の地下、通称〈狂気の園《ルナ・パーク》〉が関係あるんじゃないかとね。訝しんでいるうちに、今度は希月さんまで療養院の歴史を調べだしたでしょ。〝これはいよいよ怪しい〟と思って、こっそり見張っていたのよ」

志麻さんが「ねえ、タクトくん」と声に力をこめて、ぼくを呼んだ。

「どうか、死に魅入られないで。あなたの小児喘息は成長にしたがって治る病気なの。たとえいまは辛くても、かならず生きられるの。ちゃんと未来があるの」

「……厭《いや》だ。ぼくは苦しんで生きるよりも、キャラセルと夢のなかに居たいんだ！」

引き戻そうとする志麻さんの手を振りほどく。それでも彼女は諦めず、なおもぼくにすがりついた。

「回転木馬もいつかは動きを止める。観覧車だって一周したら降りなくちゃいけない。愉しい夢はかならず終わるの。それは、次の新しい夢に逢うためなの。あなたは大人になって、新たな夢を見なくちゃいけないのよ」

「そう、あの木馬に乗るべきはタクトじゃない。夢を持つことが叶わない俺だよ」

揉みあうふたりの脇を、人影がすり抜けていく。

「……希月さん」

すっかり痩《や》せこけた希月さんが、目の前に立っていた。

「なるほど……こいつが〝狂おしき事件〟の正体か。こりゃまた、とんだ付喪神だな」

回転木馬を見つめるその瞳は、月よりも黄色く濁っている。

新たな邪魔者の登場に、キャラセルが歯を剝きだし、前脚を高々と掲げて威嚇《いかく》した。しかし希月さんに動じる様子はない。どこか嬉しそうに、木馬の怪物を凝視している。

「なあ、怪物。俺は一度も遊園地に行ったことがないんだ。先天性の代謝異常で肝臓を患《わずら》っている所為で、物心がついてこのかた、ベッドを離れられなかったんだよ。だから俺は、書物のなかを旅することしかできなかったのさ」

土気色《つちけいろ》によどんだ顔で、希月さんが微笑む。

「この療養院の図書室は世界じゅうに繋がる自由の扉だった。俺がけっして行けない場所へ連れていってくれる方舟《はこぶね》だった。だから〝肝移植のために転院すべきだ〟と何度諭されても、此処を離れることを頑なに拒んできたんだ。その結果が……これさ」

希月さんが、こちらに向かってシャツをめくりあげる。

あらわになった腹部には、亀裂《きれつ》のような血管が皮膚の上を走っていた。

「皮下静脈が膨れて放射状に広がる門脈圧亢進症《もんみゃくあっこうしんしょう》……肝硬変《かんこうへん》の重篤《じゅうとく》なサインだ。別名を〈メデューサの頭〉と謂《い》うらしい。なかなか洒落《しゃれ》た名前だろ。大人にもなれず、子供のままでも居られない俺に、なんともふさわしい異名《いみょう》だよ」

冗談めかした口調——けれども、その科白がなにを意味しているのか、ぼくは明瞭《はっき》り悟っていた。彼なりの、歪でまっすぐな遺言だと理解していた。

希月さんがぼくに歩みより、頭をそっと撫でる。

「タクト……お前は未来に乗れ。悲しいことも辛いことも全部抱えて、明日をめざして前へ進め。夢を探して振りむかずに走れ……いいな、約束だぞ」

静かに微笑んでから、彼は回転木馬に向きなおった。

「さあ、哀れな怪物ども。俺の血を浴びて天馬になれ。一緒に空へ旅立とう」

高らかに叫んで、希月さんが回転する光へ突入し、キャラセルにすばやく跨る。

直後、馬身の少女が悲鳴をあげた。栗色の鬣が、どんどんと灰褐色《はいかっしょく》にくすんでいく。周囲の木馬たちも次々に色を失い、躍動を止めていた。

「メデューサ……見た者を石にする怪物……」

円舞曲《ロンド》が途切れる。石になっても回転の速度は落ちなかった。遠心力に耐えきれず、柱が砕け、屋根が傾ぐ。希月さんは、ぐったりと人面馬の頸に凭《もた》れかかっていた。

「タクトくん、早く、早く逃げないと！」

志麻さんに腕を摑まれ、引きずられるように逃げだす。天井が崩れ、地鳴りが轟《とどろ》く。階段を駆けあがる刹那、ぼくは一瞬だけ振りむいた。土煙が舞うなか、野獣の咆哮《ほうこう》に似た音を響かせながら、粉々に砕ける回転木馬が見えた。

Ⅷ

地下室の崩落から一週間が経ち、療養院は閉鎖されることが正式に決まった。閉鎖理由はあの事故ではない。なんでも療養院は前から経営が厳しく、付近の開発に合わせて遠からず売却される予定になっていたらしい。

数日前の自分なら、嫌悪していた建物の末路に喝采《かっさい》を送っただろう。しかし、いまは堪らなく寂しかった。時代の移り変わりに耐えられず、廻天《かいてん》から弾きだされた建物が、ひどく哀れに思えてならなかった。

希月さんは崩落現場から救出されたものの、数日後に亡くなった。志麻さんによれば「いつ死んでもおかしくないほど、肝硬変が進行していた」のだという。たとえあの事故がなくとも、彼も療養院同様に滅びる運命だったわけだ。〈蛇に侵された男〉は〈蛇の護《まも》る館〉で最期《さいご》を迎えたことになる。

病状といえば――不思議なことにあの日以来、ぼくの喘息発作はおさまっていた。

静養が功を奏したのか、大人になった証拠なのか、それとも希月さんが旅立つ間際に持ち去ってくれたのか。あるいは、滅びの予感を察したキャラセルが、別れの餞《はなむけ》に治してくれたのだろうか。そういえば希月さんは「肝臓以外を喰う馬の怪物がいる」と言っていた。キャラセルは、ぼくの病を嚙みちぎってくれたのかもしれない。

そうであったと信じたい。ぼくは、いまでも彼女を嫌いになれない。

ベッドへ腰かけながら徒然《つれづれ》に考えを巡らせていると、ドアが軽やかにノックされた。

「タクトくん、お迎えが来たわよ」

志麻さんが入室するなり、ぼくの鞄へ手を伸ばす。

「重たそうだから玄関まで運んであげる。退院記念に大サービス」

把手《とって》を摑みかけたその指を、ぼくはそっと遮った。

「自分で持てます。もう、大人ですから」

ぼくの言葉に一瞬だけ驚きの表情を浮かべてから、志麻さんが微笑む。

「そうね……あんなに大変な出来事を乗り越えたんだもの、もう大丈夫よね」

玄関を開けた先では父が両手を広げ、ぼくを待っていた。

抱きつこうと駆けだすなり、父の背後に黒いかたまりをみとめて、足が止まる。

〈あの車〉が停まっていた。入院前に乗っていたのは、年代物のちいさな外国車だったはずだが。戸惑うぼくと車を交互に見て、父が「ああ、これかい」と頷いた。

「拓人が入院した矢先、前のポンコツ車がとうとう壊れてね。どうせなら驚かせようと思って、ひそかに購入したんだ」

「じゃあ、療養院の裏に停まっていたのは……」

ぼくの言葉に、父が「なんだ、気づいていたのか」と頭を掻く。

「怖い看護師さんに〝面会はできません〟と言い含められてはいたんだが……どうにも拓人の様子が気になってね。時間ができるたび、こっそり来ていたんだよ。内緒だぞ」

「そう……だったんだ」

あれほど禍々しく感じた〈死神の車〉が、いまはなんだか頼もしく思える。滑《なめ》らかな曲線を描く車体は、勇壮な黒馬の体軀と重なって見えた。

「……じゃあ、出発するよ」

父がエンジンキーをまわすなり、力強い唸りをあげて車が発進する。

後部座席で揺られながら、ぼくは何気なく背後へと目を遣った。

遠ざかっていく二階の窓に白いワンピースの人影が見える。その隣には、背の高い人物が立っていた。

「死神の車……」

あのふたりは、もしかして。

人影の正体を確かめようかすこしだけ迷ってから、ぼくは前方に向きなおった。

それでいい。振りむかないと、最後に約束したのだから。

「……あれ」

大通りの様子は一変していた。岸壁のように聳《そび》えていた幕が取りはらわれ、太い路《みち》が天に向かって延びている。

驚愕するぼくに気づいて、父が「環状線が開通したんだよ」と笑った。

「拓人を迎えにくるタイミングを見計らったみたいに、ちょうど工事が終わったんだ。すこし遠まわりになるけど、乗ってみるかい。それとも早く家に帰りたいかな」

「……ううん、行こうよ。はじめての路を走ってみようよ」

朗《ほが》らかな返事に、父がアクセルを踏む。

タイヤをさらに回転させ、車は入口《ゲート》をめざして加速していった。

有栖川有栖

スーパーエクスプレス・イリュージョン

●『スーパーエクスプレス・イリュージョン』有栖川有栖《ありすがわありす》

〈乗り物〉をテーマとした《異形コレクション》が実現に向けて動き出した時、真っ先に頭に浮かんだのは有栖川有栖だった。氏は、言わずと知れた鉄道好きであり、本格ミステリ者としてのそもそもの商業掲載のはじまりは鮎川哲也《あゆかわてつや》編纂《へんさん》の鉄道ミステリー傑作選『無人踏切』（光文社文庫）に収録された「やけた線路の上の死体」（学生アリスシリーズ）であり、デビュー後も、「夜汽車は走る」「危険な席」などの珠玉の短篇（ノンシリーズ短篇集『ジュリエットの悲鳴』／実業之日本社文庫に収録）や、長篇『マレー鉄道の謎』（第56回日本推理作家協会賞受賞作）などの鉄道ミステリを数多く手がけ、鉄道ミステリアンソロジーも編纂し、さらには鉄道怪談を十篇収録した短篇集『赤い月、廃駅の上に』（角川文庫）と――鉄道綺談には欠かせない人材と思われたからである。ただ、一点、留意したことがあった。私は前述の『ジュリエットの悲鳴』の解説で、企画者からの注文を意識せずに自発的に書く時の有栖川有栖短篇の魅力をフィーチャーしている。敢《あ》えて「怪奇幻想を……」などといった注文をつけることはしたくなかったのである。以心伝心だった。有栖川有栖が《異形》に寄せてくれたのは、紛《まぎ》れもない本格ミステリでありながらも、ミステリとしては破格の、これまでに例のない――ある種、アンチミステリとさえいえるような――魔術《マジック》的逸品。《異形コレクション》にこそ相応《ふさわ》しい、珠玉の《乗物綺談》を味わっていただきたい。

いかにも夏らしい、コントラストの強い空が窓の外に広がっていた。

白い雲の陰影《いんえい》が鮮やかで、わざとらしいほどの立体感を見せている。その下に横たわるのは、熟した緑の山並み。

彼は食後のコーヒーを飲みながら、ぼんやりと窓外を眺めた。面白くもおかしくもないが、穏《おだ》やかに日常に身を浸して。ロッジ風の静かな店内に流れているのは、音楽ではなく小鳥の囀《さえず》りだ。

お客は他に、二十代後半ぐらいの男が離れた席に一人いるだけだった。そちらも食後もコーヒーを飲みながら、背中を丸めてスマートフォンをいじっている。

雲が形を変え、船のように見えてきた。巨大な白亜の豪華客船か。それを見ているうちに、彼は不意に妙なことを思いついた。

塵界《じんかい》から遠ざかっての侘《わ》び住まい。終《つい》の栖《すみか》で消えゆくように一生を終える覚悟をしているが、死期が近づいたらあんな大きな客船で長い旅に出るのもいいかもしれない。世界を周遊する航海の途上、揺りかごのごとき乗り物に身を委《ゆだ》ねたまま命が尽きる。船に運ばれながら死ぬのは自分らしいのではないか、などと。

船会社にすれば迷惑だろうが、夢想するだけなら自由だ。まだ巨大な客船の形を保っている雲を見上げながら、彼は老いさばらえたおのれの姿を船上に思い描いていた。

「ジャック先生」

聞き覚えのある声に振り向くと、オカッパ頭の男の子が人懐《なつ》っこい笑《え》みを浮かべて立っている。店長の甥《おい》にあたる少年で、名前は度忘れした。向こうだって、ジャック諸井《もろい》という名前を覚えていないであろう。

毎年夏になると一週間ばかりこの高原に遊びにくる子なので、すっかり顔馴染《なじ》みだった。もう小学校の夏休みが始まっていたのか、と気がついた。

「こんにちは。また大きくなったね」

十歳ぐらいの子供にとって聞き飽きているであろう言葉をつい口にしてしまう。七十になるまで独身で子供を持たず、甥や姪《めい》もいない諸井自身は、この子ぐらいにしか言ったことがないのだが。

「昨日の夕方、こっちにきたの。涼しくて気持ちがいいね」

東京では猛暑日が続いている。アスファルトの上に立つ陽炎《かげろう》を思い浮かべ、ぞっとした。思いがけない経緯ではあったが、あそこから脱出できたのを喜ぶべきだと思う。

「先生。今トランプ、持ってる?」

いかにも残念そうに首を振ってみせる。この子がきているのは予想していなかった。

「僕が持ってる」

ハーフパンツのポケットから出した。子供が使うにしては上等なカードだ。

「やけに用意がいいね。同じような手品しかできないよ」

「やってくれる？」

たやすいことだし、手品をせがむ子供の期待に応えないわけにはいかない。カードのデックを受け取り、小さな観客を向かいの席に座らせたところで、奥から店長の妻・亜衣《あい》がやってきて「あらあら」と言った。

「先生、すみません。お寛《くつろ》ぎのところを。——ソウちゃんったら、さっそく手品をせがんだの、きちんと丁寧《ていねい》にお願いした？」少年の名前を思い出した。創太《そうた》だ。「先生はうちにお食事にきてくださったお客様なんだから、失礼なことは駄目」

「まあまあ」諸井は鷹揚《おうよう》に言った。「創太くんと私の仲ですから、固いことは抜きで」

マジシャンを辞めて十八年が経つが、常日頃から手が淋しく感じるとカードを触っている。そうでなくても、簡単なマジックを演じるぐらいは何でもない。素人には真似が難しい手つきでシャッフルしてから、創太の前に差し出した。

「ゆっくりとカードをずらしていくから、好きなタイミングで『ストップ！』と言って。いつでも、どこでもいい」

無作為に選んだカードが何であるか透視しているかのごとく言い当てたり、それが思いがけない形で出現したりする。ごく基本的なクロースアップ・マジックだ。同じ原理で同じ現象を見せるだけなのだが、カードの選ばせ方や出現の仕方といった演出を変えると観客の興味と驚きは持続するし、演じながらトークで楽しませることもできる。

離れたテーブルの男は、スマホから顔を上げて諸井のマジックをこっそり観ているようだった。「僕も拝見していいですか?」とこちらに移ってきたりはしない。

五つばかり演じた。創太だけでなく、傍《かたわ》らで観ていた亜衣からも拍手をもらったところで、立ち上がって恭《うやうや》しく一礼した。

「すごいなぁ。タネは教えてもらえないんだよね。訊くのもいけないいんだ」

創太は学習していた。

「そのとおり。手品を楽しむ際の礼儀だよ。『すごいなぁ』と楽しんで終わりにするのが正しい」

諸井は、口許《くちもと》をそっと撫《な》でた。舞台に立っていた頃は気取った口髭《くちひげ》をたくわえていて、よく触っていた。その名残《なごり》の癖だ。

「先生はトランプの手品も上手だけど、大きな仕掛けの手品もやってたんでしょ? 大きな仕掛けのはマジックと呼ぶのかな」

創太の言葉に亜衣が言い添える。

「この子、昔なさっていたマジックをネットの動画で観たんです。手首や足首を鎖で括《くく》られた先生が入った箱が爆発するようなのを」

木箱は広い駐車場の中央に停めたバスに運び込まれ、その中で轟音《ごうおん》とともに爆発する。今、創太が観ても楽しめるだろう。

鎖は容易に解けるのだろう、箱やバスには脱出用の仕掛けがあるのだろう、と思っていた観客も、爆発の次の瞬間に諸井が遠く離れた櫓《やぐら》の上に立っているのを目にして驚嘆する。あれは華々《はなばな》しく受けたな、と懐かしく思い出しながら諸井は言う。

「マジックというのは手品を英語で言っただけで、だいたい同じ意味だよ。大きな仕掛けの手品はイリュージョンと呼ぶ。現実とは思えないもの、幻という意味の英語だ」

「ふぅん」と応える子供の目の輝きがまぶしい。何の濁りもない。さらに素朴な質問が飛んできた。

「イリュージョンをやめたのはどうして？　もうやらないの？」

「あれは準備にお金が掛かる。トランプだと安上がりで儲《もう》かるんだ」

戯言《ざれごと》にも「ふぅん」と感心する創太に、亜衣が言った。

「どっちも難しいのよ。ジャック先生は次々に難しい技に挑戦したの」

「そうか。派手な方が難しいとは限らないんだ。手品は奥が深いね」

小学四年生になるとそんな気の利いた表現もできるのだな、と諸井は愉快に思った。

大掛かりなイリュージョンから転向したのは、諸井の創意が足りず、似たようなネタが飽きられたからにすぎない。良好な関係を築いていたスポンサーが、不況の波を喰らって離れてしまったのも原因の一つ。赤の他人ながらメイクによって彼と双生児のごとく似た顔に化けられる影武者が病に倒れ、ついには他界したことで方向転換は必至になったのだが、そんな秘密を吐露《とろ》するわけもない。

方向転換は苦肉の策だったのだが、クロースアップ・マジックは諸井が得意とするところであったから、「こっちもすごい」と称賛された。すべては順調だったのだ。

「明日もくる？」と弾んだ声で訊かれ、「ランチにくるよ」と答える。「夕食もいかがですか？」と亜衣が言ってくれたので、そうすることにした。小さな観客を喜ばせる座興のため、ロープやカップ&ボールといった道具を持参してもかまわない。

店を出て、ねぐらへと歩きだしてまもなく、背中から呼び掛けられた。「ジャック諸井先生」と。

世間と縁を切って十八年ともなると、かつては有名人だった彼を記憶している者もめっきり少なくなる。加齢と隠遁《いんとん》生活で風貌も大きく変わった。先ほど創太と亜衣が「ジャック先生」と呼んだのが耳に入ったらしい。

「人違いではないことは判っています。引退なさったマジシャンのジャック諸井先生ですね？　突然、お呼び止めして失礼しました。僕は東京でライターをしている塩川聖哉《しおかわまさや》と言います」

風を切る音がするような速さで差し出された名刺には、ライターの肩書と携帯電話の番号とメールアドレスがあるだけ。パソコンで自作した名刺のようで、これでは得体《えたい》が知れない。

「この先、十五分ばかり歩いたところにお住まいですよね。さっきのレストラン〈ホワイトバーチ〉には、週に二、三度いらして昼食や夕食をなさる。ただの行きつけの店ではなく、資金援助をした諸井先生が実質上のオーナー」

ライターを生業《なりわい》にしているのかどうかは怪しいが、よく下調べをした上で自分の前に現われたのは確からしい。諸井は否定しかねて、本人であることを認めた。

「店内でお声を掛けようとしたら、お子さんがやってきてマジックが始まったので、機を逸しました。それで外で。——よろしければお宅までお送りしましょうか？　僕の車、店の駐車場にあるんです」

「結構」

努めて冷ややかに答えた。塩川はなおも言う。

「運動のために歩いていらっしゃるのだと思いますが、どうかお乗りください。そして、大変厚かましいのですが、できれば僕の取材に応じていただきたいんです。そのために色々と調べてやってきました」

こんな奴が今になって湧いてきたか、と諸井はむかっ腹《ぱら》が立った。何について取材したいのかは訊かずとも知れている。家に入れてもらえると思っているとは厚顔《こうがん》だ。

「用はない。失せてくれないか」

邪険《じゃけん》に言って拒絶の意を示したが、それしきで引き下がってはくれない。諸井がこの高原で逼塞《ひっそく》しているのを突き止めるだけで骨を折ったに違いない。おまけに彼と〈ホワイトバーチ〉との関わりまで調べ上げ、待ち伏せまでしていたのだから。

「僕の話を聞いてください。ほんの五分でかまいません」

「どういう取材か見当はついているよ。例の事件だろ？　話すことはない」

「八葉蓉《はちばよう》さんが新幹線の車内で亡くなられた事件についても、もちろんお訊きしたいと思っていますが、それがすべてではありません。僕は稀代《きだい》の天才マジシャンであるジャック諸井の知られざる真の姿を本にまとめたいと考えているんです。八葉蓉さんとの特別なご関係についても」

二回も彼女の名前を口にするか、と無神経さにうんざりした。

「陳腐《ちんぷ》極まりない。おかしな事件に絡んで世間から消えたマジシャンは今どこで何をしているのか、なんていう下世話な興味の的にされるのは迷惑千万だ。大衆に受けないどころか、そんな記事はどこの出版社にも売れっこない。ネットニュースの埋め草にもならん」

「いえ、記事をどこかの雑誌やネットに売り込むのではなく、僕は本にしたいと希望して――」

最後まで言うのを許さない。

「君の名前なんか聞いたこともない。私がバイオグラフィーを書いてもらいたくなったら、一流どころに頼むよ」

わざと辛辣《しんらつ》に言っても塩川は怯《ひる》まず、食い下がってくる。諸井の達成した偉業と数奇な運命を正確に記録して後世に伝えたいのだ、と熱弁をふるうので、さらに断乎《だんこ》とした口調で撥《は》ねつけた。

「ご一考いただく余地はありませんか？　僕がどんな仕事をしてきたのかもご説明させてください。一流のライターにはほど遠いかもしれませんが、著書もあります」

名刺を裏返すと、昭和後期に推理小説を多く発表した人気作家の評伝を出しているらしい。不快さが増した。

「推理小説ファンだからあの事件が気になって舌なめずりをしているわけだ。馬鹿にするのもいい加減にしろ」

「いえ、それは推理小説ファン向けの本ではありません。少しだけでもご覧いただけるとお判りいただけるかと――」

ショルダーバッグから単行本を出そうとするので、背を向けた。もらった名刺を破り捨てるのは非礼すぎるから思い止《とど》まり、ズボンのポケットに突っ込む。

「ご無礼、申し訳ありませんでした」詫《わ》びる声が背中にぶつかる。「出直します。もしお気持ちが変わることがあれば、いつでもご連絡ください」

「心の平安を得て、ひっそり暮らしているんだ。二度とこないでくれ。家に近づくな」

いったん足を止めてそれだけ言い、諸井は足早に去る。ライターは追ってこず、立ち尽くしている気配があった。

白樺《しらかば》と落葉松《からまつ》の林。その間をくねくねと続く道を抜けて、わが家に帰り着く。さる大学教授の別荘だったものを十年前に購入して、以来、やっと腰を落ち着けられた。

この避暑地はバブル期からゼロ年代初めにかけてそれなりに賑わったそうだが、昨今は空いた別荘が目立ち、隠者暮らしにはまことにふさわしかった。車で十五分も走れば、食品スーパーや理髪店や病院がある。

〈ホワイトバーチ〉のオーナーになったことで好き放題に外食もできるし、店長夫妻と話せばたまに込み上げてくる人恋しさを慰《なぐさ》めることもできた。かつてマジシャンとして人気を博しながら、殺人事件の容疑者になるというおよそ普通ではない経験を経て引退したジャック諸井という素性は、当然ながら夫妻に伝えてある。

ダイニングの椅子《いす》に掛けた彼は、テーブルの上に出した名刺をあらためて見た。塩川聖哉というライターは、どうやって自分の居所を探り当てたのか？

諸井がこの家で暮らしていることを知っているのは、〈ホワイトバーチ〉の店長夫妻だけではない。ここを買った際、元の所有者や不動産業者に身元を明かしたし、こちらから語らずとも気づいた近隣住民もいる。しかし、彼らが情報をどこかに洩《も》らすとも思いにくいのだ。

世間からエスケープした当座ならいざ知らず、今頃になってそれはあるまい。

さっきは小馬鹿にしてしまったが、塩川はしっかりとした調査能力を持つライターなのではないか。若造に見えたのは、単にこちらが老《ふ》けたせい。やや童顔で学生っぽさも残っていたが、面構えは悪くなかった。ぜひ自分の取材に応じてもらいたいのだ、という真剣さも感じられた。

しかし、受け容《い》れられる要求ではない。近隣住民が知人にぽろりと話すなどしたことを耳にして、諸井の所在をたまたま摑《つか》んだのがきっかけで、センセーショナルな本の企画を思いついただけかもしれない。ライターとして自分を売り出すのに恰好《かっこう》のネタだと思えば、真剣にもなるだろう。

口先ではどうとでも言える。あくまでも向こうは書くのが商売。過去をほじくり返される側の心情など、きっと慮《おもんぱか》る気はないのだ。諸井のマジシャンとしての矜持《きょうじ》など知る由《よし》がない。他人の秘密を嗅ぎ回るのが面白いだけ。評伝どころか推理小説もどきの際物《きわもの》を構想している可能性もありそうだ。

行きつけのレストランで待ち伏せというのは気分のいいものではなかった。しかし、塩川なりに熟考の末、それが最善の策だと判断したのだろう。どんなに丁重《ていちょう》な依頼状を書いて郵送してきても、諸井がろくに読まず破り捨てたのは間違いない。

面と向かって峻拒《しゅんきょ》されたからといって、塩川があっさり諦《あきら》めるとは思えなかった。〈ホワイトバーチ〉で顔を合わせるのは御免《ごめん》だから、出入り禁止にするよう店長夫妻に指示しておくのがよい。いきなりこの家を訪ねてきたら決してドアを開けず、徹底的に黙殺するのみ。なおも付きまとうのであれば、迷惑行為を一一〇番通報する。警察とは関わり合いたくはないが、一市民として利用してもよい場面だ。十九年前、さんざん嫌な想いをさせられた。ささやかなお返しに、彼らの手を煩《わずら》わせてやりたくもある。

ちょっとした暗合に気づき、おかしくなった。殺人事件の容疑者となった諸井の事情聴取を担当した刑事の名前は、確か辛島《からしま》だった。色黒の武骨《ぶこつ》な警部補で、「名前のとおり俺は甘くないよ」と凄《すご》んでいたのも思い出す。塩川と辛島。

「二人合わせて塩辛い、か」

あの刑事のねちっこい口調も甦《よみがえ》る。殺人犯にされるかされないか、という攻防で神経がすり減りそうだったが——それも過ぎた昔のこと。今となっては、懐かしくすら思えた。

辛島さんに会い損《そこ》ねて残念だったね、塩川さん。三年ばかり遅かった。

定年退職してから、のんびりと隠居暮らしを楽しんでいたんだ。再就職なんかしなくても親父さん譲りの財産があってね。警察官を辞めた後も、警備会社であくせく働いている俺とは大違いだ。

羨《うらや》ましく思っていたんだけど、劇症肝炎というのは恐ろしいな。辛島さんが入院したらしいと聞いてから、ものの一週間もしないうちに訃報《ふほう》が入ったから、見舞いに行く間もありゃしなかった。

アクが強い人ではあったけど、いい先輩だったな。刑事になるために生まれてきたような感じで、腕も立った。のらりくらり言い逃れようとする奴を、追い詰めて落とす名人。そんな辛島さんを悩ませたのが、マジシャンのジャック諸井だ。

あの事件について話を聞こうとする人が訪ねてきたら、熱心にしゃべってくれただろうな。送別会の席でも「納得がいってない」と未練がましくぼやいてたぐらいだから。

取材が三年遅かった。でも、まあ、俺も初動から捜査に加わっていたので、ひととおりのことは話せるよ。あなたの取材の依頼を受けてから記憶の整理もした。

当時、塩川さんは何歳ぐらい？　十歳か。それでも派手に騒がれた事件だから、覚えてるよね。不可解なのは小学生にも判っただろうし。

〈スーパーエクスプレス・イリュージョン〉。

そんな言葉が流行《はや》ったのは……ああ、やっぱり覚えてるか。俺はあの時にイリュージョンという言葉を知ったよ。

新庄《しんじょう》発東京行きの山形新幹線〈つばさ118号〉の走行中の車内で、胸にナイフの刺さった乗客が見つかった。すでに心肺《しんぱい》停止の状態で蘇生の見込みなし。そんな通報を受けて郡山《こおりやま》駅に向かいながら、「推理ドラマみたいだな」と言う奴がいたよ。

当該〈つばさ〉は、仙台からやってきた東北新幹線〈MAXやまびこ118号〉と福島駅で連結していたんだが、後続の列車の邪魔をしないように待避線に引き込んであった。郡山駅では列車のドアを開閉させておらず、誰も乗り降りしていない。

頭の中に時刻表が刻まれたままだ。〈つばさ〉は新庄発13時50分。〈やまびこ〉は仙台15時8分。東北本線と並行して走る〈やまびこ〉が先に福島駅に着いて、そこに奥羽《おうう》本線を走ってきた〈つばさ〉が合流してドッキングする。連結して福島を出るのが15時45分。

事件のおさらいをしようか。死体が見つかったのは11号車の7A席。車両の一番後ろの席で、この列は座席が通路を挟んで一つずつしかない。

11号車はグリーン車で、〈つばさ〉の先頭車両にあたる。その前部に仙台からきた〈やまびこ〉が連結していたわけだ。あの尖《とが》った鼻と鼻をくっつけるようにして。

11号車に乗り合わせていた客は八名だけ。臨場《りんじょう》後、検視とともに同じ車両にいた客から聞き取りを行なったが、車掌が死体を見つけるまで異状に気づいた者はいなかった。ホトケさんが座っていたのは一番後ろの席だったから、これは無理もないね。

巡回していた車掌が死体を発見したのは、福島駅を出発した五分ほど後のこと。11号車に入るなり血まみれの乗客を見て驚き、すぐに指令室に連絡したのは言うまでもない。郡山駅に着いたのは定時の16時ちょうど。そこで列車はストップしたわけだ。

被害者は三十代と思《おぼ》しき身なりのいい女だった。目鼻立ちが華やかで、場違いだけど美人だと思ったね。化粧はやや玄人《くろうと》っぽかった。尋常じゃない死に方なのに、穏やかな表情だったのも印象に残っている。

　刃渡り八センチのナイフが胸に深々と刺さった様態は他殺のようではあったけど、殺しだとしたら悲鳴や言い争う声を聞いた者もいないのが妙だろ。辛島さんは初手《しょて》から首を捻《ひね》っていた。

　ホトケさんの所持品は手つかずで、運転免許等からすぐに身元は判明した。八葉蓉、三十六歳。東京都港区在住。その名前で、若い刑事の中に気づいたのがいたよ。「マジシャンのヨウヨウですよ、これは」って。本名をもじって付けた芸名なんだな。死に顔では判らなかったけれど、そう聞いたら見覚えがあった。ちょくちょくテレビにも出ていたから。

　いつまでも乗客を閉じ込めておけないし、列車を待避線に停めてもおけない。死体を搬出してから、隣の12号車でも聞き取りをしたところ、不審な人物を目撃した者もいなかったので、おそらく自殺だろうということで、県警本部の指示も仰いだ上、列車の運転再開を許可した。かれこれ一時間は停めていたかな。

「車内で非常事態が発生し、警察が捜査を行なっているため、発車を見合わせております」というアナウンスを車掌が繰り返すので、乗客に動揺が広がって緊張感が漂っていた。人が刺されて死んでいるらしい、と離れた車両にも伝わっていくのは止めようがない。

　一番やきもきしたのは、〈やまびこ〉に乗っていたお客だろう。まったく行き来ができないから様子を覗きにも行けず、警察官が〈つばさ〉に乗り込むのを見た後、車掌の同じアナウンスを聞かされるだけ。スマートフォンなんてなかった時代だからな。SNSとやらですぐに情報を得られる今とは違う。

人が刺されて死んだらしい、殺人事件かもしれない。乗客が不安がる中で、片っ端から話を聞いて回った。二階建てで八両ある〈MAXやまびこ〉と違って、二階のない〈つばさ〉の七両だけなら全員に当たれたよ。遠い車両の乗客は何も見ていない、聞いていないに決まっているんだが。

やがて事が臨時ニュースになって流れると、〈やまびこ〉の側の乗客も事件のことを知る。携帯電話でニュースぐらいは読めたし、驚いた家族からたくさん電話が入ったりもしたらしいな。ホトケさんがマジシャンのヨウヨウらしいということを警察は発表しなかったんだが、乗客から漏れたのかインターネット上には出た。

そうしたら、「亡くなった人を知っています」と名乗り出たんだよ、ジャック諸井こと諸井光章《みつあき》が。大宮駅を出てからだったかな。彼が乗っていたのは、〈やまびこ〉の後ろから二両目にあたる7号車だった。こちらもグリーン車だ。仙台から乗ってきたという。

確認しておくと、当該列車は八両の〈やまびこ〉の後ろに七両の〈つばさ〉が連結しているという編成で、〈つばさ〉の先頭が11号車だ。9号車、10号車は欠番で存在しない。

ジャック諸井はヨウヨウ以上に顔と名前が売れたマジシャンだから、ひと目見るなり本人だと判った。彫《ほ》りが深くて、渋みのあるいい男だったね。アメリカ人の血が入っているのは知っていた。

同業者が二つ隣の車両に乗っていたとは奇遇だが、〈つばさ〉と〈やまびこ〉は絶対に行き来できない。彼が八葉の死に関係していることはない、と思うだろ。ところが、辛島さんは違う。直感的に関係があると思ったそうだ。こいつがやったのかもしれない、とも。

どうやったら〈やまびこ〉の乗客が〈つばさ〉の乗客を殺せるというのか。いや、殺しかどうかも判らないうちに無茶を言ったもんだね。諸井を疑う明白な根拠はなかった。だけど、あの人の直感はよく当たるんだ。それを知っていたから戸惑ったよ。

諸井は「どういうことですか？」と説明を求めてきたけれど、こっちだってまだ何も判っていない。辛島さんは死体が見つかった経緯などを話して、「あなたはどうしてこの列車に？」と逆に尋ねた。仙台である会社が主催するイベントに出演し、一泊した後、東京に帰るところだ、とのことだった。

向こうではマネージャーと一緒だったらしい。そちらは先に東京に戻ったそうで、連れはいなかったが、彼が仙台から〈やまびこ〉に乗車していたのは、車掌や近くの座席の客の証言から間違いなかった。特徴的な口髭のせいで、ジャック諸井だと知れていたんでね。サインをせがんで書いてもらった客もいた。辛島さん、そんなことまで素早く確認していたよ。

さあ、その後だ。

司法解剖をした法医学教室がどんな所見を出したかというと、他殺の可能性あり。自殺の可能性も否定せず。

ためらい傷がまず問題になった。自殺者の死体によく観察される傷のことだけど、それぐらいは知ってるよね？　刃物をわが身に突き刺そうとしても、ひと息にやるのは難しい。何度も躊躇《ちゅうちょ》するのが普通で、致命傷の近くにいくつも浅い傷が残っている場合が多いんだが、八葉の胸にはそれが一切なかった。

さらに、ナイフが刺さった角度が不自然だとも指摘された。右斜め上から刺されていたんだ。八葉は左利きだったのに。周囲の人間のいくつもの証言から、利き腕が左だったことに疑いはない。

彼女は進行方向に向かって左の窓際に座っていた。本件が他殺で、犯人が通路側から腕を伸ばして刺したと仮定すると、ナイフの刺さり方とぴたり符合する。

捜査本部はにわかに色めき立ったよ。特に辛島さんがね。「やっぱり俺がにらんだとおりだ。最初から殺しの臭いがしていただろうが！」と息巻いたもんだ。

11号車の乗客たちは、何も見たり聞いたりしてはいない。しかし、何も起きなかったと断言はできない、ということだった。静かに素早く犯行が為されたので、誰も気がつかなかった可能性もある。一番後ろの座席だから、隣の車両からやってきて早業で殺したとも思えたんだ。

とはいえ、他殺にしても解《げ》せない。喧嘩《けんか》が高じて弾みで刺してしまったというのならともかく、新幹線という走る密室の中でわざわざ計画的に人を殺すなんて不合理すぎる。これまで話したとおり、被害者が何者かと口論していたなどの形跡はなかった。通り魔による無差別殺人とも考えにくい。状況がまるでそれらしくないし、本件の前後に類似の事件は発生していない。

他殺の可能性を検討していて注目されたのが、7A席の座面の端に残っていた血痕だ。文字に見えなくもない、と辛島さんが言いだしたんだよ。被害者が書いたのだとすると、アルファベットのJMと読める、とね。

推理ドラマではダイイングメッセージとか言うんだってね。被害者が死に際に書き残すメッセージ。辛島さんは、それをジャック諸井のイニシャルだと解釈した。

こじつけじみていると思いながらも、被害者と諸井のつながりを洗ったら——そう、どろどろした関係が出てきた。そのへんは取材済みだろ？

八葉蓉は三十六歳。諸井は五十一歳と齢の差はあったけれど、かなり親密にしていた時期があり、恋仲だと見られてもいた。八葉の方がご執心だったという噂もあったね。真偽のほどは判らない。事情を知る連中からは美男美女のマジシャンカップルと見られていたんだが——。

事件の一年ほど前に二人は切れた。どういう経緯で別れたのかをくわしく知る者はいない。

諸井に話を聞こうとしたら、「もともと付き合ってなどいない」なんてとぼけられたらしい。

八葉のことを、情熱的で恋多き女と評する人間が何人もいた。諸井と別れてから亡くなるまでの間だけで、二回は恋人を変えている。事件当時は、ある芸能事務所の社長と懇《ねんご》ろだったという。その社長は独身でもあったし、八葉が周囲にのろけていたので、結婚まで行くんじゃないかと思いながら様子を見ていた者もいる。

そこで辛島さんの直感がこう告げた。諸井が八葉に未練を抱いていたなら、彼女に新しい恋人ができたことを知って、激しく嫉妬したんじゃないか。愛情が憎しみに転化して、殺意が生まれたのかもしれない。珍しい話でもないだろ。

〈やまびこ〉に乗っていた彼が〈つばさ〉の車中にいた八葉を殺せるはずがないんだが、その問題はひとまず措《お》いて、事件前の諸井と八葉の行動について調べてみたところ――。

それも取材済みか。しっかり仕事をしてるね、ライターさん。

諸井はさっき話したとおり、前日から仕事で仙台に行っていた。翌日の午前中、「青葉城《あおばじょう》に行ったことがない」と観光をして過ごす。マネージャーは東京に早く帰る必要があったので別行動。

八葉は二日前から蔵王《ざおう》温泉で骨休めをしていた。いつもその時期にお気に入りの宿で二泊するのが恒例だった。恋人は同伴しない。チェックアウトの前に、「ちょっと時間潰しに寄れるところはないかしら」とフロントで尋ねたりしたそうだが、「適当にぶらついてから帰るわ」と言って出ている。どうして時間潰しをする必要があったのかは不明。彼女の時間潰しが少し引っ掛かるものの、それ以外に両者の行動におかしな点はなさそうだったが……辛島さんは納得しなかった。歴史好きでもない諸井が唐突に言い出した城見物がわざとらしい、とね。

マネージャーが急いで帰りたがるのを承知の上で、一人になりたかったに違いない。そして、蔵王の定宿《じょうやど》にいる八葉に何らかの方法で連絡を取り、彼女が〈つばさ118号〉に乗るよう仕向けたのだろう、と言う。

仕向けたって、簡単に言ってくれるよ。八葉の携帯電話には諸井からの電話の着信記録はなかったし、宿はどんな電話や郵便も取り次いでいない。

辛島さん曰《いわ》く、諸井はどうにかして彼女を〈つばさ118号〉に乗せ、自分は〈MAXやまびこ118号〉に乗るように状況を整えた。何のために？　彼女を車中で殺すためだ。殺害しながら、行き来できない車両に乗っていた自分には犯行が不可能だった、とアリバイを主張する。

そりゃ、ドラマの設定としては面白いかもしれないけれど、現実にできっこない。無理なものは無理だろ。本部からきた連中にそう言われたら、「相手はマジシャンだぞ。どうにかしてやったんだ」と真面目に言い返していたね。「どうにかして」だらけで閉口した。

ホトケさんも亡くなった場所も普通ではなかったから、派手に報道された事件だ。早期に解決するよう上からビシビシと鞭《むち》が入ったけれど、命じられた方はたまらん。捜査範囲を広げても被疑者がいないもんだから、辛島さんが唱《とな》える諸井犯人説も無視できなくなっていった。〈スーパーエクスプレス・イリュージョン〉なんて言葉を一部の週刊誌が使いだしたのはその頃だよ。

辛島さんは東京に足を運び、諸井からしつこく事情聴取をした。完璧なアリバイを持つのに絡まれて、向こうは辟易《へきえき》しただろうと思う。

なのに、ちゃんと辛島さんに応じてくれたんだよ。「訊かれたことにすべて答えるから、捜査がどこまで進展しているのか教えてほしい」とか言っていたそうだ。辛島さんにすれば、白々しいことぬかしやがって、だったみたいだけれどね。

諸井自身が手を下したのではなく、何者かに殺害を依頼したのではないか？　そうも考えられたが、〈つばさ〉の乗客の中に不審な人物はいなかったし、諸井の身辺をいくら洗っても怪しい者は見つからない。

そもそも誰かに殺人をやらせたというのも変な話だ。もしもプロの殺し屋を雇えたのだとしたら、犯行が行なわれる時、諸井は現場とはまったく別の場所にいてアリバイを確保するはずだろう。自由に行き来できないとはいえ、二つ隣の車両に乗っているタイミングで決行させるはずがない。

辛島さんはそれでも諦めなかったよ。諸井が得意にしていたイリュージョンについて研究し始めた。そのタネを殺人に応用したんだろう、と考えて。執念だね。マジックの愛好家にも食いついて、タネの原理らしきものにたどり着いた。

塩川さん、そこまで調べた？　マジックのタネ明かしはご法度《はっと》らしいけれど、ここだから言ってもいいな。

要するに、諸井には替え玉がいたんだよ。メイクをすれば瓜二つという男で、可能な限り顔を似せるために整形手術まで施していたとも言われる。

替え玉が病気で死んでしまったために従来のイリュージョンを演じるのが難しくなり、諸井は違うタイプのマジシャンに転身したらしい。ショーやテレビで観客を騙《だま》せるほど顔が似た男がいたのなら、その後釜《あとがま》を見つけていたかもしれない、と辛島さんは考えた。替え玉に双子の兄弟がいたんじゃないか、と調べたりもしたけれど、残念ながらそんなものは存在しなかった。

諸井自身には戸籍上の兄弟はいない。でも、実際は双子だった可能性もある、なんてことまで言ったけれど、それも空振りだ。出生のエピソード、あなたは知っているよね。諸井の母親は日系二世で、アメリカから日本に帰る途中、飛行機の中で急に産気づいて彼を生んだ。実は双子だったのにわけあって片方と生き別れになっていた、なんてことはあり得ない。

辛島さんは、自分の直感を信じすぎて暴走していた。諸井とそっくりな男が実在したとして、そいつに犯罪の片棒を担がせただなんて、乱暴な仮説だよね。乱暴というより支離滅裂《しりめつれつ》だ。

彼とそっくりな男が〈やまびこ〉に乗り、諸井のふりをしていた。諸井本人は〈つばさ〉に乗って八葉を刺殺した。――偽者を〈やまびこ〉に乗せる意味がない。しかも、諸井は〈つばさ〉に乗ってなかったことに疑いの余地はない。みんな呆《あき》れていた。

俺はこう言った。「諸井がマジックだかイリュージョンだかを使って八葉を殺害できたのだとしたら、わざわざ自分が〈やまびこ〉に乗っているタイミングを選ぶわけがありませんよ」と。

すると辛島さんは、「新幹線二両分ほどの距離なら可能で、それより離れたらできない方法なんだろう」と言った。短い距離しか飛ばない電波を使って、遠隔操作でナイフを操ったとでも？

苦しい返答だね。もちろん、八葉の座席付近におかしな仕掛けはなかったし、何かを撤去したような痕跡《こんせき》も見当たらなかった。遠隔操作なんて話にならない。

辛島さんは、こうも言った。「わざわざ自分が〈やまびこ〉に乗っているタイミングを選んだのは、警察への挑戦とも考えられる。この謎を解かない限り、俺を逮捕できないぞ、と言いたいんだ」と。いくらマジシャンでも、そんな芝居がかった真似をしないだろう。そう反論しても聞く耳を持たなかった。

八葉蓉の死は自殺として処理された。動機は不明確で、傷の不自然さも疑問として残ったけれど、他に説明の付けようがなかった。彼女は蔵王で死のうとナイフを持ち歩いていたが思い切れず、帰りの新幹線の車中で衝動的に決行した、というストーリーだな。連結器を挟んだ二両隣に諸井が乗り合わせていたのは偶然。運命の悪戯《いたずら》だったと解釈して幕引きだ。

ＪＭのダイイングメッセージは、犯人のイニシャルでも何でもなかったことになった。あんな余計なものが残っていたのが禍《わざわい》した、でおしまい。お偉いさんが方針を決めたら、俺たちはてきぱきと後片付けをするだけだった。

大魔術のタネ明かしを楽しみにしていた世間の皆様はがっかりしたようだけど、勝手に期待されても困る。そんなものだよな、と結局は納得した。人の噂も七十五日。みんな大袈裟《おおげさ》に騒いだのに、自殺で決着したら忘れるのは早かったね。

捜査が終了すると、辛島さんはぶつぶつ文句を言っていたけれど、どうすることもできない。それっきりあの事件については何も語らなくなったけれど、送別会の席で愚痴《ぐち》るんだから、ずっともやもやした気持ちを抱えていたんだな。執念深さがあの人らしい。

諸井の犯行であることは確信していた。あの男、八葉が死んでから酒浸りになって、繊細な手の動きができなくなってマジックの世界から足を洗ったよね。良心が咎《とが》めてアルコールに逃げたせい。自分の行ないの報い。辛島さんはそう思うことでいくらか溜飲《りゅういん》を下げていた。

もう済んだことではあるけれど……何が真相なんだろうね。

鉄道絡みの物騒《ぶっそう》な事件が続いたのをきっかけに、列車内にも防犯カメラが取り付けられるようになった。新幹線の乗降口だけでなく、今は乗客の様子も記録されている。

十九年前にそういうカメラが設置されていたら、どんなものが映ったんだろう？　残された映像を見ても何も判らなかったのかな。

あなたも〈スーパーエクスプレス・イリュージョン〉の答えは知らないそうだけれど、取材を進めてタネが判ったら、どういうことだったのか教えてもらえないか。

辛島さんの墓前に報告したいんだよ。あの人、墓の中でまだ唸《うな》っているかもしれないんでね。


落葉松と白樺の林が途切れ、ジャック諸井の家にたどり着いた。近づくことさえ禁じられていたのに、よく訪問を許してもらえたものだ、と塩沢聖哉はあらためて思いつつ、車を駐《と》めた。

相手にどういう心境の変化があったのか、察しようにも材料がなかった。言葉を選びに選んだ四通目の手紙を出したら、初めて返信が届いた。五日前のことだ。多少は態度を軟化させたのか、と思いながら読むと、〈一時間程度なら面談に応じる〉とのことだったので、望外のことに喜ぶと同時に驚いてしまった。

指定されたのが今日の午後二時。〈ただし雨の日は人に会う気分にならないので、翌日に変更〉と意地悪く書き添えてあったのが、幸いよく晴れた。外に出てみると、高原だけに晩秋の風がやや冷たく感じられたが、緊張でほてり気味の頬に心地よい。

頭の中で色々なものが渦を巻いていて、何をどんな順に話せばいいのかが判らない。道中で考えをまとめるつもりだったのに、何も決められないうちに諸井の家に着いてしまい、気がついたらドアチャイムを押していた。

「会うのはこれが最後だ」

出てくるなり、そう釘を刺された。無愛想なのは予想どおりだが、顔色が優《すぐ》れないのが気になる。それだけなら光の加減による錯覚かもしれないが、声や所作《しょさ》がこの前とは違い、精気が弱まっているように感じた。

ダイニングに通され、テーブルを挟んで向き合った。諸井はいつもここで独りの食事を摂《と》っているのだろう。古びたテーブルだがよく磨かれていて、清潔好きだと聞くマジシャンの性格を表わしているようだ。

コーヒーが出る。飲みながら諸井に尋ねられた。

「世界中を巡るような豪華客船のクルーズについて、君はくわしいかな？」

脈絡のない質問だ。ただの雑談だろうと思って答える。

「いいえ。旅行ものの仕事はあまりやらないし、船旅が趣味でもありません」

「もしくわしいのなら、ちょっと訊いてみたいことがあっただけだ。そんなことより――」

口調が改まる。無駄話をする気は失せたらしい。

「どうして急に態度を変えたのか、怪訝《けげん》に思っているだろうから、最初に言っておこう。私は健康を害している。病院の検査の結果を知らされて覚悟を決め、身辺の整理に掛かっているんだよ。君も整理してしまいたい」

いきなり思わぬことを告げられ、衝撃を受けた。咄嗟《とっさ》にどう返していいのか戸惑ってしまう。

「そこそこ長く生きた。寿命が尽きたのだと諦めている。からっといこう。何もかも包み隠さず話すと約束はできないが、こうして対面できたことで君の心残りがいくらか減るかもしれない。どれだけ減らせるかは私の気分と君の力量による」

室内でも諸井はジャケットを羽織《はお》っていた。そのポケットからカードのデックを取り出して、テーブルの上で器用に弄《もてあそ》ぶ。そうすると落ち着くのか。

「郡山警察署にいらした辛島警部補のお話を聞こうとしたんですが、お亡くなりになっていました」

そう切り出すと、カードを片手でシャッフルしながら、ふむと頷《うなず》く。

「私より年上だったから、あの人もそこそこ長く生きたんだ。警部補殿の部下だった刑事と会ってきたのかな?」

「はい。八葉蓉さんの死が自殺として処理させるまでの経緯を伺いました。〈スーパーエクスプレス・イリュージョン〉の謎はいまだに誰も解いていません」

「解けないよ。そんなものはなかったんだから」

「あったとしても、先生はそう言うでしょうね。得意げに解説したりせず」

「余命を告知されてもマジシャンの心得は変わらない――のではなく、なかったんだ、本当に。会見はもう終わりのようだな」

そんなふうに言われても慌《あわ》てはしない。塩川を招きながら、さすがにそれでは諸井が心残りだろう。

「八葉蓉さんとのご関係について伺うことはできませんか？」

いったん話を〈スーパーエクスプレス・イリュージョン〉から逸《そ》らした。いや、逸らしてはいないのだが、そう思わせようとした。

「私たちは熱愛の仲などではなかった。だから彼女が他の男とくっつくのに嫉妬し、馬鹿な所業に及ぶわけもないんだ。――簡潔に答えたよ」

「ありがとうございます。そのように証言する人とも会いました。『誤解している人が多いが、ヨウヨウさんが一方的に熱を上げていただけだ』と」

「ちゃんと見ている人もいたわけだ。そのとおり」

少しの間だけ諸井の手が止まったが、すぐまたカードをいじりだす。

「恋多き八葉さんは、先生の次に別の男性に夢中になっていたように伝わっていますが、どうだったんでしょう？『私が欲しくないの？　よその男のものになってもいいの？』と先生を煽《あお》っていたのかもしれません」

「女心については疎《うと》くてね」

「先生から反応がもらえなくて、失望が絶望に変わっていったとも考えられます。警察は八葉さんの死を自殺と判定しながら、動機の弱さが引っ掛かっていたようですが、僕には彼女の絶望が判る気がします」

「気がする、というのは便利すぎる言葉だ。勝手にそう思っておけばいい」

塩川は何もかも吐き出してしまいたくなったが、諸井の想いを踏みにじることになりそうで、からくも我慢した。しかし、自制してしまっては何も訊けなくなる。訊かないままがいいのだ、と気持ちもこの期《ご》に及んで湧いてきた。

〈スーパーエクスプレス・イリュージョン〉を諸井が司直の手を逃れるために考案したアリバイトリックだと思うから解けなかった。あれは、八葉蓉が苦しい恋から逃走するとともに、愛しすぎて憎んだ男を陥《おとしい》れるためのマジックだったのではないか。永遠に独占するために仕掛けた罠《わな》。

それは見事に成功し、二人の名はペアで伝説となった。

「亡くなった人の胸中は窺《うかが》い知れない。自殺だったというのが結論なら、警察は正しかったわけだ」

巧みに隠してはいるが、諸井がわずかに動揺しているのを感じた。同じことを考えていたのだな、と塩川は手応えを摑んだ。それだけで満足すべきだろう。マジシャンはこれ以上のタネ明かしを歓迎しないに違いない。

マジックは、しかるべき道具が揃えば演じられるものではない。仕掛けを見破られることなく、その効果が最大になるように膨大な時間を練習に費やす必要がある。しかし八葉蓉の〈スーパーエクスプレス・イリュージョン〉は、それすらできない一発勝負だった。

自分の血でJMの血文字を書いた後、自殺とは思えないほど鋭く自分の胸をナイフで刺す。血文字を書くために切った傷に突き立てたのだろう。しかも、捜査の目をごまかすため利き腕ではない右手を使わなくてはならないという難行。彼女は自らの覚悟に賭け、成功した。

「君はそれですっきりするのか？　だったら、もういいじゃないか。答え合わせはできないな。私は正解を知らないし、彼女はこの世にいない」

自殺の場所に選んだ新幹線の二両隣に諸井が乗っていた偶然にどう説明をつけるのか、と反問してもよさそうな場面だ。マジシャンは黙ったままカードを操っている。往年のものではないにせよ、鮮やかな手つき。アルコール中毒は克服したのだ。

「彼女が小細工をしたって、私に罪を着せるなんて無理だよ。実際、警察は自殺だと結論付けた。あいにくの結末だね」

頷くのがよかったのかもしれないが、塩川は踏み込んでしまう。

「濡れ衣を着せるなんて、そこまで望んだとは思えません。現実に起きたとおりのことをヨウヨウさんは狙ったのではないでしょうか？　先生がとんでもないイリュージョンを使ったのだろう、と世間に思わせて、真相は謎のまま」

真相を見抜けるのは、マジシャンであると同時に、自分が無実であることを知っている諸井だけ。今まではそうだった。塩川はそこに割り込んだつもりでいる。

諸井が酒に溺れ、マジックの世界から足を洗うことまで八葉が予想したとは考えにくい。彼女の意図を超えて、事態が転がってしまったのだろう。

諸井は、ふっと短く息を吐く。

会話が途切れた。緞帳《どんちょう》のように沈黙がずしりと下りてきて、塩川は思う。あれこれ突き止められたが、本を著《あらわ》して発表すべきではない。ここへくるまでも迷っていたのだが、秘められるべきことだと確信した。〈スーパーエクスプレス・イリュージョン〉は八葉蓉がジャック諸井を道具として利用するとともに、彼だけを観客として演じられたものなのだ。

「書かないことをお約束します。すべては不確かで、僕は何かを判ったつもりになっているだけかもしれないので」

「君の理解に感謝する」

不確かながら見抜いたんですよ、ということも伝えたくなった。塩川は請《こ》う。

「これで失礼しますが、最後に一つお願いがあります。トランプをお持ちなので、僕に何かマジックを見せてもらえませんか？〈ホワイトバーチ〉では遠目にしか見られませんでした」

答えないまま、諸井はカードをシャッフルする。プロの腕前を見せつけるかのごとく入念に。

不躾《ぶしつけ》な頼みであったが、引き受けてもらえるのでは、と思っていた。リビングのソファではなく、ダイニングのテーブルの前に座らされたことからして、マジックを見せる用意だったようでもある。

目の前での妙技に塩川は見惚《みほ》れ、脳裏に焼き付けようとした。これを見るのも最初で最後だ。諸井が苦笑する。

「まだカードを切っているだけだ。食い入るように見るほどのものじゃない」

嘘だ。丁寧にカードを混ぜているように見せ掛けているが、実際はまったく並びが変わらないフォースシャッフルをしているのだろう。マジックについて取材で調べてきた塩川にはそれぐらいの見当はつくのだが、目を凝《こ》らして見ていてもカードが混ざっていくようにしか映らない。

次に諸井はカードを美しい扇形に広げた。

「好きなカードに指先で触れて」

選ぶと、それをテーブルに置いて、さらに言う。

「もう一枚」

選んだ。テーブルにカードが二枚並ぶ。

「何のカードか確かめてもらおう。声に出してはいけない」

選んだカードはスペードのジャックとハートの8。

「覚えたね？　では、一枚ずつ適当なところに君が差し込む」

扇型の右寄りと左寄りに入れた。何を選んだのかを的中させるだけなら、小学生が隠し芸で演じそうな素朴なマジックだ。

観客である自分は出鱈目《でたらめ》にカードを選んでいたようでいて、実はそうではない。どれを選ぼうとも、フォースという技法で演者があらかじめ設定したカードに素早くすりかえられているのだ。

諸井は再びシャッフルしてから、裏向けたままカードをテーブルの上で扇形に広げた。二枚だけ表を向いたカードがあり、並んでいる。スペードのジャックとハートの8だ。離して差し入れたカードをどうやって連結したのかは判らないが、マジックの達人であれば造作もないのだろう。

二枚のカードが表わしているのは、〈やまびこ〉と〈つばさ〉の列車番号118。そして、ジャック諸井と八葉蓉に他ならない。

「君は創太君のような小学生ではないし、木戸銭《きどせん》をもらってもいない。これで終わりだ」

フォースという基礎的な技について塩川が知っているのを見越してもいるのだろう。見るべきものを見せてもらった。

八葉蓉とジャック諸井が別の方面からやってきて郡山駅で連結する列車に乗っていたのは偶然ではなく、蓉が仕組んだのだ。諸井が語らないので細かい点までは判らないが、彼が事件当日にどんな行動を取るか、どの列車で東京に帰ろうとするか、すべて蓉のフォースで定められていた。想像もできないほど前から数知れない細工をしていたかもしれない。

諸井はどこかの時点でフォースされたことに気づいた。だから、お前にも判っているのだろうな、とばかりに塩川に今のマジックを見せたのだ。

「タネ明かしはしない、求めない。マジックの鉄則ですね。――話しているうちに、それなりに時間が経ってしまいました。お暇《いとま》いたします」

諸井は、唸るような声を出して頷く。疲れさせたようだ。

立ち去る前に、椅子に掛けたままマジシャンが言った。

「私はあのイリュージョンの助手みたいなもので、彼女のショーだったことをみんな知らない。君がいてくれてよかったかもしれない。観客がいてこそショーだ」

「世界でただ一人の観客になれて、幸せです」

お大事に、とは言えなかった。

諸井宅をあとにして、高原を下る。ここ何年間も格闘してきた〈スーパーエクスプレス・イリュージョン〉の謎はすっかり解けたようだ。

何故、諸井は豪華客船の話などしようとしたのか。その理由だけ思いつかなかった。

【異形コレクション&シリーズ関連書籍】

●《異形コレクション》シリーズ

廣済堂文庫

	通巻
『ラヴ・フリーク』	I
『侵略！』	II
『変　身』	III
『悪魔の発明』	IV
『水　妖』	V
『屍者の行進』	VI
『チャイルド』	VII
『月の物語』	VIII
『グランドホテル』	IX
『時間怪談』	X
『トロピカル』	XI
『ＧＯＤ』	XII
『俳　優』	XIII
『世紀末サーカス』	XIV
『宇宙生物ゾーン』	XV

光文社文庫

	通巻
『帰　還』	XVI
『ロボットの夜』	XVII
『幽霊船』	XVIII
『夢　魔』	XIX
『玩具館』	XX
『マスカレード』	XXI
『恐怖症』	XXII
『キネマ・キネマ』	XXIII
『酒の夜語り』	XXIV
『獣　人』	XXV
『夏のグランドホテル』	XXVI
『教　室』	XXVII
『アジアン怪綺《ゴシック》』	XXVIII
『黒い遊園地』	XXIX
『蒐集家《コレクター》』	XXX

『妖　女』　XXXI
『魔地図』　XXXII
『オバケヤシキ』　XXXIII
『アート偏愛《フィリア》』　XXXIV
『闇電話』　XXXV
『進化論』　XXXVI
『伯爵の血族　紅ノ章』　XXXVII
『心霊理論』　XXXVIII
『ひとにぎりの異形』　XXXIX
『未来妖怪』　XL
『京都宵』　XLI
『幻想探偵』　XLII
『怪物團』　XLIII
『喜劇綺劇』　XLIV
『憑　依』　XLV
『Fの肖像』　XLVI
『江戸迷宮』　XLVII
『物語のルミナリエ』　XLVIII
『ダーク・ロマンス』　XLIX
『蠱惑の本』　L
『秘密』　LI
『狩りの季節』　LII
『ギフト』　LIII
『超常気象』　LIV
『ヴァケーション』　LV
『乗物綺談』　LVI

……以下、続刊予定……

●《異形コレクション傑作選》『涙の招待席』（光文社文庫）

●『異形コレクション讀本』（光文社文庫）
十周年を記念する特別篇

●《異形コレクション綺賓館》――古今の傑作と新作書下ろしの饗宴――
（光文社カッパ・ノベルス）
第1巻『十月のカーニヴァル』　第3巻『櫻憑き』
第2巻『雪女のキス』　第4巻『人魚の血』

●《異形ミュージアム》――テーマ別傑作アンソロジー――（徳間文庫）
第1巻『妖魔ケ刻――時間怪談傑作選』
第2巻『物語の魔の物語――メタ怪談傑作選』

●《タロット・ボックス》――タロットカード精華集――（角川ホラー文庫）
第1巻『塔の物語』　第2巻『魔術師』　第3巻『吊された男』

●『夢魔たちの宝箱　井上雅彦の異形対談』（メディアファクトリー）
異形コレクション参加作家20人との対談&座談会

光文社文庫

文庫書下ろし
乗《のり》物《もの》綺《き》談《だん》　異形《いぎょう》コレクションLⅥ
監　修　井《いの》上《うえ》雅《まさ》彦《ひこ》

2023年11月20日　初版1刷発行

発行者　三宅貴久
印　刷　堀内印刷
製　本　ナショナル製本

発行所　株式会社　光文社
〒112-8011　東京都文京区音羽1-16-6
電話（03）5395-8147　編集部
8116　書籍販売部
8125　業務部

ISBN978-4-334-10120-6　Printed in Japan

組版　萩原印刷